Aimée Carter
Royal Blood

AIMÉE CARTER

A SCANDAL TO DIE FOR

Übersetzung aus dem amerikanischen Englisch
von Svantje Volkens

one

Titel der amerikanischen Originalausgabe:
»Royal Blood«

Für die Originalausgabe:
Copyright © 2023 by Aimée Carter
Published by arrangement with Aimée Carter

Dieses Werk wurde vermittelt durch die
Literarische Agentur Thomas Schlück GmbH, 30161 Hannover.

Für die deutschsprachige Ausgabe:
Copyright © 2023 by Bastei Lübbe AG, Schanzenstraße 6 – 20, 51063 Köln

Textredaktion: Kerstin Ostendorf
Umschlaggestaltung: Kristin Pang
Umschlagmotiv: © Usborne Publishing Limited, 2023
Titelbilder: © Shutterstock/Dean Drobot; Shutterstock/
Subbotina Anna; Shutterstock/AVS-Images
Satz: Dörlemann Satz, Lemförde
Gesetzt aus der Adobe Garamond Pro
Druck und Verarbeitung: GGP Media GmbH & Co. KG, Pößneck

Printed in Germany
ISBN 978-3-414-0194-5

2 4 5 3 1

Sie finden uns im Internet unter one-verlag.de
Bitte beachten Sie auch luebbe.de

FÜR RO UND ALLISON

George V.
(Mary of Teck)
1865–1936

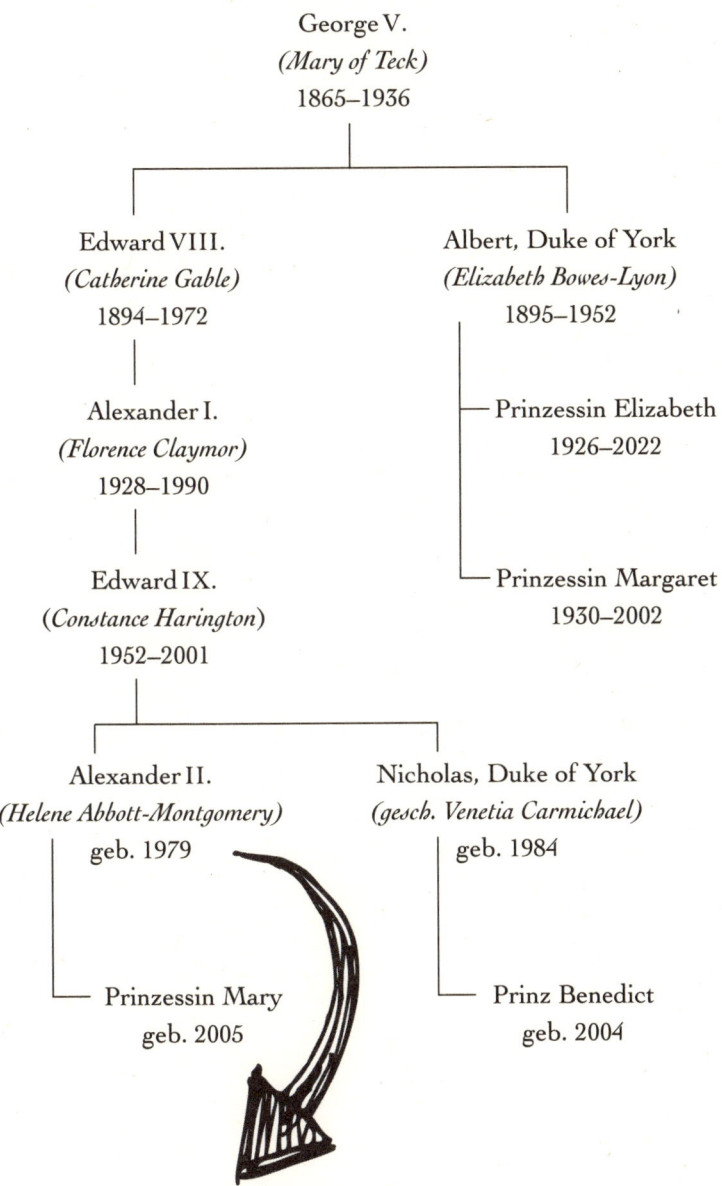

Edward VIII.
(Catherine Gable)
1894–1972

Albert, Duke of York
(Elizabeth Bowes-Lyon)
1895–1952

Alexander I.
(Florence Claymor)
1928–1990

Prinzessin Elizabeth
1926–2022

Edward IX.
(Constance Harington)
1952–2001

Prinzessin Margaret
1930–2002

Alexander II.
(Helene Abbott-Montgomery)
geb. 1979

Nicholas, Duke of York
(gesch. Venetia Carmichael)
geb. 1984

Prinzessin Mary
geb. 2005

Prinz Benedict
geb. 2004

EVAN BRIGHT

1. KAPITEL

König zu sein und eine Krone zu tragen ist herrlicher
für die, die sie sehen, als angenehm für die, die sie tragen.

– Queen Elizabeth (geb. 1533, reg. 1558–1603)

In den Lehrertrakt der St. Edith's Akademie für Mädchen einzubrechen ist vielleicht nicht das Leichtsinnigste, was ich je getan
habe, aber es ist ziemlich nah dran.

Was das Ganze so außerordentlich verantwortungslos macht,
ist, dass ich in einer Woche meinen Abschluss habe. Nur noch
eine Woche, und dann ist dieser Albtraum, den ich die letzten
sechs Jahre meines Lebens durchstehen musste, endlich vorbei,
und ich muss nie wieder einen Fuß in ein Internat setzen. Wenn
ich klug wäre, wäre ich in meinem Zimmer geblieben, in dem
meine Zimmergenossin leise in ihr Kissen heult und offenbar
denkt, ich könne sie nicht hören. Aber mir eilt nun einmal nicht
der Ruf voraus, dass ich klug bin, und ich kann jetzt doch nicht
auf einmal alle Erwartungen über den Haufen werfen.

Und so kommt es, dass ich um zehn Uhr am Montagabend
in rabenschwarzer Nacht den fensterlosen Flur entlangschleiche,
während ich mit den Fingern jeden Türgriff abtaste, an dem ich

vorbeikomme. Die Dunkelheit macht es mir zwar schwer, mich fortzubewegen, ohne ständig an Wände und Türen zu stoßen, aber sie hilft mir auch dabei, versteckt zu bleiben. Die uralte Überwachungskamera – das einzige technische Gerät, das in St. Edith's heiligen Hallen erlaubt ist – habe ich bereits ausgestöpselt, aber es besteht immer noch die Möglichkeit, dass ein Hausmeister in irgendeinem leeren Klassenzimmer herumlungert. Egal, wie gut mein Plan ist, manchmal haben andere Leute einfach mehr Glück.

Vor der fünften Tür links bleibe ich stehen und krame in meiner Tasche. Die Dietriche waren letztes Jahr ein Weihnachtsgeschenk an mich selbst; bis jetzt hatte ich allerdings noch keine Gelegenheit, sie an einer Tür auszuprobieren, die nicht zu meinem eigenen Schlafzimmer führt. Während ich den Schließmechanismus mit dem Spanner festhalte und jeden der kleinen Stifte mit dem Dietrich anhebe, durchfährt mich vor Aufregung ein Schauer. Wenn Rektorin Thompson wüsste, was ich in meinen kleinen Privatstunden alles gelernt habe, während die anderen Schülerinnen sich um ihre Aufnahme bei Harvard und Yale bemühten, würde sie vermutlich spontan in Flammen aufgehen – aber das hier ist definitiv das Wichtigste, was ich gelernt habe, seit ich im Januar auf St. Edith's angekommen bin.

Unerwartet schnell schnappt das Schloss auf, und vor Überraschung lasse ich beinahe mein Werkzeug fallen. Ich hab's geschafft – ich habe ein echtes Schloss geknackt. Zwar werde ich dafür keinen Preis gewinnen, aber ich fühle mich wie eine Superheldin, als ich im Adrenalinrausch die Tür aufdrücke.

Knarz.

Die Türangeln beschweren sich lautstark, und ich erstarre. Über meinen donnernden Herzschlag hinweg versuche ich zu hören, ob irgendwer das Geräusch bemerkt hat und auf dem Weg ist, um nach dem Rechten zu sehen.

Stille.

Schweißgebadet schlüpfe ich in das Klassenzimmer. Mathe, das war noch nie mein Lieblingsfach. Wenn man versucht, ausgedachten Zahlen oder unendlich kleinen und großen Werten mit Logik zu begegnen, werden die Regeln schnell unklar – und ich mag es lieber, wenn ich die Regeln genau kenne. Ich habe mir die Schulregeln von St. Edith's – und auch die der acht anderen Internate, auf denen ich war, seit ich elf war – genaustens durchgelesen, und im Notfall kann ich ganze Paragrafen auswendig herunterleiern. Wenn man die Regeln kennt, ist es nämlich einfacher, sie zurechtzubiegen. Und sie so spektakulär wie möglich zu brechen.

Der Mond scheint durch die Farbglasfenster und zeichnet ein buntes Mandala auf den dunklen Boden, während ich auf das Lehrerpult zu schleiche. Mr. Clark ist kein schlechter Mensch. Er gehört einfach nur einem veralteten System an, in dem Testergebnisse über tatsächlichem Lernerfolg stehen, genauso wie ich einem System angehöre, das mich die letzten fünf Monate im hintersten Vermont festgesetzt hat, weil es Presse-Image über Familie stellt. Wir sind beide nur Opfer unserer Umstände, und ich fühle mich jetzt schon schuldig für das, was ich gleich tun werde. Wenn es einen besseren Ausweg gäbe, würde ich ihn nehmen, aber den gibt es nun mal nicht.

Die Schublade im Pult ist auch abgeschlossen, aber ich knacke das Schloss in unter dreißig Sekunden. Und da, halb begraben unter Bleistiftstummeln und einzelnen Büroklammern, liegt der dunkelgrüne Schatz, nach dem ich gesucht habe.

Das Notenbuch.

Ich brauche nicht lange, um die richtige Seite zu finden, und reiße sie mit einem befriedigenden Geräusch aus dem Buch, bevor ich ein Feuerzeug zücke. Die fast schon furchtsame Verachtung von Technologie, die auf St. Edith's herrscht, hat mir zwar oft das Leben schwergemacht, aber in diesem Moment kommt sie mir zugute.

Das Papier verfärbt und kringelt sich in der Flamme und lässt nur graue Ascheflocken zurück. Ich bin zwar normalerweise keine Brandstifterin, aber ich kann nicht leugnen, dass es ziemlich poetisch ist, wie die ganze harte Arbeit eines Semesters sich in Sekundenschnelle einfach in Rauch auflöst. Nichts ist für immer. Noch nicht einmal Abschlussnoten.

»*Evangeline Bright!* Was im Himmel tust du da gerade?«

Summend schalten sich die Neonröhren an der Decke an, und ich zucke schuldbewusst zusammen. Rektorin Thompson steht im Türrahmen, mit Lockenwicklern im Haar und puterrotem Gesicht. Ich habe sie noch nie etwas anderes als einen Tweedrock mit passender Jacke tragen gesehen, und eine Sekunde lang bin ich so fasziniert von ihrem abgetragenen rosa Bademantel, dass ich ganz vergesse, was gerade passiert.

»Mach das aus«, verlangt sie mit zitternder Stimme. »Mach *sofort* das Feuer aus, Evangeline!«

»Das würde ich ja«, antworte ich langsam. »Aber jetzt bin ich eh schon dabei, wissen Sie? Und es ist ja nur eine Seite, die wird Mr. Clark ja wohl kaum … *Autsch!*«

Die Flammen haben meine Fingerspitzen erreicht, und mit einem Schmerzensschrei lasse ich den Rest der brennenden Seite fallen. Rektorin Thompson und ich sehen ihr dabei zu, wie sie auf den Schreibtisch hinunterschwebt – und direkt auf dem offenen Notenbuch landet.

In Sekundenschnelle gehen die Mathenoten der gesamten Schule in Flammen auf.

Rektorin Thompson ringt nach Luft, und hektische Flecken breiten sich auf ihrem Gesicht aus. »Der Feuerlöscher! Wo …«

Doch während sie in den Flur stürzt und dabei ihre Lockenwickler festhält, bleibe ich wie angewurzelt vor dem Pult stehen. Keine Ahnung, ob das der Schock ist oder ob mein Unterbewusstsein versucht, sich von dem, was gerade passiert, abzugrenzen. So oder so stehe ich nur da und sehe zu, wie die Flammen immer höher tanzen, bis sie schließlich auf das trockene Holz von Mr. Clarks Pult überspringen.

Mist. *Verdammter Mist.*

Panisch reiße ich mir die Strickjacke vom Leib und versuche, damit die Flammen zu ersticken, aber ich erreiche nur, dass die Jacke Feuer fängt. Ein Funke fällt auf meinen Rock, und mit hämmerndem Herzen schlage ich ihn gerade noch rechtzeitig aus.

Ich wollte doch nur die eine Seite verbrennen.

»Evangeline!«, bellt Rektorin Thompson vom Türrahmen aus. »Komm da sofort weg!«

»Aber …«, setze ich an und bin mir selbst nicht ganz sicher, ob ich mich entschuldigen oder darauf bestehen will, das Feuer mit meiner Strickjacke zu bändigen, aber es ist bereits zu spät. Rektorin Thompson hetzt durch den immer dichter werdenden Rauch, packt mich am Ellbogen und zieht mich in den Flur.

Das laute Rauschen in meinen Ohren übertönt das, was sie mir zuruft, und als sie mich den dunklen Flur entlang zum Treppenhaus zerrt, werfe ich über die Schulter einen letzten Blick ins Klassenzimmer. Das Feuer breitet sich jetzt so schnell aus, dass auch ein Feuerlöscher keine große Hilfe mehr wäre. Mir fällt auf, dass der steinalte Feueralarm genauso klingt wie die Schulglocke. Ich weiß zwar nicht viel über Gebäudesicherheit, aber das scheint mir nicht besonders gut durchdacht zu sein.

Endlich schiebt Rektorin Thompson mich durch den Seitenausgang in die kühle Nacht hinaus. Ich ringe nach Luft und stolpere mit brennender Lunge und tränenden Augen über den Rasen. Wir drehen uns gleichzeitig zum Gebäude um und sehen mit offenen Mündern dabei zu, wie das Farbglasfenster in Mr. Clarks Klassenzimmer in einem regenbogenbunten Hagel zersplittert.

Na, wenigstens ist es spektakulär.

2. KAPITEL

Aufgepasst, Großbritannien! In weniger als einem Monat wird Prinzessin Mary achtzehn, und damit sind auch die Presseeinschränkungen, die für noch nicht volljährige Mitglieder der Königsfamilie gelten, aufgehoben. Die Welt brennt auf Neuigkeiten: Was für Geschichten und Gerüchte werden wir wohl aufstöbern? Ist unsere mysteriöse zukünftige Königin dafür bereit, von allen Seiten beäugt und beobachtet zu werden, nachdem sie ihr bisheriges Leben lang vor den gierigen Augen der Medien beschützt wurde?

In den kommenden Wochen werden wir sicherlich viel von ihr hören, da Ihre Majestät wohl bereits ihre Schulabschlussprüfungen hinter sich hat. Damit steht ihrem großen Auftritt auf der sozialen Bühne dieser Saison nichts mehr im Weg. Events wie Trooping the Colour (der Geburtstagsumzug für den König), das Royal-Ascot-Pferderennen und das Tennisturnier in Wimbledon – laut unseren Quellen wird sie sich bei allen zeigen.

Was wird sie anhaben? Ist ein Date im Spiel? Und, was am wichtigsten ist: Wie lange wird es wohl dauern, bis unsere geliebte Prinzessin ihren ersten königlichen Skandal verursacht?

— *The Regal Record*, 6. Juni 2023

Als die Tür des Befragungszimmers sich zum ersten Mal seit Stunden öffnet, reiße ich den Blick nur mit Mühe von meinem übermüdeten Spiegelbild los, das von der anderen Seite des Einwegspiegels vermutlich auch nicht viel besser aussieht.

Ein bulliger Polizeibeamter steht im Türrahmen, seine ohnehin schon knittrige Stirn in tiefe Falten gelegt. Unsere Blicke treffen sich, und obwohl mir vor Müdigkeit und Angst schon ganz schlecht ist, bleibt mein Gesichtsausdruck betont neutral. Natürlich habe ich ohne die Gegenwart eines Anwalts kein Wort gesagt, aber das bedeutet auch, dass die gesamte winzige Polizeistation des Dorfes, neben dem St. Edith's liegt, Rektorin Thompsons *extrem* dramatische Version dessen glaubt, was in Mr. Clarks Klassenzimmer vorgefallen ist. Ich bin zwar noch nicht in den Genuss der zweifellos spannenden Geschichte gekommen, aber wenn ich die Lautstärke der Jammerlaute bedenke, die gestern Nacht aus dem Befragungszimmer erklangen, in dem Rektorin Thompson ihre Aussage abgab, kann ich mir nicht vorstellen, dass ich darin glimpflich davonkomme.

Ich bereite mich mental auf eine weitere Salve von Fragen vor, die ich nicht beantworten werde, aber stattdessen verschränkt der Polizist die Arme vor der breiten Brust. »Evangeline Bright«, knurrt er. »Sie dürfen gehen.«

Mit offenem Mund starre ich ihn an und frage mich, ob mit meinen Ohren irgendwas nicht stimmt. Nachdem ich fast zehn Stunden in diesem Raum verbracht habe, mit nichts als einem Wasserbecher aus Plastik und einer tickenden Uhr neben mir, habe ich eher Handschellen und einen Gerichtsbescheid erwartet. Aber bevor ich mich von meinem Schock erholen und dumme Fragen stellen kann, tritt der Polizist einen Schritt zur Seite. Hinter ihm steht ein englischer Herr mit Halbglatze und einem kurzen, grauen Bart. Auf einmal ergibt alles einen Sinn.

»Jenkins!« Ich springe auf, obwohl jeder Muskel meines Körpers nach der Nacht auf dem unbequemen Plastikstuhl dagegen protestiert. »Die Beamten haben gesagt, dass sie dich nicht erreichen konnten …«

»Deine Schulleiterin war schneller«, antwortet er und läuft an dem Polizisten vorbei, als existiere er überhaupt nicht. »Als sie mich angerufen haben, war ich schon im Flugzeug. Geht es dir gut? Wann hast du das letzte Mal etwas gegessen oder getrunken?«

Ich schüttele den Kopf, und mir wird plötzlich bewusst, dass mein Mund wie eine alte Socke schmeckt. »Keine Ahnung. Egal. Was ist …«

»Sie haben eine Minderjährige die ganze Nacht lang ohne Verpflegung in einem Befragungszimmer sitzen lassen?«, fährt Jenkins den Polizisten an. »Wurde sie ärztlich behandelt? Oder ist Ihnen nicht in den Sinn gekommen, dass sie durch die Rauchinhalation zu Schaden hätte kommen können?«

Jenkins' Statur ist zwar ungefähr so einschüchternd wie die eines neugeborenen Kätzchens, aber trotzdem hätte ich schwören können, dass der Polizist zusammenzuckt. »War nicht meine Schicht«, grunzt er. »Da müssen Sie den Kommissar fragen.«

Jenkins wirft ihm einen so vernichtenden Blick zu, dass ich trotz allem, was passiert ist, ein Grinsen unterdrücken muss. »Das werde ich sofort tun«, antwortet er hoheitsvoll. »Im Gegensatz zu Ihnen und Ihren Kollegen nehme *ich* meine Pflichten ernst.«

Jetzt, da es nicht mehr mitten in der Nacht ist, ist auf der Polizeistation die Hölle los, aber Jenkins befördert mich mit einem Tempo zum Ausgang, das andeutet, dass jeder, der es wagt, uns im Weg zu stehen, kurzerhand umgerannt wird. Ich kann spüren, wie alle Blicke auf uns landen. Auf mir. Und ich weiß genau, was sich alle fragen.

Wer zum Teufel ist sie?

Vor der Polizeistation steht ein schwarzer Jeep, und ein Fahrer mit einem Pistolenholster und einem Walkie-Talkie nickt uns zu, als wir ins Sonnenlicht hinaustreten. Sobald wir uns in der mittleren Sitzreihe niedergelassen haben, schließt er fest die Tür hinter uns, und Jenkins seufzt.

»Eine richtige Straftat diesmal. Ich bin beeindruckt, Evan.«

»Ich versuche doch immer, deine Erwartungen zu übertreffen«, entgegne ich, doch ein strenger Blick von Jenkins lässt mich verstummen. »Tut mir leid. Eigentlich sollte es nur die eine Seite aus dem Notenbuch sein, aber Rektorin Thompson …«

»Ist dir klar, was passiert, sollte die Polizei Anklage gegen dich erheben?«, unterbricht Jenkins mich, und obwohl seine Stimme ruhig bleibt, lässt mich sein Tonfall schaudern. »Fünf Jahre. So viel kann man hier für Brandstiftung bekommen. Fünf Jahre deines Lebens, einfach weg, nur, weil du eine unbedachte Entscheidung getroffen hast.«

»Aber … das war doch alles ein Versehen«, flüstere ich kleinlaut. »Ich wollte nicht …«

»Vor Gericht sind deine Beweggründe egal, da geht es nur um die Konsequenzen deiner Handlungen.« Jenkins schüttelt den Kopf. »Ich habe mich immer vor dem Tag gefürchtet, an dem du in Schwierigkeiten gerätst, aus denen ich dir nicht einfach heraushelfen kann. Und jetzt ist es so weit.«

Der Motor springt an, und ich starre auf meine gebleichten Haarspitzen, die trotz aller Anstrengungen auch ein Jahr später noch leicht grünlich schimmern. »Wenn ich Mary wäre, würde kein Gericht der Welt mich verurteilen«, murmele ich.

»Das stimmt vielleicht«, antwortet Jenkins etwas sanfter. »Aber du bist nun einmal nicht Ihre Majestät. Du bist du, und damit musst du dich abfinden.«

»Aber … Ich bin auch seine Tochter«, entgegne ich. Ich hasse es, wie meine Stimme bei dem Satz zittert. »Nicht, dass ihn das kümmert.«

Kurz herrscht Stille, und ich spüre Jenkins' Blick auf mir, während ich weiter an meinen Haarspitzen herumspiele. »Ich habe dein Gepäck von St. Edith's abholen lassen«, sagt er schließlich. »Deine Zimmergenossin war offenbar äußerst hilfreich.«

»Prisha ist eine der Guten«, murmele ich. Sie hat es mir nie übel genommen, dass ich die Distanz zwischen uns aufrechterhalten habe.

»Der Kurier hat uns am Flughafen abgefangen«, sagt Jenkins und holt etwas aus seiner Innentasche. »Miss Kapoor bestand offenbar darauf, dass ich dir das hier persönlich übergebe.«

Er hält mir einen Umschlag hin, auf dem in Prishas schnörkeliger Schreibschrift (die auf St. Edith's Pflicht ist) mein Name steht. Misstrauisch nehme ich ihn entgegen und stelle fest, dass er nicht nur Papier enthält.

Mit gerunzelter Stirn öffne ich den Umschlag, und ein Armband aus Platin mit einem einzelnen Anhänger in Form einer Musiknote gleitet heraus. Ich erkenne es sofort. Die ganzen fünf Monate, die wir Zimmergenossinnen waren, habe ich Prisha nie ohne dieses Armband gesehen.

»Das gehört mir nicht«, sage ich verwirrt und fische ein gefaltetes Blatt aus dem Umschlag. Ich erwarte einen Brief, aber Prisha hat nur ein Wort geschrieben.

Danke.

Das war's. Kein Gruß, keine Unterschrift, gar nichts. Nur ihr Dank.

Ich starre das einzelne Wort an, und meine Brust fühlt sich plötzlich eng an. Prisha und ich waren uns nie besonders nahe. Wir kommen miteinander zurecht – ich habe schon vor Jahren gelernt, dass man sich besser nicht mit Menschen anlegt, mit denen man sich ein Zimmer teilen muss –, und ab und zu helfen wir uns gegenseitig bei den Hausaufgaben. Aber wir sitzen nicht beim Essen nebeneinander oder verbringen unsere Freizeit zusammen und haben nie unsere Social-Media-Adressen oder -Nutzernamen ausgetauscht (nicht, dass ich überhaupt irgendwelche sozialen Medien benutzen würde), weil wir nie wirklich befreundet waren. Wir existieren einfach nur am selben Ort, denn so muss es sein. So muss es immer sein.

Aber als ich das Blatt wieder zusammenfalte und in den Umschlag stecke, frage ich mich, wie es wohl wäre, wenn die Dinge anders lägen. Wenn ich Prishas Einladungen angenommen und Zeit mit ihr und ihren Freunden verbracht hätte oder wenn wir über mehr als nur Essays und Hausaufgaben geredet hätten. Aber das ändert nichts an der Realität, und ich zwinge mich, dem Gedanken nicht weiter nachzugehen. Besser, gar nicht erst zu fantasieren. Das bringt eh nichts.

Stattdessen konzentriere ich mich darauf, das Armband an meinem Handgelenk zu befestigen. Ich kann mich kaum daran erinnern, wann ich das letzte Mal ein Geschenk bekommen habe – ein *richtiges* Geschenk, nicht nur etwas, das irgendein Angestellter ausgesucht hat. Mein Vater schickt mir ab und zu teuren Schmuck oder Kaschmirpullover, und zu meinem zwölften Geburtstag hat er mir sogar einen Tiger gekauft, der im Londoner Zoo lebt. Aber wenn man bedenkt, dass ich Seine Majestät noch nie zu Gesicht bekommen habe, fühlt sich das Ganze eher nach

Bestechung an. Bestechung dafür, dass ich den Mund halte. Dass ich mich benehme. Dass ich ihn nicht noch mehr blamiere, als es meine bloße Existenz eh schon tut.

»Ich habe heute Morgen mit deinem Mathematiklehrer Mr. Clark gesprochen«, bemerkt Jenkins, als wir auf den Highway fahren. »Er sagte mir, dass du in deiner Abschlussprüfung nur einen einzigen Fehler gemacht hast und dass du eine seiner besten Schülerinnen warst.«

»Natürlich war ich das, dafür habe ich teuer Geld bezahlt«, witzele ich.

Jenkins ignoriert mich. »Er erwähnte auch, dass deine Zimmergenossin die Prüfung nicht bestanden hat und sie Gefahr lief, ihren Platz an der Dartmouth-Universität zu verlieren.«

Ich zucke mit den Schultern und lasse einen Finger über den Notenanhänger gleiten. »Das erklärt wohl, warum sie ständig geweint hat.«

Jenkins tätschelt mir das Knie, wie es ein liebevoller Großvater tun würde. Oder zumindest so, wie ich mir einen liebevollen Großvater vorstelle. »Du bist ein guter Mensch, Evan. Schade, dass du das von dir selbst nicht glaubst.«

»Du bist der Einzige, der das glaubt«, flüstere ich so leise, dass ich mir nicht sicher bin, ob er mich überhaupt hört.

Eine Weile lang schweigen wir beide. Er versucht nicht, die Stille zu durchbrechen, und ich genauso wenig, aber seine Gegenwart ist trotzdem beruhigend. Trotz allem, was gestern Nacht passiert ist, habe ich zum ersten Mal seit meiner Ankunft auf St. Edith's das Gefühl, wieder durchatmen zu können. Ich glaube, ihm ist bewusst, dass er diese Wirkung auf mich hat. Er hätte einfach jemand anderen schicken können, um mich abzuholen, vielleicht jemanden, der nicht auf der anderen Seite des Atlantiks wohnt, aber egal, wie viel Chaos ich stifte – oder, in diesem Fall, wie teuer die Kaution ist –, er ist immer da.

»Ich muss mein letztes Schuljahr jetzt nicht wiederholen, oder?«, frage ich, obwohl ich Angst vor der Antwort habe.

Jenkins zieht eine Augenbraue hoch. »Wenn man bedenkt, dass du gerade die Nacht in einem Verhörzimmer verbracht hast, solltest du dir um ganz andere Dinge Sorgen machen. Aber …« – er zieht das Wort in die Länge – »da du ansonsten eine tadellose Schülerin warst, bin ich optimistisch, dass ich mit etwas Erpressung und finanziellem Anreiz deine Schulleiterin davon überzeugen kann, dir ein Abschlusszeugnis auszustellen.«

»Erpressung?«, wiederhole ich argwöhnisch. Jenkins mag zwar dazu bereit sein, fast alles für seinen geliebten König zu tun, aber ich kann mir nicht vorstellen, dass er sich meinetwegen strafbar machen würde.

»Oder so ähnlich«, antwortet er. »Soweit ich weiß, hat nur ein einziges Klassenzimmer größere Schäden davongetragen. Und die hätten verhindert werden können, wenn im Flur ein Feuerlöscher vorhanden gewesen wäre. Außerdem sind da natürlich die potenziellen Langzeitfolgen der Rauchinhalation. Ich habe bereits eine Ärztin zum Flughafen bestellt, nur zur Sicherheit.«

»Mir geht's gut«, protestiere ich, aber er wedelt nur mit der Hand.

»Verletzungen würden uns nur helfen, sowohl mit der Schule als auch mit diesen inkompetenten Idioten, die sich Polizeibeamte schimpfen.«

Wenn ich an Rektorin Thompsons Gesichtsausdruck denke, als wir hilflos dabei zusahen, wie das Feuer sich in Mr. Clarks Klassenzimmer ausbreitete, bezweifle ich stark, dass sie sich von so etwas umstimmen lassen würde. »Ich gehe nie wieder auf ein

Internat, ganz egal, wie sie sich entscheidet«, verkünde ich. »Zur Not hole ich meinen Abschluss später nach, aber im Moment habe ich einfach genug.«

»Darling, du hast gerade eine Straftat begangen«, antwortet Jenkins spitz. »Selbst ich würde vermutlich kein Internat im ganzen Land finden, das dich noch aufnehmen würde.«

Erleichterung durchflutet mich, und endlich entspannen sich meine Muskeln. Ich lasse den Kopf an die Rücksitzlehne sinken. »Heißt das, dass ich endlich nach Hause darf?«

Jenkins zögert einen Augenblick zu lang, und der Funken Hoffnung, der in mir erglüht ist, stirbt sofort wieder. Die Antwort lautet immer »Nein«, egal, wie die Umstände sind. In den sechseinhalb Jahren, seitdem Seiner Majestät das Sorgerecht für mich übertragen wurde, hat er mir nie auch nur eine Sekunde lang die Kontrolle über mein eigenes Leben gegönnt. Wie naiv von mir, zu glauben, dass es diesmal anders wäre.

Ich seufze resigniert. »Darf ich wenigstens wissen, wo Alexander mich diesmal hinschickt?«

»Es wird auf jeden Fall besser sein, als ins Gefängnis zu gehen«, antwortet Jenkins.

»Na ja«, murmele ich genervt. »Ich kann mir schlimmere Orte vorstellen.«

Er dreht sich zu mir, und kurz denke ich, dass er seine Hand nach mir ausstrecken will, aber dann lässt er es doch sein. »Evan, ich weiß, wie schwer die letzten Jahre für dich waren, aber ich kann dir versichern, dass Seine Majestät nur das Beste für dich im Sinn hat.«

Gestern hätte ich die Aussage mit einem bitteren Lachen quittiert, aber nach der vergangenen Nacht kann ich mir nur ein müdes Seufzen abringen. »Woher soll er wissen, was am besten für mich ist, wenn er mich gar nicht kennt? Selbst wenn ich direkt an ihm vorbeispazieren würde, würde er mich nicht erkennen. Ich bedeute ihm gar nichts, Jenkins. Für ihn bin ich nur jemand, dem er ab und zu einen Scheck schicken muss, und den Scheck schreibt er noch nicht einmal selbst.«

»Evan …«, beginnt Jenkins, und ich erkenne an seiner Stimme, dass er mir widersprechen will.

»Lass es gut sein, Jenkins«, unterbreche ich ihn leise. »Bitte. Er hatte tausend Gelegenheiten, mir zu zeigen, dass ich ihm wichtig bin, und er hat keine davon genutzt. Ich bin nicht Mary. Ich bin nicht seine *Erbin*. Er will mich nicht, und ich habe keine Lust, ständig daran erinnert zu werden. Sobald ich achtzehn bin, mache ich mich aus dem Staub, und dann muss er nicht mehr so tun, als wäre er mein Vater.« Und vielleicht kann ich dann auch endlich aufhören zu hoffen, er würde eines Tages doch beschließen, dass ich ihm wichtig bin. »So ist es besser.«

»Für wen soll das besser sein?«, fragt Jenkins. »Sollte die Polizei Anklage einreichen, haben wir genug Ressourcen, um dich zu beschützen.«

»Aber damit beschützt du nicht mich«, widerspreche ich. »Du beschützt *ihn*, falls irgendwer je rausfindet, wer ich wirklich bin. Damit ich ihn und die Königsfamilie nicht blamiere.«

Jenkins schaut mich lange an, und statt ihm in die Augen zu sehen, starre ich auf meinen abgesplitterten lila Nagellack. »Würdest du wirklich lieber ins Gefängnis gehen, als unsere Hilfe anzunehmen?«, fragt er schließlich.

Ich nicke. »Im Gegensatz zu ihm habe ich keine Angst, mich den Konsequenzen meiner Handlungen zu stellen.«

»Verstanden«, sagt Jenkins so leise, dass ich ihn kaum höre. Dann schweigen wir beide. Ich schließe die Augen und lehne den

Kopf ans Fenster, während ich mit dem Notenanhänger herumspiele.

Fünfundzwanzig Tage. So lange hat Seine Majestät noch die
Kontrolle über mein Leben, und egal, in welchen goldenen Käfig
er mich diesmal steckt, am Ende dieser fünfundzwanzig Tage ist
er mich endlich los.

3. KAPITEL

Alexander II.

Aus Wikipedia, der freien Enzyklopädie

Der Titel dieses Artikels ist mehrdeutig. Weitere Bedeutungen sind unter Alexander II. (Begriffsklärung) aufgeführt.

König des Vereinigten Königreichs Großbritannien und Nordirland sowie der als *Commonwealth Realms* bezeichneten souveränen Staaten.

Herrschaft:	14. Mai 2001 – heute
Krönung:	7. Juni 2002
Vorgänger:	Edward IX.
Erbin:	Prinzessin Mary
Geboren:	18. Februar 1979, Windsor, Vereinigtes Königreich
Ehepartnerin:	Königin Helene (verh. 2003)
Abkömmlinge:	Prinzessin Mary Victoria Alexandra Elizabeth
Vollständiger Name:	Alexander Edward George Henry
Haus:	Windsor
Vater:	Edward IX.
Mutter:	Constance Harington

Alexander II. (Alexander Edward George Henry, geboren am 18. Februar 1979) ist der König des Vereinigten Königreichs Großbritannien und Nordirland sowie von 14 weiteren, als Commonwealth Realms bezeichneten souveränen Staaten.

Alexander wurde als erstes Kind des Prinzen und der Prinzessin von Wales (später König Edward IX. und Königin Constance) auf Schloss Windsor in Windsor geboren. Sein Großvater, Alexander I., bestieg sieben Jahre zuvor den Thron; somit war der junge Alexander Zweiter in der Thronfolge. Er besuchte das traditionsreiche Internat Eton und stellte eine Militärkarriere zurück, um einen Platz an der University of Oxford anzunehmen. Nach dem plötzlichen und unerwarteten Tod von Edward IX. im Jahre 2001 bestieg Alexander II. mit zweiundzwanzig Jahren den Thron. 2003 heiratete er Lady Helene Abbott-Montgomery, mit der er eine Tochter hat (Prinzessin Mary, geb. 1. Juli 2005).

Als Jenkins und ich an dem winzigen Privatflughafen ankommen, wartet der majestätisch glänzende Privatjet der Königsfamilie bereits auf dem Rollfeld. Ich lasse eine glücklicherweise kurze medizinische Untersuchung über mich ergehen, und sobald die Ärztin verkündet, dass mir außer ein bisschen Heiserkeit nichts fehlt, führt Jenkins mich zur Gangway, ohne eine Sekunde zu verlieren.

An Bord steuere ich sofort auf meinen Lieblingsplatz zu: einen von vier Ledersesseln mit verstellbarer Rückenlehne, auf deren Kopfteil das königliche Insigne *AIIR* prangt und die um einen üppigen Holztisch gruppiert sind. Als ich näher komme, entdecke ich auf der hochpolierten Tischplatte ein schmales, in silbernes Papier eingewickeltes Paket.

»Was ist das?«, frage ich. Schon vor Jahren habe gelernt, nie zu erwarten, dass irgendetwas in diesem Flugzeug für mich ist, aber das Paket sticht ziemlich hervor.

»Ein Geschenk zum Schulabschluss, das du dir eigentlich gar nicht verdient hast«, antwortet Jenkins streng, aber in seinen Augenwinkeln funkelt ein Lächeln. »Ich dachte, du könntest es vielleicht gebrauchen.«

Gespannt lasse ich mich auf meinem Stammplatz nieder und nehme das Paket in die Hand, um das Gewicht zu erspüren. Es ist überraschend schwer und trotz fehlender Schleife liebevoll verpackt. Etwas verwirrt ziehe ich das Klebeband ab, und als ich die Verpackung unter dem Papier erkenne, lasse ich das Geschenk beinahe fallen.

»Ein Laptop?«, keuche ich. »Aber ich dachte …«

»Jetzt, da St. Edith's dir hoffentlich ein wenig Zurückhaltung im Thema internetfähige Geräte beigebracht hat, hoffe ich, dass du ihn im September für Universitätsarbeit gebrauchst, statt dich in Columbias internes Netzwerk einzuklinken«, sagt Jenkins, der immer noch im Gang steht. »Falls du bis dahin nicht längst in einer Gefängniszelle schmachtest.«

Ich lasse den Finger über die Verpackung gleiten. Nach monatelangem Internetentzug kann ich mein Glück kaum fassen. »Danke«, bringe ich heraus. »Ich habe dir schon fast verziehen, dass du mich auf dieses Internat geschickt hast. *Fast.*«

»Das hast du dir selbst eingebrockt, Darling«, antwortet Jenkins sanft. »Sei bitte so freundlich und belass es an der Universität bei Aufsätzen und Recherche. Wenigstens für meine Nerven.«

Das erinnert mich an etwas. »Ähm, ich … Ich habe den Platz an der Columbia abgelehnt.«

Normalerweise lässt sich Jenkins durch nichts aus der Ruhe

bringen, aber das scheint ihn kalt zu erwischen. »Ach ja? Hast du dich doch für einen Auslandsaufenthalt entschieden?«

»Nein«, antworte ich. »Wenn ich achtzehn bin, will ich zu meiner Mom ziehen.«

Trotz meines Versuchs, Jenkins' durchdringendem Blick auszuweichen, erwischt er mich doch für den Bruchteil einer Sekunde, und ich schaue schnell weg. Ich kann sein Mitleid gerade nicht ertragen, vor allem, weil er der Einzige ist, der weiß, wer ich wirklich bin – und wer ich nicht bin.

»Du bist intelligent, Evan«, sagt er schließlich. »Du solltest deine Bildung nicht vernachlässigen.«

»Dort gibt es auch eine Uni, und das Informatikprogramm soll gut sein.«

Jenkins' Gesichtsausdruck ist angespannt, und ich weiß genau, was er gerade denkt. Dass eine Königstochter an irgendeiner drittrangigen Uni studieren will, ist fast lächerlich genug, um die Grundlage für eine Sitcom zu sein. »Evan«, seufzt Jenkins. »Dein Vater ...«

»Hatte sechs Jahre Zeit, alles in meinem Leben zu zerstören, was mich glücklich gemacht hat, und das hat er auch gut hinbekommen. Aber jetzt bin ich dran. Und keine Sorge«, füge ich hinzu, als ich den Laptop beiseitelege, »ich bezahle die Uni auch selbst. Er muss keinen Cent für mich ausgeben.«

Statt mir noch weiter zu widersprechen, nickt Jenkins nur und geht zur Flugzeugküche, in der es immer genug Verpflegung gibt, um ein mittelgroßes Land eine ganze Woche lang zu versorgen. Während er sich Tee kocht – oder vielleicht auch Kaffee, wenn man die Nacht bedenkt, die wir gerade durchgestanden haben –, packe ich den Laptop aus und schalte ihn an. Jenkins hat bereits alles für mich eingestellt, und statt nachzusehen, was ich die letzten Monate bei Netflix verpasst habe, öffne ich VidChat.

Sofort begrüßt mich das Profilbild meiner Mutter, ein kreisrund ausgeschnittenes Foto, auf dem sie lächelt und das sie schon seit Jahren benutzt. Dank des Technikverbots auf St. Edith's und Moms Abneigung gegen das Telefonieren habe ich seit Januar nicht mit ihr gesprochen. Ich atme tief durch und klicke auf den Anrufknopf. Mein Magen zieht sich bei dem Gedanken, ihr von meiner Verhaftung zu erzählen, schmerzhaft zusammen, und ich habe bereits beschlossen, einfach nichts zu sagen, als eine Fehlermeldung erscheint.

Keine Internetverbindung.

Mist. Während das Flugzeug auf dem Rollfeld an Geschwindigkeit aufnimmt, versuche ich es noch mal, aber es passiert immer noch nichts. Nach fünftausend Höhenmetern und mehreren gescheiterten Versuchen, eine Verbindung herzustellen, gebe ich schließlich auf und rolle mich stattdessen auf dem Sitz zusammen. Meine Enttäuschung wird zu Müdigkeit, und ich sage mir, dass Mom auch später noch da sein wird. Wir haben immerhin seit fünf Monaten nicht mehr gesprochen, da machen ein paar Stunden mehr auch nichts aus.

Als ich benommen und mit trockenem Mund aufwache, sind wir immer noch in der Luft. Blinzelnd reibe ich mir die Augen. »Wie spät ist es?«

»Kurz nach neun«, antwortet Jenkins, ohne von seinem Kreuzworträtsel aufzusehen. Er sitzt mir direkt gegenüber, obwohl es mindestens ein Dutzend freier Sitze und Sofas im Flugzeug gibt.

»Neun?«, wiederhole ich verwirrt und werfe einen Blick aus dem Fenster. Gerade geht die Sonne auf. Oder unter, keine Ahnung. Plötzlich wird mir vor Angst ganz flau. »Moment … Fliehen wir gerade echt über die Grenze?«

»Das müssen wir beide noch besprechen«, sagt Jenkins, und mein Magen zieht sich so schmerzhaft zusammen, dass mir übel wird.

»Ich kann meine Mutter nicht einfach zurücklassen«, bricht es aus mir heraus. »Bitte, Jenkins – es tut mir wirklich leid, aber mir ist es egal, ob ich angeklagt werde, okay? Ich will nicht so weit weg von meiner Mom sein. Bring mich bitte nicht nach Neuseeland oder … oder Malaysia oder …«

»Evan, Darling, glaubst du wirklich, dass dein Vater dich auf die andere Seite der Welt schicken würde?«, unterbricht Jenkins mich schockiert.

»Keine Ahnung«, murmele ich. Ich habe schließlich noch nie mit ihm gesprochen.

Jenkins lässt sein Kreuzworträtsel sinken. »Wie viele enge Freunde hast du?«

»Was hat das denn mit …«

»Antworte mir«, sagt er sanft. »Du hast in den letzten sechs Jahren neun Internate besucht. Wie viele Freunde hast du gefunden?«

»Ziemlich viele«, lüge ich. Jenkins schaut mich still an, und ich lasse den Zeigefinger über das Muster auf dem Holztisch gleiten. »Du bist mein Freund, oder? Und Prisha hasst mich offenbar doch nicht. Das macht zwei.«

Statt des vernichtenden Blicks, den ich erwartet hatte, setzt Jenkins einen grimmigen Gesichtsausdruck auf. »Ich muss mich bei dir entschuldigen«, sagt er. »Das ist alles meine Schuld.«

»Hä, was? Nein, ist es nicht.« Manchmal denke ich, dass er der Einzige ist, der an dieser Situation *keine* Schuld hat. »Aber … Was dachtest du denn, was ich sage? Dass ich bei jedem Schulverweis untröstliche Klassenkameradinnen hinterlassen habe? Ich war nirgendwo lange genug, um irgendwen gut kennenzulernen. Und wie soll ich denn Freundschaften schließen, *echte* Freundschaften, wenn ich niemandem sagen kann, wer ich bin? Wenn ich alles geheim halten muss, damit niemand je herausfindet, dass *Seine Majestät* doch nicht der Inbegriff der Tugend ist, für den ihn alle halten?«

»So einfach ist das nicht«, antwortet Jenkins. »Wenn die Situation anders wäre …«

»Ist sie aber nicht«, fauche ich, während sich in meiner Kehle ein Kloß bildet. »Und das wird sie auch nie sein. Das weiß ich, und ich will ja auch nicht, dass Alexander sie ändert oder mich beschützt. Alles, was ich will, ist …«

»Nach Hause zu gehen«, beendet er den Satz. »Ja, ich weiß. Und dahin bringe ich dich jetzt.«

Mein Mund steht offen, aber ich bringe keinen Ton heraus. Ich war nicht mehr zu Hause – *richtig* zu Hause, mit meiner Mom in unserem blauen Haus etwas außerhalb von Arlington in Virginia – seit ich vier war. Danach habe ich sieben Jahre lang ein paar Kilometer weiter weg bei meiner Großmutter gewohnt, bis sie an einem Schlaganfall starb und Seine Majestät, mein abwesender Vater, das Sorgerecht für mich erhielt. Seitdem konnte ich nur davon träumen, wieder zu Hause zu sein – bis jetzt.

»Ich darf meine Mom sehen?« Ich springe auf und werfe mich Jenkins an den Hals. Das letzte Mal, dass ich jemanden umarmt habe, ist schon so lange her, dass ich mich kaum daran erinnern kann. Es fühlt sich ein bisschen komisch an, aber das ist mir egal. Ich darf endlich nach Hause.

Nach ein paar Sekunden bemerke ich, dass Jenkins die Umarmung nicht erwidert. Er sitzt steif und mit gerunzelter Stirn da und weicht meinem Blick aus.

»Also darf ich doch nicht nach Hause«, stelle ich fest. All die Aufregung und Freude verlassen schlagartig meinen Körper, und ich sinke wieder auf meinen Sitz.

»Doch«, sagt er, und zum ersten Mal in all den Jahren, die ich ihn jetzt schon kenne, klingt er unsicher. »Aber … vielleicht nicht in das Zuhause, das du im Sinn hast.«

»Nicht das …?« Und dann verstehe ich ihn plötzlich. Ich drehe mich zum Fenster um. Die Sonne verschwindet gerade hinter dem Horizont. Also müssten wir den ganzen Tag geflogen sein – doch das stimmt nicht, wir sind seit höchstens sechs Stunden in der Luft, und ein Blick auf die digitale Uhr über der Tür zum Cockpit bestätigt meine Theorie. In Vermont ist es erst vier Uhr nachmittags.

Aber wir fliegen gerade übers Meer. Über ein ziemlich großes Meer.

»Nein.« Ich stehe so plötzlich wieder auf, dass ich mir das Knie am Tisch stoße. »Jenkins …«

»Evan, setz dich bitte wieder hin«, sagt er. Das kann ich aber nicht, also laufe ich auf dem Gang auf und ab. Mein Herz schlägt so schnell, dass ich Angst habe, es könnte mir die Rippen brechen.

»Das kann er nicht machen«, platze ich heraus, während mich Panik durchflutet. »Das … Ich … Er *kann* das nicht machen, Jenkins. *Bitte*. Ich will …«

»*Evangeline*.« Seine Stimme klingt scharf, und er hält mich am Arm fest, als ich an ihm vorbeilaufen will. Er legt mir die Hände auf die Schultern und sieht mir ins Gesicht, seine Nase nur Zentimeter von meiner entfernt. »Du weißt genauso gut wie ich, wie die Dinge liegen. Wenn du in den Staaten bleibst und angeklagt wirst, bist du auf dich allein gestellt. Du hast keine Freunde, keine engen Verwandten …«

»Ich habe meine Mom«, erwidere ich, aber meine Stimme versagt. »Er kann mich nicht für immer von ihr fernhalten.«

»Er will dich auch gar nicht von ihr fernhalten«, sagt Jenkins. »Ihr ärztliches Team ist dabei, ihre Medikamente anzupassen, und sie kann sich gerade einfach nicht um dich kümmern, besonders, wenn man deine rechtliche Lage bedenkt. Der Stress wäre zu viel für sie.«

Tränen treten mir in die Augen. Alexander hat immer eine Ausrede. »Er hat ihr nie eine Chance gegeben«, bringe ich heraus. »Sie ist eine gute Mom. Sie war immer eine gute Mom, und ich bin alt genug, um mich um mich selbst zu kümmern. Sie müsste sich gar keine Sorgen machen.«

»Sie ist eine großartige Mutter«, stimmt Jenkins mir zu. »Und genau deswegen würde sie sich Sorgen machen. Und selbst wenn du nicht verhaftet worden wärst, würde deine Gegenwart …«

Er beendet den Satz nicht, aber ich weiß genau, was er sagen wollte. Meine Gegenwart würde sie aus dem Gleichgewicht bringen. Ich bin schon nicht mehr Teil ihres alltäglichen Lebens, seit meine Großmutter das Sorgerecht für mich bekommen hat, und ich würde sie nur daran erinnern, was sie verloren hat.

»Es tut mir so leid«, sagt Jenkins leise. »Sosehr ich auch wünschte, ich könnte dich zu ihr bringen, es ist jetzt gerade die falsche Zeit dafür. Und du hast keinen anderen Ort, an den du gehen kannst.«

Der letzte Satz wirft mich fast um, und die Worte scheinen endlos nachzuhallen. Er hat recht, und das weiß ich auch. Aber ich will nicht, dass er recht hat.

»Dann bring mich auf die Malediven. Oder … oder nach Neuseeland oder Malaysia, mir egal. Nur nicht dahin, Jenkins. Okay? Er kann mich an jeden Ort der Welt schicken, und ich gehe freiwillig. Nur nicht dahin.«

»Das ist für dich im Moment der beste Ort«, sagt er. »Du glaubst mir vielleicht nicht, aber dort gibt es Menschen, die dich lieben, wenn du sie nur lässt.«

»Wen?«, presse ich hervor. »*Ihn?* Er liebt mich nicht, Jenkins. Das weißt du. Er war nicht für mich da, als Mom krank wurde. Er war nicht für mich da, als meine Großmutter gestorben ist. Alles, was er jemals getan hat, ist, mich so weit wie möglich von seinem Leben fernzuhalten, und … ich kann das einfach nicht. *Bitte.*«

Jenkins fährt mir mit dem Daumen über die nasse Wange. »Du musst nicht für immer dortbleiben, Darling. Sobald wir deine rechtlichen Stolpersteine aus dem Weg geräumt haben, gebe ich dir deine Pässe, eine Kreditkarte und ein Flugticket, mit dem du an einen beliebigen Ort fliegen kannst – auch nach Arlington, wenn du das möchtest. Wenn du achtzehn bist, kannst du leben, wo du willst, *wie* du willst, und du musst nie wieder auch nur einen Fuß auf englischen Boden setzen. Aber du warst lange genug allein, und es ist Zeit, dass du deine Familie kennenlernst.«

»Das ist nicht meine Familie«, widerspreche ich mit belegter Stimme. »Glaubst du, die Königin backt mir zur Ankunft Kekse? Oder dass Mary mir die Haare flicht und mir davon erzählt, wie es war, in einem Schloss aufzuwachsen?«

»Ich glaube, dass du ein wenig Stabilität brauchst«, sagt Jenkins. »Und ich fürchte, dass das hier deine letzte Gelegenheit ist.«

Er lässt mich los, und ich stolpere zur Toilette und schließe die Tür ab. Ich sinke auf den Fliesenboden und vergrabe das Gesicht in den Händen, und als meine Selbstkontrolle schwindet und ich aufschluchze, beginnen wir unseren Anflug auf den Ort, von dem ich dachte, dass ich ihn nie sehen würde:

London.

4. KAPITEL

Niemand stellt ein Outfit zusammen wie Königin Helene.

Ich sitze im Sapphire, einem teuren Café an einer stillen Straßenecke in Mayfair, einem der exklusivsten Stadtteile von London, als sich plötzlich jeder Blick zur Tür wendet. Sie denken jetzt vielleicht, das sei eine stilistische Übertreibung, aber wenn es um Helene geht, die Königin des Vereinten Königreiches und die bekannteste Frau der Welt, ist eine Übertreibung gar nicht möglich.

Das Erste, was mir ins Auge fällt, ist ihr berühmtes rosa Sommerkleid aus der Sommerkollektion 2021 von Alexander McQueen, das sie heute mit einer cremefarbenen Jacke von Whistles kombiniert, von der Ihre Majestät bestätigt, dass sie aus dem Kaufhaus Selfridges stammt.

»Ich finde es unmöglich, ein Outfit nur einmal zu tragen und es dann wegzuwerfen«, antwortet sie mit ihrer sanften Stimme, als ich sie nach ihrem Ensemble frage – dasselbe, das sie vor zwei Jahren zum Royal-Ascot-Pferderennen trug. »Der negative Effekt der Modeindustrie auf die Umwelt ist nicht zu leugnen, und in den letzten Jahren hat unsere Familie einige Anstrengungen unternommen, unseren CO_2-Fußabdruck zu verringern. Wir haben schließlich nur diese eine Erde«, fügt sie hinzu und richtet sich dabei auf, als wäre sie daran gewöhnt, für ihre humanitäre Arbeit auf Gegenwind zu stoßen. »Egal, wie groß unsere Privilegien sind, wir müssen ihr alle den gleichen Respekt erweisen.«

Ihre Ernsthaftigkeit ist fast schon magnetisch anziehend,

und ich spüre die Blicke der anderen Besucher auf uns. Vier Bodyguards stehen unauffällig im Hintergrund – seit dem berüchtigten Paparazzi-Angriff, von dem Ihre Majestät während ihrer Schwangerschaft mit Prinzessin Mary eine gebrochene Nase davontrug, sind sie in der Öffentlichkeit immer an ihrer Seite. Doch die Königin lässt sich von ihnen nicht aus dem Konzept bringen. Sie ist schon lange nicht mehr die schüchterne Einundzwanzigjährige, die sich vor ihrer Hochzeit mit König Alexander in einem Tierheim engagierte, und als ich sie nach der bevorstehenden sozialen Saison in London frage, leuchtet ihr Gesicht auf.

»Wir haben alle Designerinnen und Designer nach ihrem Einsatz für nachhaltige Mode ausgewählt«, erzählt sie und wischt sich dabei den neuen (und seitdem oft nachgeahmten) Pony aus den Augen. »Ich freue mich sehr darüber, aufstrebende Modehäuser aus dem Königreich und des Commonwealth präsentieren zu dürfen. Jedes Design wird für nur vierundzwanzig Stunden bei den jeweiligen Labels verfügbar sein, und der Erlös geht an einen guten Zweck.«

Helene mag zwar die Königin des Vereinigten Königreichs sein, doch auch außerhalb der Landesgrenzen lässt sie es sich nicht nehmen, Gutes zu tun, was nur zu ihrer Popularität beiträgt, die seit ihrer spektakulären Hochzeit vor zwanzig Jahren stetig wächst.

– »Die Königin der Mode«, *Vanity Fair*, Juni 2023

Als unser Auto sich fünfzehn Minuten vom Flughafen Heathrow entfernt durch ein Dorf schlängelt, fühle ich mich, als müsste ich mich gleich übergeben.

Es würde Jenkins nur recht geschehen, wenn ich ihm die Schuhe ruinieren würde, aber trotzdem halte ich den Mund energisch geschlossen. Seit der Landung habe ich kein Wort mit ihm gesprochen. Zum ersten Mal in meinem Leben möchte ich nicht mit ihm reden, und egal, wie oft er betont, dass ich nur einen Monat lang bleiben müsse, dass es schon nicht so schlimm werde oder dass er mir, wenn es vorbei ist, alles geben werde, was ich wollte – am liebsten würde ich schreien, bis mir der Hals wehtut und die Stimme versagt.

Die Details, wie genau ich auf die Welt gekommen bin, hat mir niemand je erzählt, aber ich weiß, dass ich kein bedauernswerter Unfall war, der passierte, bevor Alexander seine absurd beliebte Königin Helene kennenlernte. Ich wurde zwei Jahre nach ihrer Hochzeit geboren, und es ist nicht besonders schwer, von da aus zurückzurechnen. Meine Mom hatte eine Affäre mit dem König des Vereinigten Königreichs, und neun Monate später kam ich zur Welt – am selben Tag wie die Thronerbin und meine einzige Halbschwester, Prinzessin Mary.

Ich weiß, dass das nicht meine Schuld ist. Vermutlich ist noch nicht einmal Mom daran schuld, wenn man das Machtverhältnis zwischen ihr und Alexander bedenkt. Aber trotzdem bin ich diejenige, die die Konsequenzen tragen muss. Außer Jenkins und meinen Eltern weiß niemand, wer ich wirklich bin, und obwohl ich nicht in der Königsfamilie aufgewachsen bin, habe ich bei Google genug gelernt, um zu wissen, was für ein Problem meine Existenz für die Monarchie darstellt. Alle lieben Helene. Sie war schon auf dem Cover von so ziemlich jeder Zeitschrift in Europa, und sie wird häufig als »das Herz von Großbritannien« bezeichnet. Wenn die Welt wüsste, dass Alexander ihr fremdgegangen ist, wäre das *der* Skandal des Jahrhunderts.

Und genau deswegen ist mir, als das Auto das Tor von Schloss Windsor passiert, immer noch vollkommen unklar, warum Jenkins mich unbedingt hierherbringen muss.

»Hier residiert die Königsfamilie normalerweise den Großteil des Jahres«, erklärt Jenkins, als würde ich ihn nicht gerade ignorieren. »Im Spätsommer zieht sie natürlich nach Balmoral, und während der Feiertage hält sie sich auf Sandringham auf. Seine Majestät ist während der Werktage der Einfachheit halber oft im Buckingham Palace, doch Schloss Windsor ist das wahre Zuhause der Familie.«

Der Fahrer öffnet mir die Tür, und widerwillig steige ich aus. Jenkins folgt mir, und nachdem er ein kurzes Wort mit den Bediensteten gewechselt hat, die gerade mein Gepäck aus dem Kofferraum holen, führt er mich durch eine Seitentür in einen hellen Flur.

Innen sieht es viel einfacher aus, als ich angenommen hatte, und als ich mir die weißen Wände und den abgetretenen Teppich ansehe, runzele ich die Stirn. Ich bin immer noch sauer auf Jenkins, aber manchmal funktioniert das mit dem Ignorieren nicht so gut.

»Das soll das Schloss sein?«, frage ich schließlich. »Sieht eher aus wie einer meiner alten Schlafsäle.«

»Das hier ist ein Diensteingang«, erklärt er, als wir am Ende des Flurs abbiegen. »Der Prunk konzentriert sich hauptsächlich auf den Trakt der Königsfamilie.«

»Moment … Also schmuggelst du mich heimlich durch den Hintereingang?« Warum überrascht mich das so gar nicht?

»Du bist schließlich eine gewöhnliche Verbrecherin«, sagt er mit einem Anflug seines üblichen Humors. Amüsiert schnaube ich.

Ohne auch nur einmal die Orientierung zu verlieren, führt er mich durch das Labyrinth aus Fluren und Korridoren. Die meisten Türen, an denen wir vorbeikommen, sind geschlossen, aber die wenigen, die offen stehen, scheinen in Lagerräume oder Büros zu führen. Alles sieht normal aus, aber als wir tiefer ins Schloss vordringen, wird mir wieder übel.

Das ist nur ein Ort von vielen, an dem ich eine Weile bleiben muss, versuche ich mir einzureden. Er unterscheidet sich auch nicht von den gefühlt Hunderten Internaten und Sommercamps, in denen ich die letzten Jahre verbracht habe. Wenn ich Glück habe, hat der König eh zu viel zu tun, um sich mit mir abzugeben, und wenn ich mich unauffällig verhalte, muss niemand überhaupt wissen, dass ich hier bin. Ich kann das schaffen – ich *muss* das schaffen. Und solange niemand versucht, mich wieder festzunehmen, mache ich mich in fünfundzwanzig Tagen aus dem Staub.

Als wir gerade an einem Raum voller Stoffservietten in allen erdenklichen Farben vorbeigekommen sind, hält uns ein mittelalter Mann mit blonden Haaren und einer großen Nase auf. »Jenkins«, sagt er und senkt dabei respektvoll den Kopf. »Louis wartet in seinem Büro auf Sie.«

»Wundervoll«, antwortet Jenkins, und er klingt dabei tatsächlich erfreut. »Mir, äh, ist die königliche Standarte aufgefallen, als wir herkamen. Ist Seine Majestät in der Residenz?«

»Er ist erst vor einer Stunde wiedergekommen. Offenbar hat Seine Majestät beschlossen, den Rest der Woche auf Schloss Windsor zu verbringen.« Der blonde Mann wirft mir einen Blick zu und sieht dann hastig wieder weg. Er weiß es. Keine Ahnung, wie oder warum, aber er weiß es. »Soll ich ihn von Ihrer Ankunft unterrichten?«

Ich könnte schwören, dass ich Jenkins schlucken sehe. »Wenn es keine Umstände macht«, antwortet er, und nachdem der Mann abermals den Kopf gesenkt hat, gehen wir weiter.

»Wer war das?«, frage ich und werfe einen Blick über die Schulter. Der Mann ist bereits in einem anderen Flur verschwunden.

»Ein diskretes Mitglied des Personals Seiner Majestät und jemand, den du vermutlich nie wiedersehen wirst«, sagt Jenkins. »Komm – wir haben keine Zeit zu verschwenden.«

Ich folge ihm langsam, weil ich es wirklich nicht eilig habe, die Königsfamilie kennenzulernen. »Wo schlafe ich denn? Neben der Faulgrube oder hinter dem Müllcontainer?«

Jenkins schmunzelt. »Ich bin froh, dass dein Sinn für Humor zurückzukehren scheint.«

Aber er beantwortet meine Frage nicht, und als er mich eine schmale Treppe hinaufführt, steigt in mir der plötzliche Drang auf, einfach wegzulaufen. Es ist nichts Neues für mich, an einem unbekannten Ort zu sein, aber ich habe trotzdem ein ungutes Gefühl dabei, durch ein tausend Jahre altes Schloss zu laufen, in dem irgendwo mein Vater lauert. Mein mir unbekannter Vater, der zufällig auch der König eines gesamten Königreichs und des britischen Commonwealth ist.

Zwei Stockwerke später treten wir in einen spärlich dekorierten Flur, und ich will Jenkins gerade fragen, ob die Königsfamilie immer noch Gefangene in den Tower of London wirft, als ein schlanker Schwarzer Mann in einem dunkelblauen Anzug aus einer Tür tritt. Bevor ich den Mund aufmachen kann, kommt er auf uns zu.

»Harry! Da bist du ja.« Trotz seines tadelnden Tonfalls küsst er Jenkins zur Begrüßung auf die Wange. »Du hast nicht Bescheid gesagt.«

»Es war dringend«, sagt Jenkins entschuldigend. »Diesmal war die Polizei involviert.«

»Ah«, macht der Mann, und mein Gesicht läuft rot an, als

sein Blick auf mich fällt. »Du musst Evan sein. Ich bin Louis Jenkins.«

In seinen dunklen Augen funkelt eine Zuneigung, die ich nicht erwartet habe. »Es gibt noch einen zweiten Jenkins?«, frage ich, und Louis lächelt.

»Es gibt nur einen Jenkins«, sagt er liebevoll. »Aber er hat mir netterweise erlaubt, seinen Namen anzunehmen.«

Oh. *Oh.* »Du hast nie erwähnt, dass du verheiratet bist, Jenkins.«

»Du hast mich nie gefragt«, antwortet er, aber seine Stimme klingt nachsichtig, und seine Mundwinkel zucken, als er auf eine nahe gelegene Tür weist. »Sollen wir?«

Louis führt uns in sein Büro. Es ist größer, als ich erwartet habe. In einer Ecke steht ein langer Schreibtisch, in der anderen mehrere volle Kleiderstangen, und in der Mitte sind einige Sessel gruppiert. Als ich mich umsehe, wandert Louis' Blick unverhohlen an mir auf und ab, als würde er jedes Detail analysieren.

»Besonders kräftig bist du nicht, oder? Und deine Haare sind bunter, als mir zugetragen wurde.«

»Ich gehe davon aus, dass du das beheben kannst«, sagt Jenkins, der mich jetzt auch kritisch beäugt. »Wir müssen sie ein wenig aufpolieren, bevor wir sie Seiner Majestät vorstellen können.«

»Aufpolieren?« Louis zieht die Augenbraue hoch. »Das ist eine ziemliche Untertreibung.«

»Hallo, ich kann euch hören«, beschwere ich mich und lasse mich auf ein Sofa neben der Tür fallen. »Und die Haarfarbe sollte nur vorübergehend sein. Mir war nicht klar, dass sie so lange grün bleiben würden.«

»Es geht nicht nur um die Haare, Darling, obwohl die natürlich oberste Priorität haben«, erklärt Louis. »Der Stil der Königsfamilie ist sehr ... *besonders.* Es gibt Regeln, geschriebene und ungeschriebene, und wenn du mit von Partie sein willst ...«

»Will ich nicht«, unterbreche ich ihn. »Ich bin nur einen Monat lang hier, das war's.«

Jenkins' Gesichtsausdruck verdunkelt sich. »Und während dieses Monats müssen wir sicherstellen, dass du präsentabel bist. Louis ist der persönliche Stylist Ihrer Majestät, und er kann dir die angemessenen ...«

Plötzlich erklingen auf dem Gang schwere Schritte, und ein Mann mit sandfarbenem Haar stürmt in Louis' Büro. Er bleibt mit dem Rücken zu mir stehen und sieht mich daher nicht, aber von meinem Platz aus kann ich erkennen, dass er vor Wut schäumt.

»Jenkins«, zischt er leise, trotz seines offensichtlichen Zorns. »Was genau haben Sie hier vor?«

Jenkins und Louis richten sich kerzengerade auf. »Eure Majestät«, sagt Jenkins und senkt den Kopf, und mir steigt sofort die Galle in die Kehle. »Vielleicht könnten wir unter vier Augen ...«

»Sie erklären mir jetzt, warum Sie dachten, dass es angemessen oder sogar notwendig wäre, sie hierherzubringen«, schnaubt der Mann mit dem sandfarbenen Haar. Alexander. *König* Alexander II., Herrscher des Vereinigten Königreichs und der Commonwealth Realms – und mein Vater. Der, wie mir gerade klar wird, keinen blassen Schimmer davon hatte, dass ich herkommen würde.

Ich ziehe die Knie an die Brust und öffne den Mund, aber ich bringe keinen Ton heraus. Natürlich weiß ich, wie er aussieht – ich lebe schließlich nicht auf dem Mond. Aber es ist seltsam verunsichernd, in einem Raum mit jemandem zu sein, den ich mein ganzes Leben lang nur auf Fotos und in Zeitungsartikeln gesehen habe. Als ich seinen Hinterkopf anstarre, kann ich nur daran denken, dass er kleiner ist, als ich dachte. Nicht viel kleiner, nur ein paar Zentimeter, aber er ist nicht der gewaltige Riese, den ich mir seit fast sieben Jahren ausgemalt habe. Er ist einfach nur ein normal großer Mann. Und er bekommt sogar langsam eine Glatze.

»Sir«, sagt Jenkins flehentlich, und sein Blick huscht zu mir, aber Alexander fällt das nicht auf. »Vielleicht können wir an einem anderen Ort …«

»Antworten Sie mir, Jenkins«, schnappt Alexander, und an der Autorität in seiner Stimme kann ich erkennen, dass er nicht oft das Wort »Nein« hört.

Jenkins' Lippen werden schmal. »Es gab keinen anderen Ort, an den sie hätte gehen können, Sir«, sagt er schließlich und lässt damit offenbar alle Diskretion fahren. »Und nach dem, äh, Vorfall heute Morgen ist es nicht unwahrscheinlich, dass Anklage gegen sie erhoben wird. Hier ist es einfacher, sie zu beschützen, und …« Er zögert. »Wenn ich ehrlich sein darf, ist es meine entschiedene Meinung, dass das hier der beste Ort für sie ist.«

»Ihre Meinung hat hier nichts zu bedeuten«, blafft Alexander. »*Ich* bin ihr Vater. *Ich* entscheide, wo der beste Ort für sie ist, und der ist ganz bestimmt nicht in der Nähe von Helene und Maisie.«

Maisie. Erst nach einem Moment begreife ich, dass er von Prinzessin Mary spricht, seiner *richtigen* Tochter, und die Übelkeit in meinem Magen wird zu heißer Scham und Verzweiflung, als irgendetwas in mir zerbricht. Vielleicht war es die Hoffnung, die ich all diese Jahre gehegt habe, dass er mich vielleicht heimlich doch liebt, oder das, was ich mir selbst über Geschichten mit Happy-End eingeflüstert habe. Egal, was es war, es ist jetzt in tausend Stücke zersprungen, die schmerzhaft in meiner Brust stecken.

Bevor ich es mir anders überlegen kann, setze ich mich auf, die Hände so fest um meine Schienbeine geklammert, dass es mich nicht überraschen würde, wenn ich morgen blaue Flecken hätte. »Wenn du mich nicht hier haben willst, dann schick mich nach Hause«, unterbreche ich Jenkins, als er gerade antworten will. »Damit würdest du ganz offensichtlich uns beiden einen großen Gefallen tun.«

Der König dreht sich ruckartig um, und zum ersten Mal sehe ich das Gesicht meines Vaters in Wirklichkeit. Er hat blaue Augen und buschige Augenbrauen, und als seine ansonsten unauffälligen Gesichtszüge sich bei meinem Anblick verzerren, fühle ich mich, als hätte mir gerade jemand ein Messer in den Bauch gerammt. Als ich noch kleiner war, bevor meine Großmutter gestorben ist, wollte ich ihn unbedingt kennenlernen – mit ihm sprechen, seine Stimme hören, wissen, dass ich ihm trotz der Distanz zwischen uns irgendwie wichtig war. Aber jetzt gerade würde ich alles geben, um sein Gesicht nie wiedersehen zu müssen.

»Eure Majestät«, durchbricht Jenkins die Stille, und diesmal höre ich das Zittern in seiner Stimme. »Darf ich Ihnen Miss Evangeline Bright vorstellen. Evangeline …«

»Ich weiß, wer er ist«, unterbreche ich Jenkins. »Ich meine es ernst. Schick mich nach Hause. Du willst nicht, dass ich hier bin, und ich will nicht hier sein, also lass uns die ganze Sache einfach vergessen. Wir wissen beide, wie gut du darin bist.«

Im Raum herrscht angespanntes Schweigen, aber nach ein paar Sekunden schafft es Alexander doch, es zu durchbrechen. »E-E-vangeline.« Er klingt, als hätte er noch nie meinen Namen gesagt. »Ich … Natürlich will ich, dass du hier bist …«

»Nein, das willst du nicht. Das hast du gerade eben gesagt«, entgegne ich und ignoriere das Brennen in meinen Augen. Ich will nicht, dass er mich weinen sieht. »Bitte. Lass mich nach Hause gehen.«

Alexander sieht wie vom Donner gerührt aus, und Jenkins macht einen halben Schritt nach vorne. »Sir, wenn Sie wirklich glauben, dass es das Beste ist, eskortiere ich Evangeline morgen früh persönlich zurück in die Vereinigten Staaten«, sagt er leise. »Aber … falls Sie doch wünschen, dass sie hierbleibt, haben Louis und ich Zimmer im Bedienstetenbereich für sie organisiert. Sie wird Sie nicht stören, und wir können uns um sie kümmern, bis Sie … Zeit haben, sich ihrer anzunehmen.«

Er zögert bei dem Wort »Zeit«, und ich weiß, dass er eigentlich etwas anderes sagen wollte. *Bis Sie Mut haben,* vielleicht. Ich werde dazu vermutlich nie den Mut haben, aber Jenkins redet nicht mit mir. Ich starre Alexander an, und er starrt schwer schluckend zurück.

»Nein«, antwortet er schließlich. Ich halte den Atem an und warte auf den letzten Schwung der Axt, der unsere nicht vorhandene Beziehung endgültig durchtrennen wird.

Gut so. Alles, was er will, ist seine richtige Familie, und ich will bloß nach Hause. Wenigstens sind wir dann beide glücklich.

»Ihre Gegenwart könnte die Bediensteten verstören«, fährt er fort. »Sie wird bei uns im privaten Trakt untergebracht werden.«

Auf einmal scheint alle Luft aus dem Büro entwichen zu sein, und meine Selbstkontrolle hat sie wohl mitgenommen. »Moment – *was?*«, bringe ich heraus. Louis fällt die Kinnlade herunter, und selbst Jenkins sieht schockiert aus. »Ich habe kein Interesse daran, in deiner Nähe zu sein. Oder in der Nähe deiner richtigen Familie.«

Eine Nanosekunde lang sieht Alexander verletzt aus, aber der Ausdruck verschwindet so schnell, dass ich ihn mir auch hätte einbilden können. »Dein Besuch ist zwar … unerwartet, aber du bist trotzdem ein willkommener Gast, und Gäste schlafen im privaten Trakt. Solltest du nicht jeden Morgen um fünf Uhr mit den Bediensteten zusammen aufstehen wollen«, fügt er hinzu, »dann schlage ich vor, dass du mein großzügiges Angebot annimmst.«

Ich kneife argwöhnisch die Augen zusammen und lasse die Beine mit einem dumpfen Knall auf den Boden fallen. »Dein *großzügiges* Angebot? Machst du dir überhaupt eine Vorstellung davon, was ich wegen deiner *Großzügigkeit* alles durchstehen musste?«

»Danke, Sir«, wirft Jenkins schnell ein. »Ich werde dafür sorgen, dass sie gut untergebracht ist.«

»Ja, bitte«, antwortet Alexander. »Und stellen Sie bitte auch sicher, dass sie keinen Skandal verursacht. Allein ihre Haare …«

»Wir sind bereits dabei, Sir«, sagt Louis.

Unter dem Blick des Königs fühle ich mich eher wie ein Tiger im Zoo als wie ein Mensch. Aber auf einmal sieht er weg, und als er sich wieder zur Tür umdreht, habe ich den plötzlichen Drang, etwas zu sagen – irgendwas, damit Alexander und sein ablehnender Blick nicht das letzte Wort behalten.

»Wenn du mich dazu zwingst, hierzubleiben, solltest du wenigstens meiner Mutter Bescheid sagen«, bricht es aus mir hervor, und zu meiner Genugtuung stockt der König. »Du erinnerst dich doch an sie, oder? Laura Bright? Sie erinnert sich nämlich an dich.«

Sein Mund verzerrt sich zu einer Grimasse, aber sein Blick bleibt auf den Boden geheftet, und er schreitet ohne ein weiteres Wort aus dem Raum.

5. KAPITEL

> **Maisie:**
> Mummy hat mir gerade geschrieben. Auf Schloss Windsor ist irgendetwas im Gange.

> **Kit:**
> Ist wieder irgendwer eingebrochen?

> **Maisie:**
> Sie hat nichts weiter gesagt.

> **Kit:**
> Ich rufe einen Wagen.

> **Ben:**
> Bis jetzt ist noch keine Security gekommen, um uns zu retten, also kann es nicht so dringend sein. Ich trinke noch zu Ende.

> **Maisie:**
> Du hast dreißig Sekunden.

> **Ben:**
> Du bist heute ganz schön reizbar.

– Nachrichten zwischen Ihrer Königlichen Hoheit
Prinzessin Mary, Seiner Königlichen Hoheit
Prinz Benedict of York und Christopher Abbott-Montgomery,
Earl of Clarence

Der Unterschied zwischen den Fluren, in denen die Bediensteten ihre Büros haben, und den Palastkorridoren, die zu den Apartments der Königsfamilie führen, ist unübersehbar. Wie ein schwarzer Strich auf blütenweißem Papier, der den Klassismus repräsentiert.

Die prachtvoll eingerichteten Räume sind vollgestopft mit Gemälden, antiken Möbeln und wertvoll aussehenden Dekorationen. Sie sind eine Zurschaustellung von fast unvorstellbarem Reichtum, und obwohl ich die letzten sechseinhalb Jahre umgeben von den Töchtern von Millionären verbracht habe, wird mein Mund bei dem Anblick trotzdem ganz trocken. Ein falscher Schritt könnte Porzellanvasen zu Bruch gehen lassen, die die letzten sechshundert Jahre überlebt haben.

»Ich kann nicht glauben, dass du *Seiner Majestät* nicht Bescheid gesagt hast, dass du mich hierherbringst.« Ich folge Jenkins durch ein Esszimmer mit goldenen Tapeten, komplizierten Stuckdekorationen an der Decke und einem Tisch, an dem mindestens dreißig Leute Platz hätten. »Das ist ein bisschen, als hättest du einen Straßenhund adoptiert, ohne deinen Partner zu fragen.«

»Hast du irgendwelche Flöhe oder Läuse, um die ich mich kümmern sollte?«, schießt Jenkins zurück, und ich zucke mit den Schultern.

»Als ob das einen Unterschied machen würde. Hier wohnen doch eh nur Blutsauger.«

Wir kommen in ein extravagantes Wohnzimmer mit scharlachroten Wänden, und ich versuche, mich selbst davon zu überzeugen, dass meine Anspannung und das komische Gefühl in meiner Brust nur vom Jetlag kommen. »Was ist eigentlich deine wirkliche Aufgabe? *Aufseher über den königlichen Bastard* ist vermutlich kein offizieller Job.«

»Ich bin bereits seit fünfundzwanzig Jahren Privatsekretär Seiner Majestät«, antwortet Jenkins mit unverwechselbarem Stolz. »Es ist meine Aufgabe, den König in seiner Rolle als Staatsoberhaupt zu unterstützen, und ich helfe ihm bei vielen seiner täglichen Pflichten. Und ich würde noch mehr Details nennen«, fügt er hinzu, »wenn ich nicht Sorge hätte, dass du dann auf der Stelle einschlafen würdest.«

»Da hast du vermutlich recht«, stimme ich ihm zu, als wir ein zweites Wohnzimmer betreten, diesmal mit smaragdgrünen Wänden und einer schwindelerregenden Anzahl an Goldverzierungen. Ich versuche, mir mein Staunen nicht anmerken zu lassen, aber es ist aussichtslos, und als wir im nächsten Zimmer ankommen (weiß mit goldenem Stuck), steht mir der Mund weit offen. Es ist schon fast absurd, was für ein Vermögen allein in diesen drei Räumen steckt, und als wir in einen Flur treten, bin ich fast erleichtert. Er ist zwar nicht weniger prunkvoll, aber wenigstens hat er einen klaren Zweck.

»Dies sind die privaten Apartments der Königsfamilie«, erklärt Jenkins, als wir an mehreren geschlossenen Türen vorbeikommen.

Dazwischen ist der Flur von zahllosen Marmorbüsten und Portraits in Goldrahmen gesäumt. »Du darfst keinen Raum betreten, in den du nicht explizit eingeladen bist.«

Mein Blick wandert zur rechten Seite des Flurs, wo hohe Fenster mit roten Samtvorhängen die Sicht auf einen Innenhof freigeben. »Wie viele Zimmer brauchen drei Personen denn so?«

Jenkins räuspert sich. »Mehrere Verwandte der Königsfamilie haben ebenfalls ihre Räume hier«, sagt er, und ich bleibe mitten im Flur stehen.

»Was? Wer?«, frage ich. Jenkins zögert. »*Jenkins.* Wer ist noch hier?«

Er seufzt. »Die Queen Mother, die Mutter des Königs, residiert den Großteil des Jahres hier auf Schloss Windsor, ebenso wie der Duke of York und sein Sohn«, gibt er zu. »Allerdings wage ich es nicht, Vermutungen darüber anzustellen, wie sie auf deinen unerwarteten Besuch reagieren werden.«

Ich atme tief ein und aus, um mich zu beruhigen. Obwohl ich definitiv keine Expertin in Sachen Königsfamilie bin – eine einzige Google-Suche reicht normalerweise schon, um mich eine Woche lang komplett fertigzumachen –, erkenne ich die Titel trotzdem. »Meine Großmutter wohnt hier? Und mein Onkel? Und mein Cousin?« Jenkins' Mund wird ganz schmal, und ich füge hinzu: »Keine Angst, so nenne ich sie natürlich nicht, wenn sie dabei sind.«

»Du hast genau das gleiche Recht, sie so zu nennen, wie Prinzessin Mary«, sagt er. »Aber vielleicht wäre es besser, allen ein bisschen Zeit zu geben, um … sich an deine Gegenwart zu gewöhnen.«

Natürlich hat er recht, und ich nicke schnell. Als ich ihm weiter den Flur entlang folge, dreht sich in meinem Kopf alles. Es ist zwar ziemlich unwahrscheinlich, aber obwohl die Beziehung zwischen mir und Alexander nicht mehr zu retten ist, gibt es ja vielleicht noch andere Mitglieder der Familie, die mich nicht beim ersten Anblick sofort hassen werden. »Soll ich sie Mary oder Maisie nennen?«, frage ich, als wir in einen neuen Flur abbiegen, der fast genauso aussieht wie der andere.

»Wenn der Name aus deinem Mund kommt«, antwortet Jenkins, »wird Ihre Majestät sich sicher an beiden stören.«

Das überrascht mich nicht. »Und welchen soll ich benutzen, wenn ich nicht im Tower landen will?«

»In sozialen Kreisen bevorzugt sie Maisie«, sagt Jenkins, »aber vielleicht solltest du dich, wenn es um die Königsfamilie geht, eher an offizielle Titel und einen Knicks halten.«

Ich schnaube verächtlich. »Ich bin Amerikanerin, Jenkins. Bei uns knickst man nicht.«

»Deine zweite Staatsbürgerschaft erzählt da eine andere Geschichte«, korrigiert er mich. »Ich schicke morgen früh jemanden vorbei, der es dir beibringt.«

»Auf keinen Fall«, protestiere ich, und auch der letzte Sinn für Humor, den ich noch in mir hatte, verpufft. »Meinen Respekt haben sie sich noch nicht verdient.«

»Und du hast den ihren noch nicht verdient«, antwortet er. »Nun, kommen wir zu deiner Suite.«

Er bleibt auf halbem Weg den Flur herunter vor einer Tür stehen und öffnet sie. Ich habe einen Besenschrank mit einer Pritsche in der Ecke erwartet, aber als ich Jenkins in ein ausladendes Wohnzimmer folge, fällt mir die Kinnlade herunter. Eigentlich wollte ich unbeeindruckt bleiben, aber das will mir gerade einfach nicht gelingen.

Das Zimmer ist gemütlich, aber kein bisschen weniger prunkvoll als die Räume, die wir auf dem Weg hierher gesehen haben. Die

Wände sind cremefarben und dekoriert mit vergoldeten Paneelen und Ölgemälden von Menschen und Landschaften, die ich nicht erkenne. Auf dem weichen Teppichboden stehen elegante Loungesessel und samtene Sofas, und neben einem hohen Fenster ist ein dunkler Holztisch, an dem bequem acht Leute sitzen könnten.

Bei dem Anblick stirbt meine Hoffnung. Das hier ist ein Zimmer, das zu Maisie oder meiner Stiefmutter passt. Nie im Leben würde irgendwer mich hier übernachten lassen. »Das ist nicht witzig.«

»Ich versichere dir, das soll es auch nicht sein«, sagt Jenkins in einem seltsamen Tonfall. »Evan, dein Leben war bis jetzt nicht gerade einfach. Doch welche Gefühle du auch immer für ihn hegen magst, du bist immer noch die Tochter eines Königs, und Seine Majestät hat keinen Zweifel daran gelassen, dass du während deiner Anwesenheit hier entsprechend behandelt werden wirst.«

»Große Worte von demjenigen, der mich vor einer halben Stunde noch im Bedienstetentrakt unterbringen wollte«, bemerke ich, und er lächelt schwach.

»Wir wissen beide, dass du dich dort wohler fühlen würdest. Schließlich leben wir nicht in Schmutz und Elend.«

Schon wieder hat er recht. Die ganzen teuren Sachen hier machen mich nervös, und die Ölgemälde an den Wänden sind nicht einmal durch Glas vor fliegenden Haarbändern oder möglichen Spritzern, wenn ich mal mit einem vollen Glas stolpere, geschützt. Als ich mich umsehe, die Hände sicherheitshalber hinter dem Rücken verschränkt, durchquert Jenkins den Raum und öffnet eine Tür neben dem reich geschmückten Kamin. Sie führt in ein Schlafzimmer, das ebenfalls in Gold- und Cremetönen gehalten ist und in dessen Mitte ein Himmelbett steht, das aussieht, als wäre es mindestens zweihundert Jahre alt.

»Wie viele Leute sind hier drin schon gestorben?«, frage ich argwöhnisch, als ich mich durch die Tür schiebe. »Wenn es in diesem Zimmer spukt …«

»Tut es nicht«, versichert Jenkins mir. »Zumindest nicht regelmäßig. Wenn man den Berichten Glauben schenkt, hält sich Anne Boleyns Geist normalerweise in der Kapelle auf, während Henry VIII. in den Gängen umherwandert und sie und seine anderen fünf Frauen betrauert. Aber er hat sicherlich Besseres zu tun, als dich hier zu stören.«

»Echt? Ich dachte, der stand auf Teenager«, murmele ich, alles andere als beruhigt. Doch dann fällt mir mein neuer Laptop auf, der in der Ecke auf einem altmodischen Schreibtisch liegt, und ich eile sofort auf ihn zu. »Bitte sag mir, dass es hier WLAN gibt.«

»Er ist bereits verbunden«, antwortet Jenkins. »Das private Badezimmer findest du linkerhand, und solltest du irgendetwas benötigen, drück einfach den silbernen Knopf auf dem Nachttisch. Ich werde dir in Kürze das Abendessen bringen lassen.«

»Danke«, sage ich und setze mich an den Schreibtisch, »aber ich habe keinen Hunger.«

»Im Flugzeug hast du nichts zu dir genommen, und auf der Polizeistation wird es auch kaum ein Frühstücksbuffet gegeben haben.«

Ich zucke mit den Schultern. »Trotzdem.«

Er seufzt. »In Ordnung. Solltest du es dir anders überlegen …«

»Dann drücke ich den Knopf, ich weiß«, beende ich den Satz. »Du solltest schlafen gehen, Jenkins. Deine Augenringe könnten den Ringen von Saturn Konkurrenz machen.«

»Und woher, glaubst du, kommen die?« Er lächelt müde. »Bleib nicht zu lange auf, Evan. Morgen hast du viel zu tun.«

»Wie ominös«, bemerke ich, aber er hat bereits den Raum verlassen, und die Tür schließt sich leise hinter ihm. Jetzt, da ich allein bin, fallen mir die Schatten auf, die in den Ecken des Zimmers lauern, und ein Schauer läuft mir über den Rücken. Egal, was Jenkins sagt, in diesem Raum ist garantiert schon mal jemand gestorben.

Ich konzentriere mich darauf, die wenigen Sachen zu verstauen, die nicht bereits für mich in den Schrank geräumt wurden. Offenbar weiß niemand im Palast, was man mit einer schief geratenen Keramiktasse voller Kieselsteinen, einer Ansammlung von Kindheitsfotos (von denen ich ehrlich gesagt froh bin, sie unversehrt vorzufinden) oder mit einem Stapel Fantasybücher anfangen soll, die auf St. Edith's genau genommen verboten waren. Doch bevor ich die Bücher ordentlich sortieren kann, knurrt mein Magen. Sehr laut.

Jenkins hat recht: Ich habe heute noch nichts gegessen, und vielleicht lenkt das Essen mich ja von meiner Situation ab. Argwöhnisch beäuge ich den silbernen Knopf, der in den Nachttisch eingelassen ist, aber egal, wie hungrig ich bin, ich kann mich einfach nicht dazu bringen, ihn zu drücken. Es kommt mir absurd vor, jemanden dazu zu zwingen, durch all die langen Flure zu laufen, nur, um mir einen Cheeseburger zu bringen. Also schleiche ich mich durch das Wohnzimmer in den Flur hinaus, obwohl ich weiß, dass Jenkins mich dafür umbringen würde. Das Licht ist an – vermutlich ist es das immer –, und zum Glück hatte Jenkins noch keine Zeit, jemanden als Wächter vor meiner Tür zu stationieren. Das liegt aber sicherlich nur am Timing, nicht daran, dass er es nicht bedacht hätte. Ich breche die Regeln einfach schneller, als er erwartet hat.

Ich bin mir nicht ganz sicher, wonach ich Ausschau halten soll. Eine Küchenecke zwischen zwei Wohnzimmern? Eine Wendeltreppe, die zu einem Kellerraum voller Töpfe und Pfannen führt?

An der Ecke des Flurs liegt ein kleines Esszimmer, was bedeutet, dass hier irgendwo auch ein Geheimeingang zu einer Küche sein muss.

Sobald ich den Gedanken gefasst habe, fällt mir eine angelehnte Tür auf, von der ein sanftes, gelbes Licht in den Flur scheint. Hocherfreut über meine clevere Schlussfolgerung stecke ich den Kopf durch die Tür. Doch statt dem engen Flur, den ich erwartet habe, liegt dahinter ein Wohnzimmer, das noch viel luxuriöser eingerichtet ist als meins. Von der Decke hängt ein Kristallleuchter, und auf dem Kamin stehen goldgerahmte Fotos.

Auf keinen Fall würden die Bediensteten das Essen durch einen Raum tragen, der so aussieht, als wäre er dem Schloss Versailles entsprungen. Aber bevor ich mich wieder aus dem Staub machen kann, höre ich leise, angespannte Stimmen.

»… kann nicht glauben, dass du das erlaubst«, zischt eine Frau leise, aber wütend. »Denk nur an Maisie. Denk an *unsere* Tochter, nicht nur an deinen Bas-«

»Ich habe schon viel zu lange nur an Maisie gedacht. Jetzt denke ich an *beide* meiner Töchter.«

Die zweite Stimme klingt dünn, ist aber zweifellos die von Alexander. Als er mich seine Tochter nennt, wird mir plötzlich ganz kalt, und die Frau – seine Königin, Helene – schnaubt verächtlich. »Das Kind ist ein ungehorsamer Parasit. Seit wann willst du denn ihr Vater sein?«

»Das soll nicht deine Sorge sein«, antwortet er so leise, dass ich ihn kaum hören kann.

»Ach wirklich? Machst du dir irgendeine Vorstellung davon, was du Maisie antust? Was glaubst du, wie sie sich fühlt, wenn sie herausfindet, dass ihr Vater ein Ehebrecher ist, der seine Indiskretionen direkt vor den Augen der Öffentlichkeit zur Schau stellt?«

»Sie weiß von Evangeline«, sagt Alexander müde. »Ich habe es ihr schon vor Ewigkeiten erzählt.«

»Du hast es ihr … Bist du *verrückt?*«, keucht Helene. Ich reiße vor Überraschung die Augen auf. »Dazu hattest du kein Recht, ohne mich vorher zu fragen.«

»Evangeline ist ihre Schwester, und sie hat jedes Recht dazu, die Wahrheit über ihre Familie zu wissen.«

»Die Amerikanerin ist irrelevant«, faucht Helene. »Nur eine Fußnote der Geschichte. Ein Fehler, der noch vor der Geburt hätte korrigiert werden sollen.«

Ich atme scharf ein. Es fühlt sich an, als hätte sie mir ins Gesicht geschlagen. Natürlich dachte ich nicht, dass sie mich mögen würde, aber ihr blanker Hass bringt mich trotzdem aus dem Gleichgewicht.

»Evangeline hat königliches Blut«, antwortet Alexander, und seine Stimme klingt jetzt fester. So wie in Louis' Büro. »Und du wirst dich ihr gegenüber höflich verhalten. Ist das klar?«

»Klar ist einzig und allein, dass du dich weigerst, das Richtige zu tun und sie wieder in die Staaten zu schicken, wo sie hingehört.«

»Sie gehört dahin, wo ich es sage«, stellt er fest. »Ich habe lange versucht, mir deine Vergebung zu verdienen. Ich habe mich wieder und wieder entschuldigt, und ich habe sie von unserem Leben ferngehalten. Aber sie ist fast achtzehn, und ich habe ein Recht dazu, meine eigene …«

»Entschuldigung«, höre ich eine Stimme wenige Zentimeter von meinem Ohr entfernt. »Aber wer zum Teufel bist du?«

Erschrocken wirbele ich herum. Direkt hinter mir, flankiert von zwei gleichaltrigen Jungen, steht der letzte Mensch, den ich gerade – oder jemals in meinem Leben – sehen will.

Maisie.

6. KAPITEL

Das Wichtigste ist nicht, was sie von mir halten,
sondern was ich von ihnen halte.

– Queen Victoria (geb. 1819, reg. 1837–1901)

Wir haben nicht die geringste Ähnlichkeit.

Dieser bescheuerte Gedanke schießt mir durch den Kopf, als Maisie und ich uns gegenseitig anstarren. Sie wartet auf meine Antwort, aber ich bekomme vor Schock kein Wort heraus. Wir sehen uns wirklich nicht ähnlich. Sie hat rotblondes Haar, das so aussieht, als hätte sie es in einem weltberühmten Haarsalon stylen lassen, und ihre Augen sind nicht eisig, wie sie auf einigen Fotos aussehen, sondern haben eher ein helles Meerblau. Sie ist außerdem gute zehn Zentimeter größer als ich, was es ihr einfach macht, an ihrer Stupsnase entlang auf mich herabzublicken.

»Bist du taub?«, fragt sie mit einer honigsüßen Stimme, die fast so wie die ihrer Mutter klingt. »Oder einfach nur dumm?«

»Maisie«, warnt einer der Jungen hinter ihr sanft. Er hat dunkle Haare, die ein bisschen zu verstrubbelt sind, um richtig in die Königsfamilie zu passen, und er sieht mich ernst an. Ich weiche seinem Blick aus.

»Was? Das ist eine berechtigte Frage«, sagt Maisie und sieht wieder zu mir. »Du hast noch eine Chance, bevor wir die Security rufen. Was machst du in meinem …«

»Maisie?« Die Tür, an der ich lehne, fliegt auf, und ich stolpere fast gegen die Königin, die überrascht keucht. Ich schaffe es gerade so, ihr auszuweichen, indem ich mich am Türrahmen festhalte.

»Tut mir leid«, krächze ich und wünsche mir verzweifelt, dass sich im Boden ein Loch auftut, in das ich verschwinden könnte. »Ich war auf der Suche nach … nach der Küche.«

»Der Küche?« Maisie wirft ihrer Mutter einen verwirrten Blick zu. »Bist du eine der neuen Bediensteten?«

Eine Sekunde lang will ich lügen und ja sagen – alles, um von hier wegzukommen –, aber bevor ich einen vernünftigen Satz herausbekomme, erscheint Alexander hinter seiner Frau im Türrahmen. »Evangeline?«, fragt er, während ihm alles Blut aus dem Gesicht weicht. »Was machst du hier?«

»*Evangeline?*« Schlagartig klingt Helenes Stimme eiskalt, und sie kneift erbost die Augen zusammen. »Alexander …«

»Ich heiße Evan«, sage ich mit zitternder Stimme. »Und ich bin gleich weg. Ich wollte nur ein Sandwich, okay? Und die Wege sind hier nicht ausgeschildert.«

»Du musst nicht gehen«, protestiert Alexander, aber da liegt er falsch. Als ich versuchen will, mich aus diesem unerwarteten Albtraum zu befreien, stellt Maisie sich mir in den Weg.

»Will irgendwer mir erklären, was hier vor sich geht?«, fragt sie scharf. »Oder soll ich es mir selbst zusammenreimen?«

Die Stille, die darauf folgt, ist ohrenbetäubend. Helene sieht Alexander an, und der starrt auf den Boden, als warte er auch darauf, dass sich ein Loch auftut. Keiner der beiden sagt ein Wort, und ich kann spüren, wie Maisie zu brodeln beginnt.

»Also gut«, sage ich schließlich. Helene und ich werden eh nie auf einen grünen Zweig kommen, und mit Maisie ist es vermutlich auch nicht besser. Ich habe nichts zu verlieren außer der Chance, mit ein wenig Würde aus dieser Situation zu entkommen. Also drehe ich mich zu Maisie um und strecke die Hand aus. »Ich bin Evan Bright, der königliche Bastard. Soweit ich weiß, sind wir Halbschwestern.«

Sie zuckt zurück, als hätte ich ihr einen verdorbenen Fisch angeboten. »Stimmt das?«, fragt sie an mir vorbei ihre Eltern. »*Das hier* ist dein unehelicher Abkömmling, Vater?«

»Ich hatte gehofft, dass ihr euch unter besseren Umständen kennenlernt«, antwortet Alexander steif. »Wenn wir uns alle gemeinsam hinsetzen könnten …«

Aber ich habe absolut keine Lust darauf, hierzubleiben und mir anzuhören, wie er sich für den Schmutzfleck auf seinem tadellosen Stammbaum entschuldigt, den ich darstelle. »Sorry«, nuschele ich und zwänge mich an Maisie und den zwei Jungen vorbei, die immer noch hinter ihr stehen. Der kleinere von beiden, ein blonder Junge mit Brille, der mir irgendwie bekannt vorkommt, starrt mich mit offenem Mund an, während der Dunkelhaarige mit dem ernsten Blick beherrschter bleibt. Ich habe keine Ahnung, wer die beiden sind, und es ist mir auch egal. Alles, was ich will, ist, mich so weit wie möglich von diesem ganzen Zirkus zu entfernen.

Allerdings kenne ich mich immer noch nicht aus, also renne ich den Flur entlang, bis ich bei meinem Wohnzimmer ankomme. Ich flüchte hinein und schlage so die Tür so laut hinter mir zu, dass ich damit vermutlich den Leichnam von Henry VIII. aufwecke. Als der Knall langsam verklingt, rutsche ich an der Tür hinunter, umschlinge meine Knie mit den Armen und vergrabe mein Gesicht.

Ich weine nicht. Obwohl Helenes Worte in meinem Kopf

nachklingen und Maisies angeekelter Gesichtsausdruck jedes Mal vor mir erscheint, wenn ich die Augen schließe, schlucke ich den Kloß in meinem Hals herunter. Das gönne ich ihnen nicht. Ich bedeute ihnen gar nichts, und aus irgendeinem Grund tröstet mich das ein bisschen.

In fünfundzwanzig Tagen bin ich weg, und danach muss ich nie wieder hierherkommen.

Ich bin mir nicht sicher, wie lange ich dasitze und mit tiefen, langen Atemzügen versuche, mein immer noch wild pochendes Herz zu beruhigen. Als plötzlich jemand leise an die Tür klopft, gegen die ich gelehnt bin, erstarre ich.

»Jenkins?«, frage ich heiser. »Bist das …«

»Miss?«, antwortet eine unbekannte Stimme. »Ich habe Ihr Abendessen.«

Mein Abendessen? Hastig stehe ich auf und öffne die Tür genau in dem Moment, in dem die Frau auf der anderen Seite dasselbe versucht. Sie zuckt zusammen, tritt automatisch einen Schritt zurück und kollidiert dabei fast mit einem Diener, der ein Tablett mit einer silbernen Haube in den Händen hält.

»Ich glaube, Sie haben das falsche Zimmer«, sage ich. »Ich habe nichts bestellt.«

»Der Befehl kam vom König höchstpersönlich«, entgegnet sie, als der Diener das Tablett auf dem Esstisch abstellt. »Wir haben verschiedene Sandwiches für Sie zubereitet, da Seine Majestät sich Ihrer Präferenz nicht sicher war.«

Ich öffne und schließe mehrmals den Mund, ohne ein Wort herauszubringen – ich habe keine Ahnung, was ich mit der Information anfangen soll, dass Alexander sich um mich kümmern wollte, auch wenn es ihn nur einen kurzen Anruf gekostet hat. »Danke«, presse ich endlich hervor.

»Gern geschehen«, sagt die Frau sanft, und nachdem sie und der Diener gegangen sind, inspiziere ich das Essen: ein halbes Dutzend Sandwiches, die kunstvoll auf einem Teller angerichtet sind, und daneben ein ordentlicher Stapel Pommes.

Überrascht blinzele ich. Pommes. Auf Schloss Windsor. Irgendwas an der Kombination bringt mein Gehirn endlich zum Totalausfall, und ich lasse mich auf einen der Stühle plumpsen. Ich fühle mich seltsam taub, aber das ist immer noch besser als das Gefühl, dass gerade meine gesamte Welt um mich herum zusammenbricht.

Obwohl ich überhaupt keinen Appetit habe, zwinge ich mich dazu, etwas zu essen. Ich schaffe den Großteil der Pommes und drei Viertel eines Sandwiches, bevor ich aufgebe. Weil ich nicht weiß, was ich mit dem Tablett anfangen soll, lege ich es einfach in den Gang vor meiner Tür und gehe wieder in mein Schlafzimmer. Hier hätte ich von Anfang an bleiben sollen, sicher und nur in der Gesellschaft meines Laptops.

Die Lektion sitzt. Ich brauche jetzt dringend ein bisschen Vertrautheit und die Gewissheit, dass nicht alle Menschen auf diesem Planeten mich hassen, also öffne ich VidChat und klicke auf das Profilbild meiner Mutter. Das Klingeln hallt so laut in dem riesigen Schlafzimmer wider, dass ich hastig die Lautstärke herunterdrehe, bevor mein Gesicht auf dem Bildschirm erscheint. Im fahlen Licht des Laptops sieht meine Haut so blass aus, dass sie fast durchsichtig wirkt, was die violetten Schatten unter meinen braunen Augen noch deutlicher hervortreten lässt. Definitiv kein guter Look.

»Hallo?«

Ich höre ihre Stimme, bevor ich ihr Gesicht sehen kann, und mein Magen überschlägt sich. »Mom?«, frage ich und richte mich instinktiv auf. »Kannst du …«

»Alex?« Ihre Stimme klingt so hoffnungsvoll. »Alex, ich kann dich nicht hören.«

Mein Herz zieht sich zusammen. »Nein – ich bin's, Mom. Evan.«

»Evan?« Endlich erscheint ihr Video, und ich sehe zum ersten Mal seit unserem Gespräch im Januar ihr Gesicht. Mom lehnt sich näher an den Computer. Ihre Brille sitzt schief, und ihre hellbraunen Locken stehen wild in alle Richtungen ab. Sie trägt einen Kittel, auf dem Flecken in allen Regenbogenfarben zu sehen sind, und auf der Staffelei hinter ihr erkenne ich eine impressionistische Mischung aus hellen Frühlingstönen – das ist wohl das Gemälde, an dem sie gerade arbeitet.

»Hi, Mom.« Ich gebe mir Mühe, fröhlich zu klingen. Sie ist immer noch so schön, wie ich sie in Erinnerung habe, aber ihre Wangenknochen treten deutlich hervor, und sie hat abgenommen. Zu viel, finde ich.

»Evie? Bist du das?«

»Ich bin's«, sage ich, und ein echtes Lächeln breitet sich auf meinem Gesicht aus. Sie hat mich schon seit Jahren nicht mehr Evie genannt. »Ich vermisse dich. Tut mir leid, dass ich nicht häufiger anrufen konnte. Hast du meine Briefe bekommen?«

Sie antwortet mir nicht. Stattdessen verschwindet sie kurz aus dem Bild, und ich mache mir Sorgen, dass sie den Anruf bereits vergessen hat. Es wäre nicht das erste Mal, dass das passiert. Aber nach ein paar Sekunden erscheint sie wieder, mit einer großen Leinwand, die grün und blau bemalt ist, mit lauter rosa und violetten Tupfern. Manchmal ist es schwer auszumachen, was sie malt, aber dieses Bild erkenne ich sofort. Der Garten meiner Großmutter.

»Ich wollte es dir schicken, aber ich weiß deine Adresse nicht«, erklärt sie voller Sorge. »Habe ich deinen Geburtstag verpasst?«

»Noch nicht«, antworte ich. »Wir haben erst Anfang Juni.«

»Juni«, murmelt sie, als hätte sie sich gerade erst daran erinnert. »Stimmt. Dann habe ich noch Zeit.«

»Hast du«, versichere ich ihr und wische mir hastig die Tränen aus den Augen. »Wie geht es dir? Jenkins sagt, du probierst gerade neue Medikamente aus. Fühlst du dich besser?«

Sie winkt ab. »Die neue Pflegerin hasst mich. Hab sie dabei erwischt, wie sie mir meine Pinsel klauen wollte. Hat er angerufen? Er hat gesagt, er ruft an.«

Er ist Alexander, und jedes Gespräch zwischen meiner Mom und mir kommt unweigerlich zu diesem Thema. Sie wartet immer darauf, dass er sie anruft, und er ruft nie an. Es ist eine Wahnvorstellung, ein Symptom der Schizophrenie, die bei ihr festgestellt wurde, als ich vier war. Dieser Ausdruck ihrer Krankheit ist offensichtlich von der kurzen Beziehung beeinflusst, die die beiden vor meiner Geburt hatten. Doch auch wenn ich genau weiß, dass sie nichts dafürkann, tut es jedes Mal weh zu hören, wie sie von ihm redet, als sei er ein fester Bestandteil unserer Familie. Besonders, wenn er mir mehr als deutlich gezeigt hat, dass wir ihm komplett egal sind.

»Äh, zu dem Thema habe ich … Neuigkeiten«, stammele ich. Ich weiß nicht so richtig, wie ich es ihr beibringen soll, ohne ihre Wahnvorstellungen schlimmer zu machen. »Ich bin in London.«

»London?« Jetzt richtet sie alle Aufmerksamkeit auf mich und lehnt sich wieder näher an den Bildschirm. »Bist du bei ihm?«

»Äh … mehr oder weniger«, antworte ich. »Ich wohne bis zu meinem Geburtstag auf Schloss Windsor.«

»Das hat er mir nicht erzählt«, beschwert sie sich. »Er hätte mir Bescheid sagen sollen.«

»Alexander wusste nichts davon, Mom. Selbst *ich* wusste davon nichts, bis …«

Auf einmal wird der Bildschirm schwarz, und kurz darauf wird der Anruf automatisch beendet. Leise fluchend überprüfe ich die WLAN-Verbindung und versuche es erneut. Ich will das Gespräch nicht so beenden, nicht, wenn sie so verwirrt ist. Aber der Laptop klingelt … und klingelt, und klingelt, bis sich in meiner Brust ein Schmerz breitmacht, den ich nicht erklären kann, und ich keine andere Wahl habe als aufzugeben. Ich gebe mir selbst ein Versprechen, dass ich sie am Morgen noch mal anrufen werde. Vielleicht hat mir Jenkins bis dahin ja alles erklärt, und ich fühle mich nicht mehr so allein und verloren.

7. KAPITEL

KÖNIG EHRT HERAUSRAGENDE ERRUNGENSCHAFTEN AUF SCHLOSS WINDSOR

Zahlreiche berühmte Persönlichkeiten werden für die Ordensverleihung heute Nachmittag auf Schloss Windsor erwartet, auf der der König einige der erfolgreichsten Staatsbürger und größten Berühmtheiten ehren wird.

Seine Majestät wird, gemeinsam mit dem Duke of York, verschiedene Orden verleihen und einige verdienstvolle britische Staatsbürger in den Ritterstand erheben. Eingeladen sind unter anderem Filmstar Tom Holland, Olympiamedaillengewinnerin Duffy Goodrey und Medienmogul Robert Cunningham, Inhaber der *Daily Sun*. Wir gratulieren Mr. Cunningham und allen Preisträgern zu dieser hervorragenden Leistung.

— *The Daily Sun*, 8. Juni 2023

Ich gewinne gerade ein Schachspiel gegen Henry VIII., als ohrenbetäubendes Dudelsackspielen direkt vor meinem Fenster mich so plötzlich aus dem Schlaf reißt, dass mir der Atem wegbleibt.

Kurz weiß ich nicht, wo ich bin, doch dann kommt mir wieder die Erinnerung an den vorigen Tag. Ich fluche laut und vergrabe das Gesicht in meinem Kissen.

Ein Dudelsack. Allen Ernstes, ein echter *Dudelsack*. Vor Müdigkeit pulsiert mein Kopf, und ich versuche, dem Lärm durch pure Willenskraft Einhalt zu gebieten, aber das funktioniert natürlich nicht. Stattdessen spielt der Dudelsack weiter und weiter, bis in mir das Verlangen hochsteigt, irgendwas mit den bloßen Händen in Stücke zu reißen.

»Guten Morgen«, höre ich eine helle Stimme aus Richtung der Tür, und als ich mich aufsetze, sehe ich eine schlanke Frau Mitte zwanzig, die auf das Fenster zumarschiert. Mit einer geübten Bewegung zieht sie an einer Schnur, und die schweren Goldvorhänge gehen wie von alleine auf.

Die plötzliche Helligkeit lässt mich zusammenzucken. »Wer bist du?«, nuschele ich. Henry VIII. kann ja gern in diesem Zimmer herumspuken, aber dass eine lebende Person einfach so hereinkommt, damit bin ich nicht einverstanden.

Sie zieht eine Augenbraue hoch und sieht mich so herablassend an, dass Rektorin Thompson sich eine Scheibe von ihr hätte abschneiden können. »Ich bin Lady Tabitha Finch-Parker-Covington-Boyle, direkte Nachkommin von Queen Victoria und Cousine fünften Grades Seiner Majestät«, antwortet sie pikiert. »Du kannst mich Tibby nennen. Seine Majestät hat mich damit beauftragt, mich deiner anzunehmen und darauf zu achten, dass du den Zeitplan einhältst.«

Sie spricht so gestelzt, als käme sie geradewegs aus dem achtzehnten Jahrhundert. »Ich habe einen Zeitplan?«

»Natürlich.« Ihre schwarzen Haare sind kurz und so stachelig, dass sie auf einem Punkkonzert auch nicht fehl am Platz gewirkt hätten, aber ihre steife Persönlichkeit macht die Lockerheit gleich wieder wett. »Es ist neun Uhr, dein Frühstück ist im Wohnzimmer serviert.«

Ich stöhne. »In Vermont ist es vier Uhr morgens. Weck mich um zwölf wieder auf.« Das Kissen, das ich mir aufs Gesicht lege, schnappt sie mir sofort wieder weg.

»Ihr Team kommt in dreißig Minuten, und bis dahin musst du geduscht und gegessen haben. Solltest du unkooperativ bleiben«, sie erhebt die Stimme über meine Proteste, »habe ich Instruktionen, Seine Majestät zu verständigen.«

»Okay, dann mach das«, entgegne ich. »Wenn er wirklich nichts Besseres zu tun hat, kann er gern hier sitzen und mich anstarren. Aber ich bin total erschöpft, und ich habe zu nichts hiervon mein Einverständnis gegeben, also gehe ich jetzt wieder schlafen.«

Zu meiner Überraschung funktioniert das tatsächlich, und mit einem beleidigten Schniefen gibt sie mir mein Kissen zurück. Ich ziehe mir die Decke über den Kopf, und ein paar Sekunden später höre ich das leiser werdende Klicken ihrer Schuhe, als sie mich endlich in Ruhe lässt.

Irgendwann hört auch das Dudelsackspiel auf, und ich bin schon fast wieder eingeschlafen, als ein leises Klopfen mich hochschrecken lässt. Ich stöhne, und mein Kopf schmerzt mehr denn je. »Geh *weg*.«

»Evan«, sagt Jenkins leise. »Darf ich reinkommen?«

Ich atme tief ein und murmele: »Na gut.« Eigentlich möchte ich nur schlafen und vergessen, wo ich bin und was die Königsfamilie mir gestern alles an den Kopf geworfen hat, aber das soll mir wohl nicht gegönnt sein.

Die Matratze sinkt ein, als Jenkins sich neben mich setzt, und ich ziehe mir das Kissen vom Gesicht. Er sieht fast schon erschreckend erholt aus, und seine Augenringe sind verschwunden.

»Seine Majestät hat mir erzählt, was passiert ist«, sagt er, und ich seufze. Natürlich hat er das.

»Ich wollte nicht …«

»Ich weiß«, unterbricht er mich. »Ich bin nicht hier, um dich zu ermahnen, sondern um sicherzugehen, dass es dir gut geht.«

Ein Kloß macht sich in meinem Hals breit. »Mir geht's gut«, murmele ich. »Mir war schon immer klar, dass Helene mich hasst.«

Zum Glück versucht Jenkins nicht, mich vom Gegenteil zu überzeugen. »Es wird einfacher werden«, antwortet er. »Vielleicht nicht sofort, aber irgendwann wird es das. Versprochen. Erst einmal kommt aber Louis in zwanzig Minuten mit einem Stylingteam hier an, und du würdest mir einen großen Gefallen tun, wenn du dich ihnen zur Verfügung stellen würdest.«

Ich schüttele den Kopf. »Auf keinen Fall spiele ich Verkleiden mit Maisies abgelegten Klamotten.«

»Ich kann dir versichern, dass kein einziges der Outfits aus abgelegten Kleidern besteht. Louis war die ganze Nacht wach und hat sie bei Harrods für dich zusammengestellt – und keines der Teile hat Ihre Königliche Hoheit je getragen«, fügt er hinzu. »Nur unter uns, ich habe ihn schon seit Ewigkeiten nicht mehr so aufgeregt gesehen.«

In mir zieht sich irgendwas schmerzhaft zusammen, und ich klammere mich noch fester an mein Kissen. »Wenn du glaubst, du kannst mir Schuldgefühle machen, dann hast du dich geschnitten.«

»Ach, wirklich?« Er lächelt schwach. »Nach allem, was ich dir angetan habe, ist das Mindeste, was ich tun kann, deine Garderobe ein wenig aufzubessern.«

»Ist doch egal. Es bekommt mich eh niemand zu Gesicht«, murmele ich. »Ich will einfach nur schlafen.«

Jenkins runzelt die Stirn, und kurz denke ich, dass er darauf bestehen wird, dass ich aufstehe. Aber stattdessen sagt er: »In Ordnung. Ich werde Tibby über deine Entscheidung informieren.«

»Danke«, antworte ich leise. »Sag Louis, dass es mir leidtut.«

»Louis wird es verstehen«, sagt Jenkins und tätschelt mir die Hand. »Und ich sollte derjenige sein, der sich bei dir entschuldigt.«

Den letzten Teil sagt er so leise, dass ich ihn kaum verstehe. Aber bevor ich eine zusammenhängende Antwort formulieren kann, steht er auf und verlässt das Schlafzimmer, und ich bleibe wieder allein zurück. Ich fühle mich komplett erschöpft und elend.

Ich erinnere mich nicht daran, wieder eingeschlafen zu sein, aber als ich aufwache, steht die Sonne tiefer am Himmel, und mein Kopf tut nicht mehr weh. In der Ferne höre ich wieder den Dudelsack, und als ich zum Badezimmer schlurfe, fluche ich leise. Wenn das hier jeden Tag so geht, brauche ich Ohrstöpsel.

Nachdem ich mir die Zähne geputzt und ein bisschen Wasser ins Gesicht gespritzt habe, tapse ich wieder zurück ins Wohnzimmer und überlege währenddessen, ob ich einfach Frühstück bestellen oder einen zweiten Anlauf starten soll, die Küche zu finden. Nach dem, was gestern Abend passiert ist, würde ich mich lieber freiwillig einer Wurzelbehandlung unterziehen, als die relative Sicherheit meines Apartments zu verlassen, aber vielleicht muss ich das ja gar nicht. Schließlich hatte ich seit fünf Monaten keinen Zugang mehr zu Netflix, und solange das WLAN durchhält …

An der Schwelle zum Wohnzimmer komme ich abrupt zum

Stehen. Auf dem Sofa sitzt, ganz entspannt und mit dem Handy in der Hand, Lady Tabitha Finch-Parker-Covington-Boyle.

»Was machst du denn immer noch hier?«, platze ich heraus. Das klingt viel unhöflicher, als ich wollte, aber Tibby zuckt nicht einmal mit der Wimper.

»Es ist mein Job, hier zu sein«, antwortet sie. Sie schaut erst zu mir hoch, nachdem sie zu Ende getippt hat. »Gibt es einen bestimmten Grund, warum du noch einen Schlafanzug anhast, oder ist das vielleicht eine amerikanische Angewohnheit, von der ich nichts weiß?«

Ich ignoriere ihre Frage, was vermutlich einer Beleidigung gleichkommt. »Ich bin fast achtzehn, ich brauche keine Babysitterin.«

Tibby wirft mir einen düsteren Blick zu. »Ich bin keineswegs deine *Babysitterin*. Seine Majestät ist ein Freund der Familie, und er hat darum gebeten, dass ich dir während deines Aufenthalts assistiere.«

»Und mich von ihm fernhältst«, grummele ich.

»Und dafür sorge, dass du dich an den Zeitplan hältst«, korrigiert sie mich. »Obwohl der heutige Morgen vermutlich ein aussichtsloser Fall ist.«

»Hat er dir gesagt, wer ich bin?«, frage ich. Ich habe nicht die Energie, irgendeine Farce aufrechtzuerhalten, die Alexander vielleicht ins Leben gerufen hat, um meine Anwesenheit zu erklären.

»Natürlich. Ohne alle relevanten Informationen wäre mein Job unmöglich.« Tibby mustert mich kurz. »Am Anfang konnte ich die Ähnlichkeit nicht erkennen, aber jetzt schon. Deine Augen sehen ähnlich aus, und der Mund und das Kinn auch.«

Ich versuche, mich unter ihrem Blick nicht vor Unbehagen zu winden. Trotzdem bin ich froh, dass ich nicht in meinem eigenen

Zimmer Lügen darüber erzählen muss, wer ich bin. »Tut mir leid, dass du die ganze Zeit hier gewartet hast, aber das Einzige, was ich heute vorhabe, ist, im Bett zu liegen und Netflix zu schauen, bis mir die Augen bluten.«

Tibby rümpft die Nase. »So reizvoll das auch klingt, aber dafür hast du erst nach der Ordensverleihung Zeit.«

Ich blinzele überrascht. »Nach der was?«

»Der Ordensverleihung.« Sie sagt es langsam, als würde sich damit die Wahrscheinlichkeit erhöhen, dass ich sie verstehe. Als ich sie weiterhin verständnislos anstarre, seufzt sie. »Die Zeremonie, während der die Königsfamilie verschiedene Medaillen verleiht und diejenigen in den Ritterstand erhebt, die dem Königreich und dem Commonwealth Ehre eingebracht haben. Seine Majestät hat dich in seiner unantastbaren Weisheit eingeladen, heute Nachmittag der Verleihung in der Waterloo Chamber beizuwohnen, und dank deines kleinen Schläfchens laufen wir bereits Gefahr, zu spät zu kommen. Wenn du also nichts dagegen hast …«

Ein plötzliches Klopfen an der Tür erschreckt uns beide, und Tibby springt hastig auf. Trotzdem bin ich schneller als sie auf ihren Stilettos, und ich bin schon an der Tür, bevor sie auch nur am Sofa vorbeigekommen ist.

»Jenkins?«, frage ich hoffnungsvoll, aber als ich die Tür öffne, begrüßt mich leider kein gebieterischer Mann mit grauem Haar. Stattdessen steht davor ein blonder Junge mit Brille, den ich als einen von Maisies Begleitern von gestern Abend erkenne – derjenige, der mir so bekannt vorkam. Er trägt einen formellen, schwarz-grauen Anzug mit Weste, und mir fällt ein dazu passender Zylinder auf, der schief auf der Büste neben meiner Tür sitzt.

»Tut mir leid, dich enttäuschen zu müssen«, sagt er leicht amüsiert. »Ich habe gehört, dass du noch nichts gegessen hast, also nahm ich mir die Freiheit, dir ein kleines Mittagessen zu bringen.«

Erst da fällt mir eine Frau auf, die mit einem weiteren Tablett mit Silberhaube hinter ihm steht. »Danke«, bringe ich hervor und trete automatisch zur Seite, damit sie ins Wohnzimmer kommen kann. »Das war doch nicht nötig.«

»Nein, aber ich wollte es trotzdem tun«, sagt der Junge. »Nach allem, was gestern Abend passiert ist, erschien es mir nur recht, mich nach deinem Befinden zu erkundigen. Schließlich sind wir Familie.«

Diese Bemerkung bringt plötzlich mein Gedächtnis auf Trab, und ich blinzele überrascht. »*Oh*. Du bist Benedict.«

»Prinz Benedict, Sohn von Prinz Nicholas, dem Duke of York, und Enkel von Edward IX.«, sagt er. »Und du bist Evangeline Florence Phillipa Constance Bright, unehelicher Abkömmling Seiner Majestät König Alexander II.«

Ich sehe ihn finster an. »Ich heiße Evan.«

»Und ich bin Ben«, entgegnet er. Es ist schwer zu erkennen, ob sein Lächeln spöttisch ist. »So wie es aussieht, bin ich dein Cousin.«

Cousin. Von Fotos kenne ich ihn schon seit Jahren, auch wenn er darauf immer viel älter aussah. Aber es fühlt sich komisch an, ihn das sagen zu hören – zu hören, wie er mich als seine Verwandte anerkennt, während das vermutlich niemand anderes in diesem Schloss tun würde.

Hinter mir räuspert Tibby sich. »So herzerwärmend das alles auch ist, Evangeline muss sich noch ankleiden«, bemerkt sie spitz. »Wir kommen so schon zu spät zur Zeremonie.«

»Ah ja, stimmt«, sagt Ben und tritt einen halben Schritt zurück. »Entschuldigt die Störung.«

»Du hast uns gar nicht gestört«, antworte ich hastig und werfe Tibby einen bösen Blick zu. Ben ist das einzige Mitglied der Königsfamilie, das mich bis jetzt höflich behandelt hat, und obwohl ich nicht ganz sicher bin, wie ich damit umgehen soll, lasse ich auf keinen Fall zu, dass sie ihn verjagt. »Wie ist die Lage da draußen? Mit … Helene und Maisie und so, meine ich.«

Ben zögert kurz. »Nicht optimal«, gibt er zu. »Aber weniger wegen dir als Person, und mehr … Es hat uns ja niemand darauf vorbereitet, weißt du? Niemand wusste, dass du herkommst, bis du schon hier warst.«

»Ich wusste es selbst nicht, wenn euch das tröstet«, sage ich. »Und ich bin auch nicht gerade begeistert davon.«

Er kichert, obwohl ich gar nichts Lustiges gesagt habe. »Es könnte immer schlimmer kommen. Du könntest eine ekelhafte Schleimerin sein, die den ganzen Tag versucht, uns in den Arsch zu kriechen. *Das* wäre ein echter Albtraum.«

Ich rümpfe die Nase. »Davon habt ihr bestimmt schon genug.«

»Allerdings«, stimmt er mir zu. »Aber obwohl wir alle nicht besonders glücklich mit der derzeitigen Situation sind, können wir uns wenigstens damit trösten, dass der Verantwortliche die entsprechenden Konsequenzen tragen wird, und sobald du dich eingelebt hast …«

»Was meinst du?«, unterbreche ich ihn, und mein Herz schlägt mir auf einmal bis zum Hals. »Welcher Verantwortliche?«

»Jenkins, natürlich«, antwortet er stirnrunzelnd. »Soweit ich weiß, hat er dich nicht nur ohne Warnung hergebracht, er hat auch explizite Befehle von Onkel Alexander missachtet …«

Ich warte nicht darauf, dass er den Satz beendet. Stattdessen schlüpfe ich an ihm vorbei und stürme wütend den Flur entlang. Der Teppich fühlt sich rau an, weil ich immer noch barfuß bin, als ich in Richtung von Alexanders Privatzimmer marschiere. Hinter mir höre ich schwach Tibbys Fluchen, als sie und Ben mir nacheilen, aber ich werde nicht langsamer.

»Evangeline!«, ruft Tibby. »Wo zum *Teufel* willst du hin?«

Aber sie ist im Moment nebensächlich. Als ich bei der Kurve im Flur ankomme, sehe ich die Tür, die gestern offen stand – die, die in Alexanders Wohnzimmer führt. Jetzt ist sie allerdings abgeschlossen, und ich schlage wütend mit der Faust dagegen. »Alexander! Ich muss mit dir …«

»Er ist nicht da«, keucht Ben, als er mich einholt. »Er bereitet sich auf die Zeremonie vor.«

»Wo?«, frage ich knapp.

Ben verzieht das Gesicht. »In den Prunkgemächern. Ich kann dich dorthin bringen, wenn du willst, aber wir müssen diskret sein. Die Gäste für die Verleihung sind bereits angekommen, und …«

»In diesem Aufzug gehst du nirgendwohin«, unterbricht Tibby, die gerade an meiner anderen Seite erschienen ist. »Worum es hier auch immer geht, es kann warten.«

»Nein, kann es nicht«, widerspreche ich. Ich habe so lange geschlafen – es könnte jetzt schon zu spät sein. Ich drehe mich zu Ben um. »Ich mache kein Theater, versprochen. Wo ist er?«

Trotz Tibbys Protest führt Ben mich tiefer in das Schloss hinein, durch weiße, grüne und rote Wohnzimmer, das pompöse Esszimmer und mehrere andere Zimmer, die mit Tausenden von unbezahlbaren Kostbarkeiten vollgestopft sind, die ihren Besitzern vermutlich ohne viel Kompensation entwendet wurden. Tibby folgt uns auf Schritt und Tritt, aber versucht nicht mehr, mich aufzuhalten. Zumindest nicht physisch.

»Es ist mir egal, wie sehr Seine Majestät dich aufgebracht hat«, fährt sie fort. »Du kannst nicht einfach zu ihm hereinschneien, wann es dir passt. Er ist der König …«

»Er will Jenkins feuern«, antworte ich, als Ben mich in einen leeren Raum mit Holzwänden, blauem Teppich und Porträts von toten Monarchen an den Wänden führt. Der Thronsaal, stelle ich mit einem Blick auf das Podium mit dem Thron fest. Ich sollte vermutlich eingeschüchtert sein – oder zumindest neidisch, wehmütig oder *irgendwas*, aber alles, was ich fühle, ist wütende Entschlossenheit. »Ich muss *sofort* mit ihm reden.«

»Seine Majestät hat jedes Recht dazu, seine Bediensteten wegen groben Fehlverhaltens zu entlassen«, sagt Tibby, aber dann muss sie meinen mörderischen Gesichtsausdruck sehen, denn sie seufzt. »Wie genau planst du denn, ihn davon abzuhalten?«

»Das ist einfach«, antworte ich. »Wenn er Jenkins feuert, gehe ich direkt zur größten Zeitung Londons und erzähle ihnen alles.«

Tibby erstarrt. »Das kannst du nicht tun.«

Ben bleibt ebenfalls so plötzlich stehen, dass ich fast in ihn hineinrenne. »Tibby hat recht«, stimmt er ihr zu. Hinter seinen Brillengläsern hat er die Augen weit aufgerissen. »Das kannst du nicht tun, Evan.«

Ich verschränke die Arme vor der Brust. »Warum nicht? Weil es ihm das Leben ruinieren könnte?«

»Nein«, antwortet Ben. »Weil es *dein* Leben ruinieren würde.«

Tibby tritt mit aschfahlem Gesicht einen Schritt vor. »Wenn du preisgibst, wer du bist …« Sie sieht sich nervös um und fährt im Flüsterton fort. »Wenn die Presse herausfindet, dass Seine Majestät untreu war und dass du sein … sein …«

»Bastard bin?«, beende ich den Satz, und Tibby rümpft die Nase.

»Dann werden sie dich für den Rest deines Lebens verfolgen.

Sie werden alle möglichen Fotos von dir schießen und die unvorteilhaftesten veröffentlichen, damit sich die Bevölkerung darüber lustig machen kann. Du wirst dir nicht einmal einen Kaffee kaufen können, ohne eine Schlagzeile zu produzieren, und egal, was du in Zukunft leistest, es wird immer von deiner Abstammung überschattet werden.«

Bei der Vorstellung wird mir ganz anders, aber trotzdem schüttele ich stur den Kopf. »Wenn er Jenkins feuert, habe ich keine Wahl. Und so schlimm es auch für mich enden könnte, für Alexander wäre es tausendmal schlimmer.«

»Und was ist mit deiner Mutter?«, wirft Ben leise ein.

Das bringt mich ins Stocken. »Was hat Alexander euch von ihr erzählt?«, frage ich mit wild klopfendem Herz.

»Nichts«, gibt Ben zu. »Niemand scheint auch nur ihren Namen zu wissen.«

»Ich kann dir versichern, dass irgendwer ihn weiß«, schaltet sich Tibby ein. »Und er wird nicht lange ein Geheimnis bleiben.«

Ihre Worte fühlen sich bleischwer an, und ich atme tief ein. Tibby hat recht – wenn ich der Presse erzähle, wer ich bin, werden sie nicht ruhen, bis sie meine Mom gefunden haben. Mich selbst kann ich ohne weiteres Nachdenken opfern, aber der Gedanke daran, dass Dutzende von Reportern vor ihrer Türschwelle lauern könnten, ist viel schwerer zu ertragen.

Aber ich kann nicht einfach danebenstehen und zusehen, wie Jenkins seinen Job verliert. Er ist vielleicht derjenige, der mich hergebracht hat, aber ich bin diejenige, die verhaftet wurde. Nur meinetwegen hat er das hier überhaupt erst für nötig gehalten, und obwohl er sich darin geirrt hat – denn das hier ist der letzte Ort, an dem ich sein sollte –, hatte er doch genug Mitleid mit mir, um es wenigstens zu versuchen. Er ist der einzige Mensch auf der Welt, der für mich seine gesamte Lebensgrundlage aufs Spiel setzen würde, und deshalb kann ich ihn nicht einfach im Stich lassen.

Also sage ich, obwohl Ben und Tibby vermutlich die Resignation in meiner Stimme hören können: »Zeig mir einfach, wo Alexander ist. Bitte.«

Die beiden werfen sich einen Blick zu, den ich unmöglich übersehen kann, aber dann führt Ben mich widerwillig zur Kopfseite des Raums, in Richtung des Thrones. Der Thron ist zwar nicht mehr als ein gepolsterter Stuhl, aber trotzdem beäugen wir ihn beide kurz, bevor Ben rechts am Podium vorbeigeht und vor einer der Holztafeln an der Wand stehen bleibt. »Das hier führt zum Vorzimmer«, sagt er und drückt auf einen dunklen Holzknoten. »Da sollte Onkel Alexander sein.«

Die Tafel schwingt auf und gibt den Blick auf einen weiteren prunkvollen Raum mit hoher Decke frei. Ich bin zwar nicht überrascht – Schloss Windsor ist schließlich fast tausend Jahre alt und verbirgt vermutlich mehr Geheimnisse, als eine einzelne Person je entdecken könnte –, aber trotzdem beschleunigt sich mein Puls.

»Wie praktisch«, bemerke ich und schaue mir die verdeckten Scharniere genauer an. Ich will gerade fragen, wie viele Geheimtüren es im Schloss gibt, als Ben flucht.

»Mist«, knurrt er, als er über die Schwelle tritt. »Ich dachte wirklich, dass Onkel Alexander mittlerweile hier wäre.«

Ich folge Ben ins Vorzimmer, und tatsächlich sehe ich nur die violette Tapete und die elegante Ausstattung, zu der eine Büste gehört, die einen guten Kopf größer ist als ich. Die Vorhänge sind geschlossen, aber das Licht ist an, und auf einem Tisch in der Mitte des Raums steht ein Tablett voller kleiner Küchlein, was vermutlich bedeutet, dass Ben recht hat und Alexander früher oder später hier erscheinen wird.

»Vielleicht ist er einfach nur zu spät«, schlage ich mit einem Blick auf die Flügeltüren am anderen Ende des Raums vor.

»Seine Majestät ist nie *zu spät*«, entgegnet Tibby pikiert. »Jenkins mag zwar seine Fehler haben, aber sein Zeitgefühl ist ohnegleichen.«

Und in genau dem Moment, als wollte das Universum beweisen, dass Lady Tabitha Finch-Parker-Covington-Boyle immer recht hat, erklingen auf der anderen Seite der Tür Schritte. Ich richte mich auf, bereit, mich Alexander entgegenzustellen, aber die Stimme, die wir aus dem nächsten Zimmer hören, ist eine andere.

»... *geschworen*, dass sie nie in Maisies Nähe kommt«, zischt eine honigsüße Stimme verärgert. »Sie ist eine Beleidigung an unsere Familie. An unser Land. An die Institution der Monarchie.«

Bevor ich mich rühren oder auch nur daran denken kann, mich zu verstecken, schwingt eine zweite Geheimtür auf, und auf der Schwelle, eingehüllt in ein hellblaues Chiffonkleid und ihren eigenen eiskalten Zorn, steht Helene.

8. KAPITEL

Familie ist zugleich das Verderben des Königshauses und das Einzige, was es aufrechterhält.

– Alexander I. (geb. 1928, reg. 1972–1990)

Ich erstarre. Während ich die Königin erschrocken anstarre, schlägt mein Herz wie verrückt, aber meine wutentbrannte Stiefmutter bemerkt mich gar nicht. Stattdessen dreht sie den Kopf, als sich weitere Schritte nähern.

»Es ist eine Beleidigung an uns alle«, sagt eine heisere Stimme, und dann erscheint eine Frau, die mindestens dreißig Jahre älter ist als Helene. Sie trägt ein saphirblaues Kleid, und ihr silbernes Haar ist zu einem eleganten Dutt hochgesteckt. Ihre Körperhaltung ist so gerade, dass mir schon vom Anblick der Rücken wehtut.

Constance, die Queen Mother. Und meine Großmutter.

»Nachdem wir uns so bemüht haben, den Mantel des Schweigens über seine Indiskretionen zu breiten«, fährt sie fort, das Gesicht angewidert verzogen, als hätte sie etwas Verdorbenes gerochen. »Und jetzt führt er den Beweis geradezu vor wie einen räudigen Köter bei einer Hundeshow. Du bist dir sicher, dass er es sich nicht noch anders überlegen wird?«

»Nachdem Maisie ins Bett gegangen ist, haben wir die ganze Nacht darüber diskutiert«, antwortet Helene verbittert. »Er besteht darauf, dass nun, da *der Köter* bereits auf Schloss Windsor ist, sie genauso gut hierbleiben kann, bis sie volljährig ist. Ich habe natürlich darauf hingewiesen, wie herzlos es ist, sie wie ein Haustier hierzubehalten, wenn er ohnehin vorhat, sich ihrer zu entledigen, sobald sie achtzehn ist, aber seine Selbstsucht kennt keine Grenzen.«

Neben mir tritt Ben unwillkürlich einen Schritt vor, als wolle er sich zwischen mich und das stellen, was wir gerade hören. Seine Bewegung fällt wohl Helene ins Auge, denn sie bleibt ruckartig stehen, und ihr Gesicht wird kreidebleich, als sie uns bemerkt. Als sie *mich* bemerkt.

Ich spüre, wie meine Wangen rot werden, aber ich weigere mich, ihrem Blick auszuweichen. Nach jahrelanger Zurückweisung weiß ich, dass ich hier nicht erwünscht bin, und ich kann es Helene noch nicht einmal übel nehmen, dass sie mich hasst – ich bin schließlich der lebende Beweis dafür, dass ihr Ehemann ihr fremdgegangen ist. Aber obwohl ich sie vorher noch nie zu Gesicht bekommen habe, brennt mir die Tatsache, dass ich nicht gut genug für *meine eigene Großmutter* bin, ein Loch in die Brust, bis das Feuer droht, meinen gesamten Körper zu verschlingen.

»Keine Sorge«, sage ich mit gespielter Leichtigkeit. »Ich habe nur den Großteil gehört.«

Während Helene hilflos den Mund auf- und zuklappt, zuckt Constance nicht einmal zusammen. Ihr Blick glüht geradezu vor Missbilligung, und sie mustert mich mit offensichtlicher Abscheu. »Kann ich dir helfen?«

Ich trete einen Schritt vor. »Ich bin Evan«, antworte ich, obwohl ich vermute, dass sie das bereits weiß. »Der räudige Köter.«

»Evangeline Bright«, ergänzt Helene mit erstickter Stimme. »Alexanders ... unerwarteter Abkömmling.«

»Ich verstehe.« Obwohl es für jemanden wie sie vermutlich keinen Unterschied gemacht hätte, wünsche ich mir, als Constance mich mustert, dass ich auf Tibby gehört und mir etwas anderes angezogen hätte als meinen Schlafanzug. »Diesen Raum dürfen nur Familienmitglieder betreten.«

»Ist mir egal«, antworte ich kühl, und hinter mir entfährt Tibby ein protestierendes Quieken. »Mir ist klar, dass ihr mich nicht hierhaben wollt, und glaubt mir, ich will auch nicht hier sein. Ich habe kein Interesse daran, irgendwelchen uralten Traditionen zu folgen, die besagen, dass man mit zwölf verschiedenen Gabeln essen muss. Und wir wissen alle, dass ihr nicht daran interessiert seid, einen *ungehorsamen Parasiten* unbeaufsichtigt herumlaufen zu lassen.«

Helene erbleicht, und in Constances Blick liegt eine zornige Herablassung, die selbst die Sonne schmelzen lassen könnte.

»Aber ich bin nun mal hier«, fahre ich fort. »Und dank der Tatsache, dass Alexander sich nicht zurückhalten konnte, bin ich jetzt Teil des Stammbaums, so schrecklich wir das auch alle finden.«

Constance erstarrt und klammert sich so fest an die Rückenlehne des Stuhls vor ihr, dass ihre Fingernägel im Samt verschwinden. »Du fühlst dich vielleicht von der Wohltätigkeit beleidigt, die wir dir erwiesen haben, aber du hast kein Recht dazu, in einer solch vulgären und respektlosen Weise von Seiner Majestät zu sprechen.«

»Wohltätigkeit?«, schnaube ich belustigt. »Ich bin nicht irgendein Waisenkind, das um einen Brotkanten bettelt. Ich bin deine *Enkelin*. Und alles, was ich will, ist, dass ihr mich nicht wie einen Fehler behandelt, der *noch vor der Geburt hätte korrigiert*

82

werden sollen, nur aufgrund von Umständen, für die ich gar nichts kann.«

»Du *warst* ein Fehler.« Constances Worte schallen durch das Vorzimmer. »Ein Fehler, der meinen Sohn beinahe sein Geburtsrecht gekostet hat. Und ich werde nicht tatenlos dabei zusehen, wie du durch unser Schloss stolzierst und dich unsere Verwandte schimpfst, wenn wir alle wissen, dass du und dieses amerikanische Flittchen nichts mehr als Parasiten seid …«

»Was ist hier los?«

Ich wirbele herum. In dem versteckten Türrahmen steht Alexander, dessen Stirn so tief gerunzelt ist, dass seine Augenbrauen sich fast berühren. Neben ihm steht ein attraktiver Mann in einem dunklen Anzug – mein Onkel, Nicholas, der berüchtigte Duke of York, der wirkt, als sehe er sich gerade ein amüsantes Theaterstück an. Und hinter den beiden, immer noch halb im Thronzimmer, ist Jenkins.

»Alexander.« Irgendwie schafft Constance es, sich noch gerader aufzurichten, aber sie macht keinen Knicks vor ihrem Sohn. Tibby, die völlig aufgelöst aussieht, allerdings schon. »Evangeline wollte gerade gehen.«

»Nein, das wollte ich nicht«, entgegne ich und richte meinen finsteren Blick auf Alexander. »Ich muss mit dir reden.«

Ich habe erwartet, dass er protestiert oder darauf besteht, dass unsere liebevolle Familie für das Gespräch im Raum bleibt. Stattdessen bedenkt er erst Helene und dann Constance mit einem undurchdringlichen Blick.

»Lasst uns allein.«

Helene öffnet den Mund, aber es kommt immer noch nichts heraus. Sie sieht noch einmal zu mir, bevor sie sich wieder zu der Tür umdreht, durch die sie gerade gekommen ist. Nicholas folgt ihr, allerdings nicht, ohne vorher einen vielsagenden Blick mit Alexander auszutauschen. Constance bewegt sich erst nicht, scheint es sich aber dann anders zu überlegen. Sie hinterlässt eine beinahe greifbare Wolke königlicher Missbilligung.

»Onkel Alexander …«, beginnt Ben, aber der König unterbricht ihn.

»Lasst uns allein, habe ich gesagt. Sie können bleiben, Jenkins.«

Nachdem Ben und Tibby ins Thronzimmer zurückgeschlichen sind, tritt Jenkins vorsichtig in das Vorzimmer. Es ist offensichtlich, dass er sich nicht sicher ist, warum er bleiben darf. Ich allerdings schon. Alexander ist zwar mein Vater, aber offenbar schafft er es nicht, sich mir allein zu stellen.

Als wir nur noch zu dritt sind, überschlägt sich mein Magen vor Nervosität, und eine Minute lang herrscht unbehagliches Schweigen. Ich starre Alexander an, Alexander starrt mich an, und Jenkins steht daneben. Sein Gesichtsausdruck ist neutral, aber er hat die Hände so fest verschränkt, dass seine Knöchel weiß sind.

»Es tut mir so leid, dass du das hören musstest, Evangeline«, bricht Alexander endlich das Schweigen. »Ich kann und will das schlechte Verhalten Helenes und meiner Mutter nicht rechtfertigen, aber ich entschuldige mich in ihrem Namen zutiefst bei dir.«

»Ich heiße Evan«, antworte ich. »Und die Entschuldigung kannst du dir sparen. Wir wissen beide, dass sie es nicht bereuen.«

Er seufzt. »Da hast du vermutlich recht. Manche Familienmitglieder nehmen die blutrünstigen Löwen auf unserem Wappen wohl ernster als andere.«

Überrascht blinzele ich. Sollte das ein Witz sein? Ich dachte nicht, dass Alexander Humor hat, und dieses kurze Aufblitzen seiner Persönlichkeit wirft mich aus der Bahn. Am liebsten hätte ich gelächelt, um ihm meine Freude darüber zu zeigen, dass er auf meiner Seite ist. Aber diese eine Geste macht die letzten siebzehn Jahre nicht wieder wett, und ich habe meine Mission nicht aus den Augen verloren. »Wirst du Jenkins wirklich meinetwegen feuern?«

Aus dem Augenwinkel sehe ich, wie Jenkins erstarrt, während Alexander vor Überraschung die Gesichtszüge entgleisen. »Feuern?«, fragt er verwirrt.

»Weil er mich ohne deine Erlaubnis hierhergebracht hat.«

Alexander reibt sich das Kinn. »Wie dir vielleicht aufgefallen ist, erfreut die Situation Helene und meine Mutter ganz und gar nicht, und Maisie ist noch dabei, alles zu verarbeiten …«

»Jenkins wollte mich nur beschützen«, protestiere ich. »Und wenn du ihn feuerst, dann …«

Ich halte inne. Jenkins sieht aus, als würde er sich für meine nächsten Worte stählen, und in seinem Blick liegt eine stumme Bitte. Ich habe ihm nicht von meinem Plan erzählt, aber kurz frage ich mich, ob er mich gut genug kennt, um ihn erraten zu haben.

»Dann …?«, fragt Alexander langsam.

Ich zögere. Obwohl ich nicht wirklich vorhabe, der Presse alles zu erzählen und meine Mutter dadurch in Gefahr zu bringen, könnte ich ihn trotzdem damit erpressen. Meine Kooperation davon abhängig machen, dass Jenkins seinen Job behält. Aber wenn ich diese Grenze überschreite, kann ich das nie wieder zurücknehmen, und Alexander wird nie vergessen, dass ich ihm gedroht habe, seinen gesamten Ruf für etwas zu ruinieren, das er offenbar ohnehin nicht tun will.

Ich grabe meine nackten Zehen in den Teppich und schaffe es nicht, ihm in die Augen zu sehen. »Ich werde nie ein echter Teil deiner Familie sein«, bringe ich schließlich heraus. »Und das verstehe ich. Das will ich auch gar nicht sein. Aber Jenkins hat mir immer das Gefühl gegeben, dass ich Teil seiner Familie bin, und dafür sollte er nicht bestraft werden. Dafür, dass er der Einzige ist, dem ich wirklich wichtig bin. Ich halte mich von Maisie fern und von Helene und … allen«, verspreche ich. »Aber bitte feure Jenkins nicht. Bitte.«

Alexander atmet tief aus, und dabei kann man hören, was für eine unglaubliche Last auf seinen Schultern liegt. »Evangeline … Evan. Ich muss mich für das, was du gestern Abend gehört hast, bei dir entschuldigen. Ich war nur überrascht, und ich bin keine Überraschungen gewohnt.«

Ich kann gerade noch ein ungläubiges Schnauben unterdrücken, doch Alexander muss es mir angemerkt haben, denn er verzieht das Gesicht. »Das ist die Wahrheit«, sagt er leise. »Die Umstände sind zwar nicht ideal, aber ich bin trotzdem froh, dass du hier bist, und ich werde mein Bestes tun, um sicherzustellen, dass die gesamte Familie dich während deines Besuchs miteinbezieht. Du bist mein Fleisch und Blut, und du sollst auch so behandelt werden.«

»Es ist mir egal, ob sie so tun, als wären sie höflich zu mir«, entgegne ich. »Was mir wichtig ist, ist, dass Jenkins nichts passiert.«

Wir blicken beide gleichzeitig zu ihm hinüber. Statt unserem Gespräch zuzuhören, starrt Jenkins entschlossen in den leeren Kamin und scheint sein Möglichstes zu tun, mit der Tapete zu verschmelzen.

»Ich gebe dir mein Wort«, sagt Alexander ernst.

Vor Erleichterung wird mir ganz schwindelig. Mir ist egal, wie schlimm der Rest meines Besuchs läuft, solange Jenkins sicher ist. »Danke. Ich komme dir nicht mehr in die Quere, das verspr…«, beginne ich, aber ein Klopfen an der hohen Flügeltür (der einzigen *Nicht*-Geheimtür im Raum) unterbricht mich.

Jenkins eilt zur Tür, um den unerwünschten Besucher abzufangen, aber er ist zu langsam, und ein Mann in Militäruniform steckt den Kopf ins Zimmer. »Eure Majestät«, sagt er mit einer kurzen Verbeugung, und eine Sekunde lang bleibt sein Blick an mir und meinem Schlafanzug hängen. »Die Gäste haben bereits Platz genommen, und alle sind für Sie bereit.«

Alexander nickt und richtet sich wie automatisch auf. »Ich bin gleich da«, antwortet er, und der Mann senkt erneut den Kopf, bevor er verschwindet. Die Tür lässt er einen Spalt offen.

»Ich, äh … sollte vermutlich wieder in mein Zimmer gehen, bevor irgendwer mich sieht«, stammele ich. Doch als ich mich zu der Geheimtür umdrehe, räuspert Alexander sich.

»Ähm, Evan, bevor du gehst … Ich möchte, dass du weißt, dass Jenkins nicht der Einzige ist.«

»Was?«, frage ich verwirrt.

»Dass er nicht der Einzige ist, dem du wichtig bist«, sagt Alexander so leise, dass ich ihn kaum hören kann. »Du warst immer Teil meiner Familie. Es war nur …« Er schluckt schwer. »Ich wollte dich vor den Konsequenzen meines größten Fehlers beschützen. Und daran bin ich wohl kläglich gescheitert.«

Größter Fehler. Es sind zwar nur zwei Wörter, aber genau die, die ich nicht hören wollte, und mir wird auf einmal eiskalt. »Ja«, bringe ich heraus. »Das stimmt. Aber keine Sorge – in einem Monat bin ich weg, und dann musst du nie wieder über die Konsequenzen deines *größten Fehlers* nachdenken.«

Alexander zuckt zusammen, als hätte ich ihm eine Ohrfeige gegeben, doch ich lasse ihm keine Chance für eine weitere leere Entschuldigung. Bevor er oder Jenkins ein Wort herausbringen, bin ich schon wieder im Thronzimmer, schließe die Geheimtür hinter mir und wünsche mir, ich wäre nie hierhergekommen.

9. KAPITEL

QUEEN MOTHER REIST NACH BALMORAL

Schloss Windsor hat bekanntgegeben, dass die Queen Mother heute Abend nach Balmoral reisen wird, fast zwei Monate, bevor sie traditionellerweise ihre Reise in die königliche Sommerresidenz in Schottland antritt.

»Die verfrühte Reise ist sehr ungewöhnlich, besonders, da der Trooping-the-Colour-Umzug bereits nächste Woche stattfindet und das Royal-Ascot-Rennen kurz danach«, sagt Henrietta Smythe, Journalistin und ehemaliges Mitglied der Royal Rota, die schon preisgekrönte Biografien von Königin Constance, Edward IX., und Königin Helene verfasst hat. »Seitdem sie 1974 in die Königsfamilie eingeheiratet hat, hat die Queen Mother keins der beiden Events je verpasst, noch nicht einmal kurz nach dem Tod ihres Ehemannes.«

Schloss Windsor selbst hat keine Gründe bekanntgegeben, aber es kursieren Gerüchte, dass die Queen Mother (71) gesundheitliche Probleme haben könnte.

— *The Daily Sun*, 8. Juni 2023

Das Thronzimmer ist leer.

Das kommt mir ganz gelegen – nach meinem Gespräch mit Alexander bin ich nicht in der Stimmung für Gesellschaft. Allerdings kann ich mich nicht mehr an den Rückweg zu meinem Zimmer erinnern, und das könnte ein Problem werden, wenn man bedenkt, wie viele Gäste gerade im Palast herumgeistern.

Vor einem Porträt von einem Mann mit Halskrause bleibe ich stehen. Selbst wenn Ben an der Zeremonie teilnehmen muss, kommt Tibby bestimmt irgendwann wieder. Vielleicht. Außer, wenn sie sauer auf mich ist, was ich ihr nicht verübeln könnte. Sie hat den Job erst seit fünf Stunden, und ich bin bereits abgehauen und habe dabei die halbe Königsfamilie beleidigt, nur ein paar Meter von der Presse und einer ganzen Schar Gäste für die Zeremonie entfernt. Das wirft kein besonders gutes Licht auf mich. Oder auf sie.

Als ich gerade beschlossen habe, trotzdem mein Glück in den labyrinthartigen Gängen zu versuchen, höre ich den Auftakt zu einem vertrauten Lied aus dem nächsten Raum. Verwirrt presse ich das Ohr an die Tür. Ich habe es mir also nicht eingebildet. Auf der anderen Seite höre ich die Melodie von *My Country, 'Tis of Thee*, einem traditionell amerikanischen Lied.

»Falls du zusehen willst, bin ich mir sicher, dass die Tür sich auch öffnen lässt«, sagt eine tiefe Stimme direkt hinter mir.

Ich richte mich so ruckartig auf, dass ich stolpere, und eine Hand hält mich am Oberarm fest. »Ich wollte nicht …«, beginne ich, aber als ich aufsehe, verschwinden die Worte auf einmal aus meinem Mund, und in meinem Kopf rauscht es dumpf.

Nur Zentimeter von mir entfernt, mit sonnengebleichtem, verstrubbeltem Haar, seiner warmen Hand auf meinem Arm und seegrünen Augen, die mich anblicken, steht der hinreißendste Junge, den ich je getroffen habe.

»Entschuldige bitte«, sagt er sanft. »Ich wollte dich nicht erschrecken.«

»Das … das hast du nicht«, bringe ich heraus. Mir schwirrt der Kopf. Sein dunkelblauer Anzug sitzt perfekt, und sein Kinn sieht aus, als hätte es ein meisterhafter Bildhauer aus Stein gemeißelt. Warum nur habe ich nicht auf Tibby gehört und mir etwas Ordentliches angezogen – oder mir zumindest die Haare gebürstet?

»Gut.« Er grinst, und ich könnte schwören, dass mein Herz einen Schlag aussetzt. »Ich bin Jasper Cunningham.«

»Ich … ich bin Evan.« Ich kann gerade noch verhindern, dass mir mein Nachname herausrutscht. »Ich wollte nur …«

Mir fällt kein Ende für den Satz ein. Ich habe keine wirklich gute Erklärung dafür, was ich hier mache, im Schlafanzug, mit dem Ohr an die Tür gepresst. Aber Jaspers Augen blitzen belustigt, und er lässt seine Hand noch einen Moment auf meinem Arm liegen. Auch nachdem er sie weggenommen hat, kribbelt meine Haut noch warm.

»Du musst dich mir gegenüber nicht rechtfertigen«, beruhigt er mich. »Ich habe auch nicht vor, der Zeremonie beizuwohnen. Mein Vater wird heute in den Ritterstand erhoben, und das ist natürlich eine große Ehre, aber er ist einer der Ersten, und ich habe keine Lust, mir den Rest der Zeremonie auch anzusehen.«

»Du könntest durch den Spalt gucken«, stammele ich und zeige überflüssigerweise auf die Tür. Offenbar habe ich in den letzten dreißig Sekunden die Kontrolle über meine Gliedmaßen vollkommen verloren.

Er nickt. »Nach der Hymne sollte es nicht mehr lange dauern, bis mein Vater an der Reihe ist. Wenn du genau da stehst, können wir beide was sehen.«

Er schiebt mich sanft an den richtigen Ort. Ich spüre die Wärme seines Körpers direkt hinter mir, sauge sie auf, und als er mir eine Hand auf die Schulter legt, fühle ich mich, als hätte mein Gehirn einen Kurzschluss erlitten. Noch nie bin ich einem Jungen so nahe gewesen, schon gar nicht einem, der aussieht wie eine Mischung aus Hollywoodstar und antikem Gemälde, und ich versuche krampfhaft, normal weiterzuatmen.

Durch den Türschlitz sehe ich mehrere hundert Menschen, die in einer Galerie voller – Überraschung! – riesenhafter Porträts sitzen. Doch anders als im Thronzimmer scheinen diese Gemälde alle Militärpersonal zu zeigen, und auf einmal ergibt der Name, den Tibby für den Raum benutzt hat, Sinn: die Waterloo Chamber.

Am Kopf der Versammlung steht Alexander, und um ihn herum sind mindestens ein Dutzend offiziell gekleideter Menschen gruppiert. Ein Mann, dessen Gesicht ich nicht sehen kann, kniet vor ihm, und zu meiner Verwunderung hebt Alexander ein echtes Schwert und tippt ihm damit auf die Schultern, so wie im Mittelalter.

»Genau rechtzeitig«, flüstert Jasper mir ins Ohr. »Das ist mein Vater. Er wird vermutlich nie mehr von etwas anderem reden, aber er hat es sich verdient.«

»Herzlichen Glückwunsch«, stammele ich und würde mir dafür gern selbst gegen das Schienbein treten. Jasper ist schließlich nicht derjenige, der in den Ritterstand erhoben wird. Aber als ich ihm einen Blick zuwerfe, sehe ich, dass er lächelt und seine grünen Augen funkeln.

»Wo…«, fängt er an, aber bevor er zu Ende sprechen kann, schließt sich die Tür mit einem festen Klickgeräusch.

»Möchte ich es überhaupt wissen?«, fragt eine bekannte Stimme, und als Jasper einen Schritt zur Seite tritt, gibt er die Sicht auf Tibby frei.

»Ah, Tibby«, sagt er. »Was für eine wundervolle Überraschung. Wir haben gerade dabei zugesehen, wie mein Vater in den Ritterstand erhoben wurde.«

»Ach? Wie schön«, knurrt sie. »Ich bin mir sicher, dass seine allwöchentlichen Pokerspiele mit dem Duke of York rein gar nichts mit dieser großen Ehre zu tun haben. Evan, wir müssen gehen.«

Jasper tritt höflich einen Schritt zur Seite, um mich vorbeizulassen, aber ich bleibe stockstill stehen. »Ich will aber hierbleiben.«

Tibby wirft mir einen bösen Blick zu, und ihr Schweigen sagt alles. Ich weiß, dass ich mit ihr mitkommen sollte, aber ich habe Angst, Jasper vielleicht nie mehr wiederzusehen, wenn ich ihn jetzt zurücklasse.

»Geht ruhig«, durchbricht Jasper schließlich die Stille. »Ich sollte jetzt eh meinem Vater gratulieren.« Er dreht sich zu mir um und nimmt meine Hand. »Ich hoffe, dass wir uns wieder begegnen, Evan.«

So, wie er meinen Namen sagt, habe ich ihn noch nie gehört. »Das … das hoffe ich auch«, stammele ich. Und bevor ich mich bewegen kann, beugt er sich über meine Hand, sieht mir tief in die Augen und küsst mich auf die Knöchel.

»Bis zum nächsten Mal«, murmelt er, und ich kann nur völlig erstarrt zusehen, als er die Geheimtür öffnet und in die Waterloo Chamber verschwindet.

»Heilige Scheiße«, flüstere ich. Mein Körper fühlt sich im Moment ungefähr so standhaft wie Wackelpudding an. »*Bitte* sag mir, dass ich nicht mit ihm verwandt bin.«

»Du bist nicht mit ihm verwandt«, antwortet Tibby monoton und schiebt mich auf die gegenüberliegende Tür zu. »Die Cunninghams sind eng mit der Königsfamilie befreundet, aber Maisie mag Jasper nicht besonders.«

»Du sagst das, als wäre es etwas Schlechtes«, entgegne ich, immer noch leicht benommen. Ich werfe einen Blick über die Schulter in der leisen Hoffnung, dass Jasper es sich vielleicht doch anders überlegt hat und uns hinterherkommt. Hat er aber wohl nicht.

»Sie hat ihre Gründe«, sagt Tibby. »Sein Vater, Robert Cunningham, ist der Inhaber rund der Hälfte der gedruckten Medien in Großbritannien. Winzige Tratschzeitungen, die größten Tageszeitungen, Zeitschriften, Magazine … Wenn er es will, erscheint dein Gesicht morgen früh auf Dutzenden Titelseiten. Jasper mag zwar attraktiv sein, aber er ist es nicht wert.«

»Ich bin mir ziemlich sicher, dass ich immer noch selbst entscheiden kann, mit wem ich mich anfreunde«, protestiere ich, als wir das Thronzimmer verlassen. Tibby rümpft die Nase.

»Als ob du an *Freundschaft* dachtest, so wie du ihn angehimmelt hast.«

Die Bemerkung würdige ich nicht einmal mit einer Antwort. Stattdessen lasse ich mich von Tibby zurück in meine Suite führen. Die protzige Extravaganz von Schloss Windsor fällt mir auf dem Weg gar nicht mehr auf – vor meinem inneren Auge sehe ich nur noch Jaspers umwerfendes Lächeln. Und trotz der bösartigen Beleidigungen von Helene und Constance, trotz Alexanders *größtem Fehler*, trotz allem, was mir seit meiner Ankunft passiert ist, beschließe ich, dass England vielleicht doch nicht so schlimm ist.

10. KAPITEL

Maisie:
Ich kann heute Abend nicht mitkommen.

Rosie:
WAS?? Aber wir haben uns so gefreut!! xx

Maisie:
Daddy sagt, wir müssen Du-weißt-schon-wen mitnehmen,
und das kommt nicht infrage.

Gia:
Evangeline? Warum denn nicht? xx

Maisie:
Soll das ein Witz sein?

Gia:
Bring sie einfach mit und ignorier sie. Ich will dich sehen. xx

Rosie:
Wenn du sie mitbringst, können wir dafür sorgen, dass sie
nie wieder mit uns ausgehen will. Problem gelöst! xx

– Nachrichten zwischen Ihrer Königlichen Hoheit Prinzessin Mary,
Lady Primrose Chesterfield-Bishop, und Lady Georgiana Greyville,
8. Juni 2023

Den Rest des Nachmittags klebe ich geradezu an meinem Laptop, höre Musik und suche im Internet nach jedem Krümelchen an Informationen über Jasper Cunningham, das ich finden kann.

Er hat keine öffentlichen Social-Media-Konten, was meine Suche deutlich erschwert, aber ich finde seinen Namen immer wieder in Artikeln über High-Society-Events und Kurzbiografien über seinen Vater. Ich finde heraus, dass er ein Jahr älter ist als ich – was ja wohl ein akzeptabler Altersunterschied ist – und dass er Eton besucht hat, offenbar eins der angesehensten Internate des Landes. Später finde ich sogar ein Foto von Jasper, Ben und einem dritten Jungen in identischen Schuluniformen, die sich gegenseitig die Arme um die Schultern gelegt haben und in die Kamera lachen. Als ich genauer hinsehe, erkenne ich auch den dritten Jungen: Er ist der Dunkelhaarige, den ich gestern Abend kurz gesehen habe, der Ernste, der mich zusammen mit Maisie und Ben beim Lauschen erwischt hat. Jasper scheint wirklich eng mit der Königsfamilie befreundet zu sein, und ich habe keine Ahnung, ob das ein gutes Zeichen ist oder ob Jasper es irgendwann zum Anlass nehmen wird, meine Existenz zu ignorieren.

Als ich anfange, auch Bens Namen in meine Suchanfragen zu integrieren, stoße ich auf einen Blog namens *The Regal Record*, der sich wohl auf Gerüchte rund um die Königsfamilie spezialisiert. Anders als ähnliche Seiten, die ich vorher gefunden habe, hat er allerdings keinen pinken Hintergrund und kein Logo in Form eines glitzernden Diadems. Stattdessen ist er schlicht weiß mit schwarzer Schrift, und die Posts bestehen vorwiegend aus Text, ab und an mit einem Bild garniert. Auf den meisten davon sind Helene in verschiedenen Outfits oder Nicholas und seine zahlreichen Freundinnen zu sehen, aber das neuste zeigt Maisie gestern Abend.

PRINZESSIN MARY FEIERT
NACH SCHULABSCHLUSS

Nachdem sie Berichten zufolge ihre Abschlussprüfung bestanden hat, wurde Prinzessin Mary am Mittwochabend beim Verlassen eines privaten Nachtclubs in Covent Garden gesichtet. Schaulustige Besucherinnen und Besucher des Clubs berichteten, dass sie den Abend mit ihrem Cousin, Prinz Benedict, und ihrer Entourage im VIP-Bereich verbracht und dort Drinks zu sich genommen hat. Doch dann verließ sie den Club abrupt, nachdem sie eine offenbar wichtige Handynachricht erhielt. Gibt es Probleme auf Schloss Windsor?

Ich klicke auf die Galerie und sehe zwanzig verschiedene Bilder davon, wie Maisie den Club verlässt. Sie sieht zwar nicht betrunken oder zerzaust aus, aber ihr Gesichtsausdruck ist gehetzt. In einem Bild erkenne ich im Hintergrund Ben, und im nächsten steht Maisie zwischen zwei etwa gleichaltrigen Mädchen. Ich bin gerade dabei, das Bild genauer unter die Lupe zu nehmen, um vielleicht irgendwo Jaspers Gesicht aufzuspüren, als mir etwas anderes ins Auge fällt.

Da, ganz am Rande des Fotos, steht der Dunkelhaarige.

Die Bildunterschrift lautet: *Prinzessin Mary und Begleiter*innen verlassen am Mittwoch, 7. Juni, Club Villagarde (v.l.n.r.: Lady Primrose Chesterfield-Bishop, Prinzessin Mary, Lady Georgiana Greyville, Prinz Benedict und der ehemalige Lord Christopher Abbott-Montgomery, jetzt Earl of Clarence).*

Mir schwirrt von all den Titeln und Doppelnamen der Kopf, aber Abbott-Montgomery sagt mir etwas. Das ist Helenes Mädchenname. Und nach einer kurzen Google-Suche weiß ich: Der dunkelhaarige Junge ist Helenes Neffe.

»Evan?«

Mein Kopf schnellt hoch. Auf der Schwelle zu meinem Schlafzimmer, in einer schwarzen Hose und einem hellgrauen Hemd, das teurer aussieht als meine gesamte Garderobe zusammengenommen, steht Ben.

Hastig klappe ich meinen Laptop zu und bete stumm, dass er den Bildschirm nicht gesehen hat. »Was machst du denn hier?«

»Ich habe geklopft«, sagt er entschuldigend. »Aber deine Musik war wahrscheinlich zu laut.«

Ich schiebe den Laptop beiseite und springe vom Bett, während ich schnell mein verknittertes T-Shirt und meine Leggings zurechtzupfe. Nicht gerade Haute Couture, aber immerhin besser als ein Schlafanzug. »Ich vermute, dass der Rest der Familie gerade nicht besonders gut auf mich zu sprechen ist.«

»Könnte man so sagen, ja. Grandma ist so wütend, dass sie zwei Monate verfrüht nach Balmoral abgereist ist – natürlich erst, nachdem sie uns alle zum Tee eingeladen und dort eine Stunde lang über *Loyalität gegenüber der Familie* doziert hat.«

Ich verziehe das Gesicht. »Na, wenigstens muss ich mich jetzt nie wieder mit ihr im selben Raum aufhalten.« Ich seufze, und sein Mund zuckt amüsiert.

97

»Es gibt Schlimmeres. Zum Beispiel, sich in seinem Schlafzimmer zu verstecken, wenn man nur ein paar Kilometer entfernt
von der besten Stadt der Welt wohnt.« Ben wirft einen Blick auf
seine Armbanduhr. »Maisie und ich gehen in einer halben Stunde
auf eine Dinnerparty im Kensington Palace, und sie wollte, dass
ich dich frage, ob du mitkommen möchtest.«

Verwirrt starre ich ihn an. Habe ich mich gerade verhört? »Was?«

Das Zucken wird zu einem breiten Grinsen. »Maisie«, sagt er
langsam, »möchte wissen, ob du mit uns ausgehen möchtest.«

Sie will mir einen Streich spielen, beschließe ich. Erwartet sie
vielleicht, dass ich mich aufwändig fertigmache, nur, um mich
dann in irgendeiner Hintergasse absetzen zu lassen, von wo aus
ich nicht zurück nach Windsor finde? »Maisie hat kaum ein Wort
mit mir gewechselt, und ich glaube, wir wären beide froh, wenn
das auch so bleibt.«

»Zweifellos«, stimmt Ben mir zu. »Aber Onkel Alexander hat
Maisie gesagt, dass wir heute Abend nur ausgehen dürfen, wenn
wir dich mitnehmen.«

»Oh.« Das tut weh, auch wenn ich keine Ahnung habe, wieso.
»In dem Fall lautet die Antwort definitiv Nein.«

»Lehnst du gerade eine königliche Einladung ab?«, fragt er mit
hochgezogenen Augenbrauen.

»Ja, und es tut mir kein bisschen leid.«

»Evan.« Er geht mit weit aufgerissenen Augen und bettelndem
Blick einen Schritt auf mich zu. »Du bist unglücklich. Das wissen
wir beide. Und falls sich nicht etwas ändert, wirst du den ganzen
Monat in deinem Zimmer verbringen und … keine Ahnung, was
du hier drinnen machst. Lass mich dir London zeigen – bitte. Es
ist nur ein Abend. Wenn es dir nicht gefällt, frage ich dich nie
wieder, ob du mit uns ausgehen willst, versprochen.«

»Danke, aber …«

»Was, wenn ich dir sage, dass Jasper Cunningham auch da ist?«
Ich blinzele überrumpelt, und beim bloßen Klang seines Namens fängt mein Gehirn wieder an zu rauschen. »Woher …«

»Er hat mir geschrieben.« Ben grinst verschmitzt. »Keine
Sorge, ich habe ihm nicht erzählt, wer du bist, aber er scheint
ganz versessen darauf, dich besser kennenzulernen.«

»Ich …« Ich würde Ben gern sagen, dass ich lieber mit Netflix
und dem Geist von Henry VIII. zusammen hierbleiben würde,
aber plötzlich kann ich nur noch an Jaspers seegrüne Augen und
sein überirdisch schönes Lächeln denken.

Und so kommt es, dass ich genau dreißig Minuten später mit
einem Kloß im Hals in einen Range Rover mit getönten Fenstern klettere. Bei der Vorstellung, meiner Halbschwester wieder
gegenüberzutreten, zittern mir die Hände. Maisie sitzt bereits
hinter dem Fahrer, und ich wappne mich gegen den Schwall von
Beleidigungen, den sie garantiert für mich vorbereitet hat. Stattdessen zeigt sie mir eine (zugegebenermaßen beeindruckende)
kalte Schulter. Sie lässt sich nicht einmal dazu herab, auch nur in
meine Richtung zu blicken.

So kann man auch mit der Situation umgehen, denke ich. Statt
ihren Zorn zu riskieren, schlüpfe ich in die hintere Sitzreihe und
lasse mich neben den dunkelhaarigen Christopher Abbott-Montgomery fallen, während Ben sich vorne neben meine schmollende
Halbschwester setzt.

»Wir hätten einfach ohne sie gehen sollen«, bemerkt Maisie
schnippisch, als wir die Auffahrt entlangrollen. »Was hätte Daddy
schon dagegen tun können? Mir Hausarrest verpassen?«

So wie sie es sagt, ist mir sofort klar, dass sie noch nie auch
nur einen Tag lang Hausarrest hatte. Hatte ich allerdings auch

noch nie, also behandelt Alexander uns in dem Aspekt zumindest gleich.

»Gia und Rosie lenken dich schon ab«, antwortet Ben. »Und Evan hat doch auch ein bisschen Spaß verdient, oder? Hier zu sein ist für sie bestimmt auch kein Zuckerschlecken.«

Über die Rückenlehne hinweg grinst er mich an, als wolle er mir versichern, dass er alles unter Kontrolle habe. Ich ringe mir ein schwaches Lächeln ab, aber mir ist es eigentlich egal, was Maisie denkt. Schließlich bin ich nicht ihretwegen hier.

»Es sind nur drei Gabeln«, sagt Christopher, der neben mir auf der gepolsterten Lederbank sitzt. Seine Stimme ist so leise, dass ich erst nach ein paar Sekunden registriere, was er gesagt hat. Im immer wieder aufblitzenden Licht der Straßenlaternen sehe ich, dass sein Blick auf mich geheftet ist.

»Was?«, frage ich verwirrt.

»Ben hat mir von deinem, ähm, Streit mit Constance erzählt«, antwortet er. »Und dass du nicht an Traditionen interessiert seist, die besagen, dass man mit zwölf verschiedenen Gabeln essen muss. Aber normalerweise sind es nur drei. Vier, wenn Austern serviert werden.«

Ich starre ihn an. »Aber wer braucht *wirklich* so viele Gabeln?«

»Leute, die sehr pingelig sind, vielleicht.« Er zuckt die Schultern. »Ich dachte, es könnte dich interessieren. Für zukünftige vernichtende Kommentare.«

»Äh … danke«, sage ich. Ich bin mir nicht sicher, ob er versucht, lustig zu sein, oder ob er sich einfach nur über *mich* lustig macht. Vielleicht beides. Er ist zurückhaltender als Ben, aber seine Worte sind nicht so schneidend wie Maisies. Und ich habe keine Ahnung, was ich damit anfangen soll.

Die Stille zwischen uns wird immer unangenehmer, und er

räuspert sich. »Mir gefällt dein Armband«, bemerkt er, und ich sehe auf das Geschenk von Prisha hinab, das noch immer an meinem Handgelenk baumelt. »Magst du Musik?«

»Jeder mag Musik, Kit«, keift Maisie. »Hör auf, Smalltalk zu machen. Das ist echt peinlich.«

Bei ihrer Ermahnung erstarrt Christopher – Kit –, und in mir kocht auf einmal Wut hoch. Nur, weil sie die Thronerbin ist, hat Maisie noch lange nicht das Recht, so mit Leuten umzuspringen.

»Ja, ich mag Musik«, sage ich betont laut zu Kit. So laut, dass Maisie nicht so tun kann, als hätte sie mich nicht gehört. »Meine Lieblingsband ist Reignwolf, aber ich mag auch Banners, die Struts, MisterWives, Blackpink, Fleetwood Mac …«

»Maisie liebt Harry Styles«, wirft Ben ein. »Und Taylor Swift.«

»Harry ist ein wahrer Poet, und Taylor hat mich letztes Jahr auf einer Filmpremiere vor einem widerwärtigen amerikanischen Schauspieler gerettet«, verteidigt sich Maisie. »Sie hat mehr Weisheit im kleinen Finger als die meisten von Daddys Beratern zusammengenommen.«

»Ihr neues Album ist super«, sage ich, obwohl ich Maisie gegenüber im Moment nicht gerade freundschaftliche Gefühle hege. »Ich bin neidisch, dass du sie getroffen hast.«

»*Ich* habe sie nicht getroffen«, entgegnet sie. »Taylor hat *mich* getroffen.«

Skeptisch ziehe ich die Augenbraue hoch, schaffe es aber zum Glück, mir einen Kommentar zu verkneifen. Als der Range Rover an einer Straßenlaterne vorbeikommt, sehe ich, dass Kit mich neugierig anschaut. Kurz sieht es so aus, als würde er etwas sagen wollen, aber dann sieht er doch weg.

Irgendwann schafft es Ben, Ihre Königliche Hoheit in ein Gespräch über irgendein Resort auf Ibiza zu verwickeln, und den

Rest der Fahrt schaue ich aus dem Fenster. London sieht genauso aus, wie man sich eine Stadt vorstellt, die schon seit Jahrtausenden existiert. Von Straße zu Straße ist die Architektur unterschiedlich, und imposante Statuen wechseln sich mit Neonreklamen ab. Obwohl es schon spät ist, herrscht viel Verkehr, und er wird immer schlimmer, als wir dem Stadtzentrum näher kommen.

Endlich lassen wir den Piccadilly Circus hinter uns und biegen in eine schmale Straße im West End ein, in der sich Werbeschilder für Musicals und Theaterstücke funkelnd vom Nachthimmel abheben. Aber je weiter wir kommen, desto dunkler und leerer werden die Straßen, und kurz frage ich mich, ob sie mich wirklich mitten in der Stadt absetzen und wegfahren wollen.

Als wir vor einem unscheinbaren Backsteingebäude anhalten, machen sich die anderen bereit, auszusteigen. Ich bleibe auf meinem Platz sitzen.

»Ich dachte, wir gehen zum Kensington Palace«, sage ich. Ich weiß zwar nicht, wo das ist, aber ich bin mir ziemlich sicher, dass die königliche Residenz nicht zwischen einem thailändischen Restaurant und einem schäbigen Buchladen liegt.

»Nein, wir wollten zur Eröffnung eines Clubs in Soho«, antwortet Kit. »Wer hat dir gesagt, dass wir nach Kensington fahren?«

»Daddy wollte nicht, dass wir ohne sie gehen.« Maisie klingt kein bisschen reumütig, als sie darauf wartet, dass der Fahrer ihr die Tür öffnet. »Und da Benny sich sicher war, dass sie sich mit uns nicht in der Öffentlichkeit würde zeigen wollen, haben wir beschlossen, dass eine kleine Notlüge besser wäre, als uns allen den Abend zu ruinieren.«

Mir klappt die Kinnlade herunter, und Ben wirft mir einen schuldbewussten Blick zu. »Tut mir leid. Hier bist du hundertprozentig sicher, versprochen. Unsere Bodyguards warten drinnen bereits auf uns – und Jasper auch«, fügt er mit hoffnungsvoller Stimme hinzu. »Er ist einer der Investoren des Clubs, und er weiß, dass du kommst.«

Wütend starre ich Ben an. Er hat recht – ich wäre nie freiwillig in einen Nachtclub im belebtesten Viertel von London gegangen, in dem jeder mich mit den Mitgliedern der Königsfamilie sehen kann. Aber beim Klang von Jaspers Namen verfliegen schlagartig alle vernünftigen Gedanken in meinem Gehirn, und mein Herzschlag beschleunigt sich. Der umwerfende, nette, rücksichtsvolle Jasper, der mir die Hand geküsst und gehofft hat, dass wir uns bald wiedersehen, ist irgendwo in diesem Gebäude, und das hier ist vielleicht meine einzige Chance, ihn kennenzulernen.

Es ist ja nur ein Abend. Ich bin eh schon hier, und niemand weiß, wer ich bin. Und wenn Maisie und Ben dabei sind, wird es auch niemanden interessieren.

»Na gut«, zische ich. »Aber du schuldest mir was, Ben.«

Maisie schnaubt verächtlich. »Keiner von uns schuldet dir irgendwas«, sagt sie, als der Chauffeur ihr endlich die Tür öffnet. Selbst beim Aussteigen ist sie so elegant, dass es mich fast wütend macht.

Sobald ich draußen bin, spüre ich ein leichtes Vibrieren in der Luft, das aus dem Club kommen muss. Bevor ich mich richtig orientieren kann, höre ich vom anderen Ende der Straße ein so hohes Kreischen, dass ich mir fast instinktiv die Ohren zuhalte.

»Da bist du ja!« Ein zierliches Mädchen mit einem runden Gesicht und blonden Engelslocken springt auf Maisie zu und wirft ihr nach einem kurzen Knicks die Arme um den Hals. Das muss Rosie sein, denke ich, zumindest nach den Fotos von *The Regal Record* zu schließen. Und neben dem Eingang steht ein großes

Schwarzes Mädchen mit messerscharfen Gesichtszügen, die zu einem finsteren Blick verzogen sind. Gia.

»Du hast auch lange genug gebraucht«, kommentiert sie und küsst Maisie auf beide Wangen.

»Ein gewisser *Jemand* hat Ewigkeiten gebraucht, um sich fertigzumachen.« Maisie wirft mir einen bösen Blick zu, bevor sie und ihre Freundinnen, gefolgt von zwei Bodyguards, Arm in Arm im Club verschwinden.

»Komm«, sagt Ben und legt mir die Hand auf die Schulter. »Ich verspreche dir, dass er von drinnen besser aussieht als von draußen.«

Das klingt zwar nicht sehr überzeugend, aber ich folge ihm trotzdem. Als wir über die Türschwelle treten, wird das Vibrieren zu einem ohrenbetäubenden Bass, und wir gehen gemeinsam einen schummrigen Flur entlang, der sich ins Innere des Gebäudes schlängelt. Bis auf ein paar Leute ist er leer, aber ich spüre neugierige Blicke auf mir und Ben.

Bevor ich verarbeiten kann, was die Blicke bedeuten, taucht Kit auf einmal vor mir auf und bietet mir seinen Ellbogen an. »Damit niemand denkt, du seist Bens neuste Errungenschaft«, erklärt er, und mein Magen zieht sich unangenehm zusammen.

»Glaubst du wirklich, sie würden …?«, frage ich, und er nickt.

»Immer, wenn er mit einem Mädchen zusammen fotografiert wird, landet das Bild auf der Titelseite. Aber was ich mache, interessiert niemanden.«

Es ist schlimm genug, Teil dieser Familie zu sein – schlimmer wäre nur noch, wenn die ganze Welt denkt, ich wäre mit meinem Cousin zusammen. Also lege ich meinen Arm auf Kits. »Danke«, sage ich widerwillig.

»Gern geschehen«, antwortet er freundlich. Er legt seine Hand auf meine, und unsere Schritte passen sich einander an, während wir weiter in den Club vordringen.

Ben wartet neben einer weiteren Tür auf uns, die so nacht-schwarz angestrichen ist, dass ich sie gar nicht sehe, bis er sie auf-drückt. Ich klammere mich an Kits Ellbogen, und als wir die Tür passieren, wird der Bass so laut, dass er sich fast wie eine solide Wand anfühlt. Direkt vor uns legt Gia den Arm um Rosies Taille, und zusammen tanzen sie sich durch die Menge. Die Bar ist auf einer zweiten Ebene über dem Tanzboden, und Maisie folgt Gia und Rosie Richtung Treppe. Ben geht etwas langsamer hinterher.

Am Eingang zum VIP-Bereich steht ein gedrungener Mann in schwarzem Anzug, der bei ihrem Anblick sofort den Weg freigibt. Als sie die Treppe hochsteigen, sehen die vier so aus, als würde der Club ihnen gehören – was nicht besonders überraschend ist, denn mittlerweile hat auch der letzte Gast bemerkt, dass sie ange-kommen sind. Kit steuert ebenfalls die Treppe an, als ich eine vertraute Stimme höre.

»Da bist du ja!«

Abrupt wirbele ich herum und lasse Kits Arm los, als hätte ich mich daran verbrannt. Vor mir steht Jasper Cunningham, mit einem Drink in der Hand und perfekt gestylten blonden Haaren. »Ähm … ja«, rufe ich über die Musik hinweg, während mein Herzschlag sich beschleunigt. »Ben hat mich eingeladen.«

»Das hatte ich gehofft«, antwortet Jasper mit einem unwider-stehlichen Lächeln. Er ist genauso attraktiv wie heute Nachmit-tag – oder sogar noch attraktiver, weil er etwas erhitzt wirkt. »Du siehst hübsch aus.«

Meine Wangen laufen rot an, und ich sehe auf mein Outfit hin-ab: ein fliederfarbenes Sommerkleid, das eher zu einem Abend-essen passt als in einen Nachtclub. »Danke«, bringe ich heraus

und hoffe, dass mein Gehirn bald wieder anspringt. »Du siehst …
umwerfend aus.«

Umwerfend? Die sechs Jahre, die ich auf Mädchenschulen verbracht habe, haben mir offenbar nicht gutgetan. Aber Jasper grinst
nur.

»Ich mag dich, Evan«, sagt er. Er hat ein kleines Grübchen in
der Wange. »Du bist erfrischend.«

»Evan, ich gehe nach oben!«, ruft Kit mir über die Musik hinweg zu, und seine dunklen Augen blicken mich unverwandt an.
»Sag Bescheid, wenn du irgendwas brauchst, okay?«

»Keine Sorge, Kit«, sagt Jasper, bevor ich antworten kann, und
legt mir die Hand auf die Hüfte. Ein wohliger Schauer läuft mir
über den Rücken. »Sag den anderen, dass ich auch gleich komme.«

Kits Miene ist undurchdringlich. Er verschwindet ohne ein
weiteres Wort in der Menge, und Jasper und ich bleiben allein
zurück. Fieberhaft suche ich nach einer witzigen, charmanten
oder wenigstens halbwegs interessanten Bemerkung, aber stattdessen kommt aus meinem Mund: »Ben hat mir erzählt, dass das
hier dein Club ist?«

»Schön wär's, aber ich bin nur einer von vielen Investoren.«
Jasper schmunzelt. »Kann ich dir etwas zu trinken holen?«

»Ja, gern«, antworte ich. Das ist zum Glück eine einfache
Frage. »Ein Wasser wäre …«

»*Da* bist du.« Ben taucht plötzlich wieder neben mir auf, und
ich zucke zusammen, als er mir ins Ohr schreit. »Komm mit nach
oben, da ist es ruhiger.«

Ich versuche, mir meine Wut auf Ben nicht anmerken zu lassen, aber bei seinem Timing ist das echt schwer. »Jasper und ich
unterhalten uns gerade«, protestiere ich.

»Schon gut«, sagt Jasper. »Ich sollte eh mal nach dem Rechten sehen. Aber ich komme gleich nach, okay?« Er lächelt sein sonniges Lächeln. »Vielleicht hat Ben bis dahin ja jemand anderen gefunden, mit dem er sich beschäftigen kann.«

Jaspers Blick ruht noch kurz auf mir, bevor er in die neonfarbene Dunkelheit verschwindet. Ich drehe mich zu Ben um. »Ist das dein Ernst?«

»Du willst doch nicht *zu* verzweifelt rüberkommen, oder?«, grinst er. »Komm, wir reden oben.«

Genervt halte ich den größtmöglichen Abstand zu Ben, als ich ihm an der Security vorbei in den VIP-Bereich folge, in den ich definitiv nicht gehöre. Alle Menschen hier sind schön – die Art von Schönheit, die von Reichtum und Berühmtheit und zahllosen Stunden in Beauty-Resorts kommt. Einige Gesichter erkenne ich aus Zeitschriften und sozialen Medien, und ich entdecke sogar eine Frau, die genauso aussieht wie die Schauspielerin, die in einem meiner Lieblingsfilme die Hauptrolle gespielt hat. Wie exklusiv ist dieser Club eigentlich?

Offenbar exklusiv genug für Mitglieder des Königshauses. Als Ben mich an den verschiedenen separaten Sitzgruppen vorbeiführt, die kreisrund und groß genug für mehr als zehn Leute sind, ziehen wir alle Blicke auf uns. Es überrascht mich nicht, dass Ben angestarrt wird – er ist schließlich ein unverheirateter Prinz und Dritter in der Thronfolge –, aber auch ich werde mit überraschender Intensität beäugt.

Ich lasse mich noch ein paar Schritte zurückfallen. Wenn ich morgen auch nur eine einzige Schlagzeile sehe, in der steht, dass Ben und ich ein Paar seien, verlasse ich mein Schlafzimmer erst wieder, wenn es Zeit ist, in die Staaten zurückzufliegen.

Ben lässt sich in einer Sitzgruppe nieder, die wohl den besten Blick auf den DJ und die Tanzfläche bietet, und ich folge ihm.

Er hat recht – hier oben ist es viel ruhiger. Ich versuche, mich möglichst unauffällig umzusehen. Im VIP-Bereich erkenne ich vier Bodyguards, und vermutlich verstecken sich noch mehr in der Menge. Wie viel Security brauchen Maisie und Ben eigentlich, wenn sie so wie heute ausgehen?

»… *so* langweilig.«

Aus der Mitte der Sitzgruppe höre ich Gias Stimme. Sie sitzt Schulter an Schulter mit Maisie, und Rosie befindet sich auf Maisies anderer Seite. Neben Gia lehnt Ben, der mit seinem Handy beschäftigt ist, und Kit ist nirgendwo zu sehen. Auf dem Tisch steht bereits eine Flasche Champagner, und mir fällt auf, dass Maisie die Einzige ist, die kein Glas hat.

»Gib ihm eine Chance«, bettelt Rosie mit ehrlichem Optimismus. »Jasper weiß, wie man eine gute Party veranstaltet.«

»Das hier ist keine Party«, kontert Gia. »Und der einzige Grund, warum er je eine gute Party veranstaltet hat, ist das exorbitante Taschengeld, das er von seinem Vater bekommt.«

Ich schnaube amüsiert, und alle Blicke richten sich auf mich. »Hat Gia etwas Lustiges gesagt?«, fragt Maisie kampflustig.

»Ich würde darauf wetten, dass ihr alle exorbitante Taschengelder von euren Vätern bekommt.«

»Natürlich bekommen wir die«, antwortet Gia, »aber *wir* geben wenigstens nicht damit an.«

»Wenn du meinst«, murmele ich leise. Keine Ahnung, ob sie mich gehört haben, aber Maisie richtet sich auf.

»Wir können unmöglich von Evangeline erwarten, dass sie den Unterschied zwischen Protz und echter Klasse versteht«, sagt sie. »Schaut euch nur mal ihre Mutter an.«

Wütend beiße ich die Zähne zusammen, und Ben seufzt. »Maisie, wir haben darüber schon geredet.«

»Ach, wirklich?«, flötet sie. »Das muss ich wohl vergessen haben.«

Mir fallen eine Million Dinge ein, die ich ihr gern an den Kopf geworfen hätte, aber das kann ich nicht hier tun – hier könnten uns die anderen VIPs vielleicht hören. Stattdessen halte ich in der Menge Ausschau nach Jasper, in der Hoffnung, dass er sich bald zu uns gesellt.

»Aber stellt euch mal vor, wie sich das anfühlen muss«, fährt Maisie mit gespieltem Entsetzen fort. »*Unehelich* zu sein. Ich glaube, ich könnte mein Gesicht nie mehr in der Öffentlichkeit zeigen.«

Gia und Rosie kichern, als wäre es das Skandalöseste, was sie je gehört haben, und ich werfe Maisie einen bösen Blick zu. »Wenigstens bin ich kein herzloser Snob«, grummele ich.

»Was hast du gesagt?«, zischt Gia.

»Ach, konntet ihr mich nicht hören?« Meine Stimme wird lauter. »Vielleicht solltet ihr mal einen Hörtest machen. Inzucht kann echt schlimme genetische Folgen haben.«

Die Mädchen keuchen alle gleichzeitig erbost auf, und Ben verzieht das Gesicht. »Komm, Evan, wir gehen zur Bar«, schlägt er schnell vor und lässt sein Handy in der Hosentasche verschwinden.

»Ich habe keinen Durst«, sage ich, aber er rutscht bereits auf mich zu, und ich habe keine Wahl, als aufzustehen und ihn vorbeizulassen. Er nimmt mich am Arm, aber bevor wir auch nur zwei Schritte weit gekommen sind, höre ich ein Zischen, das verdächtig nach meiner Halbschwester klingt.

»*Bastard.*«

Nur in der Welt der englischen Aristokratie könnte dieses Wort eine echte Beleidigung sein. Als ob ich irgendeinen Einfluss auf die Entscheidungen meiner Eltern gehabt hätte. Entschlossen schüttele ich Bens Hand ab und lächele Maisie zuckersüß an.

»Lieber ein Bastard als ein arrogantes Miststück«, sage ich und sehe gerade noch ihren fassungslosen Gesichtsausdruck, bevor ich mich wieder umdrehe und davonstolziere.

Als ich auf die Treppe zustürme, spüre ich etliche Blicke auf mir. Zweifellos fragen sich die anderen Leute, was für ein hoheitliches Drama sich gerade bei uns abgespielt hat. Zum Glück folgt Ben mir nicht nach unten, und als ich an dem Mann im Anzug vorbeikomme, bemerke ich, dass mich auch hier im Erdgeschoss alle anstarren. Ich ignoriere sie und bahne mir einen Weg durch die Menge. Mein Hals tut weh, so, als hätten Maisie und ich uns aus voller Kehle angeschrien, und ich habe unglaublichen Durst. Seit wann ist es hier drinnen so *heiß*?

Als ich an der Bar ankomme, sehe ich zwei Mädchen mit langen schwarzen Haaren, die ihre Handys in der Hand halten und mich offen anstarren. Nach einer kurzen Absprache dreht sich die Größere von beiden zu mir um.

»Hey«, ruft sie. Im Licht glitzert ihr dunkler Lidschatten. »Bist du's wirklich?«

»Wer?«, frage ich, aber anstatt mir zu antworten, hält sie mir nur ihr Handy vor die Nase. Auf dem Bildschirm sehe ich einen Post von *The Regal Record*, und das Erste, was mir ins Auge fällt, ist die fett gedruckte Überschrift:

HOHEITLICHER SCHOCK: DIE GEHEIME TOCHTER DES KÖNIGS

Direkt darunter prangt ein verschwommenes Foto. Es muss vor weniger als einer halben Stunde draußen vor dem Club geschossen worden sein und zeigt mein Gesicht.

11. KAPITEL

KÖNIG ALEXANDER HAT EINE
GEHEIME TOCHTER.

Die siebzehnjährige Evangeline Bright (Foto vom heutigen Abend in Soho) ist die uneheliche Tochter Seiner Majestät und einer unbekannten Mutter, die unseren Quellen zufolge Amerikanerin sein soll. Dank mehrerer Palast-Insider, die in die heikle Situation eingeweiht sind, kann *The Regal Record* bestätigen, dass Evangeline zurzeit auf Schloss Windsor untergebracht ist und dort von den anwesenden Mitgliedern der Königsfamilie frostig empfangen wurde. Offenbar ist dies ihr erster Besuch im Vereinigten Königreich, und laut unseren Quellen ist sie bisher nicht besonders beeindruckt.

Weitere Details folgen. Um bei königlichen Nachrichten immer up-to-date zu sein, folgt uns auf Twitter: @TheRegal Record.

– The Regal Record, 8. Juni 2023

Mein ganzer Körper fühlt sich auf einmal taub an, und um mich herum scheint sich alles zusammenzuziehen. Ich klammere mich an den Tresen, um nicht umzukippen.

Nein. *Nein.* Das kann nicht sein. Woher wissen sie das? Wer …

Die beiden Mädchen starren mich immer noch an, und sie sind nicht die Einzigen. Der Grund dafür ist nicht, dass ich aus dem VIP-Bereich kam, begreife ich jetzt. Dieser Post – der laut der Datumsanzeige des Blogs vor acht Minuten veröffentlicht wurde – breitet sich gerade wie ein Lauffeuer im Club aus.

»N-nein«, bringe ich hervor. »Das bin nicht ich.«

»Sicher?«, fragt das andere Mädchen und lehnt sich nach vorne. Sie ist mir so nah, dass ich den Alkohol in ihrem Atem riechen kann. »Du hast genau das gleiche Outfit an, und wir haben gesehen, wie du mit der Entourage der Prinzessin reinkamst.«

»Wir sind befreundet«, murmele ich. Vor meinen Augen jagen sich grelle Blitze, und ich kann kaum atmen. »Entschuldigung.«

Ich quetsche mich an den beiden vorbei und stolpere wieder auf die Treppe zu. Meine Wut auf Maisie und Ben kommt mir auf einmal völlig belanglos vor. Ich muss sie finden und ihnen von dem Post erzählen, bevor der gesamte Club ihn sieht. Aber als ich hochgehen will, stellt sich mir der Mann im Anzug in den Weg. »Hier kommen nur VIPs rein«, grunzt er.

»Aber ich bin doch gerade erst von dort runtergekommen«, protestiere ich. »Bitte, alle, mit denen ich hier bin …«

»Nur VIPs«, wiederholt er. Ich werde ihn nicht überzeugen können, begreife ich. Der Club dreht sich um mich herum. Ich muss hier raus.

Panisch laufe ich auf den Eingang zu, aus dem wir erst vorhin gekommen sind, aber als ich die Türklinke drücke, bewegt sie sich keinen Zentimeter. Ich versuche es noch einmal, doch meine Versuche lenken immer mehr Aufmerksamkeit auf mich. Verdammt. Wo der Haupteingang ist, weiß ich nicht. Vermutlich auf der anderen Seite des Clubs, aber mittlerweile starren mich immer mehr Leute an, und ich bleibe wie angewurzelt an der Wand stehen.

Was soll ich denn jetzt tun?

Plötzlich legt sich eine Hand auf meine Schulter, und bevor ich mich wegdrehen kann, höre ich eine vertraute Stimme. »Evan, ich bin's«, sagt Jasper, und ich bin so erleichtert, dass meine Beine fast nachgeben. »Ist alles in Ordnung?«

Ich schüttele den Kopf, und zu meinem Entsetzen sehe ich, wie mehrere Leute ihre Handys auf uns richten, um mich zu filmen. Schnell drehe ich ihnen den Rücken zu.

»Irgendwer hat einen Post über mich auf so einer … auf so einem Blog gemacht«, gebe ich zu.

»Ja, den habe ich gerade gesehen«, antwortet Jasper mit einer Grimasse. »Komm, ich bring dich hier raus.«

Er fragt nicht, ob es stimmt. Stattdessen führt er mich wortlos durch den Club, und meine Sicht ist mittlerweile so verschwommen, dass ich die Tür gar nicht sehe, durch die er mich in einen dunklen Flur schiebt.

Die Musik höre ich jetzt nur noch entfernt, als wir an einem Büro und einem winzigen Bad vorbeikommen. »Es tut mir leid«, sagt Jasper. Er nimmt meine Hand und drückt sie tröstend. Ich habe noch nie mit einem Jungen Händchen gehalten. Von seiner warmen Haut sprühen förmlich Funken auf meine Hand, und ich spüre so etwas wie einen elektrischen Schlag in der Gegend meiner Wirbelsäule. Aber obwohl das vor fünf Minuten alles war, was ich wollte, bin ich jetzt viel zu angespannt, um mich darüber zu freuen. Wie ist das rausgekommen? Wer hat der Presse meine Identität gesteckt?

»Ist nicht deine Schuld«, murmele ich. Wir haben es mittlerweile in den geschlängelten Flur geschafft, der zum Hintereingang führt, und unsere Blicke begegnen sich eine Millisekunde lang, bevor ich wegsehe. »Ich muss … ich muss den Fahrer finden. Ich muss hier weg.«

»Draußen wartet schon ein Auto auf dich«, antwortet er. »Weißt du, wie man mit Paparazzi umgeht?«

»Äh – was? Nein, natürlich nicht.« Meine Stimme klingt panisch. »Sind die hier? Wie haben sie mich überhaupt gefunden?«

»Keine Ahnung«, sagt er finster. »Hör zu – wenn wir nach draußen gehen, werden sie dich fotografieren und deinen Namen rufen. Alles, was du tun musst, ist, auf den Boden zu sehen und nichts zu sagen, okay? Ich stelle sicher, dass dir nichts passiert.«

Wir erreichen die Tür, und ich bleibe zitternd stehen. »Warum bist du so nett zu mir?«

»Weil du so aussiehst, als könntest du einen Freund gebrauchen. Und ich weiß, wie sich das anfühlt.« Er streicht mir eine Haarsträhne hinters Ohr. »Wenn du jemanden zum Reden brauchst, bin ich für dich da.«

»Danke«, murmele ich, und er streichelt mir über den Oberarm. Bei der Berührung knistert es wieder auf meiner Haut, und ich ärgere mich, dass ein dummer Blog mir diesen Moment ruiniert hat.

»Komm«, sagt Jasper. »Wir sollten es hinter uns bringen, bevor halb London vor der Tür steht.«

Er gibt mir seine Jacke, damit ich mein Gesicht darunter verstecken kann, und nachdem ich ein paarmal tief durchgeatmet habe, öffnet er die Tür. Ich weiß nicht, was ich erwartet habe – vielleicht ein paar Leute mit Kameras, die mich fragen, ob es wirklich stimmt, dass ich der amerikanische Bastard bin.

Stattdessen weht mir zusammen mit der warmen Nachtluft ein wahres Blitzlichtgewitter entgegen, als eine Horde Paparazzi mich hektisch fotografiert. Ich wäre am liebsten wieder in den Club gerannt, aber Jasper legt mir den Arm um die Schultern und führt mich weiter. Halb blind stolpere ich neben ihm her und versuche dabei, mein Gesicht so versteckt wie möglich zu halten. Stumm bete ich, dass niemand auf die Idee kommt, mir die Jacke wegzureißen.

»Evangeline!« Mein Name hallt wie ein endloses Echo in der Menge wider, und die Stimmen sind mir so nahe, dass davon meine Ohren klingeln.

»Hier drüben!«

»Wo hast du die ganze Zeit gesteckt?«

»Wie heißt deine Mutter?«

»Ist der König wirklich dein Vater?«

Die zwanzig Sekunden, in denen Jasper uns einen Weg zum Auto bahnt, sind die längsten meines Lebens. Fragen über Fragen werden mir entgegengeschmettert, bis sich in meinem Kopf alles dreht. Endlich erreichen wir das Auto, und ich steige hastig ein.

»Es wird alles gut.« Über den ganzen Lärm kann ich Jasper kaum hören. »Versprochen, Evan, alles wird gut.«

Und dann wirft er die Tür zu, und ich bleibe allein in der plötzlichen Stille zurück.

Als ich auf Schloss Windsor ankomme, wartet Jenkins bereits auf mich.

»Evan …«, murmelt er, als ich aus dem Auto stolpere, und nimmt mich in den Arm.

»Es tut mir leid«, schluchze ich und vergrabe mein tränenüberströmtes und verschnoddertes Gesicht an seiner Brust, womit ich ihm garantiert den Anzug ruiniere. »Ich habe es niemandem erzählt, wirklich nicht.«

»Das weiß ich doch«, antwortet er sanft. »Was passiert ist, ist nicht deine Schuld, Darling. Komm, ich bringe dich rein.«

Eine halbe Stunde später sitze ich in einem sauberen Schlafanzug, mit nassen Haaren und ungeschminkt am Ende eines langen Konferenztisches, an dem sich Palastbeamte nur so tummeln. Am anderen Ende sitzt Alexander, der mit grimmiger Miene in seine Tasse Tee starrt.

»Wissen wir, wie das passiert ist?«, fragt ein Mann mit rotem Gesicht, der rechts neben Alexander sitzt – der Pressesprecher des Königshauses, glaube ich.

»Es gibt zahllose mögliche Quellen, Doyle«, antwortet Jenkins, als er eine dampfende Tasse vor mir abstellt. »Basierend auf den Informationen, die veröffentlicht wurden, können wir meiner Meinung nach kaum hoffen, die Suche näher einzugrenzen.«

»Sind wir uns denn sicher, dass wir keine Anhaltspunkte haben?«, sagt Doyle, und sein Blick fällt auf mich. Auch die anderen Leute im Raum – mindestens ein Dutzend Männer und Frauen – starren mich jetzt an, und als ich verstehe, worauf er anspielt, bleibt mir fast die Spucke weg.

»Glauben Sie wirklich, dass ich das tun würde?«, fauche ich. »Ich will doch überhaupt nicht hier sein.«

»Es war nicht Evangeline«, sagt der König leise. »Und wenn ich noch eine einzige Anschuldigung gegen sie höre, wird der Verantwortliche augenblicklich aus dem Dienst verwiesen.«

Doyle verstummt, doch er wirft mir einen letzten Blick zu, bevor er sich wieder seinem Notizbuch widmet.

»Unabhängig davon, wie genau die Situation ans Licht gekommen ist«, fährt Alexander fort, »ist es Tatsache, dass sie nun öffentlich bekannt ist. Also müssen wir jetzt entscheiden, wie wir damit umgehen.«

»Wir weisen die Anschuldigung natürlich zurück«, sagt eine Frau mit kurzen braunen Haaren und einer Stupsnase. »Wenn wir die Wahrheit zugeben, wird das die öffentliche Meinung gegen uns wenden.«

»Es wäre unklug, überhaupt auf die Nachrichten einzugehen, Yara«, entgegnet Doyle. »Ein einziger Blog, der ein paar Bilder und eine an den Haaren herbeigezogene Geschichte veröffentlicht ...«

»Ist genau die Art von Story, auf die die Klatschzeitungen sich sofort stürzen würden«, unterbricht sie ihn. »Wenn wir die Situation ignorieren, erfahren nur noch mehr Menschen davon.«

»Und wenn wir sie leugnen, passiert genau das Gleiche«, antwortet Doyle. »Das Beste, was wir im Moment tun können, ist, Miss Bright aus London fortzuschicken. Je eher sie weg ist, desto weniger wird die Presse sich auf sie konzentrieren, und desto besser wird dieses ganze verkorkste ...«

»Sie reden so von ihr, als wäre sie eine Schachfigur, die sie einfach so hin- und herbewegen können«, sagt eine Stimme vom anderen Ende des Raums. Dort lehnt Nicholas, der Duke of York, mit verschränkten Armen am Türrahmen. »Mir ist klar, dass Sie alle Mitglieder unserer Familie so sehen, aber angesichts der Tatsache, dass sie hier mit uns im Raum ist, könnten Sie sich wenigstens ein wenig Mühe geben, sie wie eine echte Person zu behandeln.«

Ich habe noch nie ein Wort mit meinem Onkel gewechselt, aber im Moment bin ich ihm dankbarer, als ich in Worte fassen kann. Doyle rutscht unbehaglich auf seinem Stuhl umher, und auf der anderen Seite des Tisches seufzt mein Vater laut.

»Mir ist bewusst, dass meine Handlungen vor fast zwanzig Jahren unentschuldbar sind. Aber das ist allein meine Schuld, und Ihre Aufgabe ist es nicht, zu verheimlichen, dass Evangeline existiert. Ihre Aufgabe ist es, dafür zu sorgen, dass ich als der Alleinschuldige dastehe.«

Überrascht starre ich Alexander an. Habe ich ihn gerade richtig verstanden? Doyle stammelt: »Aber … Sir, Sie sind der König. Evangeline …«

»Ist meine Tochter«, unterbricht Alexander ihn. »Sie ist keine Unannehmlichkeit und auch kein Skandal. Sie hat königliches Blut, und entsprechend wird sie in diesem Schloss gefälligst auch behandelt.«

Jetzt scheint Yara sich ein wenig zu winden. »Sie sind sich … auch wirklich sicher, Sir?«

Der Raum wird plötzlich ganz still, und erst nach ein paar Sekunden verstehe ich, was sie meint. »Wollen Sie damit sagen, dass meine Mom eine Lügnerin ist?«, platze ich heraus.

»Das ist eine Möglichkeit, die die Presse noch in den ersten vierundzwanzig Stunden zur Sprache bringen wird«, sagt Yara. »Wenn es auch nur eine entfernte Chance gibt, dass Ihre Mutter sich geirrt hat und Sie nicht die Tochter Seiner Majestät sind …«

Die Stille zieht sich lange hin, und Alexander läuft langsam rot an – allerdings nicht vor Scham. Sein Gesichtsausdruck ist hart und sein Blick so kalt, dass mir ein Schauder den Rücken herunterläuft.

»Evangeline ist meine Tochter«, wiederholt er, und in seiner Stimme liegt eine fast elektrisierende Wut, »und ich verbitte mir den Ausdruck jeglicher Zweifel daran. Ist das klar?«

Im Konferenzraum erklingt ein vages, zustimmendes Murmeln. Ich weiß nicht, was ich sagen soll. Wie kann er sich so sicher sein? Hat er einen DNA-Test machen lassen? Bestimmt. Aber warum ist er so wütend?

Jenkins räuspert sich. »So löblich es auch ist, dass Seine Majestät willens ist, seine Beziehung zu Miss Bright öffentlich zu machen, frage ich mich dennoch, was sie darüber denkt. Schließlich ist es ihr Leben, das sich dadurch drastisch verändern wird.«

Plötzlich liegen alle Blicke wieder auf mir. Ich sinke auf meinem Stuhl zusammen und starre auf meine Hände, mit denen ich mich an meine Tasse klammere.

»Evan?«, fragt Alexander. Seine Stimme klingt jetzt ganz sanft. »Wäre es dir lieber, wenn wir es leugnen?«

Die wirkliche Frage spricht er nicht aus, aber das muss er auch nicht. Er will mich als seine Tochter anerkennen, aber will ich ihn auch als meinen Vater anerkennen?

Ich könnte Nein sagen. Das ist es, was Helene und Maisie wollen. Was alle in diesem Raum wollen, außer Jenkins und Alexander. Vielleicht spränge dabei sogar ein Flugticket nach Hause für mich heraus. Schließlich bin ich der größte Fehler des Königs, und daran ändert sich auch nichts, nur, weil er ihn jetzt öffentlich zugeben will.

Aber als er mich ansieht, bemerke ich einen seltsamen Ausdruck in seinem Gesicht. Bedauern, glaube ich, und eine Traurigkeit, die ich nicht näher greifen kann. Ich habe den Verdacht, dass ich, wenn ich ihn darum bitte, mich öffentlich zu leugnen, keine weitere Chance bekommen werde, seine Tochter zu sein. Selbst wenn die Presse der Story irgendwann müde wird, werde ich ihn vermutlich nie wieder zu Gesicht bekommen, um nicht zu riskieren, dass jemand davon Wind bekommt und die Lüge auffliegt.

Und ich weiß ganz genau, dass die Königsfamilie es sich nicht leisten kann, beim Lügen erwischt zu werden.

»Wenn irgendein Blog das hier ausgraben konnte, dann erfährt die Presse früher oder später auch von der Verhaftung«, sage ich leise. Es ist nur fair, ihn davor zu warnen, dass ich in den Augen der Öffentlichkeit nicht nur seine uneheliche Tochter sein werde, sondern auch eine Straftäterin.

»*Verhaftung?*«, entfährt es Doyle, und ein weiteres Raunen läuft durch den Raum, bevor Jenkins sich räuspert.

»Deine ehemalige Rektorin hat zugestimmt, die Polizei zu informieren, dass es sich dabei um ein Versehen handelte«, sagt er. »Wir gehen davon aus, dass die Anschuldigungen fallen gelassen und jegliche Einträge im Strafregister getilgt werden.«

Ich atme tief aus, bis meine Lunge so leer ist, dass mir die Brust wehtut. Das war bestimmt nicht billig, aber ich bin ihm dankbar, vor allem, weil die ganze Situation Jenkins garantiert ein paar graue Haare eingebracht hat. Schloss Windsor ist für mich zwar auch eine Art Gefängnis, aber wenigstens gibt es hier WLAN.

Trotz Jenkins' Zusicherung sieht Doyle so aus, als würde er am liebsten seine eigene Krawatte verschlucken, und auch einige andere am Tisch rutschen unbehaglich hin und her, offensichtlich nicht gewillt, zu sagen, was sie wirklich denken. Ich ignoriere sie und richte den Blick stattdessen auf Alexander, als seien wir die einzigen zwei Menschen im Raum.

»Mom muss sicher bleiben«, sage ich mit unnachgiebiger Stimme. »Ich will nicht, dass die Paparazzi ihr nachjagen oder vor ihrem Haus auf der Lauer liegen. Ich will nicht, dass sie herausfinden …« Da verstumme ich. Ich will nicht, dass sie von ihrer Krankheit erfahren, vor allem, da sie sie dafür nur schikanieren und verurteilen würden. »Egal, was passiert, ich will nicht, dass sie herausfinden, wer sie ist. Kannst du mir das versprechen?«

»Sie werden nach ihr suchen, das kann selbst ich nicht verhindern«, antwortet Alexander. »Aber sie ist versteckt und in guten Händen. Das wird sich auch nie ändern, egal, wie du dich entscheidest.« Er zögert, als würde er sich seine nächsten Worte gut zurechtlegen. »Ich würde mich über die Gelegenheit freuen, dich besser kennenzulernen. Ich bedaure zutiefst, wie ich dich die letzten Jahre behandelt habe, und es ist mein aufrichtiger Wunsch, das wiedergutzumachen. Aber diese Entscheidung ... diese monumentale, lebensverändernde Entscheidung, liegt allein bei dir. Ich werde immer dein Vater sein, Evan. Die einzige Frage ist nun, ob du meine Tochter sein willst.«

Langsam atme ich aus. Will ich das? Ich weiß gar nicht, wie es ist, einen Vater zu haben. Oder Eltern, wenn man es genau nimmt.

Aber Alexander sieht mich so hoffnungsvoll an, die Hände so fest umeinander geklammert, dass sie leicht zittern, und ich kann einfach nicht Nein sagen. Zumindest nicht jetzt gerade, nicht direkt, nicht, wenn die Entscheidung so endgültig wäre.

Und ein kleiner Teil von mir – ein Teil, den ich so tief vergraben hatte, dass ich fast vergessen habe, dass es ihn gibt – will auch nicht Nein sagen. Ich habe zwar kein Interesse daran, eine Prinzessin zu sein, berühmt zu werden oder in einem Museum zu wohnen, in dem ich kein Stück Privatsphäre habe, aber ich will meinen Vater kennenlernen. Und vielleicht wäre es ja irgendwann doch schön, eine echte Familie zu haben.

»Helene und Maisie werden stocksauer sein«, sage ich. Irgendwer muss es ja tun. Keine Chance, dass die beiden das nicht persönlich nehmen.

»Sie gewöhnen sich schon daran«, antwortet Alexander, und sein Tonfall sagt mir, dass er sich keine Illusionen macht. Das hier wird nicht einfach werden. Aber er will es trotzdem versuchen, und ich will es auch.

»Dann ... okay«, flüstere ich. Ich fühle mich fast, als wäre ich nicht mehr mit meinem Körper verbunden. Doyle und Yara seufzen laut auf, aber Alexander lächelt zum ersten Mal am heutigen Abend.

»Bist du dir sicher?«, fragt er, und ich nicke.

»Ich weiß, dass das ein Riesenskandal wird, aber ich habe keine Lust mehr darauf, versteckt zu werden, als würdest du dich für mich schämen.«

Seine Gesichtszüge entgleiten ihm. »Ich schäme mich nicht für dich. Ich liebe ...« Er hält inne, räuspert sich, und sieht sich am Tisch um, als wäre ihm gerade wieder eingefallen, dass wir nicht allein sind. Mehrere Bedienstete wenden den Blick ab, aber trotz seines sichtlichen Unbehagens fährt Alexander fort. »Ich liebe dich, Evan. Und ich bin für immer dankbar für die Gelegenheit, es dir zu beweisen.«

Ich bin mir zwar nicht sicher, ob ich ihm glaube, aber ich werde früh genug herausfinden, ob er die Wahrheit sagt.

»Okay«, sage ich. »Machen wir's.«

12. KAPITEL

**PRESSEMITTEILUNG DES
BUCKINGHAM PALACE**

Von Seiner Majestät dem König, 9. Juni 2023

Mit Stolz und Bedauern gleichermaßen bestätige ich, dass die Gerüchte um meine uneheliche Tochter der Wahrheit entsprechen. Stolz, da ich nun die Gelegenheit habe, Evangeline dieser Nation, der ich seit Jahrzehnten diene, vorzustellen – und Bedauern, da ich weiß, wie sehr meine Taten den Menschen geschadet haben, die ich liebe, vor allem meiner treu ergebenen Königin.

Evangeline ist seit ihrer Geburt ein wichtiger Teil meines Lebens, und Königin Helene und Prinzessin Mary wissen schon lange von ihrer Existenz. Sie haben mir meine unverzeihlichen Fehler verziehen, und gemeinsam heißen wir Evangeline nun in unsere Familie willkommen.

Wir erkennen das Interesse an, das die Öffentlichkeit an unseren neuen Umständen hat, bitten aber trotzdem um Rücksicht, was diese persönliche Angelegenheit betrifft.

Alexander R

Fast unmittelbar nachdem die Pressemitteilung am nächsten Morgen veröffentlicht wurde, häufen sich die Schlagzeilen. Die BBC, die *Times* … Die verschwommenen Fotos von mir erscheinen sogar auf der Webseite von CNN, und mein Name trendet auf allen erdenklichen Social-Media-Kanälen.

PALAST BESTÄTIGT AUSSEREHELICHES AMERIKANISCHES KIND, tönt eine Schlagzeile.

ALEXANDERS UNEHELICHE TOCHTER AUFGEDECKT, heischt eine andere.

KÖNIG OFFENBART GELIEBTE GEHEIME TOCHTER ist noch die netteste, und mir fällt auf, dass sie von der *Daily Sun* stammt, der größten Zeitung des Cunningham-Medienimperiums. Ich vermute, dass Jasper seinen Einfluss hat walten lassen, und ich bin ihm dafür dankbar. Oder vielleicht sind die Cunninghams auch gar nicht so schlimm, wie Tibby denkt.

In den Tagen nach der Pressemitteilung ist Lady Tabitha Finch-Parker-Covington-Boyle immer noch so schnippisch wie sonst, aber sie benimmt sich auch seltsam beschützerisch, als wolle sie mich von der Außenwelt abschirmen. Der tägliche Ansturm von Stylisten, Benimmregel-Coaches und Privattutorinnen ist unerbittlich. Jede meiner wachen Minuten ist von PR-Spezialisten angefüllt, die mir Dinge einpauken, die ich ihrer Ansicht nach wohl schon von Geburt an hätte wissen müssen – unter anderem meinen gesamten Familienstammbaum und eine mit größter Sorgfalt von Gräueltaten gesäuberte Geschichte des Commonwealth. Außerdem den Unterschied zwischen einem Marquess und einem Earl, wie ich aus Autos aussteigen soll, ohne dabei versehentlich meine Unterwäsche zur Schau zu stellen, wie ich stundenlang ein falsches Lächeln aufrechterhalten kann, ohne dabei komplett durchgeknallt auszusehen, und sogar, wie ich andere Mitglieder

der Königsfamilie in der Öffentlichkeit nennen soll. Die interne Hierarchie ist eh schon kompliziert, und mein Rang darin ist bestenfalls schwammig – ich bin zwar die Tochter des regierenden Monarchen, aber unehelich. Ich bin sowohl wichtig als auch *überhaupt nicht* wichtig, und selbst die erfahrensten Expertinnen und Experten scheinen sich unsicher zu sein, wie mit der Situation umgegangen werden soll.

»Mach dir nicht so viele Sorgen um die genaue Anrede«, rät mir Tibby im Anschluss an eine besonders anstrengende Lektion, nach der mein Kopf vor Regeln, die ich unweigerlich missachten werde, nur so schwirrt. »Sprich den König, die Königin und die Queen Mother respektvoll an, und auch den Duke of York, wenn du möchtest. Und Maisie, wenn sie sich nicht gerade wie ein kleines Arschloch benimmt …«

An der Stelle keucht mein heutiger Lehrer schockiert auf.

»Ben ebenfalls, wenn er darauf besteht, aber das tut er vermutlich nicht. Aber wenn jemand anderes einen Knicks von dir erwartet, kannst du ihm direkt den Mittelfinger zeigen.«

Das klingt theoretisch gut, aber ich bekomme keine Gelegenheit, all die neuen Gesten, die von mir erwartet werden, zu üben. Ben kommt zwar regelmäßig zum Mittagessen, und Alexander schaut jeden Tag bei mir vorbei, aber die restlichen Mitglieder der Königsfamilie legen einen schon fast beeindruckenden Eifer an den Tag, mir komplett aus dem Weg zu gehen. Ich bin mir nicht einmal sicher, ob Helene und Maisie überhaupt noch auf Schloss Windsor sind, bis ich vier Tage, nachdem meine Identität an die Öffentlichkeit gelangt ist, meiner Halbschwester im Flur über den Weg laufe.

Wie angewurzelt bleiben wir mehrere Meter voneinander entfernt stehen und starren uns an. Obwohl es Alexander angeblich wichtig ist, dass wir als Familie zusammenhalten, haben wir uns seit dem Abend im Club nicht mehr gesehen, und Maisie beäugt verächtlich mein frisch gefärbtes Haar und die hochhackigen Schuhe, die ich hier tragen soll, bis ich mich darin einigermaßen fortbewegen kann. Mit einiger Anstrengung schaffe ich es, mich bei ihrer Musterung nicht unbehaglich zu winden – die Befriedigung will ich ihr nicht geben.

»Louis war kein Fan von dem Grün«, sage ich und wickele mir nervös eine Strähne meines jetzt braunen Haares um den Finger. »Ich habe versucht, ihn zu Lila zu überreden, aber …«

Ohne ein weiteres Wort stolziert Maisie an mir vorbei, das Kinn energisch in die Luft gereckt, so als wäre ich es nicht wert, dass sie ihre Zeit mit mir verschwendet. Stumm sehe ich ihr hinterher. Ich kann ihr ihre Abneigung mir gegenüber nicht wirklich verübeln, besonders nach der öffentlichen Demütigung, die Alexanders Pressemitteilung dargestellt haben muss, aber trotzdem verletzt mich ihr Verhalten.

Seit der Mitteilung häufen sich die Schlagzeilen. Es tauchen Geschichten von alten Klassenkameradinnen von mir auf – Namen und Gesichter, an die ich mich noch nicht einmal erinnern kann –, und die meisten davon lassen mich nicht gerade in einem guten Licht dastehen. Die Verhaftung scheint wundersamerweise ein Geheimnis geblieben zu sein, aber *The Regal Record* deckt trotz der verzweifelten Versuche des Palastes, sie geheim zu halten, meine neun Schulverweise auf, und meine Spitznamen in den Medien werden immer zahlreicher. Im Moment scheint »die königliche Rebellin« vorne zu liegen, vermutlich weil die seriöseren Zeitungen ihn drucken können, ohne damit die Königsfamilie zu beleidigen. »Der amer-Evan-ische Bastard« ist allerdings auch eine bezaubernde Alternative.

Die Medien haben zwar nicht gerade viele Fotos von mir, aus denen sie wählen könnten, aber sie scheinen nicht müde zu werden, sie neben Fotos von Maisie abzudrucken und ihre besten Qualitäten neben meine schlimmsten Makel zu stellen. Und das ist wirklich kein fairer Vergleich. Offenbar geht von meiner Halbschwester bereits seit ihrem ersten Auftritt in der Öffentlichkeit, auf den Stufen des Krankenhauses zwölf Tage nach ihrer Geburt, eine Aura der Anmut und Contenance aus. Selbst auf den Fotos, auf denen sie Pferde reitet oder um zwei Uhr morgens aus einem Club stolpert, sitzen ihre Haare und Kleidung perfekt, und sie sieht genauso aus, wie man sich eine Thronerbin vorstellt. Ich hingegen habe auf jedem der Fotos, die die sogenannten Journalistinnen und Journalisten ausgegraben haben, die Augen zu oder ziehe eine Grimasse. Die Fotos stammen alle aus meiner Internatszeit, aber aus St. Edith's sind keine dabei, und ich spüre ein seltsames Gefühl der Dankbarkeit für Rektorin Thompson. Vielleicht waren die fünf Monate ohne Technologie doch nicht das Schlimmste, was mir hatte passieren können.

Trotz der schier überwältigenden Menge an Gerüchten auf Blogs und sozialen Medien hat zu meiner Erleichterung offenbar noch niemand meine Mutter ausfindig gemacht. Alexander hat sein Wort gehalten, und das ist mir am wichtigsten.

Ich rufe sie im Moment täglich an, in den paar Minuten, die ich mich abends wachhalten kann, bevor ich ins Bett falle. Sie nimmt jeden meiner Anrufe an und zeigt mir immer stolz die Zeitungen und Artikel, die sie gesammelt hat, allesamt mit einem Foto von mir. Sie fragt mich nach meinem Tag und was ich lerne, aber unsere Gespräche landen immer wieder bei Alexander. Vielleicht schlagen die neuen Medikamente doch nicht an, oder vielleicht heizt der ganze Zirkus ihre Wahnvorstellungen nur noch an, aber ich muss darauf vertrauen, dass sich die Ärztinnen und Ärzte um sie kümmern. Und wenigstens weiß ich jetzt, dass meine Mom auch an mich denkt.

»Ist alles in Ordnung?«, fragt Tibby mich eines Morgens, fast eine Woche nach der Pressemitteilung. Sie reißt die Vorhänge auf, und Sonnenlicht durchflutet mein Schlafzimmer. »Du wirkst etwas neben der Spur.«

»Echt? Warum das wohl«, grummele ich, während ich mich aufsetze und mir den Schlaf aus den Augen reibe. »Soll das den ganzen Rest des Monats so laufen?«

»Den Rest des Monats? Meine Liebe, ob du nun unehelich bist oder nicht, du bist jetzt ein Teil der Königsfamilie. Das wird den Rest deines *Lebens* so laufen.«

An meinem Gesicht kann man wohl ablesen, wie toll ich das finde, denn Tibby seufzt und lässt sich am Rande der Matratze nieder. Sie sieht dabei zwar etwas steif aus, aber ich bin dankbar für ihre Nähe. Jenkins hat alle Hände voll damit zu tun, Alexander mit dem Riesenskandal zu helfen, den meine Existenz ausgelöst hat, und außer ihm gibt es gerade niemanden, der vollständig auf meiner Seite ist.

»Ich weiß, dass du dich vermutlich … in die Enge getrieben fühlst«, sagt sie langsam. »Wenn man in die Königsfamilie einheiratet, hat man normalerweise monate-, manchmal sogar jahrelang Zeit, um sich auf diese monumentale Veränderung in seinem Leben vorzubereiten. Du hingegen hattest weniger als eine Woche, und die Umstände waren alles andere als fair. Aber all das«, sie gestikuliert zum Wohnzimmer, »ist nur die Vorbereitung. Die echte Prüfung steht dir noch bevor.«

»Die echte Prüfung?«, frage ich. Sie zögert den Bruchteil einer Sekunde lang, aber das reicht schon.

»Seine Majestät wünscht, dass du am Samstag mit der Familie auf der Trooping-the-Colour-Parade erscheinst.«

Statt entsetzt, wie sie wohl erwartet hat, starre ich sie verwirrt an. »Trooping the … was?«

Sie kneift sich entnervt in den Nasenrücken. »Ich vergesse ständig, wie *amerikanisch* du bist.« Sie seufzt müde, so als hätte meine Frage ihr alle Lebensenergie ausgesaugt. »Trooping the Colour ist eine Zeremonie, in der die verschiedenen Abteilungen des Militärs sich dem König präsentieren. Sie stellt außerdem die traditionelle Geburtstagsfeier des Monarchen dar, auch wenn Seine Majestät in Wirklichkeit im Februar geboren wurde. *Bestimmt* hast du schon einmal die berühmten Balkonfotos der Königsfamilie gesehen, wenn die Militärflugzeuge am Palast vorbeifliegen?«

Ich schüttele den Kopf, aber das ist gelogen – ein paar davon habe ich auf jeden Fall in meinen spätnächtlichen Google-Suchen ausgegraben, und auf einmal begreife ich, was von mir erwartet wird. »Er will, dass ich in der *Öffentlichkeit* mit ihm auftrete?«

»Du kannst ihm natürlich absagen«, bemerkt Tibby. »Der König befiehlt deine Anwesenheit nicht, aber es wird als Geschmacklosigkeit angesehen, eine Einladung von ihm auszuschlagen. Und ob du am Samstag auf dem Balkon erscheinst oder nicht, es werden sich so oder so alle über dich das Maul zerreißen, also kannst du ihnen genauso gut einen Blick auf deinen neuen Look gewähren. Vielleicht nehmen die Medien dann sogar ein Foto von dir ohne diese schrecklichen grünen Haarspitzen, die Louis endlich beseitigt hat.«

Entgeistert starre ich sie an. »Ich kann da nicht hingehen«, krächze ich. »Dazu bin ich noch nicht bereit.«

»Du wirst dich nie bereit fühlen«, erklärt sie. »Aber du bist so bereit, wie du im Moment nur sein kannst. Natürlich ist Trooping the Colour ein öffentlicher Anlass, aber du musst dabei mit niemandem sprechen. Wenn man es so sieht, ist es die perfekte Gelegenheit, dich vorzustellen.«

»Aber … will Alexander nicht warten, bis sich der Mediensturm ein bisschen gelegt hat?«

»Der Sturm wird sich erst legen, wenn das Land dich mit eigenen Augen gesehen hat«, antwortet sie. »Das hier ist deine Chance, ihnen zu zeigen, dass du keine angehende Serienmörderin bist, die ihr letztes Internat in Brand gesteckt hat.«

Beschämt senke ich den Kopf. Die Presse weiß zwar nichts von meiner Verhaftung, aber der Grund für meinen Verweis von St. Edith's macht ganz offensichtlich die Runde. »Sagen die Leute so was wirklich?«

»Die Leute sagen alles Mögliche«, entgegnet Tibby. »Und sie werden *immer* alles Mögliche über dich sagen. Aber das ist unwichtig, denn nichts, was sie sagen, kann deine Abstammung rückgängig machen oder verändern, wer du bist. Dein Job – dein *einziger* Job – ist es, die beste Version deiner selbst zu sein und dein Bestes zu tun, von hier an ein gutes Beispiel abzugeben. Das hier ist deine Gelegenheit für einen Neuanfang. Die alten Geschichten werden dich eine Weile verfolgen, aber irgendwann werden sie von neuen Geschichten – besseren, mit fotografischen Beweisen – abgelöst werden, die die Gerüchte überschatten. Und *du* kannst entscheiden, was für Geschichten das sein werden.«

»Okay«, murmele ich. Ich bin mir nicht ganz sicher, ob ich Tibbys Ansprache Glauben schenken soll, aber es ist trotzdem nett von ihr. »Danke. Für … das hier, und dafür, dass du auf meiner Seite bist.«

»Ich bitte dich. Das sieht später *fantastisch* auf meinem Lebenslauf aus.«

Aber um ihren Mund spielt ein Lächeln, und ich lächle zurück. Um mich herum bricht zwar gerade meine Welt zusammen, aber wenigstens lässt Tibby nicht zu, dass sie mich unter sich begräbt.

»Das war's? Nur ein Auftritt bei der Parade?«, frage ich hoffnungsvoll.

»Wohl kaum«, antwortet sie, während sie aufsteht und ihren Bleistiftrock zurechtzupft. »Seine Majestät hat ebenfalls um deine Anwesenheit beim Royal Ascot gebeten. Das ist ein Pferderennen«, fügt sie hinzu, bevor ich fragen kann. »Und dann natürlich bei Wimbledon, der Henley Royal Regatta auf der Themse, verschiedenen Polo- und Cricketspielen …«

Ich stöhne. »Ihm ist klar, dass ich in weniger als drei Wochen wieder in die Staaten fliege, oder?«

»Vielleicht hofft er, dass du es dir anders überlegst.«

Seufzend lasse ich mich zurück auf mein Kissen fallen. Mir war klar, dass meine Entscheidung, ein aktiver Teil der Königsfamilie zu sein, alles verkomplizieren würde, aber das ändert nichts an meinem Plan. Egal, wie sehr Alexander versucht, mich miteinzubeziehen.

»Zufälligerweise«, sagt Tibby zögerlich, »habe ich heute Morgen eine Nachricht bekommen, die dich *vielleicht* aufheitern könnte.«

»Was für eine Nachricht?«, frage ich misstrauisch.

»Eine Einladung für dich zu einer kleinen Feier heute Abend in Belgravia«, antwortet sie. »Von einem Mr. Jasper Cunningham.«

Ich fahre so schnell hoch, dass mir ganz schwindlig wird. »Jasper hat mich auf eine Party eingeladen?« Die ganze Woche habe ich nichts von ihm gehört – laut Ben hält er sich von mir fern, um mir bei dem ganzen Medienzirkus ein wenig Raum zu lassen. Das ist zwar nett von ihm, aber komplett fehlgeleitet, denn Schloss Windsor fühlt sich mit jedem Tag ein bisschen klaustrophobischer an.

Tibby verdreht die Augen. »Ja, aber fühl dich bitte nicht *zu* besonders. Maisie, Ben und die anderen sind ebenfalls eingeladen.«

Ich runzele die Stirn. Wenn Maisie und die anderen auch kommen, hat er mich vielleicht doch nur aus Mitleid eingeladen. Aber was, wenn er mich wirklich sehen will? »Glaubst du, ich bin dort sicher?«

Sie rümpft die Nase, so, als hätte ich sie aufs Tiefste beleidigt. »Wenn ich gedacht hätte, dass das hier für dich schlecht enden könnte, hätte ich die Nachricht gelöscht und nie erwähnt. Jasper mag zwar ein Cunningham und ein Weltklasse-Arschkriecher sein, aber ich kenne seine Privatpartys. Sie finden immer im kleinen Rahmen statt, und die Presse bekommt nie Wind von ihnen. Die anderen Gäste sind vermutlich auch Mitglieder des Adelsstandes oder alte Freunde, die ein Geheimnis für sich behalten können. Eigentlich ist es mir nicht lieb, dass du einen Abend in Jaspers Nähe verbringst, aber du strengst dich wirklich an, und dafür hast du dir ein bisschen Spaß verdient. Und wenn das hier die einzige Gelegenheit dazu ist, die sich heute bietet, dann hätte es weitaus schlimmer kommen können.«

Von Tibby ist das ein wirklich hohes Lob, und ich streiche mir nachdenklich mit den Fingern durchs Haar. Ich erinnere mich noch gut daran, wie nett Jasper an dem Abend im Club zu mir war. Die paar Momente, die wir allein waren, wurden von meiner Panik und dem verdammten Blogpost überschattet, und ich würde ihn wirklich, *wirklich* gern wiedersehen.

»Okay«, beschließe ich. Maisie kommt schließlich auch, also kann es nicht so schlimm sein. »Aber ich habe nichts anzuziehen.«

Tibbys Mund verzieht sich zu einem selbstzufriedenen Lächeln. »Das«, sagt sie, »wird Musik für Louis' Ohren sein.«

13. KAPITEL

Henrietta Smythe: Es ist alles sehr skandalös. Etwas Derartiges haben wir noch nie zuvor erlebt. Kein moderner, derzeit regierender Herrscher hat sich je zu einem unehelichen Kind bekannt, geschweige denn dazu, ein Kind mit einer anderen Frau gezeugt zu haben, während seine Königin zu Hause mit seiner Erbin schwanger war.

ITV: Und im Moment wissen wir noch nichts über die Mutter?

HS: Nein. Bis jetzt gab es nie den kleinsten Hinweis auf Untreue zwischen dem König und der Königin. Da Evangeline in Amerika aufgewachsen ist, können wir aber vermuten, dass die Mutter auch Amerikanerin ist.

ITV: Glauben Sie, dass diese unbekannte Frau den König erpresst haben könnte?

HS: Eine begründete Annahme ist es allemal. Warum würde der Buckingham Palace einen solchen Fehltritt sonst offen zugeben? Evangeline ist so lange ein Geheimnis geblieben, dass vermutlich eine exorbitante Summe Geld involviert war.

Als sich das Auto am Abend durch das vornehme Londoner Viertel Belgravia schlängelt, wische ich mir die schwitzigen Handflächen an dem smaragdgrünen Cocktailkleid ab, das Louis für mich ausgesucht hat, und versuche, mein laut hämmerndes Herz zu ignorieren. Die Häuser hier stehen so nah am Buckingham Palace, dass man von ihnen praktisch zum Fenster des Palastes hineinsehen kann, und wieder einmal habe ich das überwältigende Gefühl, dass ich nicht hierhergehöre. Es hilft nicht gerade, dass Maisie, Ben und Kit in einem anderen Range Rover zur Party fahren, da meine allerliebste Schwester offenbar bei der Vorstellung, mich wiederzusehen, einen Wutanfall hatte. Die Fahrt ist ohne ihre ständigen schnippischen Kommentare zugegebenermaßen viel friedlicher, aber das gibt mir auch Gelegenheit, mich wieder einmal komplett allein und hilflos zu fühlen.

Der Fahrer parkt vor einem vierstöckigen weißen Haus mit eisernen Balkongittern auf der straßenseitigen Fassade. Vor Nervosität ist mir ganz flau, aber ich atme tief durch und rutsche mit zusammengeklemmten Knien aus meinem Sitz – genau, wie Tibby es mir beigebracht hat. Es ist nur eine kleine Feier, erinnere ich mich selbst. Alles wird gut.

»Miss Bright«, begrüßt mich der Türsteher und senkt den Kopf so tief, dass es fast komisch aussieht. »Mr. Cunningham wartet im Salon auf Sie.«

»Alles klar«, antworte ich. Vor Aufregung läuft mir ein Schauer über den Rücken. Ich weiß zwar nicht, wo der Salon sein soll, aber Jasper wartet auf mich, und allein dadurch fühle ich mich schon besser.

Der Eingangsbereich mit seinem schwarz-weißen Marmor und den Goldverzierungen sieht aus, als wäre er einem Innendesign-Magazin entsprungen, und ich bleibe länger dort stehen, als ich es vermutlich sollte. Wie es wohl ist, in so einem Haus aufzuwachsen? Was für ein Mensch wäre ich wohl geworden, wenn Alexander mich von Anfang an anerkannt hätte?

»Da bist du ja!« Jasper taucht ebenso plötzlich auf wie vor einer Woche im Club, aber diesmal kann ich ihn trotz der leisen Musik, die aus irgendeinem anderen Zimmer im Haus kommt, tatsächlich verstehen. Seine blonden Locken fallen ihm kunstvoll in die Augen, und er scheint sich ehrlich zu freuen, mich zu sehen. »Ich dachte nicht, dass du wirklich kommst.«

»Wäre ich auch fast nicht«, gebe ich zu. »Diese Woche war echt verrückt.«

»Das kannst du laut sagen.« Er grinst, und seine grünen Augen funkeln belustigt. Er bietet mir seinen Arm an. »Komm, hier kannst du dich entspannen.«

Die Hitze seiner Haut kribbelt auf meiner. Jasper führt mich die Treppe hinauf in einen Raum, der vermutlich das Hauptwohnzimmer ist. Dutzende Leute halten sich hier auf, trinken, tanzen und unterhalten sich in losen Gruppen, die mich an Fischschwärme erinnern. Niemand hier kommt mir bekannt vor, und ich bleibe zögerlich auf der Türschwelle stehen.

»Tibby hat gesagt, dass das hier nur eine kleine Runde sein

sollte«, protestiere ich, und Jasper lächelt mich entschuldigend an.

»Das sollte es auch, aber du weißt ja, wie so was läuft. Keine Sorge«, fügt er leise hinzu. »Ich vertraue jedem Einzelnen hier.«

Er vielleicht, aber ich nicht. Trotzdem setze ich ein Lächeln auf, als er mich durch die Menge führt und mich seinen Freundinnen und Freunden vorstellt. Verzweifelt versuche ich, mir die ganzen neuen Namen zu merken, doch selbst die Tricks, die Tibby und mein Benimmregellehrer mir beigebracht haben, helfen mir irgendwann nicht mehr. Als wir von Raum zu Raum gehen, schwirrt es in meinem Kopf immer mehr, bis mir der Schweiß auf der Stirn steht. Obwohl sie in einem so luxuriösen Haus wohnen, scheinen die Cunninghams nicht viel von Klimaanlagen zu halten.

»Habt ihr mittlerweile herausgefunden, wer der Presse deine Identität gesteckt hat?«, fragt Jasper, als wir neben einem Marmorkamin stehen bleiben. Ich glaube, wir sind jetzt im Salon angekommen. Jasper ist mir so nahe, dass es mir leichtfällt, alle anderen Menschen im Raum zu ignorieren, auch wenn sie mir definitiv nicht den gleichen Dienst erweisen.

»Nein«, antworte ich und versuche, mir heimlich den Schweiß abzuwischen, ohne dabei mein Makeup zu ruinieren. »Der Palast hat eine interne Ermittlung eingeleitet, aber bis jetzt haben sie die Verdächtigen noch nicht eingrenzen können.«

»Dann kannst du ja kein so großes Geheimnis gewesen sein, wenn so viele Leute wussten, wer du bist. Aber schon komisch, dass die Verantwortlichen die Info an einen zweitklassigen Klatschblog geschickt haben und nicht an eine angesehenere Zeitung.«

Ich zucke mit den Schultern. »Der *Regal Record* hat die Story veröffentlicht, das war wohl das Einzige, worum es ihnen ging. Bin das nur ich, oder ist es hier superwarm?«

Jasper gluckst und streichelt mir über den Arm, bis meine Haut förmlich glüht. »Ich hol dir was zu trinken. Warte kurz.«

»Oh …«, fange ich an, aber bevor ich um etwas Nichtalkoholisches bitten kann, ist er schon verschwunden. Ich habe kein Interesse daran, mich heute Abend zu betrinken, besonders nicht, wenn ich mich dabei potenziell vor Jasper und seinen High-Society-Freunden lächerlich machen könnte. Bestimmt sieht man mir an, wie unwohl ich mich fühle, als ich in der Menge nach bekannten Gesichtern suche. Niemand sieht mir in die Augen, aber ich kann die neugierigen Blicke spüren, die wieder auf mir landen, wenn ich mich wegdrehe. Trotz der Hitze verschränke ich die Arme fest vor der Brust.

Alles ist gut, sage ich mir wieder und wieder. Maisie und Ben und Kit sollen schließlich auch hier sein, und Tibby hat gesagt, dass es hier sicher sei.

Aber Tibby wusste nicht, dass so viele Leute auf der Party sein würden. Und als ich wieder in die Menge blicke, stelle ich fest, dass ich bisher keine Spur von Maisie gesehen habe. Oder von Ben oder Kit oder irgendwem, den ich kenne. Hat Tibby sich da auch geirrt? Kommen sie doch nicht?

In meiner Kehle bildet sich ein Kloß aus überwältigender irrationaler Panik. Selbst ein Wiedersehen mit Jasper ist es nicht wert, einen weiteren Skandal zu riskieren, und wenn Alexander und das PR-Team von Schloss Windsor das herausbekommen …

»Evangeline?«

Ein vertrauter Schopf aus dunklen Locken taucht in der Menge auf, und kurz darauf steht Kit neben mir. In der Hand hält er ein Glas mit einer durchsichtigen Flüssigkeit, und seine Anzugjacke hat er sich über den Arm gelegt. Er trägt eine dunkelblaue Anzughose und ein blütenweißes Hemd mit hochgekrempelten Ärmeln, die ihn aussehen lassen, als hätte er gerade einen langen Arbeitstag hinter sich.

»Kit!« Ich versuche gar nicht erst, zu verheimlichen, wie erleichtert ich bin, ihn zu sehen. »Ich war nicht sicher, ob ihr hier seid.«

»Die anderen sind auch irgendwo«, antwortet er schulterzuckend und mustert mich mit undurchdringlicher Miene. »Ist alles in Ordnung? Ich habe gesehen, wie du mit Jasper reinkamst.«

»Alles gut«, beharre ich, obwohl das eine glatte Lüge ist. »Jasper holt mir gerade was zu trinken.«

In Kits Blick liegt etwas, das ich nicht deuten kann. »Du solltest heute Abend nicht trinken«, sagt er. »Die Leute hier behandeln Maisie gut, weil sie ihre zukünftige Herrscherin ist und sie bei ihr gut dastehen wollen, aber bei dir müssen sie sich nicht zurückhalten.«

Bei seiner beiläufigen Erwähnung von Maisies Überlegenheit knirsche ich mit den Zähnen. »Danke für die Warnung, aber ich kann mich um mich selbst kümmern.«

Kit runzelt die Stirn. »Das bezweifle ich auch nicht. Aber Jasper …«

»Jasper war immer nett zu mir«, schieße ich zurück. »Und da das im Moment kein bisschen selbstverständlich ist, wirst du mir hoffentlich verzeihen, dass es mir egal ist, was du von ihm denkst.«

Er kneift den Mund zusammen. Das ist das erste Mal, dass ich irgendein Anzeichen von Wut bei ihm gesehen habe. »Jeder will irgendetwas«, sagt er schließlich. »Meistens von Maisie und Ben, aber du bist immer noch die Tochter des Königs, und deswegen *musst* du vorsichtig sein, wen du an dich heranlässt. Jasper ...«

»Ach, ihr redet über mich?« Jasper erscheint wieder neben mir. »Hoffentlich nur Gutes.« Er lächelt warm und drückt mir ein Glas in die Hand. »Wasser.«

»Oh ... danke«, stammele ich, erleichtert, dass es kein Alkohol ist. »Kit wollte gerade gehen.«

Halb erwarte ich, dass er aus angeborener Sturheit trotzdem dableibt, aber Kit protestiert nicht. »Ben und ich sind in der Küche«, sagt er, und es klingt fast wie eine Drohung. Er nickt Jasper kurz zu und verschwindet wieder in der Menge.

Sobald er außer Sicht ist, seufzt Jasper. »So wie er sich benimmt, würde man es nicht denken, aber wir waren mal beste Freunde. Wir waren zusammen auf Eton, und als wir klein waren, waren wir praktisch unzertrennlich.«

»Echt? Und dann?«, frage ich. Ich erinnere mich noch gut an das Foto von ihnen in Schuluniform. Jasper lehnt sich zu mir herüber. Seine Lippen sind so nah an meinem Ohr, dass ich seinen Atem spüren kann.

»Letzten Sommer ist sein älterer Bruder gestorben«, gibt er zu. »Ziemlich plötzlich.«

Schockiert blinzele ich. In der ganzen Woche, die ich nun schon auf Schloss Windsor bin, hat niemand je den Tod von Kits Bruder erwähnt. »Das ist ja schrecklich.«

»Ja«, stimmt Jasper mir zu. »Die Königsfamilie hat komplett dichtgemacht, als es passiert ist – nichts Offizielles wurde in der Presse veröffentlicht, noch nicht einmal eine Todesanzeige. Irgendwas war faul an dem Tod, und leider hat eine der weniger angesehenen Zeitungen meines Vaters eine Story dazu gebracht, als die Sterbeurkunde ausgestellt wurde. Und ... na ja, seitdem vertraut Kit mir nicht mehr. Ich kann es ihm nicht verübeln«, fügt er hinzu und kratzt sich verlegen den Kopf. »Aber ich hatte mit dem Artikel rein gar nichts zu tun, und das will er mir nicht glauben.«

»Trauer macht seltsame Dinge mit manchen Menschen«, sage ich leise. Aber obwohl ich im Moment nicht gerade Kits größter Fan bin, fühlt es sich komisch an, so über ihn zu reden, und ich wechsle schnell das Thema. »Hast du deinen Vater gebeten, nett zu mir zu sein? Als … der Artikel rauskam?«

Unsere Blicke treffen sich. »Ich habe ihm gesagt, dass wir befreundet sind«, antwortet Jasper. »So brutal der Medienaufruhr auch momentan ist, wir versuchen immer, der Königsfamilie gegenüber respektvoll …«

»Stimmt es, dass deine Mutter eine Prostituierte ist?«, lallt hinter mir jemand.

Ich wirbele herum. Ein paar Meter entfernt steht eine Horde Mädchen in Designerkleidern und mit Drinks in der Hand. »Was hast du gesagt?«, bringe ich trotz des Kloßes in meinem Hals hervor.

»Ich habe gehört, dass ihre Mutter und der König monatelang eine Affäre hatten *und* dass sie ihn mit einer Geschlechtskrankheit angesteckt hat«, meldet sich ein anderes Mädchen zu Wort, das nicht annähernd so betrunken klingt wie das erste. Ihr Blick wandert zu mir. »Eine Tragödie, oder? Die arme Helene, ich weiß nicht, wie sie das ausgehalten hat. Wie kannst du mit dir selbst leben, nachdem du ihre Familie zerstört hast?«

»Ich …« Was soll ich dazu sagen? Ich habe ja gar nichts getan, aber ich möchte auch meine Mutter nicht den Wölfen zum Fraß vorwerfen. Und Alexander auch nicht.

Jasper legt mir beschützend den Arm um die Schultern. »Was

140

bildet ihr euch ein?«, schnauzt er die Mädchen an. »Wenn ihr euch vor einem Mitglied der Königsfamilie nicht benehmen könnt, muss ich euch darum bitten, zu gehen.«

»Sie ist kein Mitglied der Königsfamilie«, antwortet das zweite Mädchen mit gerümpfter Nase. »Sie ist *unehelich*. Und ihre Mutter ist eine betrügerische, familienzerstörende ...«

»An deiner Stelle würde ich mir *ganz* genau überlegen, was ich als Nächstes sage«, zischt Jasper wütend. Mir steht der Mund offen, während mir ein Dutzend Antworten durch den Kopf schießen, jede gemeiner als die andere, aber er dreht mich sanft von der Gruppe weg. »Ich kümmere mich um sie«, sagt er leise. »Geh die Treppe hoch, zwei Stockwerke nach oben, und warte im ersten Zimmer links. Ich komme gleich nach.«

Fast hätte ich Nein gesagt. Diese Mädchen sind nicht die Einzigen, die so über mich denken, und ich kann mich nicht ewig verstecken. Aber wenn ich hierbleibe, werde ich irgendetwas sagen, das ich später bereuen werde – irgendetwas, das trotz Tibbys Beschwichtigungen an die Medien gelangen wird. Und so wird es für den Rest meines Lebens laufen, egal, was ich heute Abend sage oder tue. Es lohnt sich nicht, die Fassung zu verlieren.

Also drehe ich den Mädchen den Rücken zu und stolziere mit so viel Würde, wie ich aufbringen kann, auf die Treppe zu. Der Flur im vierten Stock ist dunkel und still, nur die Musik von unten dringt leise herauf. Mir tun jetzt schon die Füße weh, und bevor ich in den Raum zu meiner Linken gehe, ziehe ich mir die Schuhe aus. Ich klopfe nicht an – schließlich ist hier oben niemand –, aber als ich das Zimmer betrete, höre ich ein Keuchen und ein Rascheln. Es klingt, als würden zwei Menschen sich hastig voneinander lösen.

Wie angewurzelt bleibe ich stehen, und die Entschuldigung

bleibt mir im Hals stecken. Von dem großen Doppelbett aus starrt Gia mich an. Sie trägt kein Oberteil mehr, und ihre Lippen sind ganz rot. Und hinter ihr sitzt halb versteckt …

Maisie.

14. KAPITEL

Jasper Cunningham mag zwar noch nicht berühmt sein, aber wenn es nach ihm geht, kennt bald ganz England seinen Namen.

Der Sohn des berüchtigten Medienmoguls Robert Cunningham, dem gut die Hälfte der Zeitungen und Zeitschriften in Großbritannien gehört, hat sich seit seinem Abschluss von Eton im vergangenen Jahr seinen Weg in die High Society von London gebahnt. Als enger Freund von Prinzessin Mary und Prinz Benedict ist er stolz auf seine Verschwiegenheit.

»Ich verstehe Ihr Interesse, aber unsere Freundschaft ist mir wichtiger, als eine Schlagzeile zu produzieren, mit der wir mehr Zeitungen verkaufen«, antwortet er, als ich nach seiner Beziehung zu den Königskindern frage. »Ich möchte für meine eigenen Leistungen bekannt sein, nicht für meine Beziehung zu jemand anderem.«

Recht hochtrabend für jemanden, der in eine Familie mit unzähligen guten Beziehungen hineingeboren wurde, doch das scheint ihn nicht zu stören.

»Die Umstände mancher sind nun einmal außergewöhnlich«, gibt er zu. »Aber unter dem ganzen Glamour und den Privilegien sind wir alle auch nur Menschen, und selbst die dickste Goldschicht ist irgendwann abgetragen. Natürlich könnte ich mich einfach mit dem Medienimperium meines Vaters zufriedengeben, aber was wäre dann mein Beitrag? Ich will die Welt verändern. Ich habe keine Zeit dafür, passiv zu bleiben.«

– *Tatler*-Magazin, April 2023

»Haben sie dir in Amerika nicht beigebracht, wie man klopft?«, schnappt Gia und rutscht auf dem Bett nach vorne, um meine Halbschwester von mir abzuschirmen. Hastig drehe ich mich um, aber es ist schon zu spät. Ich kann das hier nicht ungeschehen machen oder so tun, als hätte ich es nicht mitbekommen.

»Tut mir leid«, stammele ich und gehe wieder auf die Tür zu. Aber bevor ich aus dem Raum schlüpfen kann, springt Maisie wutschnaubend auf.

»*Du.*« Ihr goldglitzerndes Kleid war eben noch verknittert und verrutscht, aber irgendwie hat sie es geschafft, es in Sekundenschnelle wieder ordentlich anzuziehen. »Reicht es dir nicht, dass du meiner Mutter das Leben ruiniert hast? Musst du mir dasselbe auch noch antun?«

»Es tut mir *leid*«, wiederhole ich entnervt. »Ich wusste nicht, dass hier oben irgendwer ist, okay? Und wenn ihr so dringend allein sein wolltet, hättet ihr vielleicht die Tür abschließen sollen.«

Maisie stürmt auf die Tür zu und schneidet mich so vom einzigen Ausgang ab. »Wenn du irgendwem erzählst …«

»Wenn ich irgendwem was erzähle?«, schnaube ich. »Dass du eine Freundin hast? In welchem *Jahrhundert* lebt ihr Leute eigentlich?«

»Maisie hat ein Recht auf Privatsphäre«, sagt Gia. Ihre Stimme ist viel ruhiger als die meiner Halbschwester, aber in ihren Augen funkelt eine nicht zu übersehende Drohung.

»Mir ist egal, mit wem du rummachst«, sage ich zu Maisie. »Ich bin doch nicht im Mittelalter geboren.«

Maisie geht noch einen Schritt auf mich zu. Ihr Gesichtsausdruck ist so hasserfüllt, dass er vielleicht die erste echte Gefühlsregung darstellt, die ich von ihr gesehen habe. »Nur ein Wort hiervon«, zischt sie, »und ich mache dir das Leben zur Hölle.«

»Ich dachte, das tust du eh schon«, antworte ich. »Oder erzählst du mir jetzt gleich, dass ich keine Ahnung hätte, wozu du wirklich fähig bist?«

Sie öffnet den Mund, aber Gia legt ihr die Hand auf den Arm. »Sie ist es nicht wert, Maisie«, sagt sie mit einer seltsam sanften Stimme. »Wenn sie es herumerzählt, leugnen wir es einfach, okay? Und dann steht sie am Ende schlechter da als wir.«

Meine Halbschwester starrt mich mit unverhohlenem Hass an, gibt jedoch kein weiteres Wort von sich. Gia zieht den Reißverschluss an Maisies Kleid hoch und schlüpft dann wieder in ihr eigenes Oberteil. Mit einem letzten warnenden Blick führt sie Maisie aus dem Raum, und ich bleibe allein zurück.

Ich atme ein paarmal tief durch, um mich zu beruhigen. Natürlich erpresse ich sie damit nicht – so dumm bin ich nicht, und außerdem würde ich so was nie gegen irgendjemanden benutzen, vor allem nicht gegen Maisie. Egal was sie von mir denken, ich bin kein Monster. Allerdings weiß ich instinktiv, dass ich für meine Unbedachtheit bezahlen werde.

Nervös trinke ich von meinem Wasser und lasse den Blick über die hellblauen Wände und die creme- und goldfarbenen Akzente schweifen. Die deckenhohe Glastür, die auf den Balkon hinausführt, ist einen Spalt offen, um die warme Sommerluft hereinzulassen. Neben dem flatternden Vorhang steht ein Getränkewagen mit verschiedenen Kristallgefäßen, die vorwiegend mit honigfarbener Flüssigkeit gefüllt sind, und gegenüber dem Bett ist ein antiker Schreibtisch mit einem aufgeklappten Laptop. Der Bildschirm ist dunkel und der Laptop offensichtlich aus, aber mir fällt auf, dass Jasper die Tastatur mit einem grün-lila Aufkleber dekoriert hat, der wie eine Galaxie aussieht. Das ist der einzige persönliche Touch, den ich im ganzen Zimmer erkennen kann.

»… keine Drohungen notwendig. Ich bekomme das schon hin«, höre ich eine leise Stimme auf der anderen Seite der Tür. Jasper. Er klingt genervt, als würde er sich streiten. »Ja, ich bin mir sicher. Mach einfach deinen verdammten Job, okay? Und lass mich meinen machen.«

Sekunden später öffnet sich die Tür, und das Flurlicht erleuchtet Jasper von hinten. Er lächelt, als er das Handy in die Tasche steckt, aber die Verärgerung steht ihm noch immer ins Gesicht geschrieben.

»Ich habe sie rausgeschmissen«, sagt er. »Und sie bekommen auch garantiert keine Einladungen mehr von mir.«

Erst nach ein paar Sekunden wird mir klar, dass er von den betrunkenen Mädchen redet und nicht von der Person, mit der er gerade am Handy gesprochen hat. »Tut mir leid«, antworte ich. »Ich wollte nicht …«

»Das war nicht deine Schuld.« Er kommt ins Zimmer und schließt die Tür. »Ist alles in Ordnung?«

Ich zögere. Natürlich kann ich ihm nicht von Maisie und Gia erzählen, aber selbst davon abgesehen ist definitiv nicht alles in Ordnung. »Ich sollte besser gehen«, flüstere ich. »Du hast meinetwegen nur Probleme.«

»Du bist absolut kein Problem«, versichert er mir. Er schaltet eine Lampe an, und in dem gelbgoldenen Lichtkegel kann ich sein Lächeln deutlicher erkennen. »Möchtest du etwas Stärkeres trinken?«

Mein Glas ist mittlerweile fast leer. »Ich glaube, ich bin heute schon genug gedemütigt worden, ohne dass ich mich vor lauter Fremden betrinken müsste.«

»Von einem Drink wird man nicht betrunken, aber ich schenke dir gern noch mehr Wasser ein. Mit Eis, so wie ihr es in Amerika am liebsten mögt«, fügt er hinzu. Er nimmt mir sanft das Glas aus der Hand und stellt sich an den Getränkewagen.

Gedankenverloren reibe ich meinen immer noch schmerzenden Fuß an meinem Schienbein. Heute war definitiv nicht mein Tag, aber obwohl ich gern mit jemandem darüber geredet hätte, gibt es nichts, was ich Jasper wirklich erzählen kann. So nett er auch zu mir ist – auf einmal verstehe ich, warum Kit sich von ihm distanziert hat. Ein falsches Wort, und ich sehe die Schlagzeile der morgigen *Daily Sun* schon vor mir.

Sofort schelte ich mich für den Gedanken. Jasper kann genauso wenig etwas dafür, wer seine Eltern sind, wie ich, und nach allem, was er für mich getan hat, lasse ich nicht zu, dass jemand ihn mir schlechtredet. Egal, was Maisie und die anderen von Jasper zu halten scheinen – er hat mir seit dem Tag, an dem wir uns auf Schloss Windsor begegnet sind, gezeigt, wer er ist, und ich entscheide mich, ihm zu glauben.

»Sicher, dass alles in Ordnung ist?«, fragt er und drückt mir das volle Glas in die Hand. Er schnappt sich sein eigenes Getränk – irgendeine Flüssigkeit, die wie dunkles Karamell aussieht –, setzt sich aufs Bett und bedeutet mir, neben ihm Platz zu nehmen. Ich zögere, aber meine Füße tun wirklich weh, und mittlerweile ist mir von der Anstrengung, die Fassung zu bewahren, ganz schwindelig.

Vorsichtig lasse ich mich neben ihm nieder, auf der äußersten Ecke der Matratze. »Ich wollte nie eine Prinzessin sein«, gebe ich zu, während ich an meinem Armband herumspiele. »Selbst als kleines Kind nicht. Nicht, dass ich jetzt eine echte Prinzessin wäre, aber … es ist ganz schön viel auf einmal.«

»Wusstest du schon immer, wer dein Vater ist?«, fragt Jasper leise.

Ich schüttele den Kopf. »Meine Großmutter hat es mir erzählt, als ich elf war, kurz bevor sie gestorben ist. Zuerst habe ich mich total gefreut. Nicht, weil er der König war, sondern weil ich endlich wusste, wer mein Vater ist, weißt du?« Ich ringe mir ein schmerzliches Lächeln ab. »Aber dann sagte sie mir, dass ich nie ein Teil seines Lebens sein könnte, egal was ich tun oder wie viele Geschenke er mir schicken würde.«

»Da hat sie sich wohl geirrt«, sagt Jasper. Ich zucke mit den Schultern und trinke einen Schluck Wasser.

»Weiß nicht. Selbst jetzt fühlt es sich immer noch ziemlich unmöglich an.«

Er legt den Arm um mich. »Die Leute gewöhnen sich schon daran«, verspricht er mir. »Und dann wirst du genauso ein Star wie Maisie.«

Ich kann mein ungläubiges Schnauben nicht ganz unterdrücken. »Die Leute werden sich immer hinter meinem Rücken lustig machen, und seine Familie wird mich immer hassen. Das ändert sich auch nicht mit der Zeit.« Ich halte inne und lehne mich an ihn. Er ist warm, und das kann ich im Moment gut gebrauchen. »Ich weiß noch, als ich herausgefunden habe, dass ich eine Schwester … eine Halbschwester habe«, korrigiere ich mich. »Ich habe Alexander gegoogelt, und eins der ersten Bilder war ein Foto von ihm und Maisie. Sie war vielleicht drei oder vier, und ich war so … *eifersüchtig* auf sie. Nicht, weil sie eine Prinzessin war, sondern weil sie unseren Dad hatte.«

Jasper streicht mir über den Rücken, und ich atme tief durch, um mich zu beruhigen. Mein Kopf fängt an, wehzutun, als ich meine Tränen zurückhalte. »Jetzt hast du ihn«, sagt er. »Ihr habt so viel Zeit zusammen, wie ihr wollt. Und das, was die anderen von dir denken …« Er legt mir die Hand ans Kinn und sieht mich eindringlich aus seinen grünen Augen an. »Es ist nur wichtig, was die Leute von dir denken, denen du wirklich wichtig bist. Und mir bist du wichtig«, flüstert er. »Vom ersten Moment an, als ich dich sah, bevor ich wusste, wer du bist, fand ich dich unglaublich. Und jetzt, da ich dich besser kenne ... und mit dir gesprochen habe ... hat sich der Eindruck, dass du jemand ganz Besonderes bist, nur bestätigt.«

Er lehnt sich zu mir herüber, und bevor ich meine Gedanken sammeln kann, liegen seine weichen Lippen schon auf meinen. Jeder Nerv in meinem Körper flammt auf, und als er mich küsst, kommt es mir so vor, als liefe alles in Zeitlupe ab. Zuerst ist der Kuss ganz sanft, aber nach einer Weile wird er tiefer, bis ich ihn fast schmecken kann.

Ich habe noch nie irgendwen geküsst. Die Hitze zwischen uns wird immer intensiver, bis sie sich wie ein glühendes Feuer anfühlt. Als Jasper mir die Hand auf die Taille legt und mich an sich zieht, fängt das Zimmer an, sich zu drehen, und ich lege ihm die Arme um die Schultern, um ihm so nah wie möglich zu sein.

Als ich mich in ihm verliere und die Wärme seines Körpers an meinem genieße, scheine ich immer weiter von mir selbst wegzuschweben. Irgendwann, es könnten Sekunden oder Minuten später sein, stelle ich fest, dass ich mit dem Rücken auf der Matratze liege und er sich über mich beugt, sein Mund an meinem Hals.

»Jasper«, murmele ich heiser. »Ich ... ich habe noch nie ... Ich kann nicht ...«

»Vertrau mir«, flüstert er, während er mich weiter küsst. »Du bist hier in Sicherheit.«

Ich versuche, den Kopf zu heben, aber ich werde von einer Welle der Übelkeit ergriffen. Es fühlt sich an, als würde ich durch

Sirup denken, und als ich meine Arme bewegen will, kommen sie mir ganz schwer vor.

»Jasper?« Meine Stimme klingt leise und dünn, so, als hörte ich sie am Ende eines langen Tunnels. Mein Herz schlägt langsam gegen meine Rippen, als nähme es mehr Raum ein als üblich. Als ich seine Hand am Reißverschluss meines Kleides spüre, werde ich auf einmal panisch.

»Warte«, lalle ich, aber Jasper zieht mir bereits das Kleid aus. Ich will mich wegdrehen, doch er hält mich fest und drückt mir wieder den Mund auf die Lippen.

»Entspann dich, Evangeline«, wispert er. »Alles ist gut, versprochen.«

Mein ganzer Körper fühlt sich jetzt schwer an, und ich starre ihn benommen an. Er lächelt auf mich herab. Sein Lächeln ist genauso warm wie vorher, und ich kann diese Wärme nicht mit dem vereinbaren, was er gerade tut.

Vielleicht irre ich mich ja. Vielleicht habe ich es nicht richtig verstanden. Vielleicht bin ich nur … verwirrt.

Aber als er anfängt, langsam sein Hemd aufzuknöpfen, als hätte er alle Zeit der Welt, wird mir auf einmal eiskalt, und ich weiß, dass ich mich nicht irre.

»Ich mag dich, Evan«, sagt er, und seine Stimme klingt weit weg und verzerrt. »Und ich weiß, dass du mich auch magst.«

Unter seinem Hemd kommt sein muskulöser Oberkörper zum Vorschein. Mit letzter Kraft versuche ich, mich vom Bett zu rollen. Wenn ich nur auf die Füße komme, hört er bestimmt auf.

Doch er hält mich wieder fest und legt sich auf mich. Er berührt meinen BH, und die Zärtlichkeit der Berührung brennt sich in meine Haut ein. »Entspann dich«, wiederholt er. »Alles ist gut.«

Nichts ist gut, noch nicht mal annähernd. Als ich den Mund aufmache, um zu schreien, kommt nur ein leises Wimmern heraus. Ich spüre seinen Körper an meinem, und …

»Nein.« Das Wort klingt eher wie ein Quiekser, aber es ist trotzdem hörbar. Jasper lässt mich einen Moment lang los, und im goldenen Lampenlicht kann ich sein fröhliches Lächeln erkennen.

»Evan, du willst das«, sagt er lächelnd. »Das hast du selbst gesagt.«

Habe ich das? Ich erinnere mich nicht daran, aber das ist auch egal. Jetzt will ich es nicht mehr. »Nein«, wiederhole ich, diesmal lauter. Mein Gehirn arbeitet langsam und verwirrt, und ich sehe immer verschwommener. Aber wenn ich jetzt nichts unternehme, während ich noch bei Bewusstsein bin und mich bewegen kann, dann ist alles vorbei.

»Es fühlt sich schöner an, wenn du dich entspannst«, säuselt er. »Schaffst du das, Evangeline? Kannst du dich für mich entspannen?«

Er will mich wieder küssen, und ohne weiter darüber nachzudenken, beiße ich ihm in die Lippe, so fest ich kann. Sein Blut schmeckt widerlich süß.

Er schreit vor Schmerz laut auf, und aus irgendeinem Grund weckt mich der Laut ein Stück aus meiner Taubheit auf. Er setzt sich auf und fährt sich mit der Hand über den Mund. »Was sollte das denn?«, will er wissen. Auf seinem Kinn prangt ein verschmierter Blutfleck.

»Ich habe *Nein* gesagt«, fauche ich. Und obwohl all meine Muskeln zittern und der Schwindel droht, mich zu überwältigen, zwinge ich mich dazu, mich aufzusetzen.

»Und ich habe ja gesagt«, knurrt er und lehnt sich wieder zu mir.

Aber diesmal bin ich vorbereitet. Ich lasse mein Knie hochschnellen, und es landet genau zwischen seinen Beinen. Als er aufschreit, rolle ich mich vom Bett und falle unsanft auf den Boden. Mein gesamter Körper fühlt sich taub an, aber ich schiebe das Gefühl beiseite und ziehe mich schwankend an der Matratze hoch.

Jasper kauert jetzt mit hochrotem Gesicht neben dem Bett und hält sich den Schritt. »Du *Schlampe*.«

Die Tür ist nur ein paar Meter entfernt. Ich halte mich am Nachttisch fest und stolpere vorwärts. Pure Willenskraft hält mich auf den Füßen. Aber er stürzt sich auf mich und gräbt mir die Fingernägel so tief in die Schulter, dass ich spüre, wie sie meine Haut einritzen. Verzweifelt wirbele ich herum, und wie durch ein Wunder trifft dabei mein Ellbogen mit einem lauten Knacken seine Nase.

»Lass mich *los*«, keuche ich. Das Herz schlägt mir bis zum Hals, und das Licht scheint zu flackern, als mir erneut schwarz vor Augen wird. Seine Hände liegen wieder auf meiner Taille, und ich schlage unbeholfen mit meinen viel zu schweren Armen um mich. Auf einmal flammt in meinen Handknöcheln ein dumpfer Schmerz auf, und ich spüre, wie meine Haut aufplatzt.

Irgendwo höre ich zerbrechendes Glas, und meine Knie brennen, als ich wieder auf den Teppich falle. Irgendwas in der Luft ist anders, und als ich blind nach vorne krabbele, füllt sich mein Kopf mit gedämpfter Musik.

Das Nächste, was ich wahrnehme, sind Arme, die sich um mich legen. Ich höre eine Stimme, die nicht wie Jasper klingt – leise und murmelnd, aber nicht so wie seine. Nicht so ekelerregend, bedrohlich oder wütend. Aber auch nicht sicher. Niemand ist sicher.

Vor mir verschwimmt wieder alles, und dann stehe ich auf einmal mit nackten Füßen auf Beton, bevor jemand mich in ein

Auto hebt. Eine Tür knallt ins Schloss, und als ich mich in den kühlen Ledersitz sinken lasse, wird mir bewusst, dass zu meiner Linken jemand sitzt.

»Alles ist gut«, sagt dieselbe sanfte Stimme, und das Letzte, was ich sehe, bevor ich endgültig das Bewusstsein verliere, ist ein Schopf dunkler Locken.

15. KAPITEL

Rosie:
OMG habt ihr das gesehen?? xx

Gia:
Was? xx

Rosie:
Kit und Evangeline! Sie sind gerade gegangen. Er hatte ihr seine Jacke über die Schultern gelegt, und ich glaube, sie war nur in Unterwäsche?? Die halbe Party redet darüber. xx

Gia:
Sie verliert wohl keine Zeit. xx

Maisie:
Moment, war Jasper nicht mit ihr oben?

Gia:
Ich glaube schon, warum? xx

Rosie:
LMAO was für ein Flittchen! xx

Durch einen Spalt im Vorhang fällt Sonnenlicht in mein Schlafzimmer, und ich stöhne.

Mein Kopf fühlt sich an, als stecke eine Axt mitten zwischen meinen Gehirnhälften, und das Laken klebt an mir, als hätte ich eimerweise geschwitzt. Als ich versuche, mich aufzusetzen, wird der Schmerz noch viel schlimmer, und ich fluche leise.

»Evan?« Das ist nicht Tibbys, sondern Jenkins' Stimme, und die Matratze senkt sich leicht, als er sich neben mich setzt. »Wie fühlst du dich?«

»Schrecklich«, krächze ich und öffne die Augen. Obwohl das Zimmer bereits hell ist, kann es kaum fünf Minuten nach Sonnenaufgang sein. »Was machst du hier? Wo ist Tibby?«

»Hier«, sagt sie vom Fenster aus. Sie hat dasselbe Outfit an wie gestern, und ihr Gesichtsausdruck sagt mir, dass irgendwas nicht in Ordnung ist. *Wirklich* nicht in Ordnung.

»Was ist passiert?«, frage ich. Mein Mund ist staubtrocken, und ich mag mir nicht vorstellen, wie mein Atem riechen muss, aber Jenkins scheint es nicht zu stören.

»Du erinnerst dich nicht?«, höre ich eine andere Stimme fragen – eine tiefere, maskuline Stimme, die von dem Sessel neben meinem Schreibtisch kommt.

Kit. Eine Sekunde lang starre ich ihn an und frage mich, was er hier tut, aber dann kommen mir auf einmal wieder die Erinnerungsfetzen von gestern Abend.

Die Party.

Maisie und Gia.

Kits dunkle Locken.

Jasper, der mich berührt.

Jasper, der mich küsst.

Jasper, der mich festhält.

Jasper.

Die Erinnerungen fühlen sich verschwommen an, und einiges fehlt mir komplett – wie ich es aus dem Schlafzimmer geschafft habe, zum Beispiel. Wie ich die Treppe hinunter- und aus dem Haus gekommen bin. Wie ich es zurück nach Windsor geschafft habe, ohne dass eine Armee von Paparazzi Fotos von mir in Unterwäsche geknipst hat.

Aber ich erinnere mich an Kits Stimme und daran, dass er mich aufrecht gehalten hat. Als ich an mir heruntersehe, stelle ich fest, dass ich immer noch in seine Anzugjacke eingewickelt bin, nur, dass sie jetzt ganz zerknittert ist. Kurz unterhalb meines Ellbogens entdecke ich einen Verband, und auch meine Handknöchel sind bandagiert.

»Jasper«, flüstere ich. Ich bekomme seinen Namen kaum heraus. »Er ... er ...«

»Die Ärztin hat dir gestern Abend ein bisschen Blut abgenommen«, sagt Tibby. »In ein paar Stunden sollten die Wirkungen der Droge abgeklungen sein.«

»Droge?« Verwirrt starre ich erst sie an und dann Jenkins. »Aber ... ich habe nichts genommen. Ich habe noch nicht mal Alkohol getrunken, wirklich!«

»Ich weiß, Darling«, antwortet er und wirft einen Blick zu Kit. »Wir glauben, dass Jasper Cunningham dich betäubt hat. Mit Ketamin vielleicht, oder GHB. Möglicherweise mit Rohypnol.«

»Das sind Vergewaltigungsdrogen«, sagt Tibby sachlich, aber in ihrer Stimme liegt eine Sanftheit, die an ihr unnatürlich wirkt.

»Er ... was?« Eine Welle von Entsetzen und Übelkeit ergreift mich. »Aber ich habe nur Wasser getrunken.«

»Scotland Yard testet gerade die Gläser«, erklärt Jenkins. »Wir wissen sicher bald mehr.«

Mein Herz setzt einen Schlag aus, und zwar nicht auf eine gute Art. »Die Polizei?«

»Ich musste es anzeigen«, sagt Kit, aber er klingt nicht so, als bereue er es. Er stützt die Ellbogen auf die Knie, sodass ihm die Locken ins Gesicht fallen, und mir fällt auf, dass er auch noch die Klamotten von gestern Abend anhat.

Ist er die ganze Nacht hiergeblieben? Und Tibby auch?

»Weiß Alexander davon?«, frage ich kleinlaut. Eigentlich will ich die Antwort gar nicht hören. Ich schäme mich so sehr, dass ich am liebsten unter die Bettdecke gekrochen und nie mehr hervorgekommen wäre. Wie konnte ich das nur zulassen?

»Seine Majestät ist informiert.« Jenkins nimmt meine unverletzte Hand. »Evan ...«

»Ich muss mit ihm reden«, krächze ich. »Er muss wissen, dass ich nicht wollte ...«

»Das weiß er bereits«, versichert Jenkins mir. »Nichts davon war deine Schuld. Wenn er könnte, wäre er jetzt hier, aber ...«

Er verstummt, und Tibby presst die Lippen zusammen, während Kit entschlossen den Teppich anstarrt. Mein Blick wandert verwirrt zwischen ihnen hin und her.

»Was?«, frage ich. »Was ist passiert? Wissen die Medien davon? Gibt es Fotos oder ...«

»Die Medien wissen nicht, was mit dir passiert ist«, sagt Jenkins. »Aber Jasper Cunningham ...«

»Haben sie ihn festgenommen?« Mein Herz hämmert so laut, dass die anderen es bestimmt hören können. »Hat er ihnen erzählt, dass ich lüge? Das stimmt nämlich nicht. Ich habe Nein gesagt, er hat nur nicht auf mich *gehört*.«

Mehrere Sekunden herrscht Stille, und die Spannung baut sich auf, bis ich sie nicht mehr ertragen kann. Schließlich räuspert Kit sich und blickt mich aus blutunterlaufenen Augen an. Er sieht aus, als hätte er die ganze Nacht nicht geschlafen – oder als *könnte* er nicht schlafen, egal, wie sehr er es sich wünscht.

»Gestern Abend ist noch etwas anderes passiert«, sagt er leise. »Nachdem wir gegangen sind, hat ein Fußgänger auf der Straße eine Leiche entdeckt.«

Alles Blut weicht mir aus dem Gesicht, und mir wird auf einmal so schwindelig, dass ich kaum atmen kann. »Geht es Maisie gut?«

»Mit Ihrer Königlichen Hoheit ist alles in Ordnung«, versichert Jenkins mir hastig. »Sie ist gestern Abend unversehrt nach Hause gekommen.«

Das erleichtert mich viel mehr, als ich zugeben will. »Dann – wer?«, frage ich. »Geht es Ben gut? Gia? Rosie?«

»Es ist Jasper«, sagt Kit mit einer merkwürdig brüchigen Stimme. »Er ist tot.«

16. KAPITEL

JASPER CUNNINGHAM TOT –
FREMDEINWIRKUNG VERMUTET

Jasper Cunningham, Sohn des Medienmoguls Sir Robert Cunningham, ist gestern Abend im Haus seiner Familie in Belgravia verstorben.

Der ehemalige Eton-Schüler und Nachtclub-Finanzier wurde noch vor Ort für tot erklärt. Am Abend hatte im Haus offenbar eine Party stattgefunden, auf der mehrere Mitglieder der Königsfamilie zu Gast waren. Scotland Yard leitete eine Ermittlung ein, bis jetzt sind keine weiteren Details bekannt.

Cunningham war neunzehn Jahre alt.

– Eilmeldung der BBC, 16. Juni 2023

Niemand scheint zu wissen, was genau passiert ist.

Eine Kriminalbeamte namens Erika Farrows befragt mich später am Morgen. Ihr zufolge wurde Jasper mit dem Gesicht nach unten auf dem Gehweg gefunden. Die Balkontüren standen offen, und einer der Vorhänge war zerrissen, also stellte die Polizei zunächst die Vermutung an, dass er betrunken war und auf dem Balkon die Balance verloren hatte.

»Aber im Schlafzimmer haben wir Blut gefunden«, sagt sie mit einem Blick auf meine bandagierten Handknöchel. »Blut, von dem wir nicht glauben, dass es Jaspers ist.«

»Miss Bright hat Sie bereits darüber informiert, wie sie sich verletzt hat«, antwortet Wiggs, der grauhaarige Palastanwalt, der neben mir am Tisch sitzt. »Sie hat in Notwehr gehandelt und steht in keiner Verbindung zu Mr. Cunninghams Tod.«

»Wann genau haben Sie die Party verlassen?«, fragt Farrows. Ich schüttele den Kopf.

»Daran kann ich mich nicht …«

»Wie wir bereits angegeben haben, wurden Miss Bright von Mr. Cunningham Betäubungsmittel eingeflößt, und sie kann sich nicht erinnern«, schreitet Wiggs ein. »Sie wurde von Lord Clarence, den sie bereits befragt haben, aus dem Haus eskortiert.«

Erst da verstehe ich, wohin diese Fragen führen sollen, und mir wird auf einmal eiskalt. »Glauben Sie, ich hätte etwas mit Jaspers Tod zu tun?«, frage ich benommen. Wiggs tätschelt mir die Hand – eine stumme Bitte an mich, den Mund zu halten. Ich gehorche, während er weiter für meine Unschuld plädiert.

Ich habe Jasper nicht umgebracht. Wie hätte ich das auch anstellen sollen? Ich konnte kaum gehen.

Aber als ich die Augen schließe, erinnere ich mich an das scheußliche Knacken, als mein Ellbogen Jaspers Nase traf, und an das Geräusch von zerbrechendem Glas. Und plötzlich zweifele ich selbst an meiner Unschuld.

Nach einer weiteren Stunde geht Erika Farrows endlich, und ich rolle mich auf dem Sofa in meinem Wohnzimmer zusammen und wickele mich in eine weiche Decke ein, die Tibby irgendwo ausgegraben hat. Mein Unterricht fällt heute aus – soweit meine Lehrerinnen und Lehrer wissen, aufgrund einer nicht näher beschriebenen Krankheit, was noch nicht einmal gelogen ist, so lausig, wie ich mich fühle. Alles, was ich will, ist allein zu sein.

Ich habe ihn nicht umgebracht. Das könnte ich nicht. Vielleicht war Jasper ja betrunkener, als ich dachte. Vielleicht hat er deswegen …

Den Gedanken lasse ich gar nicht erst zu. Manche meiner Erinnerungen an gestern Abend mögen zwar unklar sein, aber ich weiß genau, was fast passiert wäre. Was passiert *ist*. Ich wickele mich fester in die Decke ein und beiße mir auf die Innenseite der Wange. Auf meiner Haut spüre ich immer noch jeden glühenden Kuss, jede brennende Berührung, und ich wünsche mir verzweifelt, dass ich sie abwerfen könnte wie eine Schlange, die sich häutet, sodass ich wieder mir selbst gehöre.

»Brauchst du irgendetwas?«, fragt Tibby vom Esstisch aus, und ich schüttele den Kopf.

»Ich will nur schlafen«, murmele ich.

»Du solltest zumindest versuchen, etwas zu essen«, beharrt sie.

»Ich bestelle ein paar Sandwiches.«

Allein der Gedanke an Essen lässt mir die Galle in der Kehle hochsteigen, aber ich habe nicht die Energie, zu protestieren. Stattdessen liege ich still und tue so, als würde ich schlafen, in der Hoffnung, dass sie dann nicht versucht, ein Gespräch mit mir anzufangen.

Es funktioniert, und als zwanzig Minuten später das Essen kommt, bin ich schon fast eingeschlafen. Aber der Bedienstete ist nicht allein, und als er das Tablett auf dem Tisch abstellt, höre ich eine vertraute Stimme von der anderen Seite des Raums.

»Ich kann mich eine Weile zu ihr setzen«, sagt Kit leise.

»Bist du sicher?«, flüstert Tibby. »Ich muss nur schnell duschen und mich umziehen.«

»Ich bleibe bei ihr, bis du wieder da bist«, verspricht er, und Tibby dankt ihm leise, bevor sie in den Flur schlüpft.

Kit begrüßt mich nicht, und dafür bin ich dankbar. Aber sobald der Bedienstete gegangen ist, lässt er sich mit einem Teller auf dem Sessel neben dem Sofa nieder, und ich kann der Versuchung nicht widerstehen, ein Auge aufzumachen.

»Das riecht nach Peanut Butter and Jelly«, murmele ich.

»Erdnussbutter und Marmelade – die grauenhafteste Mischung, die ich mir vorstellen kann.« Kit schaudert und hält mir den Teller mit Sandwiches hin, die alle in Viertel geschnitten und kunstvoll arrangiert sind. »Tibby hat sie extra für dich bestellt.«

Ich werfe ihm einen misstrauischen Blick zu und nehme mir widerwillig ein Viertel. Mir ist immer noch ein bisschen schlecht, aber den Geruch kann ich zumindest ertragen. »Esst ihr hier keine Peanut-Butter-and-Jelly-Sandwiches?«

»Wir haben Erdnussbutter«, erklärt er, »und Marmelade natürlich, und ich muss zugeben, dass ich sie noch nie zusammen probiert habe. Aber das, was du Jelly nennst, ist hier Wackelpudding, und kein normaler Mensch würde das auf ein Sandwich schmieren.«

Ich beiße eine kleine Ecke von meinem Viertel ab. Das Brot ist noch warm vom Ofen, und die weiche Erdnussbutter passt perfekt zu der säuerlichen Erdbeermarmelade. Ich habe kein Peanut-Butter-and-Jelly-Sandwich mehr gegessen, seit ich in der Grundschule war, als meine Großmutter sie mir immer für die Schule einpackte. Bei dem Gedanken werde ich plötzlich traurig. Ich bin nicht unbedingt nostalgisch, was die Jahre angeht, die ich bei ihr gewohnt habe, aber im Moment wünsche ich mir, dass sie mich in den Arm nehmen und mir sagen würde, dass alles gut wird.

»Gut?«, fragt Kit, und ich nicke.

»Du solltest auch eins probieren«, schlage ich vor. Er rümpft die Nase, und ein schwaches Lächeln entringt sich mir. »Bitte. Dann würde es mir besser gehen.«

»Ah, also bringt es dir Freude, wenn andere leiden.« Er grinst, nimmt sich jedoch brav ein Viertel und beißt ab. Halb erwarte ich, dass er den Bissen sofort ausspuckt, aber stattdessen kaut er langsam. Sein Gesichtsausdruck ist absolut neutral.

»Und?«, frage ich. »Nicht schlecht, oder?«

»Ich habe schon Schlimmeres gegessen«, gibt er zu, nachdem er den Bissen heruntergeschluckt hat. »Und ich kann mir vorstellen, dass der Geschmack … angenehm ist, sobald man sich daran gewöhnt hat.«

Die Vorstellung, dass man sich an Peanut-Butter-and-Jelly-Sandwiches erst *gewöhnen* muss, bringt mich zum Kichern. »Sorry, aber wer von uns beiden ist noch mal der Meinung, dass man ein Gericht namens ›Spotted Dick‹ essen kann?«

»Spotted Dick ist deliziös«, sagt Kit und legt sein Sandwich beiseite. »Und fang gar nicht erst von Toad-in-the-Hole an. Das wird dein Leben verändern.«

Jetzt grinse ich, und es fühlt sich leicht an, trotz allem, was heute passiert ist. Aber als unsere Blicke sich treffen, werde ich wieder ernst.

»Danke übrigens«, sage ich und reiße ein Stück Brotkruste ab. »Für … für gestern Abend. Nach dem, was ich zu dir gesagt habe, habe ich deine Hilfe nicht verdient, und … ich bin sehr dankbar dafür.«

»Das Einzige, was du nicht verdient hast, ist, wie Jasper dich behandelt hat«, antwortet er leise, aber bestimmt. Genau das brauche ich gerade. »Es tut mir leid, dass ich so lange gebraucht habe, um dich zu finden. Fühlst du dich ein bisschen besser?«

Ich nicke. »Ich bin immer noch müde, und mir tut die Hand weh, aber ansonsten geht es mir gut.«

»Gut«, sagt Kit, obwohl ihm bestimmt klar ist, dass ich lüge. Eine unangenehme Stille breitet sich zwischen uns aus, und ich starre mein Sandwich an, während die Erdbeermarmelade langsam vom Brot heruntertropft. Auf einmal wird mir wieder schlecht, und ich lege das Sandwich zurück auf den Teller.

»Hast du gesehen, was passiert ist?«, frage ich. Meine Stimme ist ganz dünn, und ich klinge so verletzlich, dass ich es kaum ertragen kann. »Ich erinnere mich nicht an alles, aber … ich weiß noch, dass ich Jasper mit dem Ellbogen getroffen habe. Und dass ich gehört habe, wie irgendwo Glas zerbrochen ist.«

Kit nimmt meine Hand. Seine Haut ist weich und warm, aber ich ziehe automatisch die Hand weg, und er lässt mich hastig los. »Ich habe gar nicht ins Zimmer reingeschaut«, gibt er zu. »Du bist in den Flur gestolpert, und … na ja, es war ziemlich offensichtlich, was Jasper tun wollte, und meine Priorität war, dich in Sicherheit zu bringen.«

»Oh.« Ich versuche, mir die Enttäuschung nicht anmerken zu lassen.

»Aber«, fügt er hinzu, »egal, was passiert ist und wie Jasper vom Balkon gestürzt ist … Es war nicht deine Schuld. Du hast dich nur verteidigt. Er ist derjenige, der ein Verbrechen begangen hat.«

Unbehaglich rutsche ich unter meiner Decke hin und her. Ich hasse den Gedanken, ein Opfer zu sein. Und die Art, wie Kit mich so mitleidig ansieht. Und ich hasse es, zu wissen, dass ich mich ab jetzt immer fragen werde – selbst, wenn es flüchtig ist –, ob ein anderer Mann das Gleiche tun wird, wenn ich mit ihm allein in einem Raum bin.

Jasper hat es vielleicht nicht verdient, zu sterben, aber ich habe das hier auch nicht verdient.

»Was, wenn die Polizei das anders sieht?«, murmele ich. »Wiggs hat gesagt, dass mein Zustand es mir nicht erlaubt hätte, Jasper so fest von mir wegzuschubsen, aber … was, wenn doch? Und was, wenn das immer noch als … als Totschlag gilt oder so?« Ich bin mir gar nicht sicher, ob es im Vereinigten Königreich auch Totschlag heißt, aber trotzdem gefriert mir bei dem Gedanken das Blut in den Adern. »Was, wenn es als Mord gilt?«

Kit schaut mich eindringlich an. »Das sind ganz schön viele voreilige Schlüsse, die du da ziehst.«

»Keine Ahnung, wie es hier ist, aber in den Staaten kann man für Mord verurteilt werden, sogar, wenn man nur das Fluchtauto gefahren hat«, sage ich. »Und selbst wenn Jasper mir irgendwelche Drogen eingeflößt hat – wenn ich ihn vom Balkon geschubst habe …«

»Dann müssen wir einfach beweisen, dass du es nicht warst«, antwortet Kit. »Oder einen besseren Verdächtigen finden.«

Misstrauisch kneife ich die Augen zusammen. »Wie meinst du das?«

»Auf der Party waren so viele Leute«, erklärt er. »Garantiert gab es ein paar, die ihm nicht gerade freundlich gesonnen sind.«

»Aber … woher soll ich denn wissen, wer ihn nicht mochte? Und wie soll Wiggs …«

»Wiggs kann das nicht«, antwortet Kit. »Aber ich halte mich jetzt schon fast ein Jahrzehnt in denselben Kreisen auf wie Jasper. Ich kann dir helfen, wenn du willst.«

Ich bin mir nicht sicher, was ich dazu sagen soll. Kit hat in den letzten sechzehn Stunden mehr für mich getan als der Großteil meiner Familie in meinem ganzen bisherigen Leben. Ihn um noch mehr zu bitten – vor allem, wenn er dabei Maisies Zorn riskiert –, könnte zu viel sein. Aber er sieht mich unbeirrt an, und mir geht es sofort ein bisschen besser, jetzt, da ich ihn auf meiner Seite habe.

»Das wäre nett. Danke«, sage ich also dennoch. In meinem Kopf rattert es bereits, und ich setze mich auf und versuche, mich an die verschwommenen Gesichter und Namen der Dutzenden von Menschen zu erinnern, denen ich gestern Abend vorgestellt wurde. »Wir sollten eine Liste von allen erstellen, die bei der …«

»Evan.« Kit lehnt sich zu mir hinüber – er kommt mir nicht so nahe, dass er die unsichtbare Grenze zwischen uns überschreitet, aber nahe genug, um zu signalisieren, dass es ihm ernst ist. »Jetzt gerade solltest du dich am besten ausruhen. Ich verspreche dir, dass wir eine Liste erstellen, sobald …«

Ein dringliches Klopfen an der Tür lässt uns beide erschrocken hochfahren. Kit springt auf, und bevor ich rufen kann, dass die Person im Flur wieder verschwinden soll, reißt Maisie schon die Tür auf.

»Ihre Königliche Hoheit«, sagt Kit und senkt hastig den Blick, aber ich stehe nicht auf. Auf keinen Fall mache ich vor ihr einen Knicks.

»Was willst du hier?«, frage ich misstrauisch. Maisie ist die Letzte, von der ich einen Besuch erwartet hätte, und ihren angespannten Schultern nach zu schließen, fühlt sie sich dabei genauso unwohl wie ich. Oder vielleicht sieht sie immer so aus, als stecke ihr ein Baumstamm im Hintern. Beides ist möglich.

»Kurz, bevor die Polizei kam, hat mein Security-Team dein Kleid gefunden, und ich wollte es dir wiederbringen«, sagt sie. Obwohl sie mit mir spricht, starrt sie Kit an. Kit versteht wohl, was sie mit ihrem verärgerten Blick sagen will, denn er räuspert sich.

»Darf ich dein WC benutzen?«, fragt er, und erst verspätet wird mir klar, dass er das Klo meint.

»Äh, ja klar … die Tür links im Schlafzimmer«, antworte ich und überlege, in was für einem Zustand ich das Bad hinterlassen habe, nachdem ich mich für die Party fertiggemacht habe. Gestern Abend scheint mir unendlich lange her zu sein.

Kit entschuldigt sich höflich und lässt Maisie und mich zum ersten Mal in unserem Leben allein. Zum Glück besteht sie nicht auf Smalltalk, sondern holt stattdessen aus ihrer großen schwarzen Tasche das smaragdgrüne Kleid hervor, das ich gestern in Jaspers Schlafzimmer auf dem Boden liegen gelassen habe.

»Die halbe Seitennaht ist aufgegangen. Du solltest mit Haute Couture ein wenig vorsichtiger sein.« Maisie wirft das Kleid über eine Sessellehne und lässt den Blick über die Gemälde an meinen Wänden schweifen. »Daddy hat dir eins der schönsten Gästezimmer gegeben. Normalerweise schlafen hier andere Königsfamilien oder Staatsoberhäupter.«

»Tja, und ich bin keins davon«, antworte ich mit einem Blick auf das Kleid. Es fühlt sich fast an, als sei es verflucht, und ich frage mich, ob Louis wohl sauer wäre, wenn ich es verbrennen würde. »Warum bist du wirklich hier, Maisie? Wir wissen beide, dass es dir egal ist, wie es mir geht.«

Sie rümpft hoheitsvoll die Nase, als ich ihren Spitznamen benutze. Oder vielleicht ist sie auch einfach nicht an direkte Fragen gewöhnt. »Hast du gestern Abend … einen Filmriss erlitten?«

Mir entfährt ein ersticktes, vollkommen humorloses Lachen. »Ja«, antworte ich, und als ich den Funken Hoffnung sehe, der in ihren Augen aufflammt, füge ich hinzu: »Aber ich habe nicht das vergessen, was du gerade hoffst.«

Ihr Gesichtsausdruck wird säuerlich. »Oh.«

Ich lasse den Kopf auf die Armlehne des Sofas sinken. »Du weißt doch eh schon, dass mir das nichts ausmacht.«

»Ist mir vollkommen egal, ob es dir etwas ausmacht«, antwortet Maisie. »Mir macht es etwas aus, wem du es erzählst und wie lange du mir damit drohst.«

Ah. Also denkt sie genauso schlecht von mir wie ich von ihr. »*Warum* bist du so überzeugt davon, dass ich ein schlechter Mensch bin?«

Sie wedelt wegwerfend mit der Hand, als sei die Antwort offensichtlich. »Also, was willst du? Dass ich der Presse nette Sachen über dich erzähle? Deine Gegenwart in der Öffentlichkeit anerkenne? Willst du Geld? Juwelen? Einen Titel, wenn ich Königin bin?«

Alles, was ich will, ist, nach Hause zu meiner Mom zu gehen und zu vergessen, dass dieser Albtraum je passiert ist, aber den Wunsch kann Maisie mir nicht erfüllen. Niemand kann das. Und selbst wenn sie es könnte, wird mir bei dem Gedanken, sie zu erpressen – meine Halbschwester und die zukünftige Königin des Vereinigten Königreichs zu erpressen, egal, wie verzogen und verwöhnt sie ist –, ganz anders.

»Ich will, dass du mir glaubst, wenn ich sage, dass ich es niemandem erzählen werde«, fauche ich. »Ich weiß schon, wie man den Mund hält.«

»Ach, wirklich?« Maisies Worte triefen geradezu vor Sarkasmus, aber ich halte ihrem Blick stand, und nach einigen langen Sekunden weicht die Boshaftigkeit aus ihren Augen. »Du verstehst nicht, was passieren würde, wenn herauskäme, dass ich …« Sie hält inne und nimmt einen tiefen Atemzug. »Ich bin die einzige direkte Erbin, und ich werde die erste regierende Königin seit Victoria sein. Es gibt bestimmte … Erwartungen, die ich erfüllen muss, und wenn die Leute Wind davon bekommen, dass meine Nachfolge eventuell unklar sein könnte …«

Überrascht blinzele ich. »Machst du dir wirklich Gedanken darum, wie du und Gia Kinder haben könnt? Du bist *siebzehn.*«

Sie verdreht die Augen. »Natürlich versteht jemand wie *du* das nicht. Für dich ist rein gar nichts ein Problem, oder? Du schlitterst ohne die Last der Verantwortung durch dein Leben und zerstörst dabei alles, woran du vorbeikommst.«

Ich balle die Fäuste so fest um die Decke, dass eine Naht platzt. »Ich oute dich nicht, Maisie. Das Ganze geht mich nichts an, und ich sage es noch mal: *Mir ist es egal, mit wem du es treibst.* Und wenn du jetzt aufhören könntest, mir das Leben schwerzumachen, wäre ich dir sehr dankbar.«

Das scheint sie sprachlos zu machen. Meine Halbschwester studiert mich wie eine Kunstkritikerin, die versucht, einen Fehler in einem Werk ausfindig zu machen. Nach ein paar Sekunden, die unendlich lang wirken, richtet sie sich auf. »Also gut. Vergiss nicht, das Kleid aufzuhängen, sonst zerknittert es.«

Das Klicken ihrer Schuhe wird vom dicken Teppich geschluckt, als Maisie auf die Tür zugeht. Als sie schon eine Hand auf der Klinke hat, dreht sie sich wieder zu mir um.

»Mit dir ist alles in Ordnung, oder? Jasper hat dich nicht …« Sie verstummt, aber ich weiß, was sie meint.

»Nein, so weit ist er nicht gekommen«, murmele ich mit hochrotem Gesicht.

Maisie nickt, offenbar zufrieden mit meiner Antwort. »Er hat es verdient«, sagt sie leise und verlässt ohne ein weiteres Wort das Zimmer.

Ich erzähle Kit nicht, worüber Maisie und ich geredet haben, und er fragt auch nicht nach. Als er stattdessen wiederholt, dass wir unsere Nachforschungen anstellen können, sobald ich mich einigermaßen erholt habe, gebe ich auf und esse ein halbes Sandwich, während wir darüber diskutieren, welchen Netflix-Film wir sehen wollen. Nach ungefähr einer Stunde kommt Tibby zurück, und obwohl sie meinen Filmgeschmack nicht gerade gutzuheißen scheint, hält sie sich wenigstens mit den abfälligen Bemerkungen zurück.

Sie bleiben beide bei mir, bis ich eingeschlafen bin, und Tibby weckt mich abermals im Morgengrauen und schickt mich direkt ins Badezimmer, damit ich mich für die Trooping-the-Colour-Parade fertigmachen kann. Ich versuche, meine Überraschung zu überspielen, aber in Wirklichkeit habe ich die Parade in dem ganzen Chaos gestern komplett vergessen. In der Dusche versuche ich mich zu beruhigen, auch wenn mir etwas flau im Magen ist. Zum Glück bin ich nur zum Auftritt auf dem Balkon am Nachmittag eingeladen, während der Rest der Königsfamilie auch am eigentlichen Umzug teilnimmt (entweder wie Alexander und Nicholas auf Pferden oder wie Helene und Maisie in einer Kutsche). Leider schickt Louis trotzdem einen seiner Assistenten vorbei, um mich beim Fertigmachen zu überwachen – als sei ich nicht dazu fähig, mich selbst präsentabel herzurichten. Aber ich sehe schon ein, dass heute auch alles perfekt sitzen muss – mein Haar, mein Makeup, mein Outfit –, und die Spannung ist beinahe greifbar.

»Kannst du bitte aufhören, so hin- und herzulaufen?«, bitte ich Tibby, als sie zum hundertsten Mal an mir vorbeikommt. »Du machst mich ganz nervös, und ich will keine Schweißflecken bekommen.«

»Mit ein bisschen Botox hätten wir das gleich«, antwortet sie.

Ihr Blick ist unentwegt auf ihr Handy gerichtet. Sie runzelt leicht die Stirn und flucht dann auf einmal so spektakulär, dass der Stylistin der Lockenstab aus der Hand fällt.

»Was?«, frage ich, aber sie hält nur einen Finger hoch und dreht sich von mir weg, sodass ich den Handybildschirm nicht sehen kann. »Tibby, *was?*«

Sie wendet sich mir wieder zu und öffnet und schließt lautlos den Mund. »Das kann nicht sein«, murmelt sie mit weit aufgerissenen Augen. »Wie …«

Ich springe auf und ignoriere die Proteste der Stylistin, als ich zu Tibby hinüberstürme und ihr das Handy aus der Hand reiße. Sie versucht, es mir wieder wegzunehmen, aber ich drehe ihr schnell den Rücken zu, was mir ein paar Sekunden verschafft, um zu lesen, was auf dem Bildschirm steht.

Oh, Shit.

17. KAPITEL

UNEHELICHE TOCHTER DES KÖNIGS HAUPTZEUGIN IN MORDFALL – BLUT AM TATORT GEFUNDEN

Evangeline Bright, die uneheliche Tochter des Königs, war laut einer anonymen Quelle die letzte Person, die Jasper Cunningham lebend gesehen hat.

Die siebzehnjährige Bright war angeblich auf einer Party zu Gast, die Cunningham an seinem Wohnort in Belgravia veranstaltet hatte. Mehrere Zeugen bestätigen, dass Bright mit dem Sohn des Medienmoguls Sir Robert Cunningham ins Obergeschoss gegangen sei, nur wenige Minuten vor Cunninghams Sturz aus dem Fenster.

»Das war kein Unfall«, beharrt ein Partygast, der anonym bleiben möchte. »Sie konnte kaum die Hände von ihm lassen, er hingegen schien nicht so begeistert zu sein. Als sie zusammen nach oben gingen, sah sie wütend aus.«

Angeblich sollen auch einige Tropfen von Brights Blut in dem Schlafzimmer gefunden worden sein, von dessen Balkon Cunningham stürzte. Die Ergebnisse der Obduktion stehen noch aus, aber eine Quelle innerhalb des Palasts gab zur Auskunft, dass Bright Verletzungen davontrug, die auf eine physische Auseinandersetzung hindeuten.

Scotland Yard hat bis jetzt keine weiteren Informationen

zum Fall veröffentlicht, und auch eine Sprecherin der Königsfamilie lehnte einen Kommentar ab.

– *The Daily Sun*, 17. Juni 2023

Seit der Artikel vor einer halben Stunde auf der Seite der *Daily Sun* erschienen ist, haben alle Hauptnachrichtenkanäle in England darüber berichtet.

Laut meiner Stylistin, die mir heimlich Infos aus den neusten Tweets zuflüstert, trendet der Hashtag #JusticeforJasper auf Nummer fünf der Themenliste für das Vereinigte Königreich und klettert im Minutentakt höher. Tibby lässt mich nicht einmal in die Nähe ihres Handys, aber ich höre das ununterbrochene Vibrieren, das die endlosen Nachrichten begleitet, die sie wohl gerade bekommt. Keine Ahnung, von wem sie sind, aber Tibbys Flüche werden immer lauter und kreativer, und ich vermute, dass sich die Situation nur verschlimmert.

Als ich von Kopf bis Fuß gestylt bin und das hellblaue Kleid trage, das Louis für meinen ersten öffentlichen Auftritt ausgesucht hat, bringt Tibby mich nach draußen zu der Flotte aus Range Rovers, die mich und den Rest der Königsfamilie zum Buckingham Palace bringen sollen. Aber bevor wir es auch nur durch den ersten Flur geschafft haben, bleibe ich neben einer Marmorbüste eines Mannes mit einer Knollennase plötzlich stehen.

»Ich schaffe das nicht«, keuche ich. Meine Brust fühlt sich so eng an, dass ich kaum Luft bekomme. »Alle glauben, ich hätte ihn umgebracht.«

»Diejenigen, die das glauben, sind alle Idioten«, antwortet Tibby. »Die Anwälte regeln das …«

»Regeln was?«

Die Tür zu meiner Linken öffnet sich, und Nicholas, der Duke of York, erscheint. Er trägt eine rot-blaue Militäruniform, an der mindestens ein Kilo Medaillen und Schleifen hängen. Trotz all dem Prunk sieht er seltsam jungenhaft aus, als wäre er viel jünger als neununddreißig, und er mustert mich amüsiert.

»Ich …« Ich weiß nicht, was ich sagen soll. Wie bringt man seinem neu entdeckten Onkel bei, dass das ganze Land denkt, man sei die Hauptverdächtige in einem Mordfall?

»Hat es zufällig etwas mit dem Tod eines gewissen Cunninghams zu tun, der gerade alle in helle Aufregung versetzt?«, fragt er und bietet mir seinen Arm an. Widerwillig lege ich die Hand in seine Ellenbeuge. Na, super. Es ist noch nicht genug, dass jeder Mensch, der soziale Medien nutzt, über den Fall informiert ist, jetzt weiß es offenbar auch die Königsfamilie.

»Die *Daily Sun* stellt es so dar, als hätte ich … ihn umgebracht.« Ich will so tun, als ob mir das nichts ausmacht, aber meine Stimme bricht am Ende des Satzes weg.

Nicholas scheint das nicht weiter zu stören, und er sagt: »Ich habe Jasper in den letzten Jahren ein paarmal gesehen. Er und Ben sind schon seit Ewigkeiten befreundet, und Robert und ich spielen ab und zu Karten. Jaspers Tod ist eine schreckliche Tragödie.« Angespannt höre ich ihm zu und stähle mich dafür, von ihm ebenfalls als Mörderin verurteilt zu werden. »Aber nach dem, was ich gehört habe, hat er es nicht anders verdient.«

Er sieht mich mit ernsten blauen Augen an, und auf einmal bin ich mir sicher, dass er die ganze Geschichte kennt – oder zumindest so viel davon, wie ich selbst im Moment weiß. Trotzdem fühlt es sich irgendwie falsch an, ihm zuzustimmen, also presse ich nur die Lippen zusammen.

»Es braut sich ein übler Mediensturm zusammen, und es sieht so aus, als käme er direkt auf dich zu«, bemerkt er. »Dafür wird Robert sorgen. Aber aus rechtlicher Sicht zählt nur, was Scotland Yard denkt, und die Polizei wird die Ergebnisse der Ermittlung nicht auf Tratsch oder Spekulation basieren. Und selbst wenn die Tatsachen im Moment ziemlich verworren scheinen, verspreche ich dir, Evangeline: Wir beschützen uns gegenseitig. Wenn ein Mitglied der Königsfamilie untergeht, dann gehen wir alle unter, und das können wir auf keinen Fall zulassen.«

»Aber ich bin kein Mitglied der Königsfamilie«, antworte ich, und er zieht eine Augenbraue hoch.

»Warum kommst du dann heute mit uns auf den Balkon?«

»Weil Alexander beim Fremdgehen erwischt wurde und jetzt so tun muss, als mache er das Beste daraus.«

Nicholas bricht in schallendes Gelächter aus. »Wir beide werden uns großartig verstehen«, sagt er. »Zuerst war ich mir nicht sicher, aber jetzt sind alle Zweifel verflogen.«

Zu dritt treten wir in die frische Morgenluft hinaus. Es ist immer noch absurd früh, und ich zittere ein bisschen in der morgendlichen Kälte, aber der Himmel ist blau und verspricht einen herrlichen Tag. In der Auffahrt stehen vier schwarze Range Rover, und Ben ist lässig an die Motorhaube eines von ihnen gelehnt, während er irgendwas auf seinem Handy tippt.

»Ich gehe davon aus, dass die Ladys wie immer zu spät sind«, sagt Nicholas trocken zu seinem Sohn. »Glaubst du, du überlebst den heutigen Tag ohne dein Handy? Ich bezweifle, dass Alexander begeistert wäre, wenn du dich nicht davon losreißen kannst, während wir anderen in den Himmel starren.«

»Ich werde es überleben.« Ben lässt sein Handy in seine Innentasche gleiten und sieht mich an. »Evan, es tut mir echt so leid. Wenn ich nur einen Moment lang geglaubt hätte, dass Jasper zu … zu etwas so Schrecklichem fähig ist … Ich dachte, er wäre harmlos. Das dachten wir alle.« Er zieht die Augenbrauen zusammen, und in seinem Kiefer zuckt ein Muskel. Es ist seltsam tröstlich, zu wissen, dass Ben – und Nicholas und sogar Maisie – ebenso wütend darüber sind, was Jasper mir angetan hat, wie ich.

»Wie geht es dir?«

»Ganz okay«, antworte ich, obwohl das definitiv nicht stimmt. »Ich bin nur …«

Ben verzieht das Gesicht. »Es tut mir leid«, wiederholt er. »Wir hätten vermutlich von Anfang an auf Maisie hören sollen. Aber bitte erzähl ihr nicht, dass ich das gesagt habe, sonst lässt sie mich damit nie in Frieden. Die Mitglieder der erweiterten Familie werden heute bestimmt versuchen, dir Fragen zu stellen, die elenden Klatschmäuler, aber wenn du bei mir bleibst, sorge ich dafür, dass sie sich nicht an dich heranwagen.«

»Danke«, erwidere ich aufrichtig. Ich habe mir noch gar keine Gedanken gemacht, wie der Rest der Königsfamilie auf mich reagieren wird, geschweige denn, was sie zu den heutigen Schlagzeilen sagen würden. Mein Magen zieht sich nervös zusammen. »Wie viele Leute kommen eigentlich zu dieser Sache?«

»Diese *Sache* ist eine unserer am längsten gehegten Traditionen«, wirft Nicholas ein, aber er klingt nicht böse. »Auf dem Balkon werden wir nur achtundzwanzig sein, aber wir erwarten Tausende Zuschauer. Und der Umzug wird live im Fernsehen übertragen, wo ihn vermutlich Millionen von Menschen sehen.«

»*Millionen?*«, krächze ich. Mein Onkel grinst verschmitzt – mein Entsetzen amüsiert ihn offenbar.

»Falls es hilft: Wir werden nur für ungefähr fünfzehn Minuten auf dem Balkon sein.«

»Fünfzehn Minuten sind mehr als genug Zeit für alle, ein Urteil über mich zu fällen«, murmele ich und reiße die Tür des Range Rovers auf, ohne auf den Fahrer zu warten.

»Du kannst dich einfach hinter Cousin Albert verstecken«, schlägt Tibby vor. »Er ist mindestens zwei Meter groß und so breit wie ein …«

»Miss Bright!«

Ich sitze schon halb im Auto, als ein hochroter Mann in einem dunkelblauen Anzug aus dem Schloss eilt. Erst nach ein paar Sekunden erkenne ich ihn, und ich stöhne leise. Doyle, einer der Berater, der Alexander davon abhalten wollte, mich anzuerkennen.

»Miss Bright!«, ruft er erneut. Ich stelle meine Füße vorsichtig wieder auf die Kieseinfahrt und wünsche mir, ich hätte meine Turnschuhe anziehen können. Als Doyle bei uns ankommt, ist er völlig außer Atem, aber er schafft es trotzdem, sich elegant vor Nicholas und Ben zu verbeugen. »Eure Königlichen Hoheiten. Es sieht aus, als hätte es eine Änderung gegeben.«

Neben mir wird Tibby auf einmal ganz still. »Was meinen Sie mit ›eine Änderung‹?«, fragt sie herausfordernd. »Warum wurde ich darüber nicht direkt informiert?«

»Ich habe davon selbst gerade eben erst gehört, Ma'am. Es geht um die … Wirkung der Situation, und wenn man die neusten Berichte in den Medien bedenkt …«

»Meinen Sie den Müll, den die *Daily Sun* von sich gibt?«, unterbricht Ben. Doyle zögert nur eine Millisekunde lang, aber das reicht schon, um den Verdacht zu bestätigen.

»Aufgrund dieser unvorhergesehenen Entwicklungen befand es Seine Majestät für am besten, dass Miss Bright von der Teilnahme an der Trooping-the-Colour-Parade absieht.« Doyles

Stimme zittert zwar, aber der Inhalt seiner Nachricht ist unmissverständlich.

Tibby macht ein Geräusch wie ein pfeifender Teekessel, und ich balle so fest die Fäuste, dass mir die manikürten Nägel in die Handflächen schneiden.

»Warum?«, fahre ich Doyle an. »Weil irgendeine voreingenommene Zeitschrift einer anonymen Quelle glaubt, die Falschinformationen verbreitet?«

»Weil Seine Majestät nicht möchte, dass die Aufmerksamkeit vom Militär und seinen Errungenschaften abgelenkt wird«, antwortet Doyle.

Nicholas schnaubt. »Ob sie da ist oder nicht, die Medien werden sich so oder so auf Evangeline konzentrieren. Vermutlich wird es sogar schlimmer, wenn sie nicht kommt.«

»Es tut mir sehr leid, Ihnen schlechte Neuigkeiten zu überbringen, Sir, aber die Anordnung kommt vom König höchstpersönlich«, sagt Doyle. »Wenn Sie anderer Meinung sind, sollten Sie mit ihm sprechen, nicht mit mir.«

Nicholas hält vor Ben die Hand auf, offenbar, um von seinem Handy aus Alexander anzurufen, aber ich schüttele den Kopf. »Ist schon okay«, sage ich, obwohl in meiner Kehle ein dicker Kloß sitzt. »Ich wollte eh nicht mitkommen.«

»Evan …«, fängt Ben an, aber ich unterbreche ihn.

»Wirklich. Ich will mich lieber ausruhen«, beharre ich. »Alexander tut mir damit einen Gefallen. Ein paar zusätzliche Stunden Schlaf tun mir bestimmt gut.«

Ben will protestieren, aber ich drehe mich bereits um. Auf dem Weg zurück zum Schloss kicke ich ein paar lose Kieselsteine vor mir her. Undeutlich höre ich, wie Nicholas auf Doyle einredet. Auch Tibby sagt etwas und gibt einige wahrlich beeindruckende Flüche von sich, aber ich habe keine Lust, ihnen zuzuhören.

Das war's also. Alexander will nur, dass ich dabei bin, wenn die *Wirkung* gut ist, und wenn irgendein Reporter beschließt, dass er mich an einem bestimmten Tag nicht mag, dann tut Alexander es ihm gleich.

Ich weiß, dass es nicht nur um mich geht – es ist eine unvorhergesehene Situation, und Alexander muss an das gesamte Land denken, nicht nur an mich. Aber obwohl ich genau weiß, dass es selbstsüchtig ist, will ich auch wichtig sein. Ich will, dass ihm meine Anwesenheit genauso wichtig ist wie das, was die Öffentlichkeit von ihm denkt, und jetzt gerade ist es nur zu offensichtlich, dass es eben nicht so ist.

Im Flur begegne ich Helene und Maisie. Maisie wirft mir einen neugierigen Blick zu, aber die Königin sieht mich so angewidert an, als wäre sie gerade in Hundescheiße getreten. Kurz frage ich mich, was ihre Fans wohl denken würden, wenn sie genau so auf der Titelseite der *People* oder *Vogue* abgedruckt würde, aber garantiert würden sie immer noch hinter ihr stehen.

Statt einen weiteren Streit anzuzetteln, wende ich den Blick ab und haste an ihnen vorbei, um ihnen nicht die Genugtuung zu geben, mich weinen zu sehen. Aber sobald ich an ihnen vorbei bin, kommen mir die Tränen, und meine Sicht verschwimmt. Es sollte mir nicht so nah gehen. Der Auftritt ist eh sinnlos, und wenn Alexander sich wirklich so für mich schämt, dann …

»Oh!«

Als ich um eine weitere Ecke biege, laufe ich in etwas Festes hinein. Nein, nicht in etwas – in *jemanden*, und ich schreie überrascht auf, als eine heiße Flüssigkeit über mein Kleid läuft.

»Mist.« Kit stellt seine Teetasse auf einen nahegelegenen Tisch und will den Fleck auf meinem Kleid mit einem Taschentuch trockentupfen, aber kurz bevor seine Hand meine Brust berührt, zieht er sie plötzlich zurück. Sein Blick ist panisch. »Evan, es tut mir so leid …«

»Alles gut. Ich habe nicht aufgepasst.« Er hält mir das Taschentuch hin, und ich wische damit hilflos über den riesigen Teefleck. Mein Kleid ist ruiniert. Das ist jetzt schon das zweite, und nach all der harten Arbeit, die Louis in meine Garderobe gesteckt hat, wird er davon bestimmt alles andere als begeistert sein.

Aus irgendeinem Grund bringt mich der Gedanke vollends aus der Fassung, und ich fange an, laut und untröstlich zu schluchzen. Ich schnappe ruckartig nach Luft, und die Tränen, die mir die Wangen herunterlaufen, ruinieren garantiert mein Make-up.

Kit legt mir sanft eine Hand an den Ellbogen, und ich bereite mich innerlich darauf vor, meinen Arm wegzuziehen, sollte seine Berührung mir unangenehm werden. Er führt mich in ein Wohnzimmer, das leicht nach Putzmitteln riecht, und hilft mir in einen Sessel, während ich weiterhin unkontrolliert schluchze. Er verschwindet für ein paar Sekunden und kommt dann mit einer Wasserflasche wieder zurück.

Ich weiß nicht, wie lange wir so dasitzen. Ich weine so heftig, wie ich es seit dem Tod meiner Großmutter nicht mehr getan habe, und er kniet stumm und besorgt neben dem Sessel. Aber irgendwann versiegen meine Tränen, und es bleibt nur ein Schluckauf zurück, der meine Brust schmerzen lässt.

»Trink etwas.« Kit gibt mir die Wasserflasche. Der Deckel ist noch versiegelt und wurde ganz offensichtlich noch nie geöffnet, aber trotzdem zögere ich, bevor ich ihn aufdrehe. Mir wird klar, dass ich nie wieder ein Getränk von jemandem werde annehmen können, dem ich nicht vollständig vertraue, und mein glühender Hass auf Jasper wird noch heißer.

Ich nehme einen kleinen Schluck und spüre das unerwartete Kribbeln von Kohlensäure auf der Zunge. »Danke«, krächze ich. »Tut mir leid, ich …«

»Es gibt immer noch absolut gar nichts, wofür du dich entschuldigen musst«, entgegnet Kit, und zum Glück scheint er nicht zu erwarten, dass ich ihm meinen plötzlichen Zusammenbruch erkläre. Er verlangt gar nichts von mir, im Gegensatz zu so ziemlich allen anderen in diesem Schloss.

Auf dem Beistelltisch hat er Taschentücher bereitgelegt. Ich putze mir die Nase und erschrecke mich, als ich dabei wie ein wütender Elefant tröte. Aber Kit lacht mich nicht aus. Stattdessen harrt er geduldig aus, während ich mir das tränenüberströmte Gesicht abwische und dabei versehentlich die Hälfte meines Make-ups entferne. Egal. Heute schießt ja eh niemand Fotos von mir.

»Warum bist du nicht mit den anderen auf dem Weg zum Buckingham Palace?«, frage ich ihn schließlich, und zu meiner Erleichterung klinge ich dabei einigermaßen normal. Meine Nase ist immer noch ein bisschen verstopft, aber ich will vor ihm kein weiteres Tröten riskieren.

»Ich bin kein Mitglied der Königsfamilie«, antwortet Kit. »Der König ist zwar mein Onkel, aber wir sind nicht blutsverwandt. Nur seine Blutsverwandten und deren Ehepartner dürfen bei der Parade auf dem Balkon erscheinen.«

Ich runzele die Stirn. »Und das stört dich nicht?«

»Überhaupt nicht. Heute habe ich den ganzen Tag für mich allein, und das ist kaum zu schlagen.« Kit mustert mich. »Die eigentliche Frage ist: Warum bist du noch hier? Maisie hatte gestern wegen deiner Einladung einen dreistündigen Wutanfall, daher weiß ich, dass du dabei sein solltest.«

»Ach, hast du das noch nicht gehört? Ich würde nur *ablenken.*« Ich ringe mir ein schwaches Lächeln ab, aber es hält nicht lange an, und stattdessen spiele ich mit einem der Taschentücher auf meinem Schoß herum. »Die *Daily Sun* hat heute einen Artikel über mich gebracht – darüber, dass ich die letzte Person war, die Jasper lebend gesehen hat, und dass mein Blut in seinem Schlafzimmer gefunden wurde. Alexander …« Ich schlucke schwer. »Er hat wohl beschlossen, dass er mich doch nicht auf dem Balkon haben möchte.«

Kit zieht die Augenbrauen zusammen, aber sein Blick bohrt sich weiter in meinen. »Damit steht es dann wohl fest.«

»Was steht fest?«, frage ich. Statt zu antworten, steht er auf und hält mir die Hand hin.

»Du solltest dich umziehen«, sagt er. »Wir machen uns auf ins Abenteuer.«

18. KAPITEL

Der Heiße Prinz hat eine neue Errungenschaft. Nicholas, Duke of York, der bildhübsche und extrem charmante jüngere Bruder des Königs, wurde gestern Abend in Covent Garden Arm in Arm mit der Opernsängerin Natalia Sokolova gesehen. Gerüchten zufolge haben die beiden sich nach dem Auftritt des russischen Stars in Madama Butterfly kennengelernt und sind seitdem unzertrennlich.

Dies ist nicht die erste Romanze, in die Prinz Nicholas dieses Jahr verwickelt ist – und noch nicht einmal die erste dieser Saison. Nicholas, der für seine kurzlebigen Beziehungen bekannt ist, hat in jüngster Zeit mit Model Trixie Hartwell, Schauspielerin Vaani Patel und sogar – Schocker! – mit einer gewöhnlichen Bürgerin, Umweltanwältin Samantha Shaw, angebändelt.

Doch all diese Eroberungen übertreffen nicht die skandalöse Geschichte, wie er mit zwanzig Jahren mit der Erbin Venetia Carmichael durchgebrannt ist und acht Monate später sein Sohn geboren wurde, Prinz Benedict of York. Obwohl die Ehe weniger als zwei Jahre hielt, lässt die Duchess niemanden vergessen, dass sie die Exfrau des Prinzen ist. Mittlerweile hat sie drei sensationsheischende Biografien veröffentlicht, ist in zahllosen Talkshows aufgetreten und hat eine Kosmetikkollektion herausgebracht.

Wird Natalia wohl die glückliche Frau Nummer zwei?
Wir werden es sehen, aber darauf wetten würden wir nicht.

– *The London Mirror*, 17. Juni 2023

»Bist du dir sicher, dass wir hier sein sollten?«, frage ich und ziehe mir die Baseballkappe mit Union-Jack-Aufdruck tiefer ins Gesicht. Die meisten der anderen Passagiere in dem scharlachroten Doppeldeckerbus, der gerade die Westminster Bridge passiert, haben nur Augen für den Big Ben und den Westminster Palace, aber ich kann die Angst nicht abschütteln, dass irgendwer mich jeden Moment erkennen könnte.

»Niemand hat dich bis jetzt mit deiner neuen Haarfarbe gesehen«, sagt Kit beschwichtigend und hält seine identische Baseballkappe am Schirm fest. »Und es wird auch niemand erwarten, dass du heute in der Stadt unterwegs bist und nicht auf dem Umzug.«

Das sind zwar exzellente und logische Argumente, aber meine angespannten Nerven beruhigen sie trotzdem nicht. Ich werfe über die Schulter einen Blick auf die zwei Bodyguards hinter uns, die beide Poloshirts und Khakihosen anhaben. Mit diesen Klamotten wollen sie wohl möglichst unauffällig wirken, doch aus meiner Sicht erkennt man sie trotzdem sofort. »Aber warum fahren wir mit dem Bus?«, frage ich Kit.

»Weil das die beste Art ist, London zu besichtigen«, erwidert er. »Abgesehen vom London Eye natürlich.«

Er zeigt auf ein gigantisches weißes Riesenrad auf der anderen Seite des Flusses, und ich schiebe mir die Sonnenbrille auf die Nasenspitze, um es besser ansehen zu können. »Wenn das die beste Art ist, London zu besichtigen, warum sitzen wir dann nicht gerade in einer Kapsel?«

»Weil …« Kit läuft rot an. »Weil ich Höhenangst habe.«

Das überrascht mich. Er hat so eine ruhige Art, dass ich irgendwie gar nicht auf die Idee gekommen wäre, er könnte an einer Phobie leiden. »Dann ist der Bus schon in Ordnung«, sage ich und füge mit einem Blick auf das schlammige und wenig verlockende Wasser der Themse hinzu: »Solange er nicht umkippt.«

»Statistisch gesehen ist das fast unmöglich«, antwortet Kit. »Aber er hält an einer Vielzahl von faszinierenden Touristenfallen. Und während du die überteuerten Sehenswürdigkeiten bewunderst, dachte ich, könnten wir vielleicht über die Liste sprechen, die wir gestern erwähnt haben.«

Mein Blick richtet sich schlagartig wieder auf ihn. »Du hast eine Liste von allen Leuten auf der Party erstellt?«

»Ja.« Er hält sein Handy hoch. »Ich kann natürlich nicht garantieren, dass sie vollständig ist, aber ich habe mit Ben und Maisie gesprochen – keine Angst, ich habe ihnen nicht erzählt, was wir vorhaben –, und zusammen haben wir, glaube ich, keinen Namen vergessen.«

Ich fühle mich gleichzeitig aufgeregt und überwältigt. »Wir brauchen nur einen Verdächtigen. Auf der Party muss es Leute gegeben haben, die ihn nicht mochten, oder?«

»Je mehr ich über Jasper herausfinde«, antwortet Kit grimmig, »desto überzeugter bin ich, dass niemand ihn mochte.«

»Dann sollte es umso einfacher sein«, entgegne ich, als der Bus neben dem schmutzigen Fluss kurz schlingert und ich mich am Metallgeländer festklammere. Insgeheim denke ich jedoch, dass Jasper es mir selbst vom Grab aus nicht leicht machen wird.

Den Rest des Tages nehmen Kit und ich das Sozialleben jeder einzelnen der sechsunddreißig Personen auf seiner Liste auseinander, während wir in verschiedenen Tourbussen quer durch London fahren. An jedem Halt – Hyde Park, Marble Arch, Baker Street, Madame Tussauds, das West End und Chinatown, St. Paul's Cathedral – diskutieren wir, wen Jasper gut kannte, wer von einem anderen Gast eingeladen wurde, wer vielleicht einen Groll gegen ihn hegte und wer die Party wann verlassen hat. Kit scheint über jede einzelne Person auf der Liste alles Mögliche zu wissen: von ihrem Liebesleben zu ihren Alkoholvorlieben, und, was am wichtigsten ist, wie sie zu Jasper Cunningham standen. Wir können zwar einige Namen streichen – Leute, die die Party entweder frühzeitig verließen oder die zu tief in Jaspers Investments und Geschäften verwickelt waren, um ein Motiv für einen Mord zu haben –, aber am Ende stehen wir immer noch mit über dreißig Verdächtigen da.

»Das ist gut, oder?«, frage ich, als wir gerade einen Souvenirladen in der Nähe des Tower of London durchstöbern. Ich weigere mich aus Prinzip, auch nur einen Fuß in den düsteren Innenhof des Towers zu setzen, aber Kit hat mich überzeugt, im Laden kurz Zuflucht vor der Mittagssonne zu suchen. »Wenn es viele Verdächtige gibt, dann muss Scotland Yard zumindest die Möglichkeit in Betracht ziehen, dass ich es nicht war.«

»Theoretisch ja«, antwortet Kit und hält einen Teller mit dem Gesicht meines Vaters darauf hoch. Ich verdrehe die Augen, und er legt ihn beiseite und schnappt sich stattdessen ein Geschirrtuch mit Rabenaufdruck. »Aber je konkreter wir das Motiv und die Mittel herausarbeiten können, desto besser. Hast du im Obergeschoss irgendwen anderes gesehen?«

Schnell wende ich den Blick ab und tue so, als würde ich mir ein Plastikdiadem näher ansehen. »Ich glaube nicht, dass irgendwer oben war, als Jasper hochkam«, sage ich. Das ist zwar technisch gesehen nicht gelogen, aber ich fühle mich trotzdem schuldig. »Ein echtes Diadem bekomme ich wohl nie zu Gesicht, also ist das hier vermutlich das nächstbeste.«

»Diademe sind ziemlich schwer«, bemerkt Kit, während er sich zu einem Regal voller Schlüsselanhänger und Halsketten umdreht. »Meine Tante beschwert sich nach Staatsveranstaltungen immer, dass sie Kopfschmerzen hat.«

Ich lege das Diadem wieder beiseite und streichele einen Teddybären, der eine Wachuniform anhat, zu der auch ein Hut aus Bärenfell gehört. Wenn man darüber nachdenkt, ist das ziemlich grausam. »Wie lange wohnst du schon auf Schloss Windsor?«

Kit kräuselt die Lippen, und mir ist sofort klar, dass ich eine Grenze überschritten habe. »Seit einem Jahr«, antwortet er, bevor ich die Frage zurücknehmen kann. »Seit ich meinen Abschluss von Eton gemacht habe.«

»Du musst mir nicht davon erzählen«, sage ich, während ich noch immer den Teddybären streichele. »Ich wollte dich nicht ausfragen.«

Schmunzelnd sieht mich Kit an. »Du fragst mich nicht aus. Du stellst mir nur Fragen, und ich antworte dir. Ich bin auf dem Anwesen meiner Familie in Somerset aufgewachsen – im Südwesten von England«, erklärt er. »Mein älterer Bruder und ich haben beide das Eton-Internat besucht. Eton liegt in der Nähe von Schloss Windsor, und nach meinem Abschluss wollte ich in der Nähe von London bleiben, also …«

Er verstummt mit gerunzelter Stirn, und ich räuspere mich. »Du musst wirklich nicht darüber reden«, wiederhole ich. »Wir sollten uns vermutlich eh darauf konzentrieren, die Verdächtigen auf der Liste einzugrenzen.«

Kit nimmt etwas Kleines vom Regal, das ich nicht genau sehen kann, und schnappt sich zu meiner Überraschung auch den Teddybären. »Magst du Eis?«

Ich blinzele. »Mag nicht jeder Eis?«

»Komm«, sagt er und macht sich auf den Weg zur Kasse. »Ich kenn da einen guten Laden.«

Eine halbe Stunde später sitzen wir auf dem Bordstein vor einem rosa Eisladen in einem stillen Viertel von London. Wir schlecken beide an unserem Eis; Kit hat sich für Vanille entschieden, und ich versuche verzweifelt, meine zwei Kugeln Pfefferminze und Schokolade daran zu hindern, mir die Hand hinunterzulaufen.

»Ich glaube, das ist das beste Eis, das ich je gegessen habe«, stelle ich fest und lecke einen Tropfen der geschmolzenen Köstlichkeit ab, bevor er mir auf der Hose landen kann. Zwischen uns steht eine Tüte mit meinem neuen Teddybären. Kit hält mir eine Serviette hin, mit der ich mir die verschmierten Finger säubere.

»Als wir klein waren, sind mein Bruder und ich immer mit unseren Eltern hierhergekommen, wenn wir Tante Helene besucht haben«, erklärt er. »Hat Tibby dir von ihm erzählt?«

Ich schüttele den Kopf. »Sie nicht, aber … Jasper schon«, gebe ich zu. Sein Name liegt mir bitter auf der Zunge. »Er hat erwähnt, dass dein Bruder …«

Unbehaglich verstumme ich. Kit starrt lange schweigend auf sein Eis, und schließlich seufzt er.

»Mein Bruder, Liam, war drei Jahre älter als ich. Es ist zwar ein Klischee, aber er war der Goldjunge unserer Familie. Er hatte unzählige Freunde. Jeder, der ihn traf, mochte ihn sofort, und er war einfach so *gut*«, erzählt er. »Er war jemand, der die Welt ver-

188

bessern wollte. Und er *hat* die Welt verbessert, einfach dadurch, dass er hier war. Er war mein Lieblingsmensch.«

Kit sieht mich dabei nicht an, also konzentriere ich mich auch auf mein Eis. Es schmeckt jetzt nach gar nichts, und mein Magen hat sich schmerzhaft zusammengezogen.

»Er hat sich selbst das Leben genommen«, flüstert Kit kaum hörbar, aber seine Worte brennen mir wie ein glühendes Eisen in der Brust. »Ich denke ständig an all die Momente, an die ich mich aus seinem letzten Jahr erinnern kann, und frage mich, ob ich irgendetwas hätte tun können – ob ich irgendwelche Anzeichen oder Hilfeschreie verpasst habe. Ob ein einziges Gespräch ihn hätte umstimmen können, ich mir aber einfach keine Zeit dafür genommen habe. Doch ich finde nie eine Antwort, und ich weiß immer noch nicht, warum er es getan hat. Niemand von uns weiß es.«

»Das tut mir so leid.« Ich drehe mich zu ihm um, während mein Eis unbeachtet auf den Asphalt tropft. »Egal, was passiert ist … Es war nicht deine Schuld.«

»Das stimmt vielleicht, aber ich werde immer darüber nachdenken.« Er räuspert sich. »Jasper wusste alles, bis auf den letzten Teil – wie Liam gestorben ist, meine ich. Das weiß niemand außerhalb unserer engen Familie. Unser Vater ist der Meinung, es sei etwas, wofür man sich schämen muss, ein Schandfleck auf unserer Familiengeschichte.« Kits Stimme klingt bitter, und das kann ich ihm kaum verübeln. »Er geht damit um, indem er so tut, als hätte Liam nie existiert. Wir haben keine Familienfotos mehr, und fast alle von Liams Besitztümern wurden weggeworfen oder gespendet. Unsere Mutter betäubt sich, so viel sie kann – ich glaube, sie war nicht mehr nüchtern, seit Liam gestorben ist. Deswegen bin ich zu Tante Helene gezogen. Sie wusste, wie schlimm es bei mir zu Hause war, und ich wollte nicht wieder zurück, also … hat sie mir ein Zimmer auf Schloss Windsor angeboten. Und seitdem wohne ich dort.«

In seiner Stimme liegt eine Endgültigkeit, als habe er akzeptiert, dass sein Leben in Somerset nie wieder so sein würde wie früher, und als wolle er mit der jetzigen Situation dort rein gar nichts zu tun haben. Ich strecke die Hand nach ihm aus, und meine Finger streifen seinen Handrücken.

»Es tut mir leid«, wiederhole ich wie eine gesprungene Schallplatte. Aber es gibt ohnehin nichts, was ich sagen könnte, das ihm seinen Schmerz nehmen würde, also atme ich kurz durch. »Danke, dass du mir das erzählt hast. Dass du … mir vertraust.«

Kit verschränkt unsere kleinen Finger und sieht mir endlich in die Augen. Ein Schauer durchfährt mich, der nichts mit dem Eis zu tun hat. »Ich dachte, es hilft dir vielleicht, zu wissen, dass du nicht die Einzige mit einer komplizierten Familie bist.« Er lächelt schwach. »Und wenn ich ehrlich bin … Es ist schön, nicht mehr das bemitleidenswerteste Mitglied des Windsor-Haushalts zu sein.«

Mir entfährt ein amüsiertes Schnauben. »Du hast ja keine Ahnung«, murmele ich. Er fragt zwar nicht nach, aber ich kann seine Neugier förmlich spüren.

Der Großteil meines Eises läuft mir gerade fröhlich die Hand hinunter, aber ich tue trotzdem mein Bestes, es noch zu retten. Alles um uns herum – die Stadtgeräusche, der Verkehr, das helle Klingeln der Glocke, als hinter uns jemand den Eisladen betritt – klingt seltsam dumpf, als wäre um Kit und mich herum eine Blase, die uns vom Rest von London abschirmt. Unsere kleinen Finger sind immer noch verschränkt, und keiner von uns zieht die Hand weg.

»Ich war seit fast sieben Jahren nicht mehr zu Hause«, platze ich heraus. »Seit meine Großmutter gestorben ist, als ich elf war, und Alexander das Sorgerecht für mich übertragen wurde.«

Kit runzelt die Stirn. »Noch nicht einmal in den Ferien?«

»Nie. An Thanksgiving und Weihnachten bin ich immer auf dem Internat geblieben, und in den Sommerferien hat Jenkins mich in alle möglichen Sommercamps geschickt. Da habe ich reiten gelernt und bestimmt Hunderte Batik-T-Shirts hergestellt, aber nach Hause durfte ich nie.«

Jetzt, da ich einmal angefangen habe, strömt die Geschichte nur so aus mir heraus. Meine Stimme klingt seltsam losgelöst von meinem Körper, als existiere ich gar nicht mehr. Kits Wärme neben mir ist mein einziger Anker in der Realität.

»Meine Mom hat Schizophrenie.« Das habe ich noch nie laut ausgesprochen, und es ist überraschend schwierig, die Worte über die Lippen zu bringen. »Deswegen wollte Alexander nicht, dass ich sie sehe. Die Diagnose wurde gestellt, als ich vier war, und danach bin ich zu meiner Großmutter gezogen. Meistens kommt sie gut damit zurecht«, füge ich schnell hinzu. »Sie hört immer auf die Ärzte und nimmt ihre Medikamente, und wenn ich auf dem Internat, auf das ich gerade ging, einen Laptop haben durfte, haben wir uns immer über Videoanrufe unterhalten. Sie … sie ist wundervoll. Immer fröhlich und lustig und schlau. Sie ist Künstlerin und malt unglaubliche abstrakte Landschaften. Aber … ich vermisse sie«, gebe ich zu. Videoanrufe sind nie genug.

Jetzt verschränkt Kit die Hand ganz mit meiner. »Du hast deine Mutter nicht mehr gesehen, seit du elf warst?«, fragt er, und ich nicke. »Evan …«

»Hör auf damit.« Es klingt eher flehentlich als fordernd. »Echt jetzt, mir geht es gut. Sobald ich nächsten Monat achtzehn werde, ziehe ich wieder zu ihr, und Alexander kann mich nicht aufhalten.«

Kits Blick bohrt sich in meinen, und sein Gesicht ist mir so nahe, dass ich die einzelnen Sommersprossen auf seiner Nase sehen kann. Doch kurz darauf stelle ich fest, dass einer von uns – oder vielleicht wir beide – sich nach vorne lehnt, und auf einmal fühlt sich meine Brust wieder eng an, genauso wie heute Morgen im Flur. Ich schlucke schwer und lasse seine Hand los, bevor ich mich wieder meinem Eis zuwende. Mein Herz hämmert wie wild gegen meine Rippen.

»Was ist mit den betrunkenen Mädchen, die Jasper rausgeschmissen hat?«, frage ich mit belegter Stimme. »Glaubst du, eine von ihnen könnte es gewesen sein?«

Kit bleibt eine Sekunde lang stumm, und ich habe zu viel Angst, um ihn anzusehen. »Chrissy stand schon immer auf Jasper«, sagt er schließlich mit einer Leichtigkeit, die ich mir im Moment definitiv nicht abringen könnte. »Ich könnte mir schon vorstellen, dass sie zur *Daily Sun* gerannt ist und ihnen den ganzen erfundenen Müll über dich erzählt hat. Aber auf dem Weg zurück nach Schloss Windsor habe ich sie und Polly auf der Straße gesehen. Es ist sehr unwahrscheinlich, dass die beiden ihn geschubst haben, fürchte ich.«

»Shit«, murmele ich und sehe niedergeschlagen dabei zu, wie mein Eis langsam eine Pfütze auf dem Asphalt bildet. Ich verfolge noch einmal meine Schritte auf der Party zurück, die Leute, mit denen ich geredet habe, und das, was oben passiert ist. Plötzlich durchfährt mich ein Schauer. »Was ist mit dem Anruf?«

»Anruf?«, fragt Kit. »Was für ein Anruf?«

»Bevor Jasper ins Schlafzimmer kam, hat er sich mit irgendwem am Handy gestritten.« Ich runzele die Stirn. »Es klang nach einem geschäftlichen Deal.«

»Hast du deinem Anwalt davon erzählt?«, fragt Kit. Ich schüttele den Kopf und bringe endlich den Mut auf, ihn wieder anzusehen. Der Funke zwischen uns ist erloschen, und die unsichtbare Barriere ist wieder da. Ich bin mir nicht sicher, ob ich erleichtert oder zutiefst enttäuscht bin.

»Zu der Zeit dachte ich nicht, dass es relevant wäre«, gebe ich zu. »Aber wenn wir herausfinden können, mit wem er gesprochen hat, führt uns das vielleicht zu einem neuen Verdächt…«

Mit einem ohrenbetäubenden Kreischen von Reifen biegt ein schwarzer Range Rover um die Ecke und rast direkt auf uns zu. Panisch springe ich rückwärts auf den sonnengewärmten Bordstein und lasse dabei mein Eis endgültig fallen. Das Auto kommt abrupt neben uns zum Stehen, nur Zentimeter von der Stelle entfernt, an der ich gerade noch saß.

»Was zum *Teufel* sollte das denn?«, schreie ich den Fahrer an. Aber als das Fenster langsam herunterfährt, sehe ich eine Frau mit kurzen Haaren, die ihr entnervtes Gesicht aus dem Auto steckt.

»Ihr seid offenbar entschlossen, den Medien eine Show zu bieten, die sie den ganzen Sommer lang beschäftigen wird«, bemerkt sie spitz.

»Tibby?«, frage ich schockiert. »Wie hast du …«

Ich verstumme und drehe mich zu den Bodyguards um, die uns den ganzen Tag lang gefolgt sind. Genau wie ich vermutet habe, stehen sie leicht schuldbewusst hinter uns und sehen neben der rosa Fassade des Eisladens komplett fehl am Platz aus.

»Steig ein«, befiehlt Tibby ungeduldig. »Nicht du, Kit, für dich kommt gleich ein zweites Auto.«

Ich verschränke die Arme vor der Brust. »Er kann mit uns mitkommen.«

»Diesmal nicht«, antwortet sie. »Seine Majestät wünscht, dich im Buckingham Palace zu sprechen.«

19. KAPITEL

ITV: Trooping the Colour war dieses Jahr wieder spektakulär – aber eins fragen wir uns alle, Henrietta: Wo war Evangeline, die uneheliche Tochter des Königs?

Henrietta Smythe: Das kann ich nicht genau sagen, John. All meine Quellen besagen, dass sie heute auf dem Balkon ihren ersten öffentlichen Auftritt an der Seite der Königsfamilie haben sollte, und ihre Abwesenheit fiel wirklich auf.

ITV: Ist es möglich, dass der König sie nun doch nicht der Öffentlichkeit vorstellen will?

HS: Möglich, aber unwahrscheinlich. Die Katze ist aus dem Sack – Evangelines Existenz wird ohne Zweifel einer der größten Skandale des einundzwanzigsten Jahrhunderts sein, und die Königsfamilie wird zusammen mit ihren Beratern ihr Möglichstes tun, um den Schaden, den sie angerichtet hat, in Grenzen zu halten. Dazu muss Evangeline in einem möglichst guten Licht dastehen. Ihre Abwesenheit vom Balkon wird die hartnäckigen Gerüchte, die im Moment umgehen, nur noch anfeuern.

ITV: Die Gerüchte von ihrer Beteiligung an Jasper Cunninghams Tod?

HS: Genau. Natürlich ist das alles nur Spekulation – wenn Evangeline an dem Abend, an dem Mr. Cunningham starb, *wirklich* auf der Party war, wird der Palast das Ganze eher totschweigen wollen. Vor allem, während die Ermittlungen noch im Gange sind.

ITV: Und wenn die Gerüchte der Wahrheit entsprechen?

HS: Ja, John, dann sehen wir vermutlich, was der König bereit ist, für seine Familie zu riskieren.

> – Transkript des Interviews mit Königsexpertin Henrietta Smythe
> von ITV News, 17. Juni 2023

Wenn Schloss Windsor schon eine abscheuliche Zurschaustellung von Reichtum ist, dann ist Buckingham Palace geradezu obszön.

Der Palast liegt im Herzen von London in der Nähe des Hyde Park und ist rundherum von einem hohen Zaun umgeben, der alle fernhält, die es gewagt haben, nicht adelig geboren worden zu sein. Als Tibby und ich eintreten, begrüßt uns ein junger Bediensteter, und jeder Raum, durch den er uns führt, ist opulenter als der vorherige: die riesige Eingangshalle voller rotem Samt, schneeweißem Marmor und unbezahlbaren Kunstwerken; die breite Wendeltreppe, die zu den Staatszimmern im ersten Stock führt; eine gigantische Porträtgalerie, ein Musikzimmer, das vor

Kristall und Gold nur so trieft, und ein Thronzimmer, das ich sicherlich atemberaubend fände, wenn ich nicht so wütend darüber wäre, wie ein Hund an die Seite des Königs zitiert worden zu sein.

Schließlich kommen wir in den privaten Flügel des Palastes, in den normale Touristen sich wohl nie verirren, und der Bedienstete hält vor einer beeindruckenden Flügeltür an. Links und rechts davon stehen zwei uniformierte Männer, und als wäre es ein eingeübter Tanz, ziehen sie gleichzeitig an den Griffen der Türflügel. Sie geben den Blick auf einen großen Raum frei, der überraschend spärlich eingerichtet ist.

Das Büro des Königs.

Es gibt unglaublich viele Regeln dafür, wie man einen Monarchen zu begrüßen hat (und mein Benimmlehrer hat sie mir alle gewissenhaft eingepaukt), aber sobald ich Alexander an seinem Mahagoni-Schreibtisch entdecke, stürme ich an dem Bediensteten, der uns gerade ankündigen will, vorbei und direkt auf ihn zu. Jenkins steht neben dem Schreibtisch, und an seinem Gesichtsausdruck kann ich erkennen, dass er etwas sagen möchte. Doch das hier ist zwischen meinem Vater und mir.

»Ich hab es verstanden. Für dich und deine ganze Familie bin ich nichts als eine Blamage«, fauche ich Alexander an. Bei seinem Anblick verwandelt sich meine Traurigkeit von heute Morgen schlagartig in Wut. »Aber du musstest es mir nicht noch vor dem gesamten Land unter die Nase reiben. Wenn du nicht wolltest, dass ich bei der Parade dabei bin, dann hättest du mich von vornherein nicht einladen sollen. Mich in der letzten Sekunde wieder auszuladen ...«

»War gefühllos und unverzeihlich«, unterbricht Alexander mich müde. »Und es tut mir sehr leid, dass ich dich nicht vorgewarnt habe, aber ich dachte, es sei das Beste, was ich tun könne, und dabei bleibe ich auch.«

»Das *Beste*?«, wiederhole ich, und dabei bricht meine Stimme weg. »Glaubst du wirklich, dass es die Situation besser macht, wenn du mich in der Öffentlichkeit ignorierst? Du hast noch nicht einmal …« Ich halte inne. Schon seit dem Tag vor der Party habe ich ihn nicht mehr gesehen. Er hat nicht angerufen oder vorbeigeschaut, und obwohl ich das auch nicht von ihm erwartet habe, trifft mich seine Abwesenheit plötzlich doch hart.

Alexander sieht mich ruhig an. Er hat die Hände auf einem Stapel wichtig aussehender Dokumente gefaltet. »Meine Beraterinnen und Berater glaubten, es könne schädlich für dein Image und eine eventuelle zukünftige Gerichtsverhandlung sein, wenn du weniger als achtundvierzig Stunden nach der … Tortur, die du ertragen musstest, lächelnd und winkend in der Öffentlichkeit auftrittst. Besonders jetzt, da Robert Cunningham es offenbar zu seiner Mission gemacht hat, die öffentliche Meinung gegen dich zu wenden. Es tut mir leid«, wiederholt er, und zu seiner Verteidigung klingt er dabei aufrichtig. »Dich zu verletzen war das Letzte, was ich wollte.«

Aber genau das hat er nun mal getan. »Du hättest mich selbst anrufen und es mir erklären können, und ich hätte dir zugehört«, entgegne ich. »Stattdessen hast du ausgerechnet *Doyle* geschickt …«

Jenkins räuspert sich. »Das war meine Schuld«, bemerkt er reuevoll. »Ich dachte, du erführest besser davon, bevor du Schloss Windsor verlässt. Ich habe versucht, Tibby anzurufen, aber ich konnte sie nicht erreichen.«

Jetzt erinnere ich mich an das unaufhörliche Vibrieren von Tibbys Handy und werfe ihr einen Blick zu. Sie runzelt die Stirn und tippt so heftig auf den Bildschirm, als hätte das Handy sie persönlich beleidigt. »Drei verpasste Anrufe«, bestätigt sie. »Tut mir leid, Evan.«

Meine Wut schrumpft langsam in sich zusammen und hinterlässt nur ein leichtes Ziehen in meiner Magengegend. Alexanders Entscheidung war vielleicht nicht böse gemeint, aber das heißt nicht, dass sie in Ordnung war. Während ich versuche, die Worte zu finden, um das auszudrücken, lehnt mein Vater sich nach vorne und sieht mir in die Augen.

»Wie geht es dir?«, fragt er. »Hat sich dein Befinden gebessert?«

Mein letzter Funken Kampfeslust erlischt endgültig, und ich lasse mich auf einen samtenen Stuhl vor seinem Schreibtisch sinken. Ich könnte diesen Streit eh nicht gewinnen. »Mir geht's gut«, murmele ich und lasse die Finger über die bandagierten Stiche auf meinem Handrücken gleiten. »Tut gar nicht mehr weh. Und der Rest …« Ich zögere. Bei dem Gedanken an Jaspers Berührungen kribbelt meine Haut unangenehm. »Der wird schon wieder.«

»Gut«, sagt er leise. »Das freut mich zu hören. Tibby hat erwähnt, dass du den Tag in der Stadt verbracht hast?«

Ich weiß nicht, warum er auf einmal Smalltalk mit mir halten möchte, aber trotzdem nicke ich. »Kit wollte mir ein paar Sehenswürdigkeiten zeigen. Wir sind zum …«

Auf einmal fällt mir etwas ins Auge, und ich verstumme. Das Gemälde, das über Alexanders Schreibtisch hängt, ist eine abstrakte Landschaft: helle Farbflecken vor einem gräulichen Hintergrund. Ich erkenne zwar das Bild nicht, aber den Stil schon.

»Was macht das denn hier?«, platze ich heraus. Verwirrt folgt Alexander meinem Blick, und während er das Bild anstarrt, als sehe er es zum ersten Mal, schaue ich mich im Zimmer um. Es gibt zwar nicht viele Möbel – nur den Schreibtisch, ein paar Stühle und zwei mit Samt bezogene Bänke links und rechts von einem antiken Bücherschrank –, aber an den Wänden hängen mindestens ein Dutzend Gemälde. Alle davon sind abstrakte Landschaften im selben Stil.

Im Stil meiner Mutter.

»Ah.« Alexander dreht sich wieder zu mir um, und mir fällt auf, dass seine Wangen rötlich angelaufen sind. »Ich bewundere die Arbeit deiner Mutter sehr.«

»Offensichtlich«, antworte ich leicht verwirrt. »Habt ihr euch so kennengelernt? Hast du ein paar ihrer Gemälde gekauft, oder …«

Als es an der Tür klopft, verstumme ich, und ein Mann mit drahtigem grauen Haar tritt ein – Wiggs, der Anwalt, der mich bei meiner ersten Befragung begleitet hat. Er verbeugt sich elegant, als sei es so natürlich wie zu atmen, und sieht dann zu Alexander.

»Eure Majestät«, sagt er. »Kriminalbeamtin Erika Farrows von Scotland Yard ist angekommen und auf dem Weg hierher.«

Ich erstarre, aber Alexander hat das offenbar erwartet. »In Ordnung«, entgegnet er. »Du solltest es dir bequem machen, Evan. Komm bitte auf meine Seite des Schreibtisches.«

Während Jenkins einen Stuhl für Wiggs holt, starre ich meinen Vater an. »Hast du mich deswegen hierhergeholt? Damit ich noch mal mit der Polizei rede?«

»Ich hoffe inständig, dass du kein einziges Wort sagen wirst«, antwortet Alexander. »Aber ja, Ms. Farrows wollte noch einmal mit dir sprechen, und ich bestand darauf, dabei anwesend zu sein.«

»Aber … warum?« Ich bin mir selbst nicht sicher, ob ich frage, warum die Polizei mit mir sprechen will oder warum Alexander dabei sein möchte. Er geht offenbar von Letzterem aus, und sein Gesichtsausdruck wird weich.

»Weil du meine Tochter bist und ich dich während dieser Ermittlung unterstützen möchte. Das schulde ich dir, nachdem ich mich dein ganzes Leben lang dir gegenüber äußerst schlecht benommen habe.«

Wenigstens glaubt er nicht, ich hätte irgendwas mit Jaspers Tod zu tun, und diese Geste des Mitgefühls lässt die scharfen Kanten meiner Wut etwas weicher werden. Der eiskalten Angst, die mich durchfährt, als es an der Tür klopft und Ms. Farrows ins Büro kommt, kann sie allerdings nichts anhaben.

Sie ist sichtlich überrascht, uns zu dritt hinter dem schweren Schreibtisch sitzen zu sehen, aber sie fängt sich schnell wieder und knickst vor dem König. Nachdem sie sich auf dem einzelnen Stuhl, den Jenkins vor dem Schreibtisch arrangiert hat, niedergelassen hat, zieht sie eine Akte aus der Tasche und legt sie auf die Knie statt auf das polierte Mahagoni. Alexander scheint überhaupt nicht gewillt, es ihr bequemer zu machen, und ich bin plötzlich froh, dass er hier ist.

Während der Anwalt Farrows' Fragen beantwortet, schlinge ich mir selbst die Arme um den Oberkörper. Die meisten der Fragen sind denen von gestern sehr ähnlich, und wenn Wiggs mich auffordert, murmele ich kurze Antworten. Wenigstens kann Farrows bestätigen, dass an dem Glas, aus dem ich getrunken habe, sowohl Jaspers Fingerabdrücke als auch Spuren von GHB gefunden wurden – derselbe Wirkstoff, der auch in meinem Blut war. Das überrascht mich zwar nicht, aber trotzdem seufze ich innerlich erleichtert auf. Mein Gehirn hat mir also nichts vorgegaukelt. Jasper wusste genau, was er tat.

»Miss Bright«, wendet sich Ms. Farrows nach einer Frage zum

Grundriss des Schlafzimmers an mich. »In Ihrer ursprünglichen Darstellung der Ereignisse erwähnten Sie einen Laptop, der zu der Zeit des Angriffes im Raum war, richtig?«

Wiggs nickt mir zu, und ich setze mich etwas gerader auf. »Ja, auf dem Schreibtisch«, bestätige ich. »Auf der Tastatur klebte ein lila-grüner Galaxie-Aufkleber, aber ich war nicht nahe genug dran, um mehr zu erkennen.«

Bevor Farrows weitersprechen kann, unterbricht Wiggs sie. »Was hat der Computer mit der Ermittlung zu tun?«

Sie wirft ihm nur einen kurzen Blick zu. »Am Tatort wurde kein Laptop gefunden«, antwortet sie, »und Jasper Cunninghams Familie konnte nicht angeben, ob elektronische Geräte fehlten.«

Alexander, der bis jetzt stumm geblieben ist, räuspert sich. »Erwägen Sie die Möglichkeit, dass jemand ihn ermordet hat, um an seinen Laptop zu gelangen?«

»Wir erwägen im Moment alles, Eure Majestät«, antwortet Farrows und wendet sich wieder an mich. »Haben Sie eine Ahnung, wo der Laptop im Moment sein könnte, Miss Bright?«

Wiggs will unterbrechen, aber ich schüttele den Kopf. »Keine Ahnung. Ich habe ihn nur vom Bett aus gesehen.«

Farrows zieht ein paar Seiten aus der Akte. »Sie haben in den letzten sieben Jahren mehrere Internate besucht, richtig? Darunter das Darrowood Institute, die Clearwater Academy und St. Catherine's?«

»Miss Bright hat im Alter zwischen elf und siebzehn Jahren neun Internate besucht«, sagt Wiggs. »Was hat das mit dem Fall zu tun?«

Farrows beachtet ihn gar nicht. »Sie wurden in allen drei Fällen von der Schule verwiesen, richtig? Weil Sie sich in die Schulnetzwerke gehackt haben.«

Auf einmal scheint es im Zimmer merklich kälter zu werden. Ich bleibe stumm.

»Ich wiederhole«, beharrt Wiggs, »was hat das mit dem Fall zu tun?«

»Ihren eigenen Angaben zufolge waren Sie einige Zeit lang allein in Mr. Cunninghams Schlafzimmer, bevor er zu Ihnen gestoßen ist, korrekt?«, fragt Farrows, und ihr dunkler Blick bohrt sich in meinen. »Würden Sie sich selbst als erfahren im Umgang mit Computern beschreiben, Miss Bright?«

Verwirrt starre ich sie an. »Denken Sie … denken Sie, ich hätte mich in seinen Laptop gehackt?«, platzt es aus mir heraus. »Und … und ihn aus dem Fenster geschubst, als er mich erwischt hat?«

»*Evangeline.*« So habe ich Alexanders Stimme noch nie gehört, aber selbst das lichtet den Nebel aus Panik nicht, der sich um mich herum verdichtet. Farrows glaubt nicht, dass Jasper mich angegriffen hat. Sie glaubt, dass ich eine Verdächtige bin. Vielleicht sogar die *einzige* Verdächtige.

Es zählt nur, was Scotland Yard denkt.

Nicholas' Worte treffen mich wie ein Blitzschlag, und ich kann meine eigene Angst förmlich schmecken.

»Wenn Sie keine Beweise für diesen Verdacht haben, dann sind wir hier fertig«, sagt Wiggs.

Die Kriminalbeamtin bleibt stumm. Ich spüre ihren Blick auf mir, aber ich starre entschlossen meine hellrosa lackierten Fingernägel an und versuche, mein Zittern zu unterdrücken.

Endlich stimmt Farrows Wiggs zu, und die Befragung ist vorbei. Ein Bediensteter begleitet sie zum Ausgang, und ich sehe erst wieder auf, als die Tür zu Alexanders Büro sich hinter ihr schließt. Meine Sicht ist vor Tränen ganz verschwommen.

»Sie glaubt, ich war es«, stammele ich. »Sie glaubt … Sie glaubt, ich hätte Jasper umgebracht. *Mit Absicht.*« Ein Artikel, der mich des Mordes beschuldigt, ist eine Sache, aber dass Farrows, die die ganze Geschichte kennt, sich hinsetzen und andeuten würde, dass ich mich in unter fünf Minuten in Jaspers Laptop gehackt und ihn dann …

»Sie macht nur ihren Job«, beschwichtigt mich Jenkins, und ich spüre seine warme und solide Präsenz neben mir. »Und jetzt gerade ist es ihr Job, Fragen zu stellen. Wenn sie Beweise hätte, würde sie ganz andere Dinge tun.«

Ich schlucke schwer. »Dann würde sie mich festnehmen.«

»Niemand nimmt dich fest«, sagt Alexander bestimmt, aber ich schüttele den Kopf.

»Sie haben mein Blut in dem Zimmer gefunden, und bestimmt habe ich auch DNA-Spuren an Jasper hinterlassen.« Mein Atem wird immer schneller, und um mich herum dreht sich alles. »Ich erinnere mich nicht daran, was passiert ist. Was, wenn ich es war? Was, wenn …«

Alexander streckt eine Hand nach mir aus, aber Jenkins ist schneller. Er kniet sich neben meinem Stuhl hin und nimmt meine Hände. »Evan«, sagt er sanft. »Sieh mich an, Darling. Du warst es nicht. Du hattest nicht genug Kraft. Am wahrscheinlichsten ist es, dass Jasper betrunken war und von allein vom Balkon gefallen ist.«

»Aber … aber was, wenn ich es doch war? Oder wenn genug Beweise gefunden werden und …«

»Mitglieder der Königsfamilie können in Gegenwart des Königs nicht verhaftet werden«, entgegnet Jenkins sanft. »Und auch nicht, während sie sich in einem königlichen Palast aufhalten.«

»Also … Was soll das heißen?«, bringe ich mit belegter Stimme hervor. »Dass ich den Rest meines Lebens auf Schloss Windsor bleiben muss?«

Jenkins steckt mir eine Haarsträhne hinters Ohr. »Du hast dir nichts zuschulden kommen lassen, Evan. Niemand verhaftet dich, versprochen.«

»Die Polizei in Vermont hat mich verhaftet«, widerspreche ich. »Farrows könnte das auch.« Nur diesmal wäre mein Vergehen nicht, das Notenbuch in Brand gesetzt zu haben. Es wäre Mord.

»Wir haben die besten Anwälte im Vereinigten Königreich«, sagt Alexander. Seine Hand zuckt, als wolle er mich berühren, aber stattdessen ballt er sie zur Faust. »Und sie manövrieren dich unbeschadet durch diesen Fall, komme, was da wolle.«

Er hat vermutlich recht – schließlich ist er der König, und für ihn arbeiten nur die Besten. Aber trotzdem fühle ich mich nicht sicher. Ich fühle mich, als wäre ich in ein Meer voller Haie geworfen worden und als würden Alexander und Jenkins darüber diskutieren, ob sie mir einen Rettungsring zuwerfen oder Robert Cunningham und seinem Medienimperium dabei zusehen sollen, wie sie mich auffressen.

»Wir müssen einen anderen Verdächtigen finden«, platze ich plötzlich heraus und sehe dabei Wiggs an. Er sortiert gerade seine Papiere und scheint so unauffällig wie möglich wirken zu wollen. Eulenhaft blinzelnd erwidert er meinen Blick. »Auf der Party waren Leute, die Jasper gehasst haben. Leute, denen er geschadet hat und die ihn vom Balkon geschubst haben könnten. Und der Anruf … Er hat mit jemandem am Handy gesprochen, bevor er ins Zimmer kam …«

»Das können wir besprechen, wenn Sie sich beruhigt haben, Miss Bright«, unterbricht mich Wiggs, und ich starre ihn fassungslos an.

»Sie wollen, dass ich mich *beruhige?* Die Polizei denkt, dass ich den Jungen umgebracht habe, der mir Betäubungsmittel ins Getränk geschmuggelt und versucht hat, mich … mich … und *Sie* meinen, ich solle mich beruhigen?«

»Evan«, greift Jenkins sanft ein. »Du hattest einen langen Tag. Ich bringe dich zurück auf Schloss Winsor, und …«

»Wissen Sie überhaupt, wer sonst noch auf der Party war?«, fauche ich Wiggs an. »Haben Sie *irgendwelche* anderen Verdächtigen?«

»Mein Team untersucht den Fall mit größter Umsicht«, antwortet Wiggs. Auf seiner Stirn bildet sich ein leichter Schweißfilm. »Wie bereits gesagt können wir am Montag alles besprechen, sobald Sie sich erholt …«

»Das gibt der Person, die Informationen an die Presse verkauft, alle Zeit der Welt, das Gerücht zu verbreiten, ich hätte Jasper für seinen beschissenen Laptop umgebracht«, erwidere ich verbittert. »Lassen Sie mich raten: Das untersucht Ihr Team auch gerade.«

Alexander räuspert sich erneut. »Ja, wir arbeiten ebenfalls gerade daran, diese Person ausfindig zu machen«, bestätigt er. »Aber jetzt sollten Jenkins und Tibby dich wieder nach Schloss Windsor begleiten, und …«

»Besorgt wenigstens sein Handy«, flehe ich. »Ich weiß nicht, mit wem Jasper geredet hat, aber es klang nach einem Streit. Das könnte ein Hinweis sein.«

Alexander und Wiggs tauschen einen Blick aus. »Ich werde es veranlassen, Sir«, sagt Wiggs und senkt dabei respektvoll den Kopf.

»Vielen Dank, Wiggs«, antwortet Alexander, bevor er sich wieder an mich wendet. »Ich weiß, dass du Angst hast, Evan, aber Ermittlungen werden nicht in zwei Tagen abgeschlossen. Wir gehen mit allergrößter Gründlichkeit vor, doch dafür brauchen wir ein wenig Zeit. Du hast jedes Recht dazu, daran zu zweifeln, dass ich das Beste für dich will, aber ich schwöre dir, dass es so ist. Wir bekommen dich hier heraus. Darauf hast du mein Wort.«

Ich beiße die Zähne zusammen und starre auf das Gemälde meiner Mutter, das mir am nächsten hängt – ein grün-violettes Gewirr, das mir auf einmal viel näher geht als erwartet. Wenigstens weiß Alexander, wie wenig ich ihm vertraue, auch wenn ich ihm in diesem Moment gern glauben würde. Ich würde so gern glauben, dass alles irgendwie gut wird.

Aber egal, wie viel Geld und Macht er hat oder wie viele Adelstitel er innehat, das Versprechen kann er nicht halten.

20. KAPITEL

Falls ihr euch genau den heutigen Tag für ein Social-Media-Detox ausgesucht habt: Die Daily Sun hat bestätigt, dass Evangeline Bright an dem Abend, an dem Jasper Cunningham unter mysteriösen Umständen von einem Balkon fiel, während die beiden allein in seinem Schlafzimmer waren, illegale Substanzen eingenommen hatte.

Der Hashtag #JusticeforJasper trendet weltweit auf Twitter, seit der explosive Artikel veröffentlicht wurde. Scotland Yard und Buckingham Palace schweigen sich zu dem Thema aus, aber wir hier bei The Regal Record können exklusiv bestätigen, dass diese verhängnisvolle Nacht nicht die erste war, die sich die uneheliche Tochter des Königs mit chemischen Substanzen versüßt hat.

Laut ihrer ehemaligen Zimmergenossin Cassandra Drake, die im Jahr 2021 acht Monate lang mit Evangeline zusammenwohnte, hat unsere Halbblutprinzessin eine Vorliebe für ein gewisses weißes Pulver.

»Sie hat immer rumerzählt, dass ihr Vater ein internationaler Drogenschmuggler sei«, meinte Drake. »Natürlich hat ihr niemand geglaubt, aber sie sagte immer, dass sie uns Drogen besorgen könnte, wenn wir wollten.«

Nachdem berichtet wurde, dass in der Nacht von Cunninghams Tod Kokain in seiner Residenz in Belgravia gefunden wurde, hat sich ein anonymer Zeuge zu Wort gemeldet, der die schlimmsten Albträume des Palasts bestätigte.

»Sie war high, kein Zweifel. Ich habe gesehen, wie sie mit zwei anderen Mädchen im Badezimmer gekokst hat, und sie waren alle schon so drauf, dass sie kaum noch stehen konnten. Ich glaube, deswegen sagte Jasper ihr, dass sie nach oben gehen solle – weil sie sich total verrückt benommen hat und er wollte, dass sie dort ausnüchtert.«

Drake bestätigt Evangelines Affinität zum Schniefen. »Am Anfang des Schuljahres sind wir zusammen auf eine Party gegangen, und ein anderes Mädchen hatte ein bisschen was mitgebracht. Nicht viel, nur genug für ein paar Leute, aber Evangeline konnte sich kaum zurückhalten. Sie hat so viel gekokst, dass sie Nasenbluten bekommen hat und ich sie wieder in unser Zimmer bringen musste.«

Die Beweise gegen Evangeline häufen sich. Wie lange wird der Palast sie noch verstecken, bis endlich Gerechtigkeit waltet?

– *The Regal Record*, 18. Juni 2023

Als es am nächsten Morgen an meiner Tür klopft, sitze ich bereits seit zwei Stunden wach im Bett und scrolle durch den Kommentarbereich der *Daily Sun*.

Die Beleidigungen sind so schlimm, dass ich es fast nicht glauben kann. Fremde Leute, die mich noch nie gesehen haben und mich auch nie sehen werden – die noch nicht einmal genug über mich wissen, um mich Evan statt Evangeline zu nennen –, verbringen ihren Sonntagmorgen damit, mich niederzumachen. Dabei berufen sie sich auf Freunde von Freunden, irgendwelche Tweets, die sie gesehen haben, und den Eindruck, den ich auf sie mache, nachdem sie sich die wenigen Fotos angesehen haben, die die Medien von mir ausgegraben haben. Die Leute lieben Bösewichte, und auf einmal *lieben* es alle, mich zu hassen.

»Evan?« Kits Stimme holt mich wieder in die Realität zurück. Tibby hat sonntags frei, und weil sie nicht hier ist, um mich aus dem Bett zu werfen, habe ich immer noch meinen Schlafanzug an. Mein Haar ist wirr, ich habe meine Fingernägel ganz abgekaut, und ich habe mir noch nicht einmal die Zähne geputzt, aber nichts davon erscheint mir so wichtig wie die Tatsache, dass das gesamte Land mich hasst.

»Komm rein«, krächze ich und reiße den Blick zum ersten Mal seit Stunden vom Laptopbildschirm los.

Kit öffnet langsam die Tür, als sei er sich nicht sicher, was er auf der anderen Seite zu erwarten hat. »Habe ich dich aufgeweckt?«, fragt er. Mein ganzer Körper fühlt sich schwer und taub an, aber bei der Frage macht mein Herz einen komischen kleinen Hüpfer.

»Ich bin schon seit Stunden wach«, antworte ich. Meine Stimme klingt heiser, weil ich so lange nicht mehr gesprochen habe. »In … in der *Daily Sun* ist ein Artikel über mich erschienen, mit Tausenden Kommentaren. Ich weiß nicht, warum ich angefangen habe, sie zu lesen, aber … dann konnte ich nicht wieder aufhören.«

Kit zögert kurz und geht dann so langsam auf mich zu, als wäre es verboten, sich mir zu nähern. Als er nah genug ist, um meinen Bildschirm zu sehen, hält er inne. »Evan …«

Ich öffne den Mund, um ihm zu versichern, dass es mir gut geht und es mir egal ist, was fremde Leute von mir denken, aber ich bringe die Lüge nicht über die Lippen. Mir geht es nicht gut. Die Kommentare, der Hass, alles, was Farrows gestern zu mir gesagt hat – nichts davon ist gut.

»Irgendwer hat der *Daily Sun* die Ergebnisse meines Bluttests gesteckt. Darum geht es in dem Artikel«, murmele ich und senke den Blick. »Aber natürlich schreiben sie nicht, dass mir GHB verabreicht wurde, sondern, dass ich kokainsüchtig sei. Und … gestern hat die Polizistin angedeutet, dass sie glaubt, ich hätte mich in Jaspers Laptop eingehackt und ihn umgebracht, als er mich dabei erwischt hat.« Ich schlucke schwer. »Alle denken, dass ich es war, Kit. *Alle*. Und noch nicht mal ich selbst kann mit Sicherheit sagen, dass ich es nicht war.«

Nach einer kurzen Pause sagt Kit: »Ich schon.«

»Du warst nicht mit uns im Raum«, antworte ich und vergrabe die Hände in meinem Haar. »Du weißt nicht, was passiert ist.«

»Ich weiß, dass du betäubt warst und aus Notwehr gehandelt hast.«

»Aber … ich will nicht, dass die ganze Welt erfährt, was Jasper versucht hat, mir anzutun.« Allein der Gedanke, dass die *Daily Sun* und *The Regal Record* und Tausende Fremde in der Kommentarspalte eine der schlimmsten Nächte meines Lebens diskutieren, lässt den Kloß in meinem Hals zu doppelter Größe anwachsen. »Selbst wenn ich öffentlich erzähle, was mir passiert ist, würden sie mir nicht glauben. Oder sie würden sagen, dass ich es verdient habe oder dass ich es doch wollte oder dass *Jungs nun mal so sind* und es meine Schuld ist, weil ich allein mit ihm in ein Schlafzimmer gegangen bin, obwohl … obwohl ich ihm vertraut habe.«

Ich presse mir die Handballen auf die Augen und nehme einen langen, zittrigen Atemzug. Halb erwarte ich, dass Kit versucht, mich davon zu überzeugen, dass die Leute es schon verstehen, dass sie auf meiner Seite sind, wenn sie erst die Wahrheit herausfinden. Aber stattdessen höre ich das Rascheln von Papier und senke überrascht die Hände.

»Was ist das?«, frage ich und beäuge die Mappe, die er in der Hand hat.

»Die Liste der Namen, über die wir gestern geredet haben«, antwortet Kit. »Und alle relevanten Informationen zu den Personen, die mir eingefallen sind.«

Er gibt mir die Mappe, und wie betäubt blättere ich die Seiten um. Dafür muss er Stunden gebraucht haben – vielleicht sogar die ganze Nacht, so viele Details, wie hier zu jeder einzelnen Person stehen. »Kit ... danke«, sage ich. »Das wäre wirklich nicht nötig gewesen.«

»Manche der Profile sind etwas kürzer, aber sie sollten Wiggs zumindest Anhaltspunkte bieten«, erwidert er, und ich schnaube unwillkürlich.

»Gestern wollte ich Wiggs von unserer Liste erzählen und von dem Anruf«, sage ich. »Aber er meinte, ich solle mich erst *beruhigen* und dass wir am Montag alles besprechen würden. Wenigstens hat Alexander ihn davon überzeugt, nach Jaspers Handy zu suchen, aber Wiggs wollte nichts von dem hören, was ich zu sagen hatte.«

Darüber denkt Kit kurz nach. »Na, dann müssen wir ihn halt dazu zwingen.«

»Und wie genau sollen wir das anstellen?«

»Heute ist Sonntag«, erklärt er. »Aber nach allem, was passiert ist, ist die Wahrscheinlichkeit hoch, dass Wiggs trotzdem ins Büro kommt. Wenn wir die Mappe auf seinen Schreibtisch legen, kommt er nicht darum herum, sie sich anzusehen.«

»Unterschätz ihn nicht«, murmele ich. Aber es ist immerhin ein Plan, auch wenn ich mir gut vorstellen kann, dass Wiggs die Mappe kurzerhand in den Papierkorb wirft. »Allerdings habe ich nicht wirklich Lust, heute in die Öffentlichkeit zu gehen. Oder jemals wieder, wenn ich ehrlich bin.«

»Und was ist mit dem zweiten Stock?«, fragt Kit. »Ist das auch zu weit?«

Ich mustere ihn und das verschmitzte Grinsen, das um seinen Mund spielt. Seine Hoffnung ist ansteckend. »Nein«, antworte ich. »Ich glaube, das schaffe ich.«

Die oberen Stockwerke von Schloss Windsor bestehen, soweit ich es beurteilen kann, hauptsächlich aus Büros. Kit und ich kommen an dem Konferenzzimmer vorbei, in dem ich an dem Abend, an dem die Öffentlichkeit von meiner Existenz erfuhr, Alexander gegenübersaß, und in einem besonders langen Flur erkenne ich den Eingang zu Louis' Büro. Zehn Meter davon entfernt bleiben wir vor einer Tür stehen, die genauso aussieht wie all die anderen hier. Kit drückt die Klinke herunter, aber sie bewegt sich nicht.

»Abgeschlossen.« Er seufzt. »Dann müssen wir die Mappe wohl unter der Tür durchschieben und darauf hoffen, dass … Was ist das?«

Ich ziehe meinen Dietrich aus der Tasche und schiebe Kit beiseite. Das habe ich jetzt schließlich schon zweimal geschafft, und die Schlösser in England unterscheiden sich bestimmt nicht grundsätzlich von denen in Amerika. Der Spanner gleitet leise ins Schloss. Ich halte den Atem an, und nach ein paar Sekunden geben die Stifte nach, und ich höre ein leises Klicken.

Kit starrt mich fassungslos an. »Ist das Teil des Lehrplans auf amerikanischen Internaten?«

»Schön wär's«, antworte ich und drücke die Tür auf. »Dann hätte ich vermutlich ab und zu doch im Unterricht aufgepasst.«

Als ich das Licht anschalte, kommt ein Büro zum Vorschein, in das ein winziger Schreibtisch, ein Stuhl und ein Aktenschrank gequetscht sind. Es ist klein – viel zu klein für den Privatanwalt des Königs, finde ich. Dann entdecke ich das Schild auf dem Schreibtisch: *SEKRETARIAT R. WIGGS.*

Kit scheint genau zu wissen, wo wir hinmüssen, denn er durchquert zielstrebig den Raum und drückt eine weitere Türklinke hinunter. Die Tür öffnet sich ohne Widerstand, und ich folge ihm in ein größeres Büro, an dessen Wand ein lebensgroßes Porträt meines Vaters hängt.

»Wow«, bemerke ich mit einem Blick auf das Gemälde. »Ich weiß nicht, ob es mir gefallen würde, wenn mein Chef mich die ganze Zeit anstarrt, während ich arbeite.«

»Man kann ihm kaum aus dem Weg gehen, fürchte ich«, sagt Kit, während er die Seiten in der Mappe erneut begradigt. »Schließlich sieht man sein Gesicht auf jedem Geldschein.«

Ich sehe mich im Büro um, in dem kaum mehr als ein paar Stühle und ein Schreibtisch vor einem großen Fenster stehen. Neben Wiggs' Computerbildschirm befinden sich einige gerahmte Fotos, und ich lehne mich vor, um die niedlichen Gesichter der Kinder zu mustern – vermutlich seine Enkel.

»Okay«, sagt Kit, als er die Liste genau in der Mitte des Schreibtisches ablegt. »Jetzt hat Wiggs keine Ausrede mehr …«

»Moment.« Mir ist gerade ein gelber Klebezettel an einem der Bilderrahmen aufgefallen. »Bitte sag mir, dass das nicht das ist, was ich denke.«

»Was?« Kit stellt sich neben mich. Ich taste nach dem Anschaltknopf von Wiggs' uraltem Computer, und während er hochfährt, sehe ich mir den Zettel genauer an.

»Was machst du da?«, fragt Kit vorsichtig. Er klingt, als hätte er in seinem Leben noch keine einzige Regel gebrochen. Das ist irgendwie süß, und mein Blick bleibt länger als beabsichtigt an ihm hängen, bevor ich mich wieder dem Computer zuwende.

»Ich überprüfe, wie kompetent mein Anwalt ist«, antworte ich. Als ich nach dem Passwort gefragt werde, tippe ich schnell die Abfolge von unzusammenhängenden Buchstaben und Zahlen ein, die Wiggs – oder vielleicht sein Assistent – so liebevoll niedergeschrieben und neben seinen Bildschirm geklebt hat. Und wie erwartet höre ich im nächsten Moment den Willkommenston, bevor sich auf dem Bildschirm Wiggs' Posteingang öffnet.

Kit pfeift beeindruckt. »Dann waren die Gerüchte von deinen Hackerkünsten wohl doch nicht übertrieben.«

»Du wärst überrascht, wie viele Leute ihre Passwörter irgendwo aufschreiben.« Ich bin genervt davon, wie einfach es war, Wiggs' Computer zu knacken, und überlege gerade, wie ich ihn darauf aufmerksam machen kann, ohne zuzugeben, dass ich in seinem Büro war. Als ich die Hand ausstrecke, um den Computer wieder auszuschalten, fällt mir in der Betreffzeile einer der ungeöffneten E-Mails Jaspers Name ins Auge.

J. CUNNINGHAM — ANRUFLISTE

Ich atme scharf ein. Ich sollte sie nicht öffnen. Egal, was meine ehemaligen Schulleiterinnen und Schulleiter von mir dachten, ich habe auf den verschiedenen Computern, die ich in Beschlag genommen habe, nie nach persönlichen Informationen gesucht. Oder meine Nase in irgendwas gesteckt, das ich nicht brauchte, um das System, das ich gerade zu Fall bringen wollte, ins Chaos zu stürzen. Aber das hier ist ein Hinweis darauf, was an dem Abend wirklich passiert ist, und da ich eh kaum Vertrauen zu Wiggs habe, klicke ich auf die E-Mail, bevor ich noch länger über die moralischen Konsequenzen meiner Handlungen nachdenken kann.

Mr. Wiggs,

angehängt finden Sie die von Ihnen angeforderte Anrufliste von Jasper Cunninghams Handy am 15. Juni. Die meisten

215

Anrufer wurden mittlerweile identifiziert, aber der Anruf
kurz vor seinem Tod kam von einer Prepaid-Nummer.

Mit freundlichen Grüßen
E. Farrows

»Jasper hat kurz vor seinem Tod einen Anruf von einem Wegwerf-Handy bekommen«, stelle ich fest. »Das ist komisch, oder?«

»Sehr komisch«, stimmt Kit mir zu. Er macht einen vorsichtigen Schritt auf den Bildschirm zu – offenbar sind ihm meine verbrecherischen Tätigkeiten nicht ganz geheuer. »Sicher, dass das da steht?«

Ich lese ihm die E-Mail vor. »Wen kannte Jasper, der ein Wegwerf-Handy benutzen würde?«

»Vermutlich jemand, der nichts Gutes im Schilde führt. Bist du dir sicher, dass du dich nicht daran erinnern kannst, was er gesagt hat?«

Ich kneife die Lippen zusammen. Über den Abend nachzudenken ist nicht unbedingt meine Lieblingsbeschäftigung, und an Jaspers Anruf kann ich mich nur noch verschwommen erinnern. Ob das allerdings an meinen Gefühlen liegt oder daran, dass die Drogen, die er mir verabreicht hat, sich auf mein Gedächtnis ausgewirkt haben, kann ich nicht sagen. »Ich glaube ... er hat etwas von einer Drohung gesagt?«

Kit seufzt. »Dann sollten wir sichergehen, dass Wiggs das auch weiß, und nicht ... Moment, was ist das?«

Ich wollte gerade wieder den Ausschaltknopf drücken, als Kit auf eine weitere ungelesene E-Mail deutet.

»Rhiannon Adams«, sagt Kit. »Sie war auf der Party. Scroll weiter.«

Von mir aus kann er hierfür gern die ethische Verantwortung tragen, also tue ich, was er sagt, und scrolle langsam genug, damit wir beide die Betreffzeilen überfliegen können. Ich gebe mein Bestes, die E-Mails zu ignorieren, die meinen Fall nicht betreffen, aber immer wieder tauchen Benachrichtigungen über unterschriebene Verschwiegenheitserklärungen in der Liste auf. Sie sind alle von den letzten zwei Tagen, und in jeder steht der Name einer Person, die auf der Party war.

»Wiggs war fleißiger, als ich dachte«, murmele ich. »Wie hat er es wohl geschafft, so viele Gäste davon zu überzeugen, diese Erklärungen zu unterschreiben?«

»Die Königsfamilie kann ziemlich einschüchternd sein«, antwortet Kit. »Vermutlich kriegt er sie alle rum, wenn er das nicht schon geschafft hat.«

Das beruhigt mich aus irgendeinem Grund. Ich scrolle in Wiggs' Posteingang wieder nach ganz oben, bevor ich den Computer ausschalte. »Das ändert immer noch nichts an der Tatsache, dass irgendwer Lügen darüber verbreitet, was passiert ist«, sage ich. »Wer, glaubst du, könnte …«

»He-hem.«

Wir wirbeln gleichzeitig zur Tür herum und erstarren.

Louis.

»Ich dachte, ihr wärt vielleicht daran interessiert, dass Wiggs gleich hier ist«, informiert er uns beiläufig, als redeten wir bloß über das Wetter und wären nicht gerade in jemandes Büro eingebrochen.

»Danke«, bringe ich hervor, aber es klingt eher wie ein Quietschen. »Wir wollten nur … ein paar Dokumente vorbeibringen.«

»Natürlich«, antwortet er. »Ich habe nichts gesehen.«

Kit und ich schleichen schuldbewusst aus Wiggs' Büro. Als ich an Louis vorbeikomme, stelle ich mich auf Zehenspitzen und küsse ihn auf die Wange. »Du bist der Beste«, flüstere ich.

»Und du musst an deinen Spionagefähigkeiten arbeiten«, antwortet er, aber seine Augen funkeln verschmitzt. Wenigstens einer von uns hat hieran Spaß.

Voller Zuversicht, dass Louis niemandem etwas von unserem Einbruch verraten wird – abgesehen von Jenkins, der es nicht weitererzählen wird –, folge ich Kit wieder zur Treppe. Ich traue mich kaum zu atmen, bis die Tür sich hinter uns schließt.

»Danke«, sage ich, während wir in einem stillschweigenden Übereinkommen, uns so weit wie möglich von Wiggs' Büro zu entfernen, die Treppe hinuntereilen. »Ich weiß nicht, ob irgendwer sonst das für mich riskiert hätte. Oder … oder überhaupt diese Liste angelegt hätte oder eine der Tausend anderen unglaublichen Sachen, die du in den letzten Tagen für mich getan hast.«

Nach unserem Abenteuer sieht Kit immer noch ein bisschen besorgt aus, aber er ringt sich ein Lächeln ab. »War mir ein Vergnügen«, entgegnet er. »Dafür sind Freunde da – das habe ich zumindest mal gehört.«

Es überrascht mich, wie schmerzlich mein Herz sich bei dem Wort »Freunde« zusammenzieht, aber eigentlich habe ich kein Recht, enttäuscht zu sein. Nicht, nachdem ich gestern vor ihm zurückgewichen bin. »Zum Glück hat Louis uns entdeckt und nicht jemand anderes«, versuche ich mich selbst aufzuheitern.

»Oh, ja«, antwortet Kit. »Wiggs kann recht einschüchternd

sein, besonders, wenn er vergessen hat, sich die Haare zu kämmen.«

»Ach, mit ihm wären wir schon fertig geworden«, sage ich betont lässig. »Henry VIII. hätte mir eher Sorgen bereitet. Ich bin mir ziemlich sicher, dass sein Geist mich heimlich beobachtet.«

»Ach, wirklich?«, fragt Kit, als sei das ein ganz normales Gesprächsthema. »Als ich auf Schloss Windsor ankam, ist er mir auch eine Weile lang gefolgt.«

»Echt? Du bist überhaupt nicht sein Typ.«

»Was, glaubst du nicht, dass ich einen lüsternen toten König anziehen könnte?«, sagt er. »Die Ü-500-Altersgruppe *liebt* mich.«

Ich schnaube amüsiert. »Aber im Ernst«, wechsele ich dann wieder das Thema, als wir auf der Treppe etwas langsamer werden. »Ich bin hierin nicht besonders gut. In … Freundschaft. Oder Beziehungen generell.« Kurz zögere ich. »Nachdem meine Großmutter gestorben ist, wollte ich unbedingt bei meiner Mom wohnen, und ich dachte, wenn ich aus genug Internaten rausgeschmissen würde, blieben Alexander irgendwann keine mehr übrig. Also habe ich es mir selbst nie erlaubt, Freundschaften zu schließen, selbst wenn meine Mitschülerinnen und Mitschüler versucht haben, mich näher kennenzulernen. Was bringt das, wenn ich eh bald weg bin, dachte ich immer.«

»Das klingt nach einem ziemlich einsamen Leben«, sagt Kit leise. Ich zucke mit den Schultern, und aus irgendeinem Grund schäme ich mich fast.

»So schlimm war es nicht. Und … was ich damit nur sagen will, ist, dass ich wirklich nicht gut hierin bin. Weil … na ja, weil früher oder später eh alle gehen. Menschen bleiben nicht für immer bei einem.«

Wir kommen im Erdgeschoss an, aber bevor wir zu meinem

Zimmer zurückkehren, legt Kit mir die Hand auf die Schulter. Die Berührung ist federleicht, und aus irgendeinem Grund überrascht er mich damit. Ich halte inne, aber ich schaffe es nicht, seinen Blick zu erwidern.

»Evan«, sagt er sanft, »du *bist* gut hierin. Richtig gut – brillant, um ehrlich zu sein. Und ich hoffe, du weißt, dass du weder mir noch irgendwem anders dein Vertrauen schuldest. Ich werde es mir verdienen, okay? Jeden einzelnen Tag, wenn du mich lässt. Denn ich wäre wirklich gern ein Teil deines Lebens.« Er schüttelt den Kopf. »Ich weiß, dass das nach einem Klischee klingt, aber du bist das Beste, was mir im letzten Jahr passiert ist. Und ich werde alles in meiner Macht Stehende zu tun, um zu verhindern, dass das hier zu einer weiteren verpassten Gelegenheit wird, die ich für immer bereue.«

Endlich bringe ich es über mich, ihn anzusehen, aber ich habe keine Ahnung, was ich sagen soll oder ob ich im Moment überhaupt ein Wort herausbekomme. Ich habe seine Liebenswürdigkeit nicht verdient, genauso wenig wie seine Loyalität. Er hat so viel für mich getan, obwohl er mich kaum kennt. Aber während ich ihn (viel zu lange) anstarre, weiß ich, dass er mir da vehement widersprechen würde.

»Kit«, bringe ich heiser hervor. »Ich …«

Irgendwo in der Nähe erklingt ein gedämpfter Schrei. Mit wild klopfendem Herzen wirbele ich herum, aber hinter uns ist der Flur verlassen.

»Hast du …«, fange ich an, aber ich werde von einem lauten Keuchen unterbrochen. Diesmal bin ich mir sicher, dass es aus einem Zimmer nur ein paar Meter von uns entfernt kommt. »Braucht da jemand Hilfe?«

Wir schleichen den Flur entlang, und ich drücke mein Ohr an

die Tür. Durch das antike Holz hindurch höre ich ein Wimmern und runzele die Stirn. In dem Zimmer ist definitiv jemand.

»Ich glaube nicht, dass das eine gute Idee ist«, flüstert Kit, aber ich drücke schon die Klinke herunter. Zum Glück quietschen die Scharniere nicht, und ich sehe mich in dem Raum um. Ein Wohnzimmer, das meinem ähnlich sieht, außer dass die Möbel alle in Dunkelgrün gehalten sind, mit goldenen Akzenten, die im Sonnenlicht glitzern. Das Wimmern ist lauter geworden, und jetzt höre ich auch ein Stöhnen.

Oh. *Oh.* Nur eine halbe Sekunde, bevor ich die zwei auf dem Sofa umschlungen entdecke, verstehe ich, was gerade passiert. Zu meiner enormen Erleichterung versperrt mir die Rückenlehne des Sofas den Blick auf ihre Körper, aber die Gesichter kann ich gut sehen. Mein Blut gefriert augenblicklich zu Eis, als ich sie erkenne.

Nicholas, der Duke of York.

Und Königin Helene.

21. KAPITEL

BRIGHT UNTER HAUSARREST

Evangeline Bright, die mittlerweile berüchtigte uneheliche Tochter des Königs und einer unbekannten Amerikanerin, steht Berichten zufolge unter Hausarrest.

Laut einem Palast-Insider war ein Auftritt von Bright bei der Trooping-the-Colour-Parade geplant, bevor in den Medien die Anschuldigung laut wurde, sie sei eine Hauptverdächtige im Todesfall von Jasper Cunningham, Sohn des Medienmoguls und Inhabers des *London Independent Standard*, Sir Robert Cunningham. Es wurde nun bestätigt, dass die siebzehnjährige Evangeline von allen bevorstehenden Events, an denen die Königsfamilie teilnehmen wird, ausgeladen wurde, einschließlich der geplanten Paraden und Auftritte der Familie bei dem diesjährigen Royal-Ascot-Pferderennen.

Evangeline soll seit der Party in Belgravia Schloss Windsor nicht verlassen haben, und Insider spekulieren, dass der König seine Tochter im Palast behalten möchte, um Scotland Yard daran zu hindern, sie festzunehmen. Buckingham Palace verweigerte dazu einen Kommentar.

– The London Independent Standard, 18. Juni 2023

Kit und ich sprinten den Korridor entlang, bis wir in meinen Zimmern angekommen sind. Ich atme schwer, und in meinem Kopf dreht sich alles, als ich versuche, zu verarbeiten, was ich gerade gesehen habe, und es gleichzeitig so weit wie möglich von mir wegschieben will.

»Hast du …« Ich schaffe es kaum, die Worte herauszubringen. »Hast du das *gesehen*?«

Kit nickt, aber sein Gesichtsausdruck ist seltsam, als er die Tür hinter sich schließt. »Sie haben dich nicht entdeckt, oder?«

»Ich glaube nicht. Sie waren … anderweitig beschäftigt.«

Benommen stelle ich fest, dass das nun schon das zweite Mal ist, dass ich ein Mitglied meiner neuen Familie in einer verfänglichen Situation entdeckt habe. Natürlich kann ich Kit nicht von Maisie und Gia erzählen – schließlich weiß ich nicht, wie geheim sie ihre Beziehung halten, und ich will meine Halbschwester auf keinen Fall outen –, aber wenigstens können wir über Nicholas und Helene reden.

»Wie lange läuft das wohl schon?«, frage ich. Mein Kopf schwirrt, und ich laufe vor dem Kamin auf und ab. »Glaubst du, das ist heute erst passiert? Hast du sie je miteinander flirten gesehen, oder …«

Kit lehnt immer noch mit verschränkten Armen und einem angespannten Gesichtsausdruck am Türrahmen. Ein paar Schritte von ihm entfernt bleibe ich stehen und starre ihn an, als es mir klar wird.

»Du wusstest schon davon.«

»Ich … habe es stark vermutet«, gibt er zu. »Sie können kaum die Finger voneinander lassen, wenn sie denken, dass niemand sie sieht, und sie verbringen unverhältnismäßig viel Zeit miteinander. Aber bis jetzt war ich nicht sicher.«

Um mich herum fängt das Zimmer an, sich zu drehen, und ich zwinge mich dazu, ruhig zu atmen. Das ist ein riesiger Skandal. So riesig, dass er sogar der Monarchie gefährlich werden könnte. Die Leute sind schon sauer genug, dass Alexander eine Affäre hatte, deren Produkt ich bin – eine drogensüchtige Mörderin. Aber wenn sie herausfinden, dass ihre heilige, perfekte Königin mit dem skandalträchtigen Bruder des Königs schläft …

»Glaubst du, Alexander weiß davon?«, frage ich. »Wir sollten es ihm sagen, oder? Schließlich schläft seine Frau mit seinem *Bruder*.«

Kit stößt sich von der Tür ab und geht einen Schritt auf mich zu. »Ich habe keine Ahnung, ob er es weiß, aber es ist nicht deine Aufgabe, ihm davon zu erzählen, und meine auch nicht. Deine Situation ist ohnehin schon heikel genug«, fügt er hinzu, als ich protestieren will. »Ihm schlechte Nachrichten zu überbringen ist das Letzte, was du gerade tun solltest.«

»Aber sie betrügt ihn«, entgegne ich verwirrt.

»Und dein Vater hat sie betrogen«, antwortet Kit sanft. »Damit will ich nicht sagen, dass sie das Recht dazu hat. Aber der König ist auch nicht unfehlbar, und wir sollten uns nicht in seine Ehe einmischen. Wir wissen nicht, was gerade zwischen den beiden passiert oder was in der Vergangenheit passiert ist oder was sie vielleicht abgemacht haben …«

Es klopft laut an der Tür, und Kit und ich springen vor Schreck fast an die Decke. Erschrocken tauschen wir einen Blick aus. Was, wenn Nicholas und Helene mich doch gesehen haben? Oder wenn Wiggs herausgefunden hat, dass wir seine E-Mails gelesen haben?

Ich bin mir nicht sicher, was davon schlimmer wäre, und als es zum zweiten Mal klopft, trete ich automatisch einen Schritt zurück. Um die Tür zu öffnen, bin ich zu feige. Meine Hacke stößt gegen das Sofa, aber der Schmerz ist nichts gegen die Angst, die mir gerade das Blut gerinnen lässt.

Kit ist offenbar mutiger als ich, denn er atmet tief ein und greift nach der Türklinke. Ich will ihn aufhalten und ihm sagen, dass die Person auf der anderen Seite schon irgendwann gehen wird, wenn wir so tun, als seien wir nicht hier, aber bevor ich auch nur ein Wort herausbringe, hat er die Tür bereits geöffnet.

»Da seid ihr ja.« Im Flur steht Ben, in einem hellblauen Hemd und mit einem breiten Lächeln auf dem Gesicht. »Ich habe schon überall nach euch gesucht.«

»Ich habe Evan das Schloss gezeigt«, antwortet Kit leichthin. Er ist wirklich gut darin, so zu tun, als sei nichts passiert. Ich allerdings muss mich kurz ans Sofa lehnen, um meine zitternden Knie zu entlasten.

»Maisie und ich suchen gerade im weißen Wohnzimmer unsere Outfits für das Royal-Ascot-Rennen aus«, verkündet Ben. »Gia und Rosie sind auch da, und ich dachte, es wäre doch schön, wenn wir alle den Nachmittag zusammen verbrächten. Das haben wir schon seit Ewigkeiten nicht mehr gemacht.«

»Stimmt, das ist schon eine Weile her«, sagt Kit. Selbst sein kurzer Blick in meine Richtung ist schockierend lässig.

Ich ringe mir ein Lächeln ab, obwohl mir bewusst ist, dass ich nicht halb so überzeugend wirke wie Kit. »Du solltest gehen«, sage ich zu ihm. »Ich wollte eh meine Mom anrufen.«

Ben wirft mir einen seltsamen Blick zu. »Evan, glaubst du wirklich, ich würde Kit einladen und dich nicht?«

Überrascht blinzele ich. »Ja. Also … nicht, weil du gemein bist, sondern weil Maisie mich nicht ausstehen kann und Gia und Rosie mich für eine Witzfigur halten …«

»Aber ich mag dich«, unterbricht mich Ben. »Und es ist ziemlich offensichtlich, dass Kit dich auch mag.«

Kit kratzt sich verlegen am Hals, und ich könnte schwören, dass seine Wangen leicht rosa werden. »Maisie kriegt sich schon wieder ein«, versichert er mir. »Gia führt sich zwar immer wie ihre Beschützerin auf, und Rosie hat kein bisschen gesunden Menschenverstand, aber trotzdem richten sie sich meist nach Maisie aus. In der Zwischenzeit tun wir unser Bestes, um zu verhindern, dass sie dich bei lebendigem Leib auffressen.«

Amüsiert schnaube ich. »Die drei sind nicht annähernd so gefährlich, wie sie glauben. Aber gut«, füge ich vorsichtig hinzu. »Solange sie nicht unverschämt zu mir sind.«

»Das kann ich nicht versprechen«, sagt Ben fröhlich. »Aber Maisie drückt durch Beleidigungen ihre Liebe aus, also versuch einfach, sie nicht persönlich zu nehmen.«

Er führt uns den Flur entlang und biegt in Richtung der Privaträume ab. Kit und ich sind ein paar Schritte hinter ihm, und als unsere Blicke sich begegnen, forme ich lautlos die Worte: *Weiß er es?*

Kit schüttelt stumm den Kopf, und obwohl ich mir nicht ganz sicher bin, wie ich jemals das Bild von Nicholas und Helene auf dem dunkelgrünen Sofa aus dem Kopf bekommen soll, lasse ich das Thema fallen, als wir Ben in das erste Zimmer folgen. An den gewölbten weißen Wänden hängen Ölgemälde und der goldene Stuck an der Decke glänzt trotz seines Alters, aber all diese Pracht wird von den unzähligen Reihen von Kleiderstangen überschattet, die in jede noch so kleine Ecke des Raums gequetscht sind.

Louis sortiert die Kleider und Anzüge und gibt ab und zu ein Kleidungsstück an zwei Assistenten weiter, die neben ihm stehen.

Er sieht noch nicht einmal auf, als wir hereinkommen. In einer der hinteren Ecken des Raums wurden zwei Umkleidekabinen aufgebaut, und auf einem der Sofas sitzen Gia und Rosie. Rosie macht Selfies und zieht dabei einen übertriebenen Schmollmund, aber sobald sie uns sieht, springt sie auf.

»Kit!«, kreischt sie und rennt auf ihn zu, um ihn zu umarmen. Er erstarrt, als sie ihn auf die Wangen küsst. Zwar erwidert er ihre Umarmung, aber er ist dabei nicht annähernd so enthusiastisch wie sie. »Ich hatte gehofft, dass du auch kommst. Meine Follower *betteln* geradezu nach einem neuen Foto von dir …«

»Es wäre mir lieber, wenn du kein Foto von mir machen würdest«, antwortet Kit freundlich. »Und du kennst doch die Regeln, Rose. Keine Fotos oder Selfies in den Privatzimmern der Königsfamilie.«

Rosie läuft bis an die Wurzeln ihrer blonden Locken rot an. »Ich wollte doch nur mein Make-up kontrollieren. Bei Maisies letztem Kleid sind mir fast die Tränen gekommen, es war *umwerfend*.«

»Aber viel zu gehoben für das Royal-Ascot-Rennen«, wirft Gia ein und dreht den Kopf, damit Kit ihr die Wange küssen kann. Als er sich zu ihr hinüberlehnt, sieht sie mich aus dunklen Augen an, und ihr Blick verhärtet sich.

Na dann. Ich lasse mich auf eine Chaiselongue ein paar Meter entfernt fallen und strecke die Beine auf dem weißen Samt aus. Obwohl ich eigentlich erwartet habe, dass Kit sich zu den anderen gesellt, kommt er zu mir herüber. Insgeheim zufrieden rutsche ich zur Seite, um ihm Platz zu machen.

Gia zieht eine Augenbraue hoch. »Erzählt mir nicht, dass ihr beide etwas am Laufen habt«, sagt sie, und Rosie wirbelt herum, um uns anzufunkeln.

»Stimmt das?«, fragt sie spitz. Es ist nicht besonders schwer zu erraten, warum sie auf einmal sauer klingt. In meinem Inneren rührt sich etwas, was ich mir selbst nicht eingestehen möchte. Bevor ich etwas sagen kann, schreitet Kit ein.

»Wir sind befreundet«, erklärt er unbefangen. »Von dem Konzept hast du vielleicht schon gehört.«

»Offenbar hasst mich doch nicht jeder in diesem Land«, füge ich hinzu. Ich versuche, so beiläufig zu klingen wie er, aber ich kann nur daran denken, wie leicht es ihm vor ein paar Minuten fiel, Ben anzulügen. Ist das hier auch eine Lüge? Oder höre ich Dinge, die gar nicht da sind?

Ich werfe Kit einen kurzen Blick zu und stelle fest, dass er mich ebenfalls ansieht. Aber bevor einer von uns etwas sagen kann, zieht Maisie den Vorhang ihrer Umkleidekabine beiseite. Sie hat ein puderrosa Sommerkleid mit langen, seidenen Ärmeln an, die leicht in der Luft flattern, und ein dritter Assistent hilft ihr dabei, ein Paar beige High Heels anzuziehen.

»Was denkt ihr?« Sie dreht sich elegant um die eigene Achse, und das Kleid bauscht sich auf. In den Stoff müssen Goldfäden gewebt sein, denn als das Sonnenlicht auf das Kleid fällt, glitzert es.

»Wow«, sagt Rosie mit weit aufgerissenen Augen und umklammert ihr Handy. »Du siehst *umwerfend* aus.«

»Wie eine Prinzessin«, witzelt Gia. Das ist das erste Mal, dass ich so etwas wie Humor bei ihr wahrnehme. »Das musst du für den Gold Cup anziehen.«

»Findest du?« Maisie stellt sich vor den dreiteiligen Spiegel, der in der Ecke aufgestellt ist, um sich von allen Seiten zu begutachten. »Es würde zumindest gut zu Thimble passen, für die Gewinnerfotos.«

»Thimble ist Maisies Lieblingspferd«, klärt Kit mich leise auf. »Es nimmt am Gold Cup teil, dem größten Rennen des Royal Ascot.«

»Verstehe«, flüstere ich dankbar zurück. Kit und die anderen kennen sich vielleicht mit High-Society-Events und Benimmregeln aus. Aber mir kommen sie so kompliziert vor, dass dagegen Algebrabücher einfach wirken, und meine Lehrer haben keinen Zweifel daran gelassen, dass ich kaum ein Diadem von einer Diskette unterscheiden kann. Und jetzt, da ich die Königskinder in Aktion erlebe, weiß ich, dass sie damit recht hatten.

Als Maisie sich zurückzieht, um ein weiteres Kleid anzuprobieren, bemerke ich, dass Rosie uns immer wieder verstohlene Blicke zuwirft. Kit ignoriert sie geflissentlich, aber ich starre zurück. »Kann ich dir helfen?«, frage ich.

Rosie rutscht verlegen auf dem Sofa hin und her. »Seid ihr beide nicht irgendwie … verwandt?«

Bei der Andeutung seufze ich gereizt, aber Kit schmunzelt nur. »Ich bin Maisies Cousin«, erinnert er Rosie. »Nicht Evans.«

»Und sie sind eh nur befreundet, Rosie«, ruft Ben aus einer der Kabinen. »Du kannst also die Krallen einziehen.«

Er zieht den Vorhang zur Seite und gibt den Blick auf seinen hellgrauen Anzug mit mintgrüner Krawatte frei. Nachdem er sich im Spiegel gemustert hat, sagt er zu einem von Louis' übereifrigen Assistenten: »Er passt wie angegossen, danke. Evan, kommst du auch mit uns zum Royal-Ascot-Rennen?«

Die Spannung in der Luft ist fast greifbar. Es ist zwar nett von Ben gemeint, das Thema zu wechseln, aber das hier ist ein weiteres Minenfeld. »Nein«, antworte ich. »Pferde sind nicht so mein Ding.«

»Pferde *sind nicht so dein Ding?*«, äfft Maisie mich hinter ihrem

Vorhang nach. »Ganz ehrlich, ich verstehe nicht, wie Daddy verlangen kann, dass wir dich ertragen.«

Das sind die ersten Worte, die Maisie seit Tagen an mich gerichtet hat, und nach allem, was heute Morgen passiert ist, habe ich jetzt schon keine Geduld mehr. Als ob sie *mich* aushalten müsste. Ich verkneife mir gerade noch eine beleidigende Antwort und murmele stattdessen: »Ich sollte vermutlich gehen, ich muss noch jemanden anrufen.«

Aber bevor ich aufstehen kann, dreht sich Rosie wieder zu mir um. »Kommst du wegen der Berichte in den Medien nicht zum Royal-Ascot-Rennen?«

»Natürlich, Rosie«, antwortet Gia. »Du glaubst doch nicht, der König würde wirklich zulassen, dass sie jetzt gerade ihr Gesicht in der Öffentlichkeit zeigt.«

»Was ist eigentlich wirklich mit Jasper passiert?«, fragt Rosie unbeirrt. »Maisie hat gesagt, dass er es nicht mit dir getrieben hat, aber es muss trotzdem schlimm gewesen sein.«

»Erzählt Maisie dir alles?«, antworte ich gereizt und stehe auf. Allein bei dem Gedanken, ihnen die Details zu erzählen, wird mir übel. Und dass sie das, was Jasper versucht hat, mir anzutun, so lässig beschreibt … »Ich muss wirklich gehen.«

»Kit, die Mädels haben erzählt, dass du derjenige warst, der Evan gefunden hat«, wirft Ben ein, während er seine Anzugjacke auszieht. »Sie erinnert sich natürlich nicht daran, wegen der … na ja, wegen der Betäubungsmittel, aber du …«

»Die Polizei untersucht den Fall noch«, erwidert Kit leichthin und stellt sich neben mich. »Wir dürfen nicht darüber reden.«

Das stimmt eigentlich nicht – oder zumindest hat mir das niemand gesagt. Wir haben schließlich keine von Wiggs' Verschwiegenheitserklärungen unterschrieben. Aber ich widerspreche nicht.

Als wir uns zur Tür aufmachen, kommt Maisie wieder aus der Umkleidekabine. Diesmal hat sie ein goldenes, bodenlanges Ballkleid an, das so aussieht, als wäre es eigens für sie angefertigt worden – was vermutlich auch der Fall ist.

»Wow«, sagt Gia, und Rosie klappt die Kinnlade herunter. »Maisie, das ist der Wahnsinn.«

»Finde ich auch«, antwortet meine Halbschwester und dreht sich um die eigene Achse. »Natürlich ist es zu gehoben für das Royal-Ascot-Rennen, aber ich dachte, ich könnte es vielleicht zu meinem Geburtstagsball anziehen.«

Bei dem Wort *Geburtstagsball* zieht sich mein Magen schmerzhaft zusammen, und Louis, der gerade ein lila Seidenkleid begutachtet, wird ganz still. Okay. Maisie schmeißt an unserem Geburtstag also eine Party, und garantiert steht mein Name nicht einmal als Witz auf der Gästeliste.

Ben hat wohl meinen Gesichtsausdruck bemerkt, denn er geht einen Schritt auf mich zu – unter Protest der Schneiderin, die gerade mit Stecknadeln seinen linken Ärmel bearbeitet. »Evan, du bist dann gar nicht mehr hier, oder? Davon sind wir zumindest alle ausgegangen, aber jetzt hat sich durch den Mordfall natürlich alles geändert …«

»Nichts hat sich geändert«, sage ich knapp. »Ich fliege nach Hause.«

Das ist nicht gelogen, oder zumindest hoffe ich es. Allerdings bringe ich es nicht über mich, Kit anzusehen. Wenn ihn das traurig macht, will ich davon nichts wissen. Vielleicht meinte er das, was er auf der Treppe gesagt hat, ernst, aber der pessimistische Teil von mir – nein, der *realistische* Teil von mir – bezweifelt es. Und selbst wenn es stimmt, ist mein ganzes Leben ein Beweis dafür, dass man mich schnell wieder vergisst.

»Hast du schon entschieden, welches Diadem du tragen willst, Maisie?«, fragt Rosie nach ein paar Sekunden. Ihre Stimme klingt unnatürlich hoch und fröhlich.

»Ich dachte an Lover's Knot«, überlegt Maisie laut. »Eigentlich hätte ich lieber Königin Alexandras Kokoschnik-Tiara, aber Mummy meint, sie sei zu pompös. Königin Marys Fringe-Tiara ist vielleicht kein schlechter Kompromiss, aber ich habe auch das ›Girls of Great Britain and Ireland‹ auf der Liste, je nachdem, welches Kleid ich trage.«

Ich kann ihr einfach nicht länger zuhören. Leise schleiche ich in den Flur und halte nur durch schiere Willenskraft die Tränen zurück. Ich bin nicht wirklich neidisch auf meine Halbschwester, aber es tut weh, über all das nachzudenken, was Maisie als selbstverständlich hinnimmt, ich jedoch nie haben werde. Nicht die Diademe, sondern den Respekt und die Legitimität, die mit ihnen einhergehen. Mit Eltern, die verheiratet sind, selbst wenn es offensichtlich ist, dass sie einander nicht mehr lieben.

Hinter mir höre ich Schritte, aber erst vor meiner Tür drehe ich mich zu Kit um. Sein Mund ist vor Sorge verzerrt, und obwohl ich weiß, was er mich gleich fragen wird, kann ich mich nicht dazu durchringen, ihn zu beruhigen.

»Erinnerst du dich, ob Gia und Rosie auch Verschwiegenheitserklärungen unterschrieben haben?«, frage ich, bevor Kit den Mund aufmachen kann. Er blinzelt überrascht.

»Normalerweise unterschreiben alle engen Freunde der Königsfamilie solche Erklärungen. Sogar ich musste das, als ich hierhergezogen bin«, antwortet er. »Warum?«

»Die Person, die den Medien Informationen über mich füttert, muss Zugang zu Schloss Windsor haben«, erkläre ich. »Niemand sonst wusste, dass ich überhaupt hier bin, und trotzdem haben die

Medien nur vierundzwanzig Stunden gebraucht, um es herauszufinden. Es könnte natürlich einer der Bediensteten sein, aber
die Informationen, die bis jetzt geleakt wurden …« Ich schüttele
den Kopf. »Die Sache ist persönlich gemeint. *Richtig* persönlich.
Wer auch immer es ist, will mich komplett zerstören.«

Darüber denkt Kit kurz nach. »Du glaubst also, es ist ein Mitglied der Königsfamilie?«

»Ich weiß nicht, wer es sonst sein könnte. Außer …« Mein
Blick wandert zum Flur, der zu dem weißen Wohnzimmer führt.
»Wie lange kennen die anderen sich schon? Maisie, Gia und Ro-
sie, meine ich.«

»Äh … seit sie klein waren, nehme ich an«, sagt er. »Ihre Müt-
ter sind alle befreundet. Maisie hat schon immer Privatunterricht
bekommen, und sie hat nicht wirklich viele Freunde, denen sie
vertraut.«

»Und was erzählt sie ihnen alles?«

Kit zögert. »Ziemlich viel«, gibt er zu. »Fast alles vermutlich.
Glaubst du …?«

»Ja«, antworte ich mit geballten Fäusten. »Das glaube ich.«

22. KAPITEL

ITV: Henrietta, was denken Sie über die Berichte darüber, dass Evangeline Bright angeblich an ihrem achtzehnten Geburtstag das Land verlassen will?

HENRIETTA SMYTHE: Na ja, ich kann es ihr nicht wirklich verübeln. Das arme Mädchen wird in den Medien zurzeit in Stücke zerrissen. Sie ist erst siebzehn, in einen Mordfall involviert, und ihr gesamtes Leben wird in aller Öffentlichkeit unter die Lupe genommen. Wenn ich an ihrer Stelle wäre, hätte ich schon vor einer Woche im Flugzeug gesessen.

ITV: Glauben Sie, an den Gerüchten, dass sie die Hauptverdächtige im Fall von Jasper Cunninghams Tod sei, ist etwas dran?

HS: Bis jetzt haben weder Buckingham Palace noch Scotland Yard bestätigt, dass sie überhaupt auf der Party war, aber es könnte erklären, warum der König sie plötzlich wieder verstecken will. Wir haben alle gehofft, beim Royal-Ascot-Rennen einen Blick auf sie zu erhaschen, aber nach vier Tagen scheint es, als hätten wir wieder Pech.

ITV: Würden Sie sagen, es ist unüblich, dass ein Mitglied der Königsfamilie sich so von der Öffentlichkeit fernhält?

HS: Die gesamte Situation ist noch nie dagewesen, und der König improvisiert zweifellos so gut, wie er eben kann. Seine Berater sind offenbar der Meinung, dass das die beste Schadensbegrenzung sei, aber je länger Evangeline aus der Öffentlichkeit ferngehalten wird, desto größer wird der Aufruhr um sie.

ITV: Und wie, glauben Sie, wird das alles enden?

HS: Tja, das wüssten wir alle gern, oder? Aber für die Zukunft der Monarchie hoffe ich stark, dass alles so schnell und unkompliziert wie möglich geklärt wird.

– Transkript des Interviews mit Königsexpertin Henrietta Smythe
von ITV News, 20. Juni 2023

Mit jedem Tag, der vergeht, werden die Artikel fieser.

Jetzt ist es auch nicht mehr nur die *Daily Sun*. Andere Zeitungen und Zeitschriften widmen sich ebenfalls dem Thema, und selbst CNN strahlt ein Segment über die Party und die angeblichen Beweise gegen mich aus. Jeden Morgen brüte ich stundenlang über Blogs und sozialen Medien, bis Tibby mir am zweiten Tag des Royal-Ascot-Rennens damit droht, mir im Schlaf den Laptop zu stehlen. Danach fange ich an, mir einen Wecker zu stellen, und bin immer bereits mit meiner morgendlichen Lektüre fertig, wenn sie kommt.

Als die Schlagzeilen verkünden, dass ich angeblich das Land verlassen will, bin ich nicht einmal überrascht. Kit versucht zwar, eine andere logische Erklärung zu finden, aber ich verbringe Stunden damit, Rosie und Gia online nachzuverfolgen, in der Hoffnung, herauszufinden, welche von beiden die Quelle der Leaks sein könnte. Bei Rosie ist das einfach: Sie hat einen Instagram-Account mit fast einer halben Million Follower, auf dem sie alles von ihren Outfits bis zu Videos von ihrem süßen Cockerspaniel postet. Gia allerdings ist, zumindest auf Google, ein komplettes Mysterium. Die einzigen Suchergebnisse für ihren Namen stehen in Verbindung zu Maisie, und sie hat keine öffentlich zugänglichen Social-Media-Accounts. Nachdem ich durch mehr als tausend Fotos auf Rosies Instagram-Account gescrollt habe, finde ich schließlich ein einziges schwarz-weißes Foto von Gia, wie sie in einem Ballettrock auf Spitzen steht. Aber das Bild hat keinerlei Beschreibung, und Rosie hat nur einen einzelnen Hashtag hinzugefügt: *#proud.*

Selbst, wenn die beiden Geschichten über mich an die Medien weitergeben, ist mir schmerzlich bewusst, dass sie nicht die wahren Schuldigen sind. Maisie ist diejenige, die mich loswerden will, und sie helfen ihr nur dabei. In keinem einzigen Artikel wird erwähnt, dass die Thronerbin ebenfalls auf Jaspers Party anwesend war. Das ist garantiert kein Zufall. Und egal, wie viele Feinde Jasper vielleicht hatte, egal, wie viele Leute auf Kits Liste ihn hätten umbringen können, in den Schlagzeilen steht immer nur mein Name.

Auch Wiggs ist keine große Hilfe. Als die Artikel schlimmer werden, versichert er mir bloß immer wieder, dass sein Team sich darum kümmert. Und das tut es vielleicht auch, auf der rechtlichen Seite, aber den Leuten scheinen die Tatsachen mittlerweile komplett schnuppe zu sein – sie interessieren sich nur für die skandalösesten Gerüchte, die jetzt, da die Partygäste von der Königsfamilie alle mundtot gemacht wurden, keiner widerlegen kann. Was auch immer Wiggs gerade tut oder nicht tut, das Loch, in das ich gefallen bin, wird mit jedem neuen Artikel und Post ein bisschen tiefer, bis es genauso gut mein Grab sein könnte.

Nach einer von Benimmregel- und Geschichtsstunden angefüllten Woche, die mir jetzt sinnlos vorkommen, klappe ich meinen Laptop auf, um mir Rosies Instagram-Story anzusehen. Aber bevor ich den Browser öffnen kann, bekomme ich einen Anruf von meiner Mutter über VidChat.

Überrascht, aber ohne zu zögern, nehme ich den Anruf an. Ich habe letzte Woche jeden Abend mit ihr telefoniert, aber ich kann mich nicht an das letzte Mal erinnern, dass sie mich von selbst angerufen hat. »Mom?«, frage ich besorgt. »Ist alles in Ordnung?«

»Evie?« Zuerst ist das Bild verzerrt, aber als es langsam klarer wird, rutscht mir das Herz in die Hose. Ihre Augen sind rot, und sie hat die Hände in ihren wilden Locken vergraben, während sie auf etwas hinunterstarrt, das ich nicht sehen kann.

»Mom, ich bin's«, sage ich eindringlich. »Was ist los?«

»Ich verstehe das nicht.« Sie schüttelt den Kopf und sieht endlich auf den Bildschirm. »Warum sagen alle, dass du einen Jungen umgebracht hast?«

Schlagartig weicht mir alle Luft aus der Lunge. »Was? Wer hat das gesagt?«, bringe ich heraus.

Statt zu antworten hält sie eine Zeitschrift mit meinem Gesicht auf der Titelseite hoch. Es ist ein unscharfes Schwarz-Weiß-

Foto von mir, als ich dreizehn oder vierzehn war, und daneben prangt ein viel neueres Foto von Jasper, in einem Anzug und mit perfektem Licht, auf dem er fröhlich und fast engelsgleich aussieht. Die Schlagzeile kann ich nicht lesen, aber ich kann mir gut vorstellen, was da steht.

»Das ist alles ein Missverständnis«, zwinge ich mich zu erklären. »Alexander kümmert sich darum, keine Sorge. Es ist … es ist ein Irrtum.«

»Wirklich?« Ihre Stimme klingt hoffnungsvoll, und sie sieht sich das Cover noch mal an. Dann legt sie die Zeitschrift beiseite und zeigt mir die Titelseite des *Washington Herald*. Wieder sehe ich mein Gesicht auf einem weiteren der wenigen Fotos, die die Medien von mir ausgegraben haben. Das hier zeigt mich auf einer Party, und ich sehe sturzbetrunken aus. Das war ich zwar gar nicht, aber meine blutunterlaufenen Augen und der alberne Gesichtsausdruck vermitteln trotzdem genau den Eindruck.

Meine Mutter hat ein halbes Dutzend amerikanische Zeitschriften und Zeitungen gesammelt, in denen die Story veröffentlicht wurde, und nachdem sie mir alle gezeigt hat, ist mir speiübel. »Wir wissen davon, Mom«, stottere ich. »Das sind alles nur Lügen, versprochen. Die Anwälte … kümmern sich darum.«

Die Sorgenfalten auf ihrer Stirn werden tiefer, und sie hört mir überhaupt nicht zu, als sie die Zeitschriften durchblättert. »Das ist nicht echt?«

Hilflos drücke ich mir die Fingernägel in die Oberschenkel. »Die Zeitungen und Zeitschriften sind echt. Aber das, was sie schreiben, ist gelogen …«

»Sie haben sich also geirrt? Du hast nichts mit seinem Tod zu tun?«

»Ich …« Was soll ich dazu sagen? »Wir wissen nicht, was passiert ist. Er … er hat versucht, mir wehzutun, und ich kann mich nicht daran erinnern …«

»Dir wehzutun?«, fragt sie, und ihre Stimme klingt immer verzweifelter. »Warum beschützt Alex dich nicht? Er ist doch dein Vater. Er hat mir geschworen, dass es dir gut geht – dass du sicher bist. Er hat es *geschworen*.«

»Er tut alles, was er kann, Mom«, erwidere ich heiser. »Und die anderen auch. Und ich …«

Auf einmal wird ihr Bild schwarz, und ich fluche laut. Ich versuche, sie zurückzurufen, doch das Klingeln hallt minutenlang ohne Antwort durch mein Zimmer, bis ich schließlich aufgebe und das Gesicht in den Händen vergrabe. Noch nie habe ich meine Mutter so aufgelöst gesehen, und ich kann ihr unmöglich die ganze Geschichte erzählen, nicht, wenn sie in diesem Zustand ist. Aber ich kann es auch nicht aushalten, dass meine eigene Mutter sich fragt, ob ich Jasper umgebracht habe.

Am nächsten Morgen weigere ich mich trotz Tibbys heldenhaften Bemühungen, aus dem Bett aufzustehen. Nachdem noch nicht einmal die Drohung, einen Eimer kaltes Wasser über meinem Kopf auszuleeren, Wirkung zeigt, lässt sie mich schließlich allein, genau wie an meinem ersten Tag auf Schloss Windsor.

Über die nächsten Stunden hinweg höre ich Bedienstete in meinem Wohnzimmer, aber niemand kommt ins Schlafzimmer, um mich zum Essen zu zwingen. Ich weiß nicht, ob ich erleichtert sein soll, dass sie mich alle in Ruhe lassen, oder traurig darüber, dass es niemanden zu kümmern scheint, ob ich verhungere. Irgendwie fühle ich beides auf einmal und schäme mich dafür. Aber jetzt, da der Palast die Kontrolle über die Geschichte vollständig verloren hat, ist eh alles egal. Selbst wenn Wiggs wundersamerweise einen Beweis dafür findet, dass jemand anderes Jasper vom Balkon geschubst hat, wird mein Ruf nie wieder hergestellt. Egal, was ich tue, die Welt wird immer nur die paar schrecklichen Minuten sehen, die ich allein mit Jasper verbracht habe.

Um fünf Uhr nachmittags, nachdem ich den ganzen Tag lang versucht habe, meine Mutter zu erreichen, klopft es sanft an meiner Schlafzimmertür. Ich schließe den Laptop, ziehe mir ein Kissen übers Gesicht und hoffe, dass die Person auf der anderen Seite mich wieder in Ruhe lässt. Aber natürlich öffnet die Tür sich trotzdem.

»Evan?«

Beim Klang von Kits Stimme fühle ich mich auf einmal ruhiger, und dann höre ich das Klimpern von Porzellan auf meinem Nachttisch. Zögernd schiebe ich das Kissen beiseite. Kit tritt gerade einen Schritt zurück, und neben dem Buch, das ich gerade lese, steht jetzt ein Teller.

»Da bist du ja.« Er lächelt, und obwohl mein Leben gerade eine einzige Katastrophe ist, schaffe ich es, zurückzulächeln. »Ich habe dir ein Erdnussbuttersandwich mit Marmelade gebracht.«

Als ich mich aufsetze, beschweren sich meine Muskeln lautstark, und ich versuche, mit den Fingern die schlimmsten Knoten aus meinem Haar zu kämmen, aber nach zwanzig Stunden im Bett ist das aussichtslos. »Danke«, sage ich heiser. Mit meinen geschwollenen Augen und trockenen Lippen sehe ich vermutlich zum Fürchten aus, aber Kit scheint das nicht zu stören.

»Du musst nicht antworten, wenn du nicht möchtest«, sagt er, »aber … ist alles in Ordnung?«

Ich weiß nicht, was ich darauf antworten soll. Instinktiv will ich sagen, dass es mir gut geht und er sich keine Sorgen machen muss, aber das stimmt ganz offensichtlich nicht. Und mit irgendwem muss ich darüber reden.

»Nein«, gebe ich zu und stelle den Teller auf meinem Schoß ab. »Meine Mom hat von dem erfahren, was gerade los ist.«

»Oh.« Kit mustert mich besorgt. »Ich vermute, dass sie mit der Nachricht nicht besonders gut umgegangen ist.«

Ich schüttele den Kopf. »Sie ist echt eine gute Mom – die beste. Aber manchmal hat sie wegen ihrer Krankheit Wahnvorstellungen. Sie glaubt zum Beispiel, dass wir zu dritt eine glückliche Familie sind, obwohl ich Alexander noch nie gesehen habe, bevor ich hergekommen bin. Wenn es richtig schlimm ist, weiß sie nicht mehr, was real ist, und ich glaube … ich glaube, das hier verwirrt sie und führt dazu, dass sie an sich selbst zweifelt. Und jetzt nimmt sie nicht mal mehr ab, wenn ich sie anrufe.«

»Das tut mir leid«, sagt er sanft. »Das muss wirklich schwierig für dich sein.« Er tritt einen halben Schritt auf das Bett zu, als wolle er mich in den Arm schließen, doch dann zögert er und weicht wieder zurück.

Ich weiß sofort den Grund dafür. Zwischen uns steht immer noch eine unsichtbare Mauer, und wie bei so vielem ist der Grund dafür Jasper. Ich wäre gern wütend – ich *sollte* wütend sein –, aber stattdessen fühle ich mich bloß unendlich müde.

»Ich will einfach nur, dass mein Leben wieder normal ist«, murmele ich und reibe mir die geschwollenen Augen. »Zumindest eine Weile lang, das reicht mir schon.«

Vielleicht will Kit meinen Frust abmildern, oder vielleicht musste er zuerst seinen Mut sammeln. Er tritt jedenfalls einen Schritt auf mich zu und geht neben dem Bett in die Hocke. »Zufällig«, sagt er, »ist das genau der Grund, aus dem ich hier bin. Ich habe eine Überraschung für dich, und ich glaube, sie heitert dich auf. Allerdings müsstest du dafür aufstehen und dich anziehen.«

241

Misstrauisch beäuge ich ihn. »Hast du irgendwas Neues über den Fall herausgefunden?«, frage ich. Von Wiggs habe ich schon seit Tagen nichts mehr gehört, aber ich bin mir auch gar nicht sicher, ob ich im Moment neue Informationen hören will. Zumindest nicht, wenn es sich nicht um ein Geständnis handelt, das ein für alle Mal meine Unschuld beweist.

»Nein«, antwortet Kit. »Das hier ist nur für dich.«

Ich beiße mir auf die Lippe. Er hat bestimmt nichts geplant, was die Situation schlimmer machen könnte, zumindest nicht mit Absicht. Aber bis jetzt bin ich jedes Mal, wenn ich mein Zimmer verlassen habe, ohne mein Zutun in irgendeinen Skandal verwickelt worden. »Ich bin mir nicht sicher, ob ich im Moment rausgehen sollte«, gebe ich zu.

»Die Entscheidung liegt bei dir«, sagt er. »Aber ich habe jede erdenkliche Vorkehrung getroffen, versprochen. Und du verdienst es, dich wieder wie du selbst zu fühlen, zumindest für ein paar Stunden.«

Ich bin mir überhaupt nicht mehr sicher, wer oder was ich vor dieser ganzen Sache war. Aber als ich in Kits braune Augen schaue, will ich plötzlich herausfinden, was er sieht, wenn er mich so anblickt, als sei ich die einzige Person auf Erden.

»Okay«, sage ich schließlich. »Ich vertraue dir.«

Er lächelt, und zum ersten Mal seit vierundzwanzig Stunden lächele ich auch. »Perfekt.« Grinsend steht er auf. »Dann putz dir die Zähne und zieh dein Lieblingsoutfit an. Wir gehen aus.«

Zwei Stunden später, nachdem Kit und ich uns bei Pizza Express den Bauch vollgeschlagen haben, hält der Fahrer vor einem alten Gebäude an, dessen marode Fassade mit silberner und schwarzer Farbe angestrichen ist. Über dem Eingang blinkt eine Anzeigetafel, wie sie oft über alten Kinos hängt, aber vom Auto aus kann ich nicht sehen, was sie ankündigt.

»Ich war nicht mehr im Kino, seit ich klein war«, sage ich und zupfe nervös an meiner rothaarigen Perücke herum, während der Fahrer aus dem Auto springt, um uns die Tür zu öffnen. Vor dem Gebäude stehen mehrere Gruppen junger Leute, die auf ihre Handys schauen oder aufgeregt miteinander reden. Als ich aus dem Auto steige, recke ich den Hals, um den Titel des Films lesen zu können.

Aber es ist gar kein Film. Es ist ein Konzert, und auf der Tafel steht in Großbuchstaben: REIGNWOLF.

Mir klappt die Kinnlade herunter. Als Kit hinter mir aus dem Auto klettert, wirbele ich zu ihm herum. »Ist das dein *Ernst?* Ein Reignwolf-Konzert?«

»Ich dachte, daran wärst du vielleicht interessiert«, grinst er. »Vor ein paar Wochen habe ich ihren Tourplan angesehen und Karten besorgt. Mir ist klar, dass das Timing besser sein könnte, aber ...«

Ich umarme ihn so stürmisch, dass mir fast die Sonnenbrille von der Nase fällt. Vor zwei Wochen kannte Kit mich noch kaum. »Das Timing ist perfekt. *Danke.*«

Zuerst erstarrt Kit, als wüsste er nicht, wie er darauf reagieren soll, und kurz mache ich mir Sorgen, dass er sich davon nicht wieder erholt. Aber dann schlingt er auch die Arme um mich, und mich durchfährt eine seltsame Hitze, die mich von innen heraus wärmt. »Gern geschehen«, murmelt er leise. Erst nach ein paar Sekunden lasse ich ihn widerwillig los.

Zwei Bodyguards folgen uns ins Gebäude – Kit hat sogar daran gedacht, ihnen auch Tickets zu besorgen –, und als wir durch die Tür gehen, bleibt mein Blick an einer Auslage mit

T-Shirts hängen. »Ich war noch nie auf einem Konzert«, gebe ich zu.

»Wirklich?«, fragt er. »Dann hoffe ich, dass das hier gut ist.«

Ich bin mir hundertprozentig sicher, dass es das beste Konzert sein wird, das es je gegeben hat. Voller Vorfreude dränge ich mich durch die Menge, um näher an die Bühne zu gelangen. In den kleinen Raum passen stehend vielleicht zweihundert Leute, und bereits jetzt ist es fast klaustrophobisch voll. Der Boden ist aus nacktem Beton, an den Wänden kleben haufenweise Flyer für vergangene Konzerte, und nirgendwo ist auch nur eine einzige Rüsche in Sicht. Es ist das genaue Gegenteil von Schloss Windsor und Buckingham Palace, und am liebsten würde ich für immer hierbleiben.

Als wir uns in eine freie Ecke an der linken Seite der Bühne stellen, ist die Vorband gerade mit ihrem Set fertig. Unsere Bodyguards stellen sich in unsere Nähe (nah genug, um uns zu beschützen, aber immer noch weit genug weg, um uns zumindest die Illusion von Privatsphäre zu geben), und ich nehme die Sonnenbrille ab. Im Halbdunkeln wird mich schon niemand von meinen alten Schulfotos erkennen. Ein Teil von mir hat Angst, dass irgendwo ein Polizist aus dem Schatten springen und mich festnehmen könnte, aber neben Kit in der kühlen Dunkelheit fühle ich mich irgendwie sicher. Anonym. So, als sei ich einfach nur ein Teil der Menge, und genau so gefällt es mir auch.

Schließlich wird alles dunkel, und Nebel breitet sich auf der Bühne aus, während die ersten explosionsartigen Akkorde aus den Lautsprechern ertönen. Der Sound donnert durch meine Zähne und Knochen und umgibt mich auf allen Seiten. Helles Licht scheint auf die Bühne, und ich bin sofort gebannt.

Kit bleibt die ganze Zeit bei mir, während ich jubele, springe, vor Aufregung aufschreie, wenn ich ein Lied erkenne. Bei meinen Lieblingsliedern singe ich laut mit, und mehr als einmal klammere ich mich an seinen Arm und schreie ihm zu, dass das hier der beste Abend meines Lebens ist.

Doch nach einer Weile schaut Kit auf sein Handy. Zuerst denke ich mir nichts dabei, aber dann bekommt er eine zweite Nachricht und eine dritte, eine vierte. Irgendwann steckt Kit sein Handy gar nicht mehr zurück in die Tasche, weil es fast so häufig vibriert wie das von Tibby am Morgen der Trooping-the-Colour-Parade.

»Ist alles in Ordnung?«, rufe ich ihm ins Ohr. Auf seiner Stirn liegen tiefe Sorgenfalten, und selbst in der Dunkelheit kann er seine Beunruhigung nicht verbergen.

»Alles gut«, sagt er. Über das Kreischen der E-Gitarren kann ich ihn kaum hören. Er grinst mich an, aber es ist ein offensichtlich erzwungenes Grinsen. Eine dunkle Vorahnung überschattet langsam die berauschende Euphorie, die mich seit Anfang des Konzerts ergriffen hat.

Verstohlen sehe ich zu den Bodyguards hinüber. Beide sehen vollkommen gelassen aus, also kann das, was gerade passiert, nicht so schlimm sein. Aber dann vibriert Kits Handy wieder, und als ich seinen Gesichtsausdruck sehe, zieht sich mein Magen zusammen. Es ist also doch schlimm. Ich weiß nur noch nicht, wieso.

Kit fällt meine Unruhe wohl auf, denn er lässt das Handy in die Hosentasche gleiten und richtet seine Aufmerksamkeit wieder auf das Konzert. Keine Ahnung, ob das ein gutes oder ein schlechtes Zeichen ist – ist die Krise vorbei, oder will er nur ein bisschen Zeit schinden, bevor der Abend endgültig ruiniert ist? Ich lehne mich an ihn und hoffe inständig, dass es Ersteres ist.

Mit einem ohrenbetäubenden Beifall endet die Show schließlich, und nachdem ich meine Sonnenbrille wieder aufgesetzt habe, reihe ich mich in die Schlange vor den Toiletten ein. Als ich mit den Bodyguards bei Kit ankomme, der am Ausgang wartet, sehe ich, dass er mir jeden einzelnen Artikel vom Merchandise-Tisch gekauft hat. Irgendetwas muss also wirklich schiefgelaufen sein.

»Was ist passiert?«, frage ich ihn, sobald wir wieder im Range Rover sitzen. In meinen Ohren klingt das Konzert noch immer nach, doch meine Aufregung ist vollständig verklungen. Jetzt fühle ich mich nur hohl und ängstlich.

Er atmet aus. »Wir sollten damit warten, bis wir wieder auf Schloss Windsor sind. Es sind nur ein paar Minuten …«

»Kit, bitte.« Mir bricht die Stimme weg. »Sag es mir einfach.«

Widerwillig zieht er sein Handy aus der Tasche. Jetzt ist es stumm, aber er öffnet es und reicht es mir. »Es ist ein Video«, gibt er zu. »Von Jaspers Schlafzimmer in Belgravia. Evan …« Er schluckt schwer. »Darin sieht man, wie du ihn vom Balkon schubst.«

23. KAPITEL

Hiermit geben wir schweren Herzens bekannt, dass wir ein exklusives Video aus der Nacht von Jasper Cunninghams Tod erhalten haben. Wir haben es als Beweisstück an Scotland Yard weitergeleitet und teilen es jetzt mit euch, damit die Wahrheit nicht unter den Teppich gekehrt werden kann. In Gedanken sind wir bei Jaspers Familie und Freunden.

Achtung: Das folgende Videomaterial könnte für einige Zuschauer verstörend sein.

– The Regal Record, 24. Juni 2023

In mich zusammengesackt sitze ich auf demselben Platz am Konferenztisch, auf dem ich schon vor zwei Wochen saß, als die Medien Wind von meiner Existenz bekamen. Panische Beraterinnen und Berater streiten sich links und rechts von mir, während Alexander am anderen Ende des Tisches stirnrunzelnd in eine Tasse Tee starrt.

Meine eigene Tasse steht unberührt neben mir. Ich starre immer noch auf Kits Handy, das zum hundertsten Mal das Video abspielt. Kit selbst steht ein paar Meter entfernt; er ist zwar nicht zu dem Meeting eingeladen, aber er hat sich geweigert, von meiner Seite zu weichen. Auch Jenkins hat sich beschützend hinter mir aufgebaut, und ihre Nähe tröstet mich, soweit es im Moment möglich ist.

Das Video stammt von Jaspers Laptop, das ist schon von der ersten Einstellung an offensichtlich. Für mich sah es so aus, als sei der Computer ausgeschaltet, aber die Kamera war genau auf das Bett und den dahinterliegenden Balkon ausgerichtet, und es gibt nur einen Grund, aus dem er das gemacht haben kann.

Jasper wollte filmen, wie er mich vergewaltigt.

Warum? Um damit anzugeben? Mich zu erpressen? Einfach nur, um damit Profit zu machen? Oder weil es ihm aus irgendeinem widerwärtigen Grund gefiel, andere zu demütigen und entwürdigen? Ich weiß es nicht, und Jasper ist zu tot, um es mir zu sagen. Meine Haut kribbelt unangenehm, als ich das Video erneut abspiele.

Es ist nur anderthalb Minuten lang, und der Großteil davon zeigt, wie ich auf dem Bett liege, während Jasper mir das Kleid auszieht. Aus der Entfernung sehen meine Versuche, von ihm wegzukommen, so aus, als gefiele mir, was er tut, und da das Video keinen Ton hat, kann auch niemand hören, wie ich Nein sage. Jasper fegt mein Kleid vom Bett, und es landet als Knäuel auf dem Boden, der fast mit dem Schatten verschmilzt, während er sich weiter über mich hermacht.

Mich selbst in dieser Position zu sehen ist surreal. Obwohl ich weiß, wie es ausgegangen ist, durchflutet mich jedes Mal eine Welle von Angst, wenn er sich auf mich legt und versucht, mich festzuhalten. Jetzt kann ich sehen, wie sehr er es genossen hat. Wie nah dran ich war, vergewaltigt zu werden. Aber als ich mir dabei zusehe, wie ich ihm mein Knie in den Schritt ramme und vom Bett rolle, um von ihm wegzukommen, bin ich auch stolz auf mich selbst.

Er kommt mit wutverzerrtem Gesicht wieder auf mich zu, und

es tut gut zu sehen, wie mein Ellbogen ihn trifft. Meine Lippen bewegen sich, aber ich kann mich nicht erinnern, was ich gesagt habe. Als er wieder nach mir greift, weiche ich in Richtung der Tür aus dem Sichtfeld der Kamera zurück. Jasper folgt mir, und dann passiert es.

Erst ist keiner von uns zu sehen, und dann stolpert Jasper rückwärts ins Sichtfeld und hält sich die Nase. Er stößt gegen den Getränkewagen, und ein Glas fällt zu Boden, wo es offenbar zerbricht. Beim Versuch, den Splittern aus dem Weg zu gehen, stolpert Jasper über die eigenen Füße und durch die Tür auf den Balkon hinaus. Mit Schwung trifft er rückwärts auf das niedrige Geländer und fällt lautlos auf die Straße.

Da endet das Video. Ohne zu blinzeln, spiele ich es erneut ab.

»Vor Gericht wird das Video kein Gewicht haben«, sagt die Frau, von der ich glaube, dass sie Yara heißt. »Nicht mit dem GHB in ihrem Blut.«

»Damit müssen sich die Anwälte befassen«, blafft Doyle, und aus dem Augenwinkel fällt mir auf, dass er scharlachrot angelaufen ist und viel mehr schwitzt, als er es in einem Raum mit Klimaanlage eigentlich sollte. »Können wir die Website dazu zwingen, das Video zu löschen?«

»Wir können es versuchen, aber es ist bereits auf mehreren anderen Seiten hochgeladen worden«, antwortet ein dünner Mann, den ich nicht erkenne. »Wir sollten uns eher auf das konzentrieren, was wir kontrollieren können.«

»Und das ist was genau?«, braust Doyle auf, und Spucke fliegt ihm aus dem Mund. »Robert Cunningham fordert bereits, dass sie verhaftet wird, und da wird er nicht der Einzige sein. Ich hege keinen Zweifel, dass die verfänglichsten Standbilder des Videos morgen auf jeder Titelseite im Land zu sehen sein werden.«

»Wir haben unsere eigene Version der Ereignisse«, wirft Yara ein. »Das GHB, Miss Brights Aussage zu dem Vorfall …«

»Sie schlagen nicht ernsthaft vor, dass wir einen sexuellen Übergriff an einem Mitglied der Königsfamilie öffentlich machen?«, fragt Doyle so entrüstet, als hätte Yara angedeutet, er solle den Medien seine eigenen Geheimnisse erzählen.

»Das Video zeigt bereits, dass es zu einer … Begegnung kam«, erklärt Yara. Ich starre den Handybildschirm an, auf dem Jasper gerade mein Kleid vom Bett wirft. »Das können wir nicht leugnen. Wir könnten natürlich behaupten, dass das Mädchen in dem Video nicht Miss Bright sei, aber …«

»Es ist offensichtlich, dass sie es ist«, sagt Alexander leise. Das ist das Erste, was er sagt, seit das Meeting begonnen hat, aber ich sehe nicht von dem Video auf. Es sollte mich stören, dass er das Video gesehen hat, und irgendwo in meinem Inneren tut es das auch. Aber ich bin zu sehr auf Kits Handy fixiert, um zu reagieren. »Ich werde mich nicht von Robert Cunningham einschüchtern lassen«, fährt mein Vater fort. »Scotland Yard hat das Video und kennt die Tatsachen, und daraus können sie ihre eigenen Schlüsse ziehen.«

»Sir«, entgegnet Doyle, »wenn wir schweigen, fressen die Medien uns bei lebendigem Leib …«

»Meine vorrangige Sorge gilt im Moment meiner Tochter«, sagt Alexander. »Nicht den Medien.«

Yara räuspert sich. »Sir, wenn Evangeline – Miss Bright – ein eigenes Statement abgibt, könnten wir vielleicht ein wenig Unterstützung von der Presse erlangen. Je länger wir schweigen, desto mehr riskieren wir, dass die Wahrheit durch öffentliche Entrüstung und Manipulation der Tatsachen verschwimmt.«

Darüber denkt Alexander mehrere Sekunden lang nach. »Evan?«, fragt er schließlich. »Was denkst du?«

Ich bin gerade dabei, mir dieselben drei Sekunden des Videos in Endlosschleife anzusehen, wieder und wieder und wieder. Mir ist zwar undeutlich bewusst, dass alle mich anstarren, aber ich bleibe stumm und starre weiter auf den Bildschirm.

»Sir«, wirft Jenkins von seinem Platz hinter mir ein. »Eine Siebzehnjährige darum zu bitten, in der Öffentlichkeit ihr Trauma erneut zu durchleben, nur um die Presse positiv zu stimmen … das ist unzumutbar.«

»Was unzumutbar ist«, bricht es aus Doyle hervor, »ist, die gesamte Monarchie wegen eines Teenagers aufs Spiel zu setzen!«

Und wieder verfällt der Konferenzraum in lautstarkes Streiten. Ich ignoriere die Beraterinnen und Berater, die sich alle gegenseitig anschreien, und sehe mir ein letztes Mal diese drei Sekunden des Videos an, bevor ich endlich aufstehe. Mein Tee ist immer noch unberührt.

»Evan?«, höre ich Alexanders Stimme in dem lauten Gewirr, aber ich antworte ihm nicht. Stattdessen verlasse ich mit Kit im Schlepptau ohne ein Wort den Raum. Sollen sie sich doch ohne mich weiter streiten.

Kit hält trotz meines zügigen Tempos ohne Mühe mit mir Schritt. Erst als wir im Erdgeschoss ankommen, sagt er: »Alexander lässt nicht zu, dass sie das tun. Dass sie die Details von dem, was Jasper dir angetan hat, an die Öffentlichkeit bringen.«

Ich weiß nicht, wie ich dazu stehe, und ich habe im Moment nicht die Energie, es herauszufinden. Von dem Vorfall weiß jetzt eh schon jeder, und alle, die neugierig sind, können mit eigenen Augen sehen, was er mir angetan hat.

Nur, dass es nicht der ganze Vorfall ist, noch nicht einmal annähernd. Mitten im Flur bleibe ich auf einmal stehen und halte Kit sein Handy vor die Nase. »Guck hin«, befehle ich, als auf dem

Bildschirm dieselben drei Sekunden des Videos abgespielt werden, die ich mir zuvor angesehen habe. »Siehst du das?«

Kit studiert das Video genauso intensiv, wie ich es mir erhofft hatte. »Sehe ich was?«, fragt er. »Du und Jasper seid gar nicht im Bild.«

»Nein, sind wir nicht«, stimme ich ihm zu und spule das Video wieder zurück. »Guck genau hin. Auf dem Boden neben dem Bett.«

Er runzelt die Stirn und nimmt das Handy in die Hand. Obwohl es ihm gehört, gebe ich es nur widerwillig her. »Tut mir leid, Evan, ich sehe gar nichts.«

Ich stelle mich neben ihn und spule wieder drei Sekunden zurück. »*Guck*, da«, wiederhole ich und zeige auf die dunkle Ecke. Der Bildschirm ist bereits so hell eingestellt, wie es geht. »Da ist kurz etwas Grünes.«

Kit reißt die Augen auf und sieht mich endlich an. »Ist das …?

»Mein Kleid«, sage ich. Ganz am Rande des Bildausschnitts und im Schatten neben dem Bett fast unmöglich zu sehen. »In den ersten zwei Sekunden liegt es da.«

»Und dann verschwindet es.« Kit sieht benommen aus. Er spult das Video selbst noch einmal zurück und schüttelt den Kopf. »Evan …«

»Das Video ist bearbeitet«, stelle ich fest. »Ich war doch nicht die letzte Person, die Jasper lebend gesehen hat.«

Ich drehe mich um und klopfe an Maisies Tür.

24. KAPITEL

Oh mein Gott. Oh mein GOTT. Warum ist Evangeline nicht im Gefängnis?? Hat Scotland Yard das Video gesehen?? Das ist definitiv sie, oder??? WANN VERHAFTEN SIE SIE END-LICH???? #JusticeforJasper #SHEDIDIT

– Twitter-User @dutchessdame172, 24. Juni 2023, 23:04,
London, Vereinigtes Königreich

Maisie öffnet in einem Morgenmantel aus rosa Seide die Tür. Ihr rotblondes Haar ist feucht und wellt sich leicht. Zum ersten Mal sehe ich sie ohne Make-up, und ohne Kajal und falsche Wimpern sieht sie überraschend jung aus. Sie erscheint mir plötzlich sehr unschuldig und verletzlich.

»Es ist schon spät«, sagt sie, ihre Stimme genauso kratzbürstig wie immer. »Kann ich dir helfen?«

»Das grüne Kleid, das ich auf der Party anhatte«, fange ich ohne Begrüßung an. »Du hast gesagt, dass deine Bodyguards es gefunden haben, nachdem Jasper gestorben ist, aber bevor die Polizei kam?«

Maisie kneift misstrauisch die Augen zusammen. »Ja. Warum? Hast du es wieder verloren?«

Ich ignoriere die Bemerkung. »Bist du dir sicher, dass sie es genau dann gefunden haben?«

»Absolut sicher«, antwortet sie steif. Dann wendet sie sich an Kit. »Weißt du, worum es hier geht? Oder ist sie jetzt komplett durchgedreht?«

»Kannst du mir noch mal dein Handy geben?«, frage ich Kit, und er reicht es mir stumm. Ich halte es Maisie hin, damit sie sich das Video von Anfang an ansehen kann.

Nach ein paar Sekunden reißt sie schockiert die Augen auf. »Ist das …«

»Der Abend, an dem Jasper gestorben ist«, antworte ich tonlos.

Sie starrt das Handy an. »In dem Zimmer war eine Kamera?«

Die Angst in ihrer Stimme überrascht mich nicht. Sie und Gia waren vor mir und Jasper in dem Bett, und dem Zustand nach zu schließen, in dem ich sie fand, waren sie schon eine Weile dort gewesen. »Ja, der Laptop. Schau weiter«, sage ich knapp.

»Ich will das nicht sehen«, beharrt sie und dreht sich um, aber ich folge ihr in ihr Wohnzimmer, das mindestens doppelt so groß wie meins ist. Neben dem Fenster steht ein wunderschöner weißer Konzertflügel.

»*Schau weiter*«, befehle ich. »Es ist wichtig.«

Ich erwarte, dass sie sich weigert, aber stattdessen richtet sie den Blick wieder auf den Bildschirm. Mit jeder Sekunde wird ihr Gesicht blasser. Erst, als Jasper vom Balkon fällt, sieht sie weg, und ich lasse das Handy sinken.

»Das hat *The Regal Record* vor zwei Stunden gepostet«, erkläre ich. »Das Video ist mittlerweile auf allen möglichen Kanälen hochgeladen worden, vermutlich läuft es auch in den Nachrichten. Und darin sieht es so aus, als hätte ich ihn geschubst.«

Zwischen ihren makellosen Augenbrauen erscheint eine Falte. »Hast du das?«

»Ich erinnere mich nicht daran, was passiert ist, und die ganze letzte Woche über hatte ich Angst, dass ich es gewesen sein könnte. Aber ich war es nicht«, füge ich hinzu. »Und jetzt bin ich mir sicher.«

Wieder spiele ich die drei Sekunden ab, in denen Jasper und ich aus dem Bild verschwinden. Maisie weicht nicht zurück, als ich mich neben sie stelle und das Handy so halte, dass wir beide den Bildschirm sehen können. Ich zeige auf den Schatten in der Ecke.

»Da ist mein Kleid«, sage ich. »Und da verschwindet mein Kleid wie von allein, nur Sekunden, bevor Jasper fällt.«

Mit zitternden Händen nimmt Maisie mir das Handy ab. Sie tippt auf den Bildschirm und spielt die drei Sekunden ein paarmal ab. Dabei kneift sie die Augen zusammen, als sei sie sich nicht ganz sicher, was sie gerade sieht. Aber uns ist beiden klar, dass sie es genau weiß.

Nach einem langen Schweigen lässt sie das Handy sinken und gibt es mir wieder zurück. »Geh«, befiehlt sie, und ich will schon aufbrausen, bevor mir klar wird, dass sie gar nicht mich meint. Sie redet mit Kit, der immer noch im Türrahmen steht.

»Versuch bitte, mein Handy nicht völlig zu zerstören, Maisie«, sagt er, als er in den Flur hinausgeht. »Evan, ich warte in deinem Zimmer auf dich, okay?«

»Okay«, antworte ich. Vor Nervosität ist meine Kehle wie zugeschnürt. Die Tür fällt leise hinter ihm ins Schloss, und eine erwartungsvolle Stille breitet sich im Raum aus, als ich meine Halbschwester unsicher ansehe.

Sie weicht meinem Blick aus und starrt stattdessen an die

Wand. »Wer weiß sonst noch, dass das Video bearbeitet ist?«, fragt sie schließlich.

»Nur Kit«, beschwichtige ich sie. »Zuerst wollte ich mit dir reden.«

In ihrem Kiefer zuckt ein Muskel. »Ich habe keine Ahnung, warum das Kleid nicht da ist«, sagt sie. »Vielleicht hat Jasper es beiseite geräumt, oder mein Bodyguard hat es doch früher gefunden, als ich dachte.«

»Vielleicht«, stimme ich ihr beiläufig zu. »Die Wahrheit finden wir vermutlich heraus, wenn die Person, die Jaspers Laptop hat, das unbearbeitete Video veröffentlicht.«

Eine Sekunde lang sieht sie panisch aus, und sie dreht sich wieder zu mir um. »Glaubst du, das tut sie?«, fragt sie, und ich zucke mit den Schultern.

»Keine Ahnung. Das Video ist so bearbeitet, dass es aussieht, als wäre ich diejenige gewesen, die ihn umgebracht hat. Irgendwer hat sogar die Tonspur gelöscht, damit man nicht hören kann, dass ich Nein sage. Also bezweifle ich, dass es in der nächsten Zeit an die Öffentlichkeit gerät, es sei denn, Jasper hat etwas Skandalöseres als seinen eigenen Tod gefilmt. Machst du dir Sorgen über die Aufnahmen von dir und Gia? Denn …«

»Darum geht es nicht«, unterbricht mich Maisie. Sie atmet tief ein und ruckartig wieder aus, dann wendet sie den Blick ab. »Also, auch darum, aber …«

Ich weiß, dass es riskant ist, aber ich gehe trotzdem einen Schritt auf sie zu. »Maisie«, sage ich leise. Der Spitzname hört sich aus meinem Mund viel zu persönlich an, aber sie protestiert nicht. »Der Rest des Videos ist irgendwo da draußen, und wir wissen nicht, wer es hat. Wenn es irgendetwas gibt, was du mir nicht erzählst …«

Abweisend winkt sie mit der Hand, aber selbst in meinen Augen wirkt die Geste halbherzig. »Das kannst du dir sparen, Evangeline. Ich lasse nicht zu, dass ich manipuliert werde, schon gar nicht von dir.«

»Ich will dich nicht manipulieren«, erkläre ich. »Ich will nur wissen, was wirklich passiert ist.«

Maisie fängt an, nervös im Wohnzimmer hin- und herzulaufen, und stößt sich dabei fast die Zehen an der Klavierbank. Zuerst bleibt sie stumm, und ich frage mich schon, ob ich gehen sollte. Aber dann ballt sie die Fäuste und öffnet den Mund.

»Rosie ist diejenige, die gesehen hat, wie du mit Kit gegangen bist. Sie hat gesagt, dass du kein Kleid mehr anhattest, und ich dachte … na ja, ich wusste natürlich nicht, dass Jasper dir Betäubungsmittel verabreicht hatte. Aber ich dachte, dass er vielleicht irgendetwas bei dir versucht hat. Also bin ich nach oben gegangen, um ihn zu konfrontieren. Das war keine zwei Minuten, nachdem du gegangen bist, und er war immer noch oben ohne. Er behauptete, dass du es auch gewollt hättest, aber dass du aus irgendeinem Grund eine Panikattacke bekommen hättest und dass er sich nicht zu Unrecht beschuldigen lassen würde. Auf dem Boden entdeckte ich dein Kleid und schnappte es mir, und als ich auf dem Weg nach draußen war …«

Sie verstummt und fängt wieder an, auf- und abzulaufen. Fast sieht sie aus wie ein wildes Tier, das in die Ecke gedrängt ist und jeden Moment zubeißen kann. Ich bleibe neben der Tür stehen und warte darauf, dass sie es sagt. Oder auch nicht. Denn ich weiß eh schon, worauf es hinausläuft.

Aber der Drang, sich zu rechtfertigen, ist wohl stärker als das Wissen, dass Schweigen für sie die beste Option ist. Aus Maisie bricht es hervor: »Ich habe ihm damit gedroht, meinen Bodyguards zu erzählen, was er getan hat. Ich war mir sicher, dass er dich zwingen wollte, oder … es zumindest versucht hat, und ich war schon halb aus der Tür. Und dann hat er mich am Arm gepackt.« Sie zieht den Ärmel ihres Morgenmantels hoch und zeigt mir einen Bluterguss kurz oberhalb ihres Ellbogens. Er ist schon gelblich verfärbt und verblasst, aber die Form eines Handabdrucks ist immer noch gut zu erkennen.

Schockiert keuche ich auf. »Maisie … hast du das irgendwem gezeigt? Hast du Fotos gemacht, oder …«

»Natürlich nicht«, unterbricht sie mich mit einem vernichtenden Blick. »Die ganze Woche schon habe ich den Fleck mit Makeup abgedeckt. Und ich wollte ihm überhaupt nichts antun, ich wollte nur von ihm wegkommen. Keine Ahnung, wie viel er schon getrunken hatte, aber er kam mir reichlich beschwipst vor, und ich vermute, dass er deswegen … dass er deswegen gefallen ist.«

Das Video läuft wieder vor meinem inneren Auge ab. Jaspers Stolpern. Der Getränkewagen, der ihm im Weg stand. Das zerbrochene Glas, auf das er getreten sein muss. »Nein, das war nicht deine Schuld«, sage ich. »Es war niemandes Schuld, nur seine eigene. Maisie … du bist nach oben gegangen, um mich zu verteidigen?«

Sie sieht mich finster an. »Glaub ja nicht, dass ich das deinetwegen getan habe. Unsere Familie muss schließlich ihren Ruf wahren, und niemand – besonders nicht *Jasper Cunningham* – kann ungestraft jemanden so behandeln, in dessen Adern königliches Blut fließt. Selbst wenn diejenige unehelich und« – sie erschaudert – »*Amerikanerin* ist.«

Ich bin so gerührt, dass ich die Beleidigung gar nicht wahrnehme. »Du kannst das nicht für dich behalten, vor allem jetzt, da wir wissen, dass irgendwo ein Video davon existiert. Wenn du den Anwälten sagst, was passiert ist …«

»Und damit Robert Cunningham Anlass gebe, den Rest meines Lebens zur Hölle zu machen?« Maisie rümpft hoheitsvoll die Nase, aber in ihren Augen glänzen Tränen. »Das würde dir gefallen, oder? Dann erschiene *dein* Name nicht mehr in jeder Schlagzeile.«

»Das meinte ich damit gar …«

»Einige von uns haben echte Geheimnisse, Evangeline«, faucht sie mich an. »Und wir können es uns nicht leisten, dass sie nur wegen eines Missverständnisses an die Öffentlichkeit gebracht werden.«

»Und du glaubst, *mir* gefällt das?«, schnauze ich zurück. »Hast du deswegen Gia und Rosie dazu angestiftet, der Presse Informationen über mich zu stecken? Um deinen eigenen Arsch zu retten?«

Maisie klappt die Kinnlade herunter. »Du *wagst* es. So etwas würden die beiden nie tun, und ich werde es nicht dulden, dass du meine Freundinnen derart beschuldigst.« Sie schüttelt den Kopf. Auf ihren Wangen sind wütende rote Flecken erschienen. »Du bist ein Niemand, der nichts zu verlieren hat. Ich werde irgendwann Königin, und ich kann es mir nicht leisten, dass ein solcher Skandal meine zukünftige Herrschaft überschattet. Die Leute würden immer Fragen stellen, und es gäbe immer angebliche Zeugen, die irgendetwas Unwahres behaupten. Und die Monarchie – die *Familie* – könnte einen solchen Zweifel nicht überleben. Du hast uns schon genug Schwierigkeiten verursacht«, fügt sie hinzu. »Diesen kleinen Gefallen kannst du uns doch wohl erweisen, um den Schaden einzugrenzen.«

Ich bin sprachlos. Sie will also, dass ich die Verantwortung für

Jaspers Tod übernehme, damit sie in den Medien gut dastehen und ein makelloses Image aufrechterhalten kann, das nichts als Schall und Rauch ist.

Sie starrt mich an und wartet offenbar auf eine Antwort. Kleinlaute Zustimmung, eine aufbrausende Weigerung, mich von ihr so behandeln zu lassen – so, wie sie sich aufrichtet und die Schultern strafft, ist sie für alles gewappnet. Sie ist bereit, mir die Worte im Mund zu verdrehen, Anschuldigungen zurückzuweisen und mir zu erklären, warum mein Leben und mein Ruf nicht annähernd so wichtig sind wie sie. Warum sie mehr bedeutet, als es bei mir je der Fall sein wird.

Also tue ich das Einzige, worauf sie nicht vorbereitet ist – ich drehe mich wortlos um und gehe.

»Evangeline?«, ruft sie. »Evangeline, wag es ja nicht, aus diesem Zimmer zu gehen. Ich bin noch nicht fertig mit dir …«

Aber ich bin fertig mit ihr und schließe ohne ein weiteres Wort die Tür zu ihrem Zimmer hinter mir.

25. KAPITEL

NNbonza: Ist Evangeline mittlerweile im Gefängnis??
#JusticeforJasper

0TrixBix0: Sie sieht aus wie ein toter Fisch. Geht es ihr gut?

UFurMeMeMe: LMAO. Krasser rechter Haken. Muss wohl das
Koks sein.

RylRmncer: Hässlich.

milamason5297: OMG! ER HÄLT SIE FEST WTFFFF!?

BeeeJannsen: Jasper Cunningham hatte echt Eier. #RIP

LondonLvir: Sie gehört ins Gefängnis!

ashlyen04: EVANGELINE GEHÖRT INS GEFÄNGNIS.
#JusticeforJasper

XxPOMGRLxX: #RIP #JusticeforJasper #SHEDIDIT

– Aus dem Kommentarbereich der *Daily Sun*, 25. Juni 2023

Den Großteil der Nacht wälze ich mich unruhig hin und her, und die paar Stunden Schlaf, die ich bekomme, sind von Träumen von grünen Kleidern und zerbrechendem Glas erfüllt. Ich bekomme Maisies Worte nicht aus dem Kopf, und kurz vor Sonnenaufgang gebe ich endgültig auf und öffne meinen Laptop.

Das Video ist überall. Auf sozialen Medien, Blogs, CNN,

der BBC – mein Name und der Hashtag #JusticeforJasper stehen auf den zwei ersten Plätzen der weltweiten Trends, und der Kommentarbereich der *Daily Sun* trieft nur so vor Hass. Tausende von Fremden haben alle eine Meinung zu dem Video, und obwohl einigen wohl auffällt, dass ich Jaspers *Liebkosungen* nicht erwidere, scheinen die meisten das den Drogen zuzuschreiben, die ich angeblich genommen habe. Die wenigen, die auf meiner Seite sind – die darauf hinweisen, dass Jasper mich festhält und nicht loslässt –, werden von dem blanken Hass auf mich komplett übertönt.

Und niemandem fällt auf, dass das Video bearbeitet ist.

Zum ersten Mal, seit Robert Cunningham damit begonnen hat, mein Leben zu zerstören, suche ich nach dem Kommentarfeld und fange an, zu tippen. Zielstrebig steuere ich jeden einzelnen Buchstaben an, und in der fast unheimlichen Stille klicken die Tasten laut. Ich starre auf das, was ich geschrieben habe:

Das Video ist bearbeitet. Guckt euch den Schatten in der unteren rechten Ecke bei 1:24 an. Das Kleid verschwindet.

Neunzehn Wörter – das reicht schon, um mich zu entlasten. Mein Zeigefinger schwebt über dem Absendeknopf. Ich weiß, dass mein Kommentar vermutlich unter den ganzen anderen verschwinden wird, und wenn irgendwer ihn doch sieht, denkt er vermutlich, ich sei eine Verschwörungstheoretikerin. Aber das Bedürfnis, ihn zu posten – wenigstens *irgendwas* zu tun, um mein eigenes Leben wieder in den Griff zu bekommen – ist überwältigend.

Ich habe ein Recht dazu, mich zu verteidigen. Ein Recht, die Wahrheit zu sagen. Ich schulde Maisie rein gar nichts, und wenn sie an meiner Stelle wäre, würde sie nie die Verantwortung auf sich nehmen. Das weiß ich, aber irgendetwas hält mich trotzdem zurück.

Auf einmal klopft es an der Tür, und ohne auf eine Antwort zu warten, kommt Tibby herein. »Du bist also schon wach«, bemerkt sie, als sie auf das Fenster zugeht. »Lass mich raten, wieso.«

Schnell klappe ich den Laptop zu, und mein Gesicht läuft rot an, als hätte sie mich dabei erwischt, wie ich etwas Verbotenes tue. Tibby zieht eine Augenbraue hoch.

»Ich habe es nicht gesehen, falls du dir Sorgen gemacht hast«, sagt sie und zieht den Vorhang auf. »Daran habe ich kein Interesse, und ehrlich gesagt sollte jeder anständige Mensch, der auch nur auf den Link geklickt hat, sich schämen.«

»Ich glaube, mittlerweile wissen wir beide, dass es auf der Welt nicht nur anständige Menschen gibt«, gebe ich zurück und kneife in dem plötzlichen Sonnenlicht die Augen zusammen. Um ehrlich zu sein, bin ich erleichtert, dass wenigstens eine Person in meinem Leben das Video nicht gesehen hat. »Moment – ist heute nicht Sonntag? Warum bist du hier?«

»Weil du es geschafft hast, den größten Skandal zu verursachen, den unser Land im letzten Jahrhundert erlebt hat – und das, obwohl du erst seit zwei Wochen in England bist. Irgendwer muss sicherstellen, dass du dich an deinen Terminplan hältst. Und wo wir gerade davon reden, Seine Majestät erwartet dich in einer halben Stunde, wenn du es bis dahin schaffst, den Gestank abzuwaschen. Wo genau warst du gestern Abend? In einem Pub?«

»Auf einem Konzert«, antworte ich, während ich an meinen Haarspitzen rieche. »Und in einem Pizza Express.«

»Das erklärt den Knoblauchgeruch.« Tibby öffnet meinen Schrank. »Ich lasse dir ein Bad ein. Mit extra Schaum.«

»Ich würde lieber duschen, und ich schaffe es auch selbst, den Hahn aufzudrehen. Aber danke«, füge ich nach einer Sekunde hinzu. Auch wenn sie kratzbürstig ist, bin ich trotzdem froh, dass sie hier ist.

Tibby nickt knapp und bleibt eine Weile lang still, als sie mir eine Bluse heraussucht. »Egal, was Seine Majestät und seine pompösen Berater dir sagen, denk daran, dass das, was passiert ist, nicht deine Schuld ist. Wenn irgendjemand es wagt, anzudeuten, dass du es gewollt hättest …«

»Ich wollte es nicht. Das weiß ich«, murmele ich, und sie gibt ein kurzes, zustimmendes *Hmpf* von sich. Tibby scheint zwar besorgt zu sein, aber ich bin nicht besonders überrascht, dass Alexander ein weiteres Meeting einberufen hat. Vor allem nicht, nachdem ich das gestrige ohne Erklärung verlassen habe. Aber jetzt, da ich herausgefunden habe, was wirklich passiert ist, weiß ich nicht, wie ich meinem Vater gegenüberstehen und ihn anlügen soll.

Während ich mir die Haare föhne, denke ich darüber nach, was ich ihm sagen soll, und sobald ich angezogen bin, führt Tibby mich zu demselben Konferenzraum wie gestern. Ich habe erwartet, dass Alexander und seine Horde von Beratern wieder um den Tisch herumsitzen und sauer sind, dass ich sie gestern ignoriert habe. Aber stattdessen sind in dem Zimmer nur Alexander, Maisie, Helene und Wiggs.

Ich erstarre im Türrahmen. Alexander sitzt wieder am Ende des Tisches und starrt in eine Tasse Tee. Er hebt bei meiner Ankunft noch nicht einmal den Kopf. Maisie sitzt zu seiner Rechten. Ihr Gesicht ist rot und verquollen, und Helene hat beschützend die Arme um sie gelegt.

»Eure Majestäten«, sagt Tibby höflich. »Eure Königliche Hoheit.« Sie macht einen Knicks, mit gesenktem Blick und perfekter Form. Bevor ich sie festhalten kann, dreht sie sich um, schließt die Tür hinter sich und lässt mich allein in diesem Raum zurück.

»Was ist los?«, frage ich vorsichtig. Ich muss gegen den Drang ankämpfen, einfach wegzulaufen.

Meine Halbschwester wirft mir einen bösen Blick zu. »Ich habe es ihnen erzählt«, sagt sie anklagend. »Jetzt kannst du mich damit nicht mehr erpressen.«

Ich sehe finster zurück. »Ich erpresse dich mit gar nichts.«

»So klang es gestern Abend aber nicht«, schnieft sie gehässig und trocknet sich die Augen mit einem Taschentuch, während Helene ihr beruhigend zumurmelt.

»Miss Bright, setzen Sie sich bitte.« Wiggs nickt zu dem Stuhl neben meiner Stiefmutter. Ich würde mir lieber den eigenen Arm abkauen als neben Helene zu sitzen, aber meine Füße sind von dem Konzert gestern noch müde, also setze ich mich auf meinen Platz am anderen Ende des Tisches. Neben mir liegt eine Digitalkamera, und mir fällt auf, dass Maisie ein kurzärmliges Kleid trägt, sodass der Bluterguss auf ihrem Oberarm gut sichtbar ist.

Wiggs runzelt die Stirn, aber Alexander starrt immer noch in seinen Tee, und es scheint ihm nicht aufzufallen, geschweige denn zu kümmern, wo ich sitze. Mit einem Räuspern blättert Wiggs in der Mappe, die vor ihm liegt. »Miss Bright, ich bin darauf aufmerksam gemacht worden, dass Sie glauben, das, äh, Video, das gestern von Ihnen hochgeladen wurde, sei bearbeitet.«

»Es *ist* bearbeitet«, entgegne ich ruhig. »Wenn Maisie Ihnen die ganze Geschichte erzählt hat, dann sollten Sie das schon wissen.«

»Ja, ja.« Erneut räuspert Wiggs sich – das ist wohl ein nervöser Tick. Ich kann es ihm nicht übel nehmen. Die Spannung im Raum ist kaum auszuhalten, und es ist mir nicht entgangen, dass das hier das erste Mal seit meiner Ankunft auf Schloss Windsor ist, dass ich allen drei Mitgliedern der Königsfamilie gegenübersitze. Helenes Gesichtsausdruck nach zu urteilen ist es ihr sehnlichster Wunsch, dass es auch das letzte Mal wird.

Unwillkürlich erinnere ich mich an die Geräusche, die sie im Gästezimmer mit Nicholas gemacht hat. Meine Wangen werden heiß, und ich starre meine Nägel an, in der stillen Hoffnung, dass irgendwer das Wort ergreift. Aber während Wiggs seine Unterlagen sortiert, scheinen die anderen mich vollständig ignorieren zu wollen, also fällt es mir zu, die Stille zu durchbrechen.

»Bin ich aus einem bestimmten Grund hier?«, frage ich schließlich. »Es klingt nämlich so, als hätte Maisie alles im Griff.«

»Wiggs hat ein Dokument, das du unterschreiben sollst«, antwortet Helene hochnäsig. »Wie wir alle wissen, ist Maisie in dem Video nicht zu sehen, und jedwede Anschuldigung, dass sie in den Vorfall involviert sei …«

»Ich kann schon den Mund halten.« Jetzt bin ich damit dran, sie und ihre schniefende Tochter böse anzufunkeln. »Aber wenn du glaubst, dass sie nicht in dem Video auftaucht, hast du dich geschnitten. Vielleicht nicht in dem Clip, der gestern gepostet wurde, aber irgendwer *muss* ihn bearbeitet haben, und derjenige hat auch das gesamte Videomaterial. Einschließlich Maisies Auftritt.«

Bei meinen Worten erblasst Maisie, und Helene zieht sie enger an sich, aber bevor eine von beiden den Mund öffnen kann, findet Wiggs das Dokument, nach dem er gesucht hat, und schiebt es zu mir herüber. Er muss sich ziemlich strecken, um an meinen Platz heranzukommen, und ich komme ihm auch nicht entgegen. Ohne mich vorzubeugen kann ich bereits das Wort VERSCHWIEGENHEITSERKLÄRUNG erkennen, und obwohl

ich das erwartet haben sollte, fühlt es sich trotzdem wie eine Ohrfeige an.

»Den potenziellen Inhalt des unbearbeiteten Videos wollten
wir ebenfalls ansprechen«, sagt Wiggs, und kurz frage ich mich,
ob Maisie ihren Eltern auch von Gia erzählt hat. »Sollte je das
gesamte Videomaterial öffentlich gemacht werden, wäre meiner
Meinung nach die beste Verteidigung für Sie beide, den Gerüchten zuvorzukommen.«

»Sie meinen, den Gerüchten, die nicht eh schon herum-
schwirren?«, frage ich verbittert und sehe mir die Erklärung näher
an. Ganz unten auf der Seite, neben der leeren Zeile, auf die ich
meine Unterschrift setzen soll, hat irgendwer bereits in schwarzer
Tinte ein Datum eingetragen: den 1. Juli 2023.

Mein achtzehnter Geburtstag.

»Gerüchte, die sich mit Ihrer Königlichen Hoheit befassen«,
erklärt Wiggs. »Natürlich haben wir mehr als genug Beweise, dass
sie aus Notwehr gehandelt hat, aber sollte Robert Cunningham
auf eine Ermittlung beharren, könnte die Situation komplizierter
werden.«

»Und was hat das mit mir zu tun?« Ich verschränke die Arme
vor der Brust und lehne mich in meinem Stuhl zurück.

Wiggs schürzt die Lippen, und mir ist sofort klar, dass es nichts
Gutes sein kann. »Jetzt, da das Video des … Übergriffs an die
Öffentlichkeit geraten ist, haben wir die einmalige Gelegenheit,
sowohl Ihre Unschuld zu beteuern als auch potenzielle Anschuldigungen von Ihrer Königlichen Hoheit abzulenken. Wenn Sie
dazu bereit wären, die Ereignisse dieses Abends öffentlich an-
zusprechen, rechnen wir uns eine aufgeschlossene und verständ-
nisvolle Reaktion aus …«

»Dazu bin ich nicht bereit«, unterbreche ich ihn. Ich funkele

Alexander an, aber er sieht nicht einmal auf. »Du hast gesagt, dass du dich nicht von Robert Cunningham einschüchtern lässt. Dass ich, deine *Tochter*, dir wichtiger bin als die Medien …«

»*Maisie* ist seine Tochter – und die zukünftige Königin«, faucht Helene. »Du bist nicht seine Priorität, und du wirst es auch nie sein.«

In meinen Ohren fängt es an zu rauschen, und es hat nichts mit dem Konzert zu tun. »Darum bin ich hier? Ihr wollt, dass ich lüge und sage, ich hätte Jasper umgebracht, damit ja kein Verdacht auf eure ach-so-unschuldige Thronerbin fällt?«

»Mit einem solch … *spezifischen* Betäubungsmittel im Blut wird kein Gericht in England Sie verurteilen«, sagt Wiggs in einem Tonfall, der mich offenbar beruhigen soll. »Die Beweise sind auf unserer Seite …«

»Wenn man von dem Video absieht, das allen zeigen könnte, wer es wirklich war.«

»Ihre Königliche Hoheit ist während Jasper Cunninghams Sturz nicht im Bild«, entgegnet Wiggs. »Wenn es bereits ein Geständnis gibt und das Gericht den Fall beigelegt hat …«

»Ich gestehe gar nichts, weil ich *nichts falsch gemacht habe*«, knurre ich und springe auf. »Sind Sie nicht eigentlich *mein* Anwalt? Warum beschützen Sie sie auf meine Kosten?«

Maisies Gesicht rötet sich noch stärker. »Ich wollte *dich* beschützen, du undankbare …«

»Du hast ihn geschubst, weil er dich festhalten wollte«, fauche ich. »Und er ist gestürzt, weil er in den Getränkewagen gerannt und auf ein zerbrochenes Glas getreten ist. Daran hast du keine Schuld und ich auch nicht, und mit dem Rest kann sich gern Scotland Yard befassen.«

Nach meiner Ansprache stürme ich um den Tisch herum zum

Ausgang, aber als ich an Helene vorbeikomme, packt sie mich am Handgelenk. Sie greift so fest zu, dass ihr Ehering sich in meine Haut gräbt, und ich schreie vor Schmerz auf.

»Wenn du die Erklärung nicht unterschreiben solltest, müssen wir alles in unserer Macht Stehende tun, um unsere Tochter zu beschützen.« In ihrer Stimme liegt ein eisiger Zorn. »Wenn du unterschreibst und ein Geständnis abgibst, können wir dir rechtliche Unterstützung und die Privilegien anbieten, die Mitgliedern der Königsfamilie vorbehalten sind.«

»Klar, eine Verschwiegenheitserklärung *schreit* ja förmlich Familie«, knurre ich. »Muss Maisie auch eine unterschreiben? Oder bin ich die Einzige, der niemand vertraut, obwohl ich schon die ganze Zeit die Wahrheit sage?«

Helene kneift wütend die Augen zusammen, und in ihren ozeanblauen Augen sind ihre Pupillen nur winzig kleine Punkte. »Wenn du dich dazu entscheidest, deiner zukünftigen Königin deine Unterstützung zu verweigern, dann verlierst du auch unseren Schutz endgültig.«

Ruckartig befreie ich den Arm aus ihrem Griff. »Gut«, antworte ich kalt. »Den will ich eh nicht.«

Als ich endlich den Raum verlasse, wartet Tibby auf der anderen Seite auf mich. Mein plötzliches Erscheinen lässt sie zusammenzucken, und beinahe fällt ihr das Handy aus der Hand. »Ist das Meeting schon vorbei?«, fragt sie, und ich nicke.

»Ich verhungere gleich«, murmele ich. »Komm, wir gehen frühstücken.«

Aber bevor ich mich umdrehe, werfe ich einen letzten Blick in den Konferenzraum. Helene hält ihre Tochter im Arm, die in Tränen ausgebrochen ist, während Wiggs nach der Verschwiegenheitserklärung greift, die ich nicht unterschrieben habe. Alexander hat zwar die ganze Zeit kein Wort von sich gegeben, aber jetzt treffen sich unsere Blicke. Statt Wut oder Frust sehe ich in seinen Augen nur Schmerz und eine stille Entschuldigung.

Zu spät. Ich schließe die Tür, und das Klicken des Schlosses hallt durch den Flur. Er hatte seine Chance, und jetzt weiß ich wenigstens, dass er keine zweite verdient.

Tibby muss Kit von meinem Gemütszustand unterrichtet haben, denn als wir wieder in meinem Wohnzimmer ankommen, wartet er bereits mit einer Kanne meines Lieblingstees auf uns. Tibby macht sich mit der Ausrede dünn, etwas aus der Küche zu bestellen. Sobald sich die Tür hinter ihr schließt, fluche ich so lange und laut, dass Kits Augenbrauen fast unter seinen Locken verschwinden.

»Schlechter Morgen?«, fragt er, als ich innehalte, um wieder zu Atem zu kommen.

»Das kannst du laut sagen«, murmele ich und lasse mich neben ihm auf einen Stuhl fallen. »Du kannst dir nicht vorstellen, was …«

Plötzlich halte ich inne. Ich kann Kit nicht von dem Meeting erzählen. Zwar habe ich die Verschwiegenheitserklärung nicht unterschrieben, aber wenn ich mich keine fünf Minuten später umdrehe und aller Welt erzähle, was passiert ist, dann gebe ich Maisie und Helene nur Recht darin, mir nicht zu vertrauen. Und obwohl ich nichts lieber möchte, als Kit alles zu erzählen, weigere ich mich, ihre verabscheuungswürdigen Forderungen zu rechtfertigen.

Doch auch wenn ich ihm nichts über Maisies Rolle in Jaspers Tod sagen kann, kann ich ihm wenigstens den Rest erzählen. »Wiggs will, dass ich ein öffentliches Statement darüber abgebe, was wirklich passiert ist«, gebe ich zu. »Er ist der Meinung, das sei besser für mich, jetzt, da das Video gepostet wurde. Und …« Ich zögere. Vielleicht sage ich zu viel, aber nach allem, was er für mich getan hat, verdient es Kit, davon zu wissen. »Er will, dass ich ein Geständnis ablege.«

»Ein *Geständnis?*« Kit spuckt fast seinen Tee aus, und sein Gesicht verzerrt sich vor Wut. Sie sieht an ihm so fremd aus, dass ich erst gar nicht erkenne, was er fühlt. »Aber du hast gar nichts getan. Weiß Wiggs, dass das Video bearbeitet ist?«

Ich nicke. »Es ist eine lange Geschichte, und ich kann dir nicht alles sagen, aber … er meint, das sei meine beste Chance.«

Kit beißt die Zähne zusammen und umklammert seine Teetasse so fest, dass ich Angst habe, der Henkel könnte abbrechen. Schließlich stellt er sie übertrieben vorsichtig beiseite und sieht mich mit einem kämpferischen Gesichtsausdruck an.

»Egal, was gerade vor sich geht«, sagt er, »egal, welche Details du mir nicht erzählen kannst … Du solltest darauf nicht eingehen, Evan. Die Medien beruhigen sich irgendwann wieder, aber es gibt keinen guten Grund, warum du ein Verbrechen gestehen solltest, das du nicht begangen hast.«

Er hat recht, das ist mir klar, aber ich kann einfach nicht Helenes Blick vergessen oder ihren Ring, der sich in meine Haut grub, während sie mir drohte. Auf meinem Arm ist immer noch ein kleiner violetter Bluterguss zu erkennen, und ich reibe ihn abwesend mit der Hand. »Ich weiß nicht, was ich sonst tun soll«, gebe ich zu. »Egal, was passiert, die Leute werden immer denken, dass ich eine Mörderin bin.«

»Du bist keine Mörderin.« Er zuckt kurz mit den Fingern, und eine Sekunde lang denke ich, dass er die Hand nach mir ausstreckt, aber er tut es nicht. »Ich kann nicht verstehen, warum

Wiggs das Video nicht benutzt, um dich zu entlasten. Die Bearbeitung ist ein *Beweis*, dass du Jasper nicht umgebracht hast, und es gibt keinen Grund …«

Auf einmal hält Kit mit aufgerissenen Augen inne, und mir rutscht das Herz in die Hose, als ich ihm dabei zusehe, wie er die einzig richtige Schlussfolgerung zieht. Vielleicht habe ich ihm zu viel verraten, oder vielleicht ist er auch nur wahnsinnig klug. Er war schließlich bei fast allem dabei – von der Party bis zu meinem Streit mit Maisie gestern Abend. Und obwohl ich unehelich bin, gibt es nur wenige Menschen, die Wiggs noch vor mich stellen würde. Vor meine Unschuld und meinen angegriffenen Ruf.

»Oh«, macht Kit leise.

»Oh«, wiederhole ich und senke den Blick. Ich bitte ihn nicht um Verschwiegenheit; das kann er sich vermutlich selbst denken. Aber trotzdem fühle ich mich, als hätte ich Maisie hintergangen, als hätte vielleicht ein kleiner Teil von mir gewusst, dass er es sich zusammenreimen würde – als hätte ich darauf *gehofft*. Und dafür hasse ich diesen Teil von mir.

Wir schweigen, während Kit seine Erkenntnis verarbeitet. Er spielt stirnrunzelnd mit seiner Teetasse, während ich leer und müde neben ihm sitze. Wenigstens wissen wir jetzt beide, warum es keinen Zweck hat, meine Unschuld zu beteuern – nicht, wenn ich der perfekte Sündenbock für die Königstochter bin, die wirklich wichtig ist.

»Was, wenn wir das alles falsch angegangen sind?«, fragt er schließlich. Seine Stimme klingt heiser. »Wir wissen, dass du unschuldig bist, und … na ja, wir können davon ausgehen, dass Jaspers Sturz ein … ein Unfall war. Aber es gibt trotzdem noch einen Böswilligen in dieser Sache.«

»Meinst du denjenigen, der seinen Laptop hat?«, frage ich, und Kit nickt.

»Deswegen macht Wiggs sich Sorgen, richtig? Weil es egal ist, was er der Polizei sagt, wenn es jemanden da draußen gibt – jemanden, der auf der Party war –, der die wahre Geschichte auf Video hat.«

Ungläubig starre ich ihn an. »Du bist wirklich verdammt klug, oder?«

Kit läuft rot an, was irgendwie süß ist. »Es gibt nur Weniges, was an dieser ganzen Situation Sinn ergibt.« Er reibt sich den Nacken. »Und wenn einer der Partygäste den Laptop gestohlen hat …«

»Sich in einen Laptop zu hacken, ohne das Passwort zu kennen, ist nicht besonders einfach«, werfe ich ein. Mein Kopf schwirrt vor neuen Möglichkeiten. »Wenn Jasper nicht so ein einfaches Passwort wie ›1234‹ hatte, muss derjenige, der das Video bearbeitet und gepostet hat, es schon vorher gekannt haben. Was bedeutet, dass sie sich vermutlich gut kannten.«

»Dann ist es vielleicht jemand, mit dem er zusammen war oder Geschäfte gemacht hat«, überlegt Kit. Er trommelt mit den Fingern auf den Tisch. »Und wenn auf dem Computer etwas war, von dem der Dieb nicht wollte, dass die Polizei es in die Finger bekommt, dann würde es Sinn ergeben, dass er sich Minuten nach seinem Tod in Jaspers Schlafzimmer gewagt hat. Vielleicht hat er das Video nur zufällig gefunden.«

»Oder vielleicht wusste er davon«, sage ich leise. »Ein Sexvideo von Jasper und der wilden unehelichen Tochter des Königs wäre das Risiko vermutlich wert.«

Kit runzelt die Stirn, und ich weiß, dass er mir zustimmt. »Aber statt zu versuchen, damit die Königsfamilie zu erpressen, hat er das Video so bearbeitet, dass es nur dir schadet. Warum?«

Das ist eine gute Frage, und mir fallen keine Antworten darauf ein. Aber mir wird klar, dass wir uns die ganze Zeit auf Leute konzentriert haben, die Jasper tot sehen wollten oder zumindest nicht um ihn trauern würden. Doch jemand, der ihm nahestand und nichts mit dem Sturz zu tun hatte, aber trotzdem von dem Video profitieren könnte … Dafür kommen weitaus weniger Leute infrage.

»Hast du die Namensliste noch?«, frage ich. Kit holt sein Handy aus der Hosentasche, ich rutsche näher an ihn heran, und wir machen uns an die Arbeit.

»Evan? Bist du wach?«

Graues Morgenlicht strömt in mein Schlafzimmer, als Tibby den Vorhang aufzieht, und ich zucke zurück wie ein Vampir, der Angst hat, zu Asche zu zerfallen. Es ist noch früh – viel früher, als sie normalerweise kommt –, und nach einer langen, von Recherche zu Jasper und seinem innersten Kreis bestimmten Nacht brummt mir noch immer der Kopf. Kit und ich haben vier Hauptverdächtige, nachdem wir uns auf die technisch begabtesten seiner Freunde und Geschäftspartner konzentriert haben, und eigentlich wollte ich noch ein paar Stunden schlafen, bevor Kit mit Frühstück in meinem Wohnzimmer ankommt.

»Lass mich in Ruhe«, grummele ich und ziehe die Knie an die Brust, aber trotzdem kommen Tibbys Schritte näher. Ich stöhne.

»Es tut mir sehr leid, dich zu stören«, sagt Tibby. »Aber es ist wichtig.«

Die Entschuldigung überrascht mich. Ich kenne sie zwar noch nicht lange, aber ich bin mir ziemlich sicher, dass ihr die Worte nicht leicht über die Lippen kommt – besonders nicht, wenn es um mich geht. Widerwillig öffne ich die Augen, und als ich Tibby sehe, weiß ich sofort, dass irgendwas schiefgelaufen ist.

Sie hat Leggings an. Und ein Sweatshirt. Und *Turnschuhe*.

»Was ist los?«, murmele ich. »Ist alles in Ordnung?«

Sie zögert kurz und lässt sich dann auf der Bettkante nieder. In der Hand hält sie ein Tablet, und ein plötzlicher Adrenalinschub lässt meine Müdigkeit verfliegen. Ein Blick in ihr Gesicht, und ich bin mir sicher, dass sie schlechte Neuigkeiten hat.

»Ich weiß, dass du morgens immer die Nachrichten liest«, erklärt sie, »und ich wollte nicht, dass du dabei allein bist.«

»Wovon redest du?« Mein Herz hämmert in der Brust. Sie benimmt sich genauso wie am Morgen nach der Party in Belgravia, als sie mir beibringen musste, dass Jasper tot war. »Geht es allen gut? Ist Kit ...«

»Mit ihm ist alles in Ordnung«, versichert sie mir. »Und mit den anderen auch. Aber ...«

Sie presst unentschlossen die Lippen aufeinander, gibt mir jedoch nach ein paar Sekunden das Tablet. Auf dem Bildschirm prangt die Titelseite der *Daily Sun*, und auf einmal verstehe ich, warum sie um halb sechs morgens hier ist. Warum sie nicht wollte, dass ich allein bin. Und während ich den Artikel lese, weiß ich, als würde ich mich selbst von weit weg beobachten, dass mein Leben vollständig niedergebrannt ist und nichts mehr so sein wird, wie es war.

26. KAPITEL

GELIEBTE SEINER MAJESTÄT
AUFGEDECKT

Es ist bestätigt: Die ehemalige Geliebte des Königs und die Mutter seiner unehelichen Tochter Evangeline ist eine US-amerikanische Künstlerin namens Laura Bright.

Bright (43) wohnt in Arlington, West Virgina, und soll im Herbst 2004 eine Affäre mit Seiner Majestät gehabt haben. Laut einem anonymen Familienfreund beendete Alexander die Beziehung, nachdem er herausfand, dass seine Frau, Königin Helene, mit der Tochter des Paares, Prinzessin Mary, schwanger war. Zu der Zeit erwartete Bright ebenfalls bereits ein Kind von Alexander, und die folgenden Monate waren angeblich von Rechtsstreitigkeiten über das unerwartete Souvenir ihrer Affäre geprägt.

»Er wollte, dass sie das Baby abtreibt«, erinnert sich Jackie Merton, eine ehemalige Klassenkameradin von Bright, die nach ihrem gemeinsamen Abschluss von der Three Oaks Academy in Arlington noch Kontakt zu ihr hielt. »Aber sie hat sich natürlich geweigert. Wir wussten zu der Zeit nicht, wer der Vater war, aber jetzt ergibt diese Entschlossenheit, das Baby zu behalten, einen Sinn. Sie wollte das Kind des Königs von England behalten.«

Durch eine seltsame Schicksalswende wurden die beiden Halbschwestern mit nur wenigen Stunden Abstand am 1. Juli 2005 geboren; Prinzessin Mary in London und Evangeline auf der anderen Seite des Ozeans in Arlington. Kurz nach den Geburten gab der König das Sorgerecht für Evangeline auf und konzentrierte sich auf seine Ehe. Bright soll angeblich im Austausch gegen ihr Schweigen eine siebenstellige Summe erhalten haben, und die Ex-Geliebten sahen einander nie wieder.

Ohne dass der König davon etwas ahnte, zeigten sich bei seiner ehemaligen Flamme in den nächsten Jahren erste Anzeichen einer psychischen Krankheit. »Sie war paranoid«, sagt Merton, die Bright und ihre junge Tochter oft besuchte. »Sie war davon überzeugt, dass sie verfolgt werde und dass ihre Anrufe überwacht würden. Sie zog sich mehr und mehr von mir und unserer Freundesgruppe zurück, und wenn sie doch mal da war, brach sie ständig grundlos in Tränen aus. Wir dachten, sie sei vielleicht depressiv. Ich habe sie dazu gedrängt, sich Hilfe zu holen, aber sie war der Meinung, es sei alles in Ordnung.«

Brights Geisteszustand verschlechterte sich weiter, bis die Polizei in Arlington am Abend des 17. November 2009 einen panischen Anruf von Brights Mutter erhielt. Die inzwischen verstorbene Betty Bright gab damals an, ihre Enkeltochter sei in unmittelbarer Gefahr. Als die Polizei im Haus der Brights ankam, hatte Laura sich mit der vierjährigen Evangeline im Badezimmer verbarrikadiert.

»Wir mussten die Tür aufbrechen«, erinnert sich Polizeibeamter Gerald Way, der vor fast vierzehn Jahren bei dem Einsatz dabei war. »Im Bad haben wir dann Miss Bright gefunden, die ihre Tochter in der Badewanne unter Wasser hielt.«

Bright wurde verhaftet und des versuchten Mordes angeklagt, während Evangeline im Kinderkrankenhaus in

Arlington mehrere Tage auf der Intensivstation behandelt wurde. Nach dem Vorfall wurde Betty Bright das alleinige Sorgerecht für ihre Enkelin übertragen. Seine Majestät lehnte es angeblich ab, die Familie nach dem Vorfall zu besuchen.

In den folgenden Wochen wurde bei Laura Bright eine Schizophrenie diagnostiziert, eine lebenslange psychische Krankheit, die oft eine genetische Komponente hat. Ihr Ärzteteam sagte vor Gericht aus, dass sie einen Nervenzusammenbruch erlitten hatte, der zu dem Versuch führte, ihre Tochter zu ertränken. Anstelle einer Gefängnisstrafe wurde Bright an eine psychiatrische Klinik überwiesen, aus der sie zwei Jahre nach dem Vorfall entlassen wurde.

Brights aktueller Aufenthaltsort ist unbekannt, aber ein anonymer Freund der Familie gab an, dass Evangeline ihre Mutter seit Betty Brights Tod im Jahre 2016 nicht mehr gesehen habe. Evangeline, die in den letzten sechs Jahren von nicht weniger als neun Internaten in Nordamerika verwiesen wurde, oft wegen kriminellen Verhaltens, wird gegenwärtig des Mordes an Jasper Cunningham verdächtigt.

– The Daily Sun, 26. Juni 2023

Als ich klein war, hatte ich fast jede Nacht den gleichen Traum.

Ich watete ins Meer, während die Wellen gegen meine Beine schlugen. Der Himmel war makellos blau, meine Mom und meine Großmutter saßen am Strand, wo sie ein Picknick auspackten oder lasen, und ich grub meine Zehen in den Sand, so glücklich wie noch nie.

Dann fiel mir in der Nähe ein bunter Fisch auf oder vielleicht eine Muschel – egal was es war, es war immer bunt und zog meine

Aufmerksamkeit auf sich. Ich versuchte, es zu erhaschen, bis das Wasser zu tief für mich wurde und ich wieder ans Ufer wollte. Aber dann war das Ufer plötzlich weg. Selbst wenn ich meine Mutter und Großmutter nur eine Sekunde lang aus den Augen verloren hatte, war ich danach stets ganz allein mitten im Ozean. Und die Wellen schlugen immer höher.

Sie warfen mich hin und her, bis ich schließlich unterging. Das Wasser wurde immer dunkler, und ich schwebte im Nichts, ohne mich bewegen oder atmen zu können. Manchmal rief ich nach Hilfe. Manchmal versuchte ich, zu schwimmen, obwohl ich gar nicht schwimmen konnte. Aber der Traum endete immer gleich: Kurz bevor ich ohnmächtig wurde, schrie ich so laut, dass ich aufwachte, und meine Großmutter kam ins Zimmer gerannt, um mich zu trösten.

Ich verstand nie, warum ich diese Träume hatte. Sie und meine Mutter hatten mich noch nie zum Strand oder ins Schwimmbad mitgenommen, und ich lernte erst mit elf schwimmen, auf dem ersten Internat, auf das Alexander mich nach dem Tod meiner Großmutter schickte. Jahrelang hatte ich diesen Albtraum, und jetzt weiß ich endlich, warum.

»Das ist kompletter Müll.« Tibby sitzt noch immer neben mir auf dem Bett und hält die Hand über meiner Schulter in der Luft, ohne mich tatsächlich zu berühren. In diesem Tonfall habe ich sie noch nie sprechen hören – geradezu sanft und beruhigend, aber viel zu besorgt, um wirklich überzeugend zu wirken. »Solche Akten gelangen nicht einfach so an die Öffentlichkeit, und die Hälfte ist sicherlich erfunden, um die Geschichte noch skandalöser erscheinen zu lassen ...«

»Wo ist Alexander?«, bringe ich hervor. In meiner Brust klafft ein Loch, als wäre ich entzweigerissen worden. Mein verletzliches

Inneres ist entblößt, und ich weiß nicht, wie ich die Blutung stillen kann. »Ist er schon wach?«

Obwohl ich nur ein altes Tanktop und Shorts anhabe, mache ich mich entschlossen zur Tür auf. Hektisch springt Tibby auf und folgt mir. Ihre Turnschuhe klingen dumpf auf dem dicken Teppich.

»Er schläft wahrscheinlich noch«, wirft sie ein, aber sie scheint mich nicht aufhalten zu wollen. »Wenn er noch nicht wach ist, wecke ich ihn.«

Im Moment fühle ich mich zu taub, um ihre Loyalität genügend wertzuschätzen, aber ein kleiner Teil von mir erkennt, wie froh ich sein kann, sie zu haben. Sie hält mich nur lange genug auf, um mir einen Morgenmantel und ein Paar Hausschuhe zu geben, und kurz darauf hasten wir den hell erleuchteten Flur entlang, der die Privatgemächer der Königsfamilie miteinander verbindet.

So früh am Morgen und mit dem Nebel, der sich im Innenhof gesammelt hat, ist das Schloss fast unheimlich, aber wir sind nicht vollständig allein im Flur. Uns laufen innerhalb kurzer Zeit zwei Bedienstete über den Weg, und als wir in Richtung von Alexanders Gemächern abbiegen, kollidiere ich fast mit etwas Großem, das eine Jogginghose und ein T-Shirt anhat.

Kit.

»Evan, du bist schon wach.« Ohne zu fragen, umarmt er mich und durchbricht dabei die unsichtbare Wand, die zwischen uns stand, als hätte es sie nie gegeben. »Es tut mir so leid. Ich war gerade auf dem Weg zu dir …«

»Du hast den Artikel also gesehen?«, fragt Tibby leise.

»Ja.« Auf einmal wird Kit ganz still, und ihm scheint endlich aufzufallen, dass ich seine Umarmung nicht erwidere. Augenblicklich lässt er die Arme fallen und tritt einen Schritt zurück. »Evan? Ist alles in Ordnung?«

Seine warmen braunen Augen sind voller Sorge, und sein dunkles Haar kräuselt sich wild um sein Gesicht herum. Alles an ihm ist vertraut, aber als ich ihn jetzt anschaue, sehe ich nur den Verrat.

»Du bist der Einzige, dem ich das je erzählt habe«, flüstere ich. Die Worte bleiben mir fast in der Kehle stecken. Kit starrt mich verwirrt an, aber dann macht sich auf seinem Gesicht die Erkenntnis breit.

»Ich habe kein Wort gesagt«, verteidigt er sich, ebenfalls mit leiser Stimme. »Das würde ich nie ...«

»Niemand sonst. Niemand aus der Schule, nicht Ben, Maisie oder sogar Tibby – niemand sonst wusste von meiner Mom«, zische ich. Niemand außer Jenkins, aber ihm vertraue ich so sehr wie sonst niemandem. Er würde mir das nicht antun.

Kit schluckt, und sein Adamsapfel springt nervös auf und ab. »Du hast mir nie ihren Namen gesagt«, wirft er ein. »Oder davon ... davon erzählt, was deine Mom getan hat.«

»Alles, was Robert Cunningham brauchte, war ein einziger Hinweis. Den Rest hätte er allein herausfinden können.« Jedes Wort, das aus meinem Mund kommt, klingt fremd, als wäre ich nicht mehr diejenige, die gerade spricht. »Ich dachte, dass Maisie, Gia und Rosie die anonyme Quelle wären, aber ... du wusstest alles, Kit. Du warst die ganze Zeit dabei.«

Ich erwarte, dass er wütend wird – dass er schreit, alle Anschuldigungen von sich weist, mir sagt, wie falsch ich liege und dass ich mich irrational verhalte. Aber stattdessen atmet er tief durch und streicht sich mit den Händen durchs Haar, was nur dazu führt, dass seine Locken noch unordentlicher werden.

»Ich schwöre dir, dass ich kein Wort darüber verloren habe«, sagt er in einem fast schockierend ruhigen Tonfall. Meine An-schuldigung setzt ihm zu – das ist an seiner leicht zitternden Stimme und dem verzerrten Gesicht gut zu erkennen. Doch er lässt es nicht an mir aus. »Aber es ist verständlich, dass du glaubst, ich hätte es ausgeplaudert. Ich weiß, dass es für dich nicht einfach ist, anderen zu vertrauen …«

»*Stopp.*«

Sein Kiefermuskel zuckt, und er ballt die Fäuste. »Ich will ein Teil deines Lebens sein, Evan. Unbedingt. Und ich würde nie etwas tun, um das aufs Spiel zu setzen, das schwöre ich dir.«

»Du hast ihnen von meiner *Mom* erzählt.«

»Das war nicht ich.« Seine Stimme ist so sanft und beruhigend, dass ich ihm eine Sekunde lang fast glaube. »Hör zu: Fühl, was du im Moment fühlen musst. Sei so wütend auf mich, wie du willst. Und wenn das hier alles vorbei ist und wir wissen, wer es wirklich war, bin ich immer noch hier. Versprochen. Du verlierst mich nicht, und ich würde nie riskieren, dich zu verlieren.«

Kit tritt zur Seite, um mich und Tibby vorbeizulassen. Ich starre ihn an, während Zweifel und Wut und mindestens ein Dutzend anderer Gefühle, die ich nicht benennen kann, in mir toben, aber ich weiß nicht, was ich ihm antworten soll. Ich weiß gar nichts mehr. Und als ich endlich an ihm vorbeigehe und mich das Verlangen ergreift, nachzugeben, schiebe ich es entschlossen beiseite. *Eine Krise nach der anderen*, sage ich mir selbst. Nur so kann ich sie durchstehen.

Als Tibby und ich vor Alexanders Suite ankommen, versuche ich so angestrengt, mich zusammenzureißen, dass die Wände sich um mich drehen. Trotz der frühen Stunde klopft Tibby energisch an die Tür, so laut, dass es den Flur entlanghallt. Nach ein paar Sekunden klopft sie noch einmal, diesmal noch fester.

»Vielleicht ist er in seinem Büro«, sagt sie. »Oder er ist gar nicht im Schloss, aber ich hätte schwören können, dass ich die Flagge gesehen habe …«

Die Tür fliegt auf, und auf der anderen Seite steht Alexander. Er hat einen plüschigen blauen Morgenmantel an, und sein Kinn ist unrasiert, was darauf hindeutet, dass er noch nicht lange wach ist. Erst ist sein Gesichtsausdruck mörderisch, aber als er mich sieht, scheint sein Zorn augenblicklich zu verfliegen.

»Evangeline? Ist alles in Ordnung?«

»Du hast gesagt, sie würden sie nie finden.« Mein Mund ist knochentrocken. »Du hast es mir *versprochen*.«

»Wovon redest du?«, fragt er, aber in seiner Stimme höre ich dieselbe Angst, die mich bereits erfasst hat.

»Ich gehe davon aus, dass Sie das hier noch nicht gesehen haben, Eure Majestät«, schaltet Tibby sich ein und gibt ihm das Tablet. Schweigend scrollt er durch den Artikel der *Daily Sun* und überfliegt den Text so schnell, dass ich kaum glauben kann, dass er ihn wirklich liest.

»Stimmt das?«, will ich wissen. »Hatte meine Mutter wirklich einen Nervenzusammenbruch und hat versucht, mich zu ertränken? Ist das der Grund dafür, dass ich sie die letzten Jahre nicht sehen durfte? Nicht, weil ihre Medikamente angepasst wurden, sondern weil *du* glaubst, sie sei irgendein Monster, das mir absichtlich wehtun würde?«

Alexander steht der Mund offen, und er scheint zwischen mir und dem Artikel hin- und hergerissen zu sein. »Evan, ich …«

»*Ja oder nein?*«

Er zieht scharf Luft durch die Zähne ein, und das sagt mir bereits alles, was ich wissen muss. »Deine Mutter war sehr krank …«

»Du hattest *kein Recht*, mich von ihr fernzuhalten«, bricht es wütend und verletzt aus mir hervor. »Nachdem sie in Behandlung gegangen war und die richtigen Medikamente bekommen hat, ging es ihr *gut*. Mit meiner Großmutter habe ich sie ständig besucht, und sie hat mich nicht auf ein Internat geschickt, weil sie dachte, dass meine Mutter nur einen schlechten Tag haben müsste, um mir wieder wehzutun …«

»Auf die Internate hat deine Mutter bestanden, nicht ich.«

Abrupt halte ich inne und starre ihn an. »Das stimmt nicht. Sie liebt mich …«

»Sie liebt dich sehr«, stimmt er zu. »Aber nachdem deine Großmutter gestorben ist, hat Laura sich geweigert, das Sorgerecht für dich wieder zu übernehmen oder sich um dich zu kümmern. Sie lebt in Angst, dass sie dir wieder wehtun wird …«

»Aber das würde sie nicht«, widerspreche ich ihm wütend und wische mir Tränen von den Wangen.

»Nein, das würde sie nicht, aber ihre Krankheit hatte es bereits einmal getan, und damals wärst du fast gestorben.« Alexander verzieht das Gesicht. »Es tut mir sehr leid, Evan, aber sie war diejenige, die dich wegschicken wollte.«

Seine Worte landen direkt zwischen meinen Rippen und bleiben dort stecken, wie Pfeile mit Widerhaken. Sprachlos stehe ich da, während mir klar wird, dass alles, was ich jemals geglaubt habe, eine Lüge war.

»Meine Liebe …« Er streckt die Hand nach mir aus, aber ich zucke zurück und stoße dabei fast mit einer Vase zusammen.

»Du lügst«, zische ich. »Das hat sie nicht getan. Das würde sie *nie* tun.«

»Evan …«, setzt er an, aber ich drehe mich um und haste wieder in Richtung meines Zimmers davon, atemlos und tränenblind. Es kann einfach nicht stimmen. Alles, was ich die letzten sieben Jahre lang wollte, war, meine Mom zu sehen. Auch wenn es nur kurz gewesen wäre. Aber wenn sie mich nicht sehen wollte … wenn sie diejenige ist, die sichergestellt hat, dass ich nie nach Hause kommen kann …

Dann bin ich endgültig allein.

27. KAPITEL

Gia: Du hast *was* gemacht?

Maisie: Nach allem, was passiert ist, kam es mir nur rechtens vor.

Gia: Maisie, Darling, ich weiß, dass du es gewohnt bist, dass alles nach deiner Pfeife tanzt, aber zu erwarten, dass sie die Verantwortung dafür übernimmt, ist unzumutbar.

Maisie: Aber der Anwalt hat gesagt …

Gia: Der Anwalt wird dafür bezahlt, dich und deine Eltern zu beschützen, und dafür würde er jeden anderen den Wölfen zum Fraß vorwerfen. Selbst Evangeline.

Maisie: Das mag ja sein, aber ich bin irgendwann Königin.

Gia: Ach, wirklich? Das war mir noch gar nicht klar.

[Pause]

Maisie: Du bist wütend auf mich, oder?

Gia: Ja. Sie ist deine Schwester. Oder Halbschwester. Egal, wie du sie nennen willst,
sie ist dein Fleisch und Blut. Sie ist gerade
in einem fremden Land, umgeben von fremden
Leuten, von denen die meisten sie abgrundtief
hassen, und sie musste bereits eine schreckliche, traumatische Erfahrung durchleben, die
sich jetzt jeder, der eine Internetverbindung
hat, so oft ansehen kann, wie er will. Und *du*
glaubst, es wäre fair, sie darum zu bitten,
Verantwortung für einen Tod zu übernehmen, mit
dem sie gar nichts zu tun hatte?

Maisie: Sie steckt doch eh schon bis zum Hals
in der Sache. Nach all den Skandalen, die sie
schon …

Gia: *Maisie.* Hör dir selbst einmal zu. Hast du
nicht das geringste Mitgefühl mit ihr?

Maisie: Glaubst du, sie hat das geringste Mitgefühl mit mir?

Gia: Angesichts der Tatsache, dass unsere
Beziehung nicht auf der Titelseite aller
Zeitungen im Land diskutiert wird, bin ich
mir sicher, dass sie das hat. Sie könnte sich
selbst ganz einfach schützen, indem sie darauf
hinweist, dass das Video bearbeitet ist, aber
das hat sie bis jetzt nicht getan. Das allein
sagt mir alles, was ich wissen muss.

Maisie: Aber sie könnte es immer noch tun.
Benny hat gesagt, dass die ganzen Schlagzeilen über ihre Mutter heute sie ganz verrückt

gemacht haben, also ist es eigentlich nur eine Frage der Zeit, bis sie uns alle niederbrennt.

Gia: Nach allem, was du und deine Mutter und die verdammten Cunninghams ihr angetan haben, würde ich ihr das nicht verübeln. Ich würde ihr vielleicht sogar helfen, das Feuer zu legen.

Maisie: *Gia!*

Gia: Ich meine es ernst. Wenn du langsam zu so einer Person wirst …

[Pause]

Maisie: Es tut mir leid. Du weißt, wie schwierig das alles für mich ist.

Gia: Wenn es schon für dich schwierig ist, dann stell dir vor, wie es für sie ist.

Maisie: Muss ich wirklich?

Gia: Nur, wenn du ein guter Mensch sein willst. Aber wenn du das nicht mehr sein willst, tu mir einen Gefallen und sag es mir jetzt, bevor du mir das verdammte Herz brichst.

— Telefonat zwischen Ihrer Königlichen Hoheit Prinzessin Mary und Lady Georgiana Greyville, 9:41, 26. Juni 2023

Tibby weicht mir nicht von der Seite.

Während ich mich auf dem Sofa im Wohnzimmer unter einer Decke zusammenrolle, lässt sie sich auf dem Sessel nieder, der mir gegenübersteht, und redet über eine Million Themen, die mich kein bisschen interessieren. Irgendetwas über einen Viscount, der sein Familienvermögen in Monte Carlo verspielt hat. Welche ihrer Verwandten die besten Tickets für Wimbledon ergattert haben. Über eine walisische Schauspielerin, die offenbar mit ihrem neuen Freund zusammen ein Baby erwartet, obwohl sie sich erst vor einer Woche von ihrem Ehemann getrennt hat.

Ich weiß Tibbys Anstrengungen und ihre Gesellschaft zu schätzen, aber ich tue noch nicht einmal so, als würde ich ihr zuhören. Alles, woran ich denken kann, ist der Zeitungsartikel, und alles, was ich hören kann, ist das, was Alexander zu mir gesagt hat.

Meine Mom war diejenige, die mich weggeschickt hat. Sie hat mich absichtlich von sich ferngehalten. Die ganze Zeit habe ich Alexander die Schuld für die Internate gegeben, für all die Jahre, in denen ich niemanden hatte, aber sie war diejenige, die mich nicht mehr wollte. Sie ist diejenige, wegen der ich mich allein durchschlagen musste und die mir meine Familie und mein Zuhause genommen hat.

Es ist egal. Sie ist krank – sie wusste nicht, dass sie mir damit wehtat, sage ich mir, während ich die Augen zusammenpresse. Aber das ist eine Lüge. Sie hat zwar manchmal schlechte Tage, aber ihre Krankheit ist weitestgehend unter Kontrolle. Sie hat sich frei dazu entschieden, mich wegzuschicken. Sie wollte es.

Kurz vor dem Mittagessen klopft es an der Tür. Während Tibby aufsteht, um nachzusehen, wer es ist, vergrabe ich mich noch tiefer unter meiner Decke. Es gibt niemanden auf der Welt, den ich jetzt gerade sehen will, und garantiert niemanden auf Schloss Windsor.

»Eure Königliche Hoheit«, sagt Tibby scharf, und ich danke ihr im Stillen. »Es tut mir leid, Evangeline fühlt sich nicht gut.«

»Natürlich nicht.« Die Stimme meiner Halbschwester ist schneidend, und ich zucke innerlich zusammen. »Niemand würde sich an ihrer Stelle gut fühlen, aber ich muss trotzdem mit ihr sprechen.«

Vom Sofa aus kann ich nicht erkennen, ob Maisie sich mit Gewalt einen Weg ins Zimmer bahnen muss, aber ich hoffe, dass Tibby ihr zumindest ein bisschen im Weg stand. Maisies Schritte klingen auf dem Teppich gedämpft, dennoch höre ich, wie sie um das Sofa herumgeht und sich schließlich auf dem Sessel bei meinem Kopf niederlässt.

»Kannst du mich wenigstens ansehen?«, fragt sie steif, und ich fluche leise, als ich mir die Decke vom Gesicht ziehe.

»Was willst du? Es mir unter die Nase reiben? Das machen die Medien schon ganz gut, keine Sorge.«

Wenn sie sich von meiner Respektlosigkeit beleidigt fühlt, zeigt sie es nicht. »Ich … wollte nachsehen, wie es dir geht«, sagt sie langsam, als müsste sie um jedes Wort kämpfen.

»Alles ist super«, murmele ich. »Könnte nicht besser sein.«

Maisie verschränkt die Finger, und ich glaube, auf ihrem Gesicht einen Funken Unbehagen zu erkennen. »Ich wusste nicht, dass deine Mutter … krank ist. Mein Beileid.«

»Ich will dein Beileid nicht, genauso wenig wie dein Mitleid oder irgendein anderes Leid, das du mir bekunden willst«, schnauze ich. Ich setze mich auf und ziehe mit Mühe meine Arme unter der Decke hervor. »Schizophrenie ist kein Todesurteil. Man kann sie behandeln und damit umgehen, und meine Mom hat nicht jahrelang hart daran gearbeitet, damit du mir jetzt dein *Beileid* aussprechen kannst.«

Maisie zuckt zurück und ballt die Fäuste. »Nun ja. Leider weiß ich nicht besonders viel über die Krankheit.«

»Dann schlag sie nach«, sage ich kurz angebunden. »Es ist nicht meine Aufgabe, sie dir zu erklären.«

Stille breitet sich zwischen uns aus. Maisie rutscht unbehaglich hin und her, und ein kleiner, fieser Teil von mir hofft, dass es ihr peinlich genug ist, um zu gehen und mich in Ruhe zu lassen. Aber sie bleibt, wo sie ist, und nach ein paar Minuten atmet sie tief ein und richtet sich auf.

»Ich bin auch hier, um mich für gestern zu entschuldigen«, erklärt sie. »Als ich Gia davon erzählt habe, war sie stinksauer auf mich, und damit hatte sie natürlich recht. Du hast schon genug durchmachen müssen, ohne dass irgendwer dich darum bittet, so ... so etwas zu tun.«

Ihr Blick huscht kurz zu Tibby, die uns mit verschränkten Armen und zusammengekniffenem Mund von ihrem Platz neben dem Fenster beobachtet. Ich seufze. Das Letzte, was ich will, ist, mit Ihrer Königlichen Hoheit allein zu sein, aber ich bin auch viel zu müde und emotional erschöpft, um mich in Rätseln und Andeutungen auszudrücken.

»Tibby, könntest du uns einen Moment allein lassen?«, bitte ich und lasse meine Hände wieder unter der Decke verschwinden.

»Sicher?«, fragt sie, und ich nicke.

»Aber geh nicht zu weit weg. Bitte.«

Sie rümpft die Nase, verschwindet jedoch ohne weitere Widerworte im Flur und zieht die Tür hinter sich zu. Plötzlich fühlt sich das Wohnzimmer ganz leer an, aber ich bin dazu entschlossen, meine Nervosität nicht zur Schau zu stellen, als ich mich wieder zu Maisie umdrehe.

»Versuchst du gerade, dich dafür zu entschuldigen, dass du mich gebeten hast, Jaspers Mord zu gestehen?«, frage ich sie geradeheraus.

»War das nicht offensichtlich?«, entgegnet sie, und ich muss dem Drang widerstehen, die Augen zu verdrehen. »Es wäre wirklich abscheulich, das von jemandem zu erwarten. Aber nach dem Übergriff und dem Video und natürlich der Öffentlichmachung dessen, was deine Mutter dir angetan hat …«

»Darüber reden wir jetzt nicht«, unterbreche ich sie. Sie hört wohl, wie ernst mir die Sache ist, denn sie nickt und presst die Lippen aufeinander.

»Was ich meine, ist, dass du schon genug durchmachen musstest und dass es mir zutiefst leidtut, dich darum gebeten zu haben, eine Last auf dich zu nehmen, die allein mir gehört. Das war dir gegenüber nicht fair und definitiv nicht schwesterlich von mir.«

Schwesterlich? Ungläubig starre ich sie an. »Wir sind keine Schwestern. Das hast du mir glasklar zu verstehen gegeben.«

»Nun … Nein, das sind wir nicht«, stimmt sie mir zu. »Aber wir sind Halbschwestern. Und in dieser Familie beschützen wir uns gegenseitig, egal, wie wir sonst zueinander stehen. Nur so können wir uns verteidigen, stimmt's? Indem wir uns gegenseitig den Rücken stärken.«

Vor vierundzwanzig Stunden schien sie allerdings nicht besonders interessiert daran, mir den Rücken zu stärken. »Was ist mit dem unbearbeiteten Video? Hast du nicht Angst, dass das auch an die Öffentlichkeit kommt?«

Maisie läuft rot an und weicht meinem Blick aus. »Natürlich mache ich mir darüber Gedanken. Immer wieder muss ich darüber nachdenken, wie alles passiert ist – wie wütend ich war, wie ich Jasper konfrontiert habe und wie das in dem Video aussehen mag. Ich selbst weiß natürlich, warum ich es getan habe, aber es macht mir Sorgen, wie ein größeres Publikum meine Handlungen interpretieren könnte. Und was das für meine Herrschaft bedeuten würde. Schließlich hat schon seit einem Jahrhundert keine Königin mehr das Land regiert, und viele Leute werden es als Beweis sehen, dass ich … labil bin.«

Darüber muss ich kurz nachdenken. Ich verspüre den nervigen Drang, sie zu trösten, aber dazu fehlt mir das nötige Verständnis ihrer Lage. »Hast du irgendwem anderen erzählt, was auf der Party passiert ist?«

Sie seufzt. »Gia natürlich. Und heute Morgen habe ich auch mit Benny und Kit gesprochen.« Maisies rosa bemalte Lippen zeigen jetzt traurig nach unten. »Sie wussten beide, dass irgendetwas nicht stimmt – gestern habe ich den ganzen Tag geweint. Aber beim Frühstück habe ich ihnen alles erzählt. Das musste ich schließlich, oder? Sie waren beide auf der Party, und wenn das Video jemals an die Öffentlichkeit gelangt, brauche ich ihre Unterstützung. Zum Glück waren wir uns einig, dass das alles Jaspers Schuld war.«

»Ja, das war es«, wiederhole ich dumpf, und ein Teil von mir fragt sich, was Kit wohl von der Geschichte dachte. »Danke noch mal, dass du ihn zur Rede gestellt hast. Dass du mich geschützt hast.«

Ihre blauen Augen scheinen einen Moment lang an mir vorbeizusehen. »Wir stehen zwar nicht auf bestem Fuß, aber wie gesagt, in unserer Familie beschützen wir uns gegenseitig. Und nach allem, was er dir angetan hat … hat er es verdient, vom Balkon zu stürzen. Sein Tod tut mir nicht im Geringsten leid.«

Das ist zwar nicht das Überraschendste, was ich heute gehört habe, aber es ist ziemlich nah dran. Ihr ehrlicher Wille, mich zu beschützen, lässt das Eis um mein Herz herum ein wenig schmelzen. Zwar nicht viel, aber genug, um zu glauben, dass sie wirklich mit mir Frieden schließen will.

»Der Kuss mit ihm war mein erster«, gebe ich zu, während ich an einem Fingernagel herumspiele, den ich schon lange abgekaut habe. »Alles mit ihm war mein erstes Mal. Aber alles, was die Leute sehen, wenn sie sich das Video anschauen, ist ein Flittchen, das es sich anders überlegt hat.«

Maisie zieht die Augenbrauen zusammen. »Selbst wenn du ein … ein *Du-weißt-schon* wärst, das es sich anders überlegt hat, hätte Jasper dich sofort in Ruhe lassen sollen, als du Nein gesagt hast. Egal, wie viel Erfahrung du hast, du kannst immer deine Einwilligung zurückziehen.«

»Ich weiß«, antworte ich. »Aber er hat nicht auf mich gehört.«

»Und das ist nicht deine Schuld.«

Ich weiß nicht, was ich dazu sagen soll, also sitzen wir eine ganze Minute schweigend da. Gern hätte ich sie gefragt, warum sie auf einmal so nett zu mir ist, besonders, nachdem ich gestern Morgen aus dem Konferenzzimmer gestürmt bin. Aber obwohl ich dem neu geschlossenen Frieden zwischen uns nicht traue, will ich auch nicht diejenige sein, die wieder den Krieg erklärt. Zu viele Teile meines Lebens sind heute bereits in sich zusammengestürzt. Selbst wenn sie nur so tut, würde es mir gerade leichtfallen, ihr Glauben zu schenken.

Schließlich steht Maisie auf. »Daddy und ich haben in ein paar Minuten ein Meeting mit seinen Beratern. Ist es okay, dass ich gehe?«

Ich nicke. »Tibby lässt mich heute nicht mehr allein, glaube ich.«

Maisie zögert. »Vielleicht könnten wir beiden heute Abend zusammen essen. Wenn du dich danach fühlst, natürlich.«

Ich starre sie ungläubig an. »Echt jetzt?«

Sie mustert mich kritisch. »*Nur*, wenn du dir die Haare bürstest und saubere Kleidung anziehst«, ergänzt sie. »Schlafanzüge sind strengstens verboten.«

Damit dreht sie sich wieder zur Tür um, und ich lasse sie das letzte Wort haben. Außerhalb der Mauern von Schloss Windsor mag zwar der Sturm toben, aber es ist tröstlich zu wissen, dass Hurrikan Maisie doch nicht so tödlich ist.

Zu Tibbys Erleichterung bestelle ich zum Mittagessen einen Obstsalat und Toast. Sie stellt mir keine Fragen zu meinem Gespräch mit Maisie, aber mehr als einmal erwische ich sie dabei, wie sie mich aus dem Augenwinkel beobachtet. Meinen Laptop habe ich vorsorglich im Schlafzimmer gelassen, weil ich genau weiß, dass die Versuchung zu stark wäre, nachzusehen, was die Welt über meine Mutter denkt. Als ich gerade ein neues Kapitel in dem Buch anfange, das ich schon seit Wochen lesen wollte, klopft es wieder an der Tür.

»Na endlich. Ich *verhungere* gleich«, grummelt Tibby. Sie hat immer noch ihr Sweatshirt und ihre Leggings an, und ich nehme mir vor, ihr nach dem Mittagessen zu sagen, dass sie nach Hause gehen soll. Schließlich ist sie nicht mein Babysitter, und außerdem bin ich todmüde. Ich werde direkt nach dem Essen wieder ins Bett gehen und nicht aufstehen, bis es Zeit fürs Abendessen ist.

Aber als sie die Tür öffnet, steht auf der anderen Seite kein Bediensteter mit einem Tablett, sondern Jenkins. Er sieht genauso müde und ausgelaugt aus wie ich, aber als sich unsere Blicke treffen, ringt er sich ein Lächeln ab. Ich tue so, als würde ich das Mitleid in seinen Augen nicht erkennen.

»Evan, Darling«, beginnt er, und ich befreie mich aus der Decke, um zu ihm zu laufen. Er streckt die Arme aus, und ich vergrabe das Gesicht in seiner Anzugjacke.

Sekunden vergehen, aber Jenkins lässt mich nicht los, und keiner von uns sagt ein Wort. Ich weine zwar nicht mehr, aber trotzdem habe ich das gebraucht – seinen Trost und seine stille Zuversicht, und ich glaube, das kann er spüren. Als ich Jenkins endlich loslasse, rückt er sich noch nicht einmal die nun verknitterte Jacke zurecht, was ich ihm hoch anrechne.

»Wie fühlst du dich?«, fragt er und steckt mir eine Haarsträhne hinters Ohr.

»Keine Ahnung. Irgendwie taub«, murmele ich. »Geht es meiner Mom gut? Passt irgendwer auf sie auf? Ich habe vorhin versucht, sie anzurufen, aber sie hat nicht abgenommen.«

»Mit ihr ist alles in Ordnung«, versichert mir Jenkins. »Ich vermute, dass sie sich eher Sorgen um dich macht. Seine Majestät lässt zur Vorsicht ihr Haus noch schärfer bewachen, aber niemand wird sie finden, Evan. Sie ist so versteckt wie nur möglich.«

Ich wünschte, ich könnte ihm glauben, aber Alexander sagte mir etwas ganz Ähnliches, als alles begann. »Es ist schlimm, oder?«, frage ich und werde sofort von Schuldgefühlen durchschwemmt. Warum habe ich Kit vertraut? *Warum* habe ich ihm von meiner Mutter erzählt?

»Es ist nicht ideal«, gibt Jenkins zu. »Bist du zu müde, um zu packen?«

»Zu packen?«, frage ich verwirrt. »Ich bin mir ziemlich sicher, dass ich im Moment die Stadt nicht verlassen darf.«

»Scotland Yard hat das Video untersucht und ist zu demselben

Schluss gekommen wie du«, erklärt Jenkins. Er lächelt erneut, aber das Lächeln erreicht seine Augen nicht. »Wir erwarten, dass die Anschuldigungen gegen dich noch heute Nachmittag offiziell fallen gelassen werden. In der Zwischenzeit sind Seine Majestät und ich uns einig. Evan ...« Er zögert. »Es ist Zeit, dass du nach Hause gehst.«

28. KAPITEL

UNERWARTETER TOD VON EDWARD IX. IM BUCKINGHAM PALACE; ALEXANDER (22) NÄCHSTER IN DER THRONFOLGE

Edward IX. ist im Alter von 49 Jahren verstorben. Der König erlitt Berichten zufolge während der Nacht einen Schlaganfall und entschlief friedlich im Buckingham Palace. Weitere Details sind bislang nicht bekannt, doch ein Bediensteter des Palastes gab an, dass der König sich am Abend unwohl gefühlt haben soll.

Sein Sohn, Alexander Edward George Henry, ist der Nächste in der Thronfolge. Der neue Herrscher, der sich derzeit in den Vereinigten Staaten aufhält, soll am heutigen Abend nach London zurückkehren.

Mit zweiundzwanzig Jahren, zwei Monaten und siebenundzwanzig Tagen ist der der jüngste Monarch seit Königin Victoria, die den Thron im Jahre 1837 bestieg.

– Aus den Archiven des *London Independent Standard*,
14. Mai 2001

Ich verabschiede mich nur von Tibby.

Niemand sonst scheint überhaupt zu wissen, dass ich das Schloss verlasse, und so ist es mir auch recht. Nach einer etwas verkrampften Umarmung bitte ich Tibby darum, Maisie auszurichten, dass es mir leidtut, unser Abendessen zu verpassen. Ich bin allerdings sicher, dass meine Halbschwester sich schnell von dieser abgrundtiefen Enttäuschung erholen wird. Tibby besteht darauf, mir ihre Handynummer, E-Mail-Adresse, Benutzernamen für alle Social-Media-Accounts und sowohl ihre Adresse in London als auch die ihres Familienlandsitzes zu geben, falls ich den Drang verspüren sollte, ihr einen Brief zu schreiben. Ich nehme sie alle an, ohne zu diskutieren. Zwar würde ich gern glauben, dass wir in Kontakt bleiben, aber ich kenne mich selbst: In ein paar Monaten ist Lady Tabitha Finch-Parker-Covington-Boyle nur noch ein Name auf einer langen Liste von Menschen, die nicht in meinem Leben geblieben sind.

Es fließen keine Tränen, als sie mich zum wartenden Range Rover begleitet. Ich winke ihr durchs Fenster zu, aber sobald wir um die Ecke biegen und ich sie aus den Augen verliere, lasse ich die Hand sinken und seufze.

Jenkins fragt nicht nach, und ich bleibe ebenfalls stumm. Die Fahrt zum Flughafen vergeht in Schweigen, während ich versuche, nicht daran zu denken, dass meine Mom mich nicht will. Ich habe mir schon so oft vorgestellt, wie es wäre, einfach vor ihrer Tür aufzutauchen, dass es sich fast wie eine Erinnerung anfühlt. Aber jetzt weiß ich, dass sie nicht vor Überraschung aufschreien, mich umarmen oder Freudentränen vergießen wird. Stattdessen wird sie verwirrt und verletzt sein.

Ich schlafe nur eine Nacht bei ihr, sage ich mir. Nur eine Nacht, und dann suche ich mir ein Hotel. Und dann … Keine Ahnung.

Ich will sie nicht dazu zwingen, eins der schlimmsten Ereignisse ihres Lebens erneut durchmachen zu müssen. Ich will nicht, dass sie sich in ihrem eigenen Haus unsicher fühlt. Aber der Gedanke, ihr den Rücken zu kehren – der einzigen Person, bei der ich die letzten sieben Jahre sein wollte –, bricht mir das Herz.

Mit meiner Tasche auf der Schulter steige ich die Treppe zum königlichen Jet hoch. Oben angekommen drehe ich mich um und schaue ein letztes Mal auf London zurück. Die leichte Sommerbrise lässt Schäfchenwolken über den hellblauen Himmel gleiten, und mir wird klar, dass ich diese Stadt viel mehr vermissen werde, als ich dachte. Trotz allem, was ich hier durchgemacht habe, gab es auch schöne Momente. Richtig schöne.

Als ich das Flugzeug betrete, bin ich erschöpft und mehr als bereit für ein Mittagsschläfchen über dem Atlantik. Automatisch wende ich mich auf dem Gang meinem Lieblingssitz zu, aber als ich aufsehe, stelle ich fest, dass dort bereits jemand sitzt. Jemand mit einer Halbglatze und Ohren, die ich leider von ihm geerbt habe.

Alexander.

»Nein«, sage ich sofort und drehe mich wieder um, aber Jenkins steht mir im Weg. »Kommt nicht infrage.«

»Du musst nicht mit ihm reden«, versichert er mir sanft. »Das Flugzeug ist groß genug, Evan. Geh ihm einfach aus dem Weg.«

Ich will protestieren, aber der Flugbegleiter schließt bereits die Tür, sodass wir im Inneren des Flugzeugs eingeschlossen sind. Ich neige zwar nicht zur Klaustrophobie, aber auf einmal kommt es mir so vor, als würde das metallene Gerüst des Flugzeugs sich zusammenziehen und immer kleiner werden.

»Was macht er hier?«, frage ich scharf, und gebe mir dabei keine Mühe, leise zu sprechen. »Glaubt er, ich würde per Fallschirmsprung wieder auf britischen Boden zurückkommen wollen, wenn er mich nicht beaufsichtigt?«

Aus dem Augenwinkel bemerke ich, dass Alexander uns den Kopf zugewendet hat. Jenkins räuspert sich; ihm ist offenbar ebenfalls bewusst, dass sein Chef uns zuhört. »Seine Majestät beabsichtigt, dich sicher nach Hause zu geleiten. Nichts weiter.«

Ich gebe ein humorloses Schnauben von mir. »Super, damit seine Gegenwart sie noch mehr verwirren kann. Das finden ihre Ärzte bestimmt richtig klasse.«

Jenkins bleibt stumm, also stürme ich den Gang entlang ganz ans Ende des Flugzeugs, wo ich Alexander gepflegt ignorieren kann. Ich lasse mich auf eine der Lederbänke fallen, ziehe ein Buch aus der Tasche und stütze die Ellbogen auf den Tisch. Hoffentlich versteht Jenkins die Geste und lässt mich in Ruhe, denn ich bin wirklich nicht in der Stimmung, mir seine Beschwichtigungen anzuhören.

Und tatsächlich setzt er sich stattdessen Alexander gegenüber, und sie unterhalten sich leise, während wir abfliegen. Mit dem Buch immer noch vor der Nase, damit sie keinen Blick auf mein Gesicht erhaschen können, sehe ich aus dem Fenster zu, wie London unter uns immer kleiner wird, bis die Stadt von Feldern in verschiedenen Grüntönen abgelöst wird. Vielleicht kommt es nur von der Müdigkeit, aber in meiner Kehle bildet sich ein Kloß, und ich reiße den Blick vom Fenster los.

Auf den Sesseln vorne im Flugzeug kann man besser schlafen, aber sobald wir die Flughöhe erreicht haben, strecke ich mich auf der Bank aus und benutze meinen Pulli als Kissen. Normalerweise bin ich gut darin, im Flugzeug zu schlafen, aber diesmal kann ich mich einfach nicht entspannen. Warum ist Alexander *hier*? Warum kann er mich und Mom nicht in Frieden lassen?

Irgendwann muss ich doch eingenickt sein, denn eine Weile später fahre ich plötzlich aus dem Schlaf hoch. Durch die Fenster strömt gleißendes Sonnenlicht herein, und ich reibe mir die Augen und setze mich auf. Laut der Uhr über der Tür zum Cockpit sind wir seit drei Stunden in der Luft, und alles, was ich draußen sehen kann, ist das unendliche Blau des Ozeans.

»Tee?«

Überrascht wirbele ich herum. Im Gang steht Alexander und sieht mich verlegen an. In den Händen hält er zwei dampfende Teetassen, und obwohl ich ihm am liebsten gesagt hätte, dass er sich verpissen soll, ist mein Mund so trocken, als wäre er mit Watte gestopft, und der Geschmack darin ungefähr so lecker wie ein alter Schuh.

Knapp nicke ich, und er stellt eine der Tassen vor mir ab. Ich lege meine Hände an das warme Porzellan und warte darauf, dass er verschwindet, aber stattdessen lässt er sich auf der Bank mir gegenüber nieder. Genervt beiße ich die Zähne zusammen und starre in die Tiefen meiner Teetasse, während ich mir wünsche, ich könnte mich einfach in Luft auflösen.

»Du hast alles Recht der Welt, wütend auf mich zu sein, und daraus mache ich dir wirklich keinen Vorwurf«, beginnt Alexander. »Aber wenn es in Ordnung ist, würde ich dir gern die ganze Geschichte von der Beziehung zwischen deiner Mutter und mir erzählen.«

Statt sofort zu antworten, nehme ich einen Schluck Tee. Er hat die perfekte Temperatur, und dafür hasse ich Alexander ein bisschen. »Ich kenne die Geschichte. Ihr hattet eine Affäre. Neun Monate später wurde ich geboren, und seitdem bereust du die ganze Sache.«

»Deine Mutter und ich hatten keine Affäre«, sagt Alexander.

»Wir haben uns während unseres ersten Jahres an der Universität kennengelernt.«

Das ist das Letzte, was ich erwartet habe, und unwillkürlich sehe ich ihn jetzt doch an. »Ihr ... was?«

»Wir besuchten beide Oxford«, erklärt er geduldig. »Sie hat mir Nachhilfe in Geschichte gegeben, als ich wegen meiner königlichen Pflichten Schwierigkeiten im Kurs bekam.«

Mir war nicht klar, dass meine Mutter überhaupt eine Universität besucht hat. Natürlich überrascht es mich nicht – sie ist schließlich klug. Aber sie hat mir nie von ihrem Leben erzählt, bevor es mich gab. »Ihr ... ihr wart befreundet?«

Alexander lächelt, als hätte ich gerade einen Witz erzählt. »Nein, wir waren nicht befreundet. Von dem Moment an, als ich sie zum ersten Mal sah, war ich bedingungslos und unwiderruflich in sie verliebt.«

Ich klammere mich an meine Tasse, als wäre sie das Einzige, das mich aufrechthält. *Verliebt.* Das Wort hallt in meinem Kopf wider und lässt keinen Platz für andere Gedanken oder Gefühle. Stumm öffne und schließe ich den Mund und suche verzweifelt nach Worten. »Aber ... du warst schon sechsundzwanzig, als ich geboren wurde«, krächze ich.

»Dazu komme ich gleich«, sagt er mit einem Lächeln. »Deine Mutter und ich waren fast vier Jahre lang zusammen – während unserer gesamten Zeit an der Universität und in dem Jahr danach. Im vierten Jahr sind wir durch die Gegend gereist, und ich habe mehrere Monate mit ihr in den Vereinigten Staaten verbracht.«

»Du hast in Virginia gewohnt?« Meine Stimme klingt gar nicht mehr, als käme sie von mir, und ich fühle mich, als würde ich außerhalb meines Körpers schweben. »Aber ... du bist der König.«

»Damals noch nicht«, entgegnet er. »Ich war zwar der Prince of Wales, aber mein Vater war noch jung. Er saß erst seit zehn Jahren auf dem Thron, und aller Erwartungen nach hätte er noch dreißig Jahre lang regieren können. Ich hatte kein Interesse daran, König zu sein«, gibt Alexander zu. Jetzt starrt er ebenfalls in seine Teetasse. »Ich wollte mein eigenes Leben führen, ohne an den Thron gebunden zu sein. Meine Eltern waren empört, dass ich so viel Zeit außerhalb des Landes verbrachte und meine Pflichten vernachlässigte, aber Nicholas war siebzehn, und er war der perfekte Erbe. Also beschloss ich während dieser Monate in Virginia, meine Position in der Thronfolge aufzugeben, und machte deiner Mutter einen Heiratsantrag.«

Mittlerweile starre ich ihn offen an, viel zu schockiert, um irgendetwas zu sagen. Es war also kein One-Night-Stand. Keine Affäre. Eine Beziehung. Eine *Verlobung*.

Bei meinem Anblick gluckst er. »Genau so haben meine Eltern auch reagiert«, sagt er. »Ehrlich gesagt habe ich mich immer gefragt, wie sehr meine Entscheidung zum frühzeitigen Tod meines Vaters beigetragen hat. Schlaganfall«, fügt er hinzu, da er (richtigerweise) annimmt, dass ich nicht weiß, wie Edward IX. gestorben ist. »Er war erst neunundvierzig. Ich war bei deiner Mutter, als es passierte, und wenn ein Herrscher stirbt, folgt ihm sofort der nächste. Von dem Moment an, als mein Vater seinen letzten Atemzug nahm, war ich König.«

Ich bleibe lange still, während ich das alles in mich aufnehme. »Also musstest du nach London zurückgehen, und … hast mit meiner Mutter Schluss gemacht?«

Alexander verzieht das Gesicht. »Nein. Ich wollte, dass deine Mutter mit mir kommt. Ich wollte sie trotzdem heiraten. Es wäre zwar … unüblich gewesen, dass der König eine Nichtadelige heiratet, vor allem eine Amerikanerin. Aber ich hätte niemandem erlaubt, uns das zu verweigern.« Er mustert mich. »Hast du jemals von Wallis Simpson gehört?«

»Von wem?«, antworte ich dumpf, und er schüttelt den Kopf.

»Nein, natürlich nicht. In unserer Familie ist sie berüchtigt, aber mittlerweile ist sie vermutlich nicht mehr als eine Fußnote in Geschichtsbüchern. Wallis Simpson hatte eine Affäre mit Edward VIII., meinem Urgroßvater. Er wollte sie schon lange heiraten, bevor er den Thron bestieg, aber er hätte seinen Platz in der Thronfolge aufgeben müssen. Sie war nämlich Amerikanerin und bereits geschieden, und weder die Familie noch das Parlament gaben ihm die Erlaubnis. Am Ende hat er sich für sein Land statt für die Liebe entschieden und hat eine Adelige geheiratet, die später Königin Catherine wurde. Mein Großvater, Alexander I., wurde knapp ein Jahr später geboren, und Wallis Simpson wurde nie wieder erwähnt.«

Er seufzt, und dabei sinkt sein gesamter Körper in sich zusammen, als hätte er gerade all seine Energie aufgebraucht. Mit gefalteten Händen lehnt er sich zu mir hinüber, als bitte er mich stumm darum, ihn zu verstehen.

»Ich wollte deine Mutter heiraten, mehr als alles andere auf der Welt. Für sie hätte ich den Thron hinter mir gelassen – ich hätte alles aufgegeben, um mein Leben mit ihr zu verbringen. Aber mein Bruder war erst siebzehn und damit viel zu jung und unreif, um König zu sein. Ich selbst war auch viel zu jung und unreif, aber meine Familie brauchte mich, und das Letzte, was deine Mutter wollte, war, Königin zu werden. Sie war diejenige, die Schluss gemacht hat. Dabei hatte ich nichts zu sagen – sie hat mich wissen lassen, was passieren würde. Dass sie mich liebte, aber unsere Beziehung niemals funktionieren könnte. Jetzt denke ich, dass sie vielleicht recht hatte. Aber damals hat sie mir das Herz gebrochen. Und auf eine Weise ist es heute noch gebrochen.«

»Oh.« Mir schwirrt der Kopf, und ich versuche immer noch, die Tatsache zu verdauen, dass ich nicht das Ergebnis eines One-Night-Stands bin. »Und dann … hast du stattdessen Helene geheiratet?«

Alexander nickt. »Ein Jahr, nachdem ich den Thron bestiegen hatte, legte meine Mutter mir eine Liste mit geeigneten Frauen vor, und ich wählte Helene aus. Wir kannten uns, seit wir klein waren, und ich konnte mir gut vorstellen, dass unsere Freundschaft sich mit der Zeit zu etwas anderem entwickeln könnte – auch wenn ich mir, ehrlich gesagt, nicht vorstellen konnte, jemanden so zu lieben, wie ich deine Mutter geliebt hatte. Wie ich sie immer noch liebte.« Er schüttelt den Kopf. »Helene war dazu bereit, die Bürde der Krone auf sich zu nehmen, also heirateten wir.«

Das ist, glaube ich, die jämmerlichste Verlobungsgeschichte, die ich je gehört habe, und ich verspüre unerwartet Mitleid. Nicht nur mit Alexander, sondern auch mit Helene. »Klingt, als wärt ihr beide ganz hin und weg gewesen«, bemerke ich, und er ringt sich ein schwaches Lächeln ab.

»Die Ehe war zweckmäßig, und die Leute liebten Helene von dem Moment an, in dem sie als meine zukünftige Frau bekanntgegeben wurde.«

Aus irgendeinem Grund bin ich nicht überrascht. »Und dann … was? Du hast sie geheiratet, und dann fiel dir ein, dass du Mom vermisst?«

Wieder weicht Alexander meinem Blick aus. »Ich wollte Helene treu bleiben. Sie war schließlich meine Frau, und ich liebte sie, auch wenn ich nie in sie verliebt war. Ich vermute, dass sie auch nie in mich verliebt war, und … so habe ich es wohl vor mir selbst gerechtfertigt, dass ich zu deiner Mutter zurückkehrte. Zuerst wollte sie nichts mit mir zu tun haben, aber dann habe ich sie über Weihnachten besucht, und unsere Beziehung flammte wieder auf. Ich bin nicht stolz darauf«, fügt er leise hinzu. »Aber ich war schwach, einsam und jung, und mein Leben hatte ohne sie keinen Sinn, so dramatisch das auch klingen mag.«

»Du musst dich vor mir nicht rechtfertigen«, sage ich leise in meinen abkühlenden Tee.

»Ich glaube, ich rechtfertige mich eher vor mir selbst«, gibt er zu. »Die ganze Zeit habe ich mich unglaublich schuldig gefühlt. Das tue ich auch immer noch. Aber die folgenden anderthalb Jahre … waren die glücklichsten meines Lebens. Deine Mutter besuchte mich in London, und ich flog so oft nach Virginia, wie ich konnte. Fast jeden Abend telefonierten wir stundenlang, und es fühlte sich wieder so an wie damals. Wir hatten die Schwangerschaft nicht geplant«, fährt er leise fort. »Aber als ich davon erfuhr, war ich überglücklich.«

Ich runzele die Stirn. »In dem Artikel stand, dass du eine Abtreibung wolltest.«

»Der Artikel«, stellt er fest, »ist nichts als Schwachsinn. Oder zumindest ein Teil davon. Ich liebte dich von dem Moment an, als deine Mutter mir von dir erzählte. Wieder dachte ich an eine Abdankung – Nicholas war mittlerweile verheiratet und hatte einen gesunden jungen Sohn. Ich dachte, ich könnte vielleicht …«

Er verstummt, und nach ein paar Sekunden erzähle ich für ihn weiter. »Aber Helene war auch schwanger.«

Alexanders Hände versteifen sich an seiner Tasse, und er nickt. »Ich erklärte ihr, dass ich mich scheiden lassen wollte, dass ich abdanken würde, dass ich in eine andere Frau verliebt war, die mein Kind erwartete. Und dann sagte Helene es mir.«

Einige Sekunden lang sitzen wir beide stumm da. Ich kann mir das Gespräch zwischen ihm und Helene gut vorstellen, genau wie meine Mutter, der das Herz brach, als Alexander ihr sagte, dass er bei Helene bleiben musste. Seine Frau zu verlassen war die eine Sache, aber seine rechtmäßige Erbin zu verlassen eine ganz andere.

»War es Zufall, dass Maisie und ich am selben Tag geboren wurden?«, frage ich schließlich. Ich bin mir nicht sicher, warum es mir überhaupt wichtig ist, aber es hat mich schon immer gestört. Irgendwie fühlt es sich nicht richtig an.

Alexander schaut auf, und zu meiner Überraschung lächelt er. »Du bist genauso schlau wie deine Mutter«, bemerkt er, aber seine Belustigung hält nicht lange an. »Ehrlich gesagt weiß ich nicht, ob es ein Zufall war. Als ich hörte, dass deine Mutter Wehen hatte, stieg ich sofort ins Flugzeug nach Virginia. Helenes Stichtag sollte erst in vier Wochen sein, aber natürlich wusste sie von Laura, ich hatte ihr ja von ihr erzählt. Laut ihres Ärzteteams entwickelte sie unerträgliche Unterleibsschmerzen, die ihnen keine andere Wahl ließen, als einen Kaiserschnitt durchzuführen. Ich will nicht glauben, dass Helene jemals Maisies Gesundheit und Sicherheit aufs Spiel gesetzt hätte«, fügt er leise hinzu, als bereue er bereits jedes Wort. »Aber ich kann es auch nicht ausschließen.«

Ich kenne Helene immer noch nicht wirklich, aber ich kann mir gut ihr Verlangen vorstellen, dass ihre Tochter – Alexanders *rechtmäßige* Erbin – zuerst geboren wird. »Das wars dann also? Du bist bei Helene und Maisie geblieben, und meine Mom und ich waren in Virginia?«

»Ich habe euch so oft wie möglich besucht«, erklärt er. »Deine Mutter und ich … mussten einige schwere Entscheidungen treffen. Ich habe versucht, sie davon zu überzeugen, nach London zu ziehen, aber sie wollte verständlicherweise nicht so weit weg von ihrer eigenen Mutter wohnen. Das verüble ich ihr auch nicht. Ich konnte ihr nicht die Unterstützung bieten, die sie brauchte, und Betty hat ihr viel geholfen.« Er zögert. »Erinnerst du dich denn gar nicht an mich, von damals?«

Mit einem Kloß im Hals schüttele ich den Kopf. Ich weiß, was als Nächstes kommt, und ich bin mir nicht sicher, ob ich bereit dafür bin. »Mir war gar nicht klar, dass du uns überhaupt besucht hast.«

Das scheint ihn zu überrumpeln, als hätte er erwartet, dass ich ihm jetzt eine schöne Erinnerung an ihn aus meinen Kindertagen erzähle. »Deine Mutter und ich waren noch ein paar Jahre zusammen, nachdem du geboren wurdest, aber irgendwann wurde unsere Beziehung einfach zu kompliziert. Als du drei warst, beschlossen wir, sie zu beenden. Natürlich besuchte ich euch immer noch, aber deine Mutter benahm sich mir gegenüber seltsam. Feindselig. Einmal hat sie mich beschuldigt, dich ihr wegnehmen zu wollen, und danach … Nun ja, ich wollte sie nicht durcheinanderbringen.«

»Aber das muss doch ihre Krankheit gewesen sein«, werfe ich ein, und Alexander nickt.

»Damals war es mir nicht klar, aber es ging ihr nicht gut. Wenn ich es gewusst hätte …« Er räuspert sich, und in seinen tränenerfüllten Augen spiegelt sich das Sonnenlicht, das durchs Fenster hereinscheint. »Deine Mutter rief mich in der Nacht an, als es passierte. Sie glaubte, Helene hätte euch beide gefunden – dass sie einen Drohbrief geschrieben hätte, in dem sie ankündigte, dich kidnappen und foltern zu wollen, um uns für die Affäre zu bestrafen. Laura war vollständig davon überzeugt, dass meine Frau dich umbringen wollte, und nichts, was ich sagte, konnte sie davon abbringen. Das waren natürlich Wahnvorstellungen«, fügt er hinzu. »Ich will nicht so tun, als würde Helene dich besonders mögen, aber sie würde nie …« Er hält abermals inne und schüttelt den Kopf. »Ich wusste, dass irgendetwas nicht stimmte. Also rief ich Betty an, die dann die Polizei verständigte.«

Ohne sie wirklich zu sehen, starre ich die polierte Tischplatte an. »Der Teil des Artikels stimmt also?«

»Ja«, sagt er so leise, dass ich ihn kaum hören kann. »Deine Mutter litt an paranoider Schizophrenie, und … sie war so von ihren Wahnvorstellungen überzeugt, dass sie glaubte, der einzige Weg, dich zu beschützen, sei …«

»Mich in der Badewanne zu ertränken«, murmele ich.

Er zuckt vor dieser Tatsache nicht zurück. Stattdessen greift er über den Tisch nach meiner Hand. Seine Haut ist warm, und ich lasse zu, dass er meine Hand nimmt. »Es ging ihr wirklich nicht gut«, erklärt er, und sein Blick bohrt sich in meinen. »Aber sie liebt dich mehr als alles andere auf der Welt, und als sie wieder zu sich kam … Sie konnte es sich nie verzeihen. Selbst nach der Diagnose und den Medikamenten hat sie immer noch Angst, dass sie eines Tages wieder den Bezug zur Realität verliert.«

»Und deswegen habt ihr mich aufs Internat geschickt, nachdem meine Großmutter gestorben ist«, sage ich mit belegter Stimme. »Weil Mom Angst hatte, mir etwas anzutun, und du mich nicht wolltest.«

Alexander drückt meine Hand. »Dass ich dich fortgeschickt habe, bereue ich mehr, als du dir vorstellen kannst. Ich hätte dir nie das Gefühl geben sollen, dass du kein Teil meiner Familie bist. Denn ihr *seid* meine Familie, du und deine Mutter. Das wart ihr schon immer.«

Tränen sammeln sich in meinen Augen, und ich blinzele sie

schnell weg. »Warum hast du dann aufgehört, mich zu besuchen? Warum hast du so getan, als würde ich nicht existieren?«

»Weil …« Er verzieht die Mundwinkel. »Weil deine Großmutter mich darum bat, mich fernzuhalten. Sie glaubte, dass meine Gegenwart der Grund dafür war, dass deine Mutter so krank wurde, und … als ich dich im Krankenhaus besuchte, sagte sie mir, es sei am besten, wenn ich fortbliebe. Ich weiß nicht, ob sie recht hatte«, fügt er hinzu. »Aber ich hatte schreckliche Angst um euch beide, und … ich wollte euer Leben nicht noch turbulenter machen, als es ohnehin schon war.«

Turbulent. Er denkt, mein Leben wäre turbulent. Ich öffne den Mund, um ihm zu sagen, wie sehr ich ihn in den letzten Jahren gehasst habe, wie einsam ich war und wie sehr ich mich nach dem verzehrt habe, was er mir verwehrte. Ihm zu sagen, dass ich an seiner Stelle für seinen Fehler schwer büßen musste. Aber stattdessen löst sich meine Wut zu meiner Bestürzung in Tränen auf.

Sofort umarmt Alexander mich, als hätte er es schon hundertmal getan. Erst erstarre ich – ich will sein Mitgefühl und seinen Trost nicht. Aber die Tränen werden schnell zu Schluchzern, und ich brauche jemanden, der mich festhält. Ich vergrabe das Gesicht an seiner Brust, und es scheint ihn überhaupt nicht zu stören, dass mein Schnodder ihm über das teure Hemd läuft.

»Ich hätte dich nie verlassen sollen«, flüstert er in mein Haar. »Es tut mir so leid, Evie. Es tut mir so, so leid.«

Der Klang meines Kosenamens – der, den meine Mutter für mich benutzt – überrascht mich, aber ich reagiere nicht darauf. Vielleicht hat er mich auch Evie genannt, als er noch ein Teil meines Lebens war. Aus irgendeinem Grund macht mir das nichts aus.

Als mein Schluchzen langsam abklingt, lege ich schließlich

auch die Arme um ihn und lehne die Wange an eine trockene Stelle auf seiner Schulter. »Jetzt …« Vom ganzen Weinen ist meine Stimme heiser, und ich räuspere mich, lasse ihn jedoch nicht los. »Jetzt wissen es alle. Und sie denken bestimmt, dass sie … dass sie verrückt ist oder gewalttätig oder …«

»Ich werde dafür sorgen, dass in jeder Nachrichtensendung des Landes Experten für psychische Krankheiten auftreten, die erklären, was Schizophrenie wirklich ist und wie man damit leben kann«, sagt er. »Die Presse kommt nicht damit durch, Falschinformationen und Angstmache gegen deine Mutter oder dich zu benutzen.«

Aber selbst er hat nicht genug Macht, um den Medien das Thema ganz zu verbieten, und Robert Cunningham hat bereits einen Vorsprung. Ich schniefe und wische mir mit dem Ärmel die Augen trocken. »Sie werden nach ihr suchen.«

»Aber sie werden sie nicht finden«, versichert er mir. »Das Haus gehört ihr, ihre Akten sind geheim, und all ihre Ärztinnen und Ärzte haben Verschwiegenheitserklärungen unterschrieben. Und wenn die Medien doch das Unmögliche schaffen, bringe ich sie sofort an einen neuen Ort. Du und deine Mutter sind meine *oberste* Priorität, Evan, und ich sorge jetzt für euch, wie ich es von Anfang an hätte tun sollen. Das schwöre ich dir.«

Er umarmt mich noch fester, so als wollte er mich nie wieder loslassen, und so geht es mir auch. Nach allem, was passiert ist, und allem, was noch passieren wird, weiß ich, dass ich vollständig die Kontrolle verloren habe. Und im Moment kann ich nichts tun, außer ihm zu vertrauen.

29. KAPITEL

BBC: Dr. Schafer, Sie gelten als eine von
Großbritanniens führenden Expertinnen, was die
Diagnose und Behandlung von Schizophrenie
angeht. Ist das, was über Laura Brights
Verhalten erzählt wird, Ihrer Meinung nach
typisch für diese Krankheit?

DR. RUTH SCHAFER: Zuerst muss ich deutlich
machen, dass ich Ms. Bright nie getroffen habe,
geschweige denn sie behandelt oder Zugriff auf
ihre Krankenakte habe, also ist alles, was ich
sage, allgemein gehalten. Schizophrenie betrifft im Vereinigten Königreich ungefähr eine
von einhundert Personen, und jeder Fall sieht
anders aus. Es gibt eine ganze Bandbreite von
kognitiven Beeinträchtigungen, von Positiv-
und Negativsymptomen …

BBC: Positive und negative Symptome?

RS: Positiv bedeutet, dass die Patientin oder
der Patient ein Symptom aufweist – zum Beispiel Halluzinationen oder Wahnvorstellungen,
was bei Schizophrenie sehr häufig der Fall
ist. Negativsymptome nennen wir die Abwesen-

heit bestimmter essenzieller Verhaltensweisen. Dazu gehören Sprachstörungen, Rückzugsverhalten, Apathie oder die Unfähigkeit, Gefühle auszudrücken. Kognitive Symptome können zum Beispiel Gedächtnisverlust oder schwache Konzentration sein, Schwierigkeiten, Gedanken auszudrücken, eine desorganisierte Gedankenstruktur oder Probleme, das zu verstehen, was andere sagen. Natürlich sind das nur einige der Symptome, die Patientinnen und Patienten mit Schizophrenie erleben können.

BBC: Und was denken Sie über Laura Brights Symptome, einschließlich des angeblichen Versuches, ihre Tochter zu ertränken?

RS: Wie gesagt bin ich nicht ihre Ärztin, also kann ich nur allgemein sprechen. Es gibt verschiedene Arten von Schizophrenie, und wenn ich selbst auf einen Fall stieße, der dem von Ms. Bright ähnlich ist, würde ich vermutlich eine Diagnose von paranoider Schizophrenie anstreben. Diese Art der Krankheit ist geprägt von den bereits erwähnten Halluzinationen und Wahnvorstellungen, in denen die erkrankte Person glaubt, dass sie oder ihre Familie verfolgt wird und in Gefahr schwebt.

BBC: Kann Ms. Bright aufgrund solcher Vorstellungen versucht haben, Evangeline zu ertränken?

RS: Das können weder ich noch andere Ärztinnen oder Ärzte genau sagen, ohne Ms. Brights Fall selbst zu kennen. Wenn man ihre Umstände bedenkt – ihre Beziehung mit Seiner Majestät

und ihre sehr wahrscheinliche Angst davor,
dass sie und ihre Tochter von den Medien entdeckt würden –, dann wäre es durchaus möglich,
dass jemand, der an Paranoia und akuten Wahnvorstellungen leidet, glauben könnte, ein
Familienmitglied so vor einem noch schlimmeren
Schicksal zu bewahren.

BBC: Ist gewalttätiges Verhalten bei Patienten
wie Laura Bright üblich?

RS: Die starke Assoziation mit Gewalt ist der
vielleicht häufigste und beständigste Irr-
glaube, was Schizophrenie betrifft. Menschen,
die mit Schizophrenie leben, sind weitestgehend friedlich gegenüber anderen. Die wirkliche Gefahr liegt in der Gewalt gegen sich
selbst, und es wird geschätzt, dass bis zu
zehn Prozent der Patientinnen und Patienten mit Schizophrenie an Selbstmord sterben.
Weniger als ein Viertel derjenigen, die unter
akuten Wahnvorstellungen leiden – die von
vielen verschiedenen Faktoren ausgelöst werden
können, unter anderem von einigen Schilddrü-
senkrankheiten, Gehirntumoren oder der Ein-
nahme von illegalen Drogen –, weisen gewalt-
tätige Tendenzen auf. Schizophrenie mit Gewalt
gleichzusetzen ist ungeheuer schädlich für die
Hunderttausenden Menschen, die im Vereinigten
Königreich mit dieser Krankheit leben.

BBC: Wird Laura Bright je ein normales Leben
führen können? Ist es wahrscheinlich, dass sie
das bereits tut?

RS: Wie gesagt weiß ich nicht genug, um über Ms. Bright persönlich zu sprechen, aber ich habe bei meinen Patientinnen und Patienten fast wundersame Besserungen beobachten können. Mithilfe von fortlaufender Behandlung, die häufig aus Medikamenten und Psychotherapie besteht, kann ein Mensch mit Schizophrenie ein sehr normales, gesundes Leben führen.

– Transkript des Interviews mit Expertin Dr. Ruth Schafer
von BBC News, 26. Juni 2023

Alexander und ich stehen nebeneinander vor der Tür meiner Mutter, während die Türklingel durchs Haus hallt.

Ich klammere mich an einen Apfelkuchen von einer Bäckerei, die meine Mom geliebt hat, als ich noch klein war, und Alexander hat einen Strauß aus Schwertlilien und Vergissmeinnicht in der Hand – laut ihm sind das ihre Lieblingsblumen. Mein Herz schlägt so schnell, dass mir ganz schwindelig ist. Alexander hingegen lächelt leise, und er sieht so entspannt aus, wie ich ihn noch nie gesehen habe. Es wirkt fast, als wäre ich nicht die Einzige, die nach all den Jahren endlich nach Hause kommt.

Auf einmal, noch bevor ich mental darauf vorbereitet bin, öffnet sich die Tür, und zum ersten Mal seit fast sieben Jahren stehe ich meiner Mutter gegenüber.

Sie ist immer noch ein paar Zentimeter größer als ich, und ihre braunen Locken sind zu einem losen Dutt gebändigt, aus dem einige Strähnen herausgefallen sind, die jetzt ihr Gesicht umrahmen. Statt des farbverschmierten Kittels, den sie immer anhat, wenn wir videochatten, trägt sie Jeans und einen beigen Kasch-

mirpulli, und sie grinst so breit, dass jedes bezaubernde Lachfält-
chen sichtbar ist.

»Evie!« Sie eilt so schnell auf mich zu, dass ich mir sicher bin,
sie fällt mir gleich in die Arme, aber kurz vor mir kommt sie abrupt zum Stehen, und ein Ausdruck der Unsicherheit flackert
über ihr Gesicht.

Glaubt sie, ich hätte Angst vor ihr? Oder dass ich sauer auf
sie bin? Egal, was es ist, ich kann es nicht aushalten, also drücke
ich Alexander mit zitternden Händen den Kuchen in die freie
Hand und schlinge die Arme so fest um sie, wie ich es mich traue.
Unter dem Pulli fühlt sich ihr Körper überraschend dünn und
knochig an, aber als sie die Umarmung erwidert, spüre ich, wie
stark sie ist.

»Ich habe dich so vermisst«, flüstert sie mit belegter Stimme,
und diese fünf Worte lassen sofort all meine Sorgen verfliegen.
»Geht es dir gut?«

Ihr Ton verrät mir, dass das nicht nur als Smalltalk gemeint ist,
und mein Magen zieht sich zusammen. »Jetzt besser«, antworte
ich. Ich will sie nicht anlügen, aber ebenso wenig will ich, dass
Robert Cunningham uns diesen Moment stiehlt. »Was ist mit dir,
wie geht es dir?«

Sie zögert kurz, und daraus kann ich ablesen, dass sie genau
weiß, was die Medien über sie sagen. Mir wird übel, und ich hätte
am liebsten jedem sogenannten Journalisten, der die schlimmste
Zeit im Leben meiner Mutter zu einer Schlagzeile verarbeitet hat,
eine Ohrfeige verpasst. »Solange es dir gut geht, geht es mir auch
gut«, sagt sie schließlich und schenkt mir ein Lächeln, das fast
aufrichtig wirkt. »Wie war der Flug? Hast du heute schon etwas
gegessen?«

»Der Flug war okay«, antworte ich. Mir liegen Tausend Dinge

auf der Zunge, die ich gern sagen würde, aber ich bringe sie nicht hervor. Noch nicht. Vielleicht schaffe ich das auch nie. »Ich habe vorhin etwas zu Mittag gegessen.«

»Aber das war in London«, wirft Alexander leise ein. Ich sehe ihm an, dass er unsere Begrüßung nicht unterbrechen will, aber es stört mich nicht. Und meine Mutter auch nicht, so wie sie seinen Unterarm drückt, als würde nichts zwischen ihnen stehen.

»Da ist es schon fast Mitternacht«, sagt sie. »Du musst ja verhungern. Kommt, ich habe Lasagne gemacht.« Aber als sie sich zur Tür umdreht, hält sie inne. »Magst du Lasagne, Evie?«

»Ich liebe Lasagne«, antworte ich. »Das ist eins meiner Lieblingsgerichte.«

Mom entspannt sich sichtbar und führt uns ins Haus. Es ist kleiner, als ich erwartet hatte – vermutlich, weil ich mehr als ein Drittel meines Lebens in ausladenden Internaten verbracht und bis vor Kurzem in einem Schloss gewohnt habe. Die Möbel sind überraschend unauffällig, aber an den Wänden hängen ihre Gemälde, deren abstrakte Motive und kräftige Farben der ansonsten nichtssagenden Einrichtung Lebendigkeit verleihen.

Als wir in die warme Küche kommen, die in Rot und Gold gehalten ist, werde ich auf einmal von einer Flut von Erinnerungsfetzen überschwemmt. »Wow«, sage ich, so überwältigt, dass ich nur langsam in die echte Welt zurückkehre. »Ich glaube, ich erinnere mich hieran.«

»Wirklich?« Meine Mutter stellt den Kuchen auf der Theke ab und zieht sich Backhandschuhe an, um die Lasagne aus dem Ofen zu holen. »Du standest immer auf deinem Hocker und hast mir beim Backen geholfen.«

Beim Anblick der gefliesten Theke kommt mir auf einmal eine Erinnerung an gelben Zuckerguss. »Daran erinnere ich mich auch«, behaupte ich, obwohl ich es eigentlich nicht genau weiß. Aber so, wie Mom strahlt, fühle ich mich nicht schlecht, und sie besteht darauf, dass Alexander und ich uns hinsetzen, während sie uns die Lasagne serviert.

Als wir uns gegenüber voneinander niederlassen, wirft er mir einen Blick zu. »Geht's dir gut?«, fragt er so leise, dass ich es eher von seinen Lippen ablese. Ich nicke. Hundertprozentig gut geht es mir nicht – ich fühle mich so, als würde ich träumen, und in meinen Ohren klingelt es entfernt. Aber ich würde mich gerade an keinen anderen Ort der Welt wünschen.

Mom bringt die Lasagne und einen Teller mit Knoblauchbrot an den Tisch. Sie setzt sich zu uns, und einen Moment lang sehen wir uns alle stumm an. Die Situation fühlt sich surreal an, als sähe ich gerade eine Szene in einem kitschigen Film, aber das kühle Holz des Tisches ist echt und solide. Von dem Essensgeruch läuft mir das Wasser im Mund zusammen. Das hier ist die Wirklichkeit, in der ich mit meinen Eltern zusammen am Esstisch sitze – wie ich es schon immer wollte. Ich dachte nur nie, dass es tatsächlich passieren könnte.

In unserem Gespräch geht es nur um mich. Mom fragt mich nach London und den Filmen und Büchern, die ich dort gesehen und gelesen habe. Sie fragt, wie es den Bediensteten geht – von denen sie einige persönlich zu kennen scheint, unter anderem Jenkins und Louis – und welcher Teil meines Aufenthalts mir am besten gefallen hat.

Bei der letzten Frage zögere ich. Ich muss an all die schrecklichen Tage auf Schloss Windsor denken, die unzähligen Stunden, in denen ich Benimmregeln pauken musste oder allein in meinem Zimmer saß, mit nichts als meinem Laptop, auf dem ich mir die gemeinen Bemerkungen von Fremden durchlas. Die ganzen

Artikel, die über mich geschrieben wurden, und die gehässigen Dinge, die die Familie meines Vaters mir entgegengeschleudert hat. Es fällt mir schwer, unter all diesen schlechten Erinnerungen eine gute zu finden, aber als ich meinen Bissen Lasagne herunterschlucke, weiß ich auf einmal, was ich sagen will.

»In London gibt es einen kleinen Eisladen«, fange ich an. »Kit – ein Junge, den ich dort getroffen habe – hat mich dorthin eingeladen, und es war das beste Eis, das ich je gegessen habe.«

»Du hast einen Jungen getroffen?«, fragt Mom mit einer seltsamen Mischung aus Skepsis und Begeisterung.

»Mit Kit meint sie Christopher Abbott-Montgomery«, erklärt Alexander. »Helenes Neffe, der jüngere Sohn ihres Bruders.«

Der Name seiner Frau kommt ihm leicht über die Lippen, als sei er es bereits gewohnt, mit meiner Mutter über sie zu reden, und ich versuche, ihre Reaktion einzuschätzen. Keine Ahnung, was ich erwarte. Vielleicht, dass sie verletzt ist. Ein Aufflackern von Verwirrung und Kummer, wie ich es so oft bei unseren Gesprächen auf VidChat gesehen habe. Als meine Mutter die Stirn runzelt, zieht sich mein Magen ängstlich zusammen.

»Sein älterer Bruder ist gestorben, richtig?«, fragt sie, und ich atme stoßartig aus. Woher weiß sie das?

Alexander nickt, ihm ist meine schockierte Reaktion überhaupt nicht aufgefallen. »Kit wohnt jetzt auf Schloss Windsor. Evan, Tibby hat mir erzählt, dass ihr zwei viel Zeit miteinander verbracht habt.«

Ich laufe rot an. Sosehr ich mich auch über dieses normale Familienessen freue – ich hatte nicht damit gerechnet, dass ich von meinen Eltern zu meinem Sozialleben ausgefragt werde. Besonders nicht jetzt, da ich weiß, wie viel Schaden Kit angerichtet hat.

»Ja«, murmele ich und spieße mit meiner Gabel ein Stück Lasagne auf. »Woher wusstest du von seinem Bruder, Mom?«

Überrascht blinzelt sie. »Alex hat mir davon erzählt«, entgegnet sie und wirft ihm einen kurzen Blick zu. »Letztes Jahr, meine ich. Ich weiß noch, dass wir direkt nach der Beerdigung telefoniert haben.«

Ich setze mich auf. »Ihr sprecht immer noch miteinander?«, frage ich und versuche dabei, mein Erstaunen mit mildem Interesse zu überspielen. Es funktioniert nicht besonders gut.

»Natürlich«, antwortet Mom und schenkt Alexander ein geheimnisvolles Lächeln. »Das habe ich dir doch erzählt, oder, Evie?«

Ich nicke. Mein Appetit ist verflogen, nicht, weil ich wütend auf sie bin, sondern weil ich nicht glauben kann, wie dumm ich war. Jahrelang habe ich es jedes Mal auf ihre Krankheit geschoben, wenn meine Mutter Alexander erwähnt hat – nichts als eine Wahnvorstellung, die sie noch mehr von der echten Welt abschottet. Aber in Wirklichkeit war ich diejenige, die die Wahrheit nicht von den eigenen Annahmen unterscheiden konnte.

»Erzähl mir mehr von Kit«, sagt Mom in einem so warmen Ton, dass ich ihr nichts verwehren könnte. Ich kneife die Lippen zusammen und starre auf meinen Teller. Hoffentlich ist mein Gesicht nicht so rot, wie es sich anfühlt.

»Vor ein paar Tagen hat er mich auf ein Konzert begleitet«, erzähle ich. »Und wir haben viel Zeit miteinander verbracht. Aber … ich glaube nicht, dass wir uns wiedersehen.«

»Ach?« Sie klingt enttäuscht. »Warum nicht?«

Ich beiße mir auf die Wange. Nachdem unser Familiengeheimnis jahrelang in Sicherheit war, kann ich einfach nicht zugeben, dass ich diejenige war, die ihm von ihrer Krankheit erzählt hat.

»Das ist eine lange Geschichte. Und ich bin mir immer noch nicht ganz sicher, was passiert ist.«

»Wenn er nicht gut genug für dich ist, dann lass ihn hinter dir, ohne dich umzusehen«, sagt sie und streckt die Hand nach mir aus. Auf ihren kurzen Nägeln prangen grüne und violette Farbflecke, und ich drücke ihr sanft die Hand. »Aber wenn er ein guter Mensch ist, solltest du ihm wenigstens eine Chance geben. Du verdienst es, von wundervollen und unterstützenden Menschen umgeben zu sein, Evie.«

Ich versuche, mir ein Lächeln abzuringen, aber es wird eher eine Grimasse. »Das bin ich«, verspreche ich ihr. »Schließlich habe ich dich, Alexander und Jenkins.«

»Du brauchst mehr als nur uns, auch wenn wir dich natürlich sehr lieben. Hast du Maisie kennengelernt, als du dort warst?«

Als meine Mutter seine rechtmäßige Erbin so beiläufig erwähnt, ziehen Alexanders Mundwinkel sich nach unten, und auf einmal scheint er ganz fasziniert von den Krümeln zu sein, die auf seinem Teller liegen. Zweifellos denkt er gerade an das Meeting gestern Morgen und daran, was Helene und Maisie von mir verlangt haben.

»Ja«, antworte ich. »Na ja, aller Anfang ist schwer, aber … bevor ich geflogen bin, kam sie vorbei, und wir hatten ein nettes Gespräch.«

»Wirklich?« Mom lehnt sich erwartungsvoll vor. »Ich habe immer gehofft, dass ihr euch eines Tages kennenlernt. Wie ist sie so?«

»Eine richtige Prinzessin«, sage ich mit einem schiefen Lächeln, und als ich Alexander einen Blick zuwerfe, sehe ich ein schwaches Grinsen. »Aber unter der ganzen Hochnäsigkeit ist sie ein echt guter Mensch.«

Wir reden kurz darüber, wen ich noch getroffen habe – Ben, Nicholas, Tibby, selbst Helene, aber als Mom fragt, was ich von ihr halte, unterbricht Alexander uns hastig mit einer Frage zu dem Gemälde, das in der Küche an der Wand hängt. Während Mom enthusiastisch den nahe gelegenen Park beschreibt, den sie neuerdings häufig malt, entschuldige ich mich.

Erst nach einer kurzen Suche finde ich das fliederfarbene Gästebad, und nachdem ich mir die Hände gewaschen habe, halte ich inne. Das hier ist nicht das Bad, in dem es passiert ist – in dem meine Mutter nach einem Nervenzusammenbruch versucht hat, mich zu ertränken. Und obwohl ich innerlich vor diesem schmerzhaften Gedanken zurückweiche, brennt in mir auf einmal das Verlangen, den Raum zu sehen. Die vier Wände zu sehen, in denen sich der Lauf meines gesamten Lebens veränderte.

Als ich durchs Wohnzimmer schleiche, knarren die Dielen, aber die Stimmen aus der Küche halten nicht inne, und ich haste weiter zur Treppe.

Der Flur im ersten Stock ist dunkel, und ich hätte gern ein Licht angemacht, aber ich will nicht, dass Mom oder Alexander bemerken, dass ich hier oben herumschnüffele. Eigentlich sollte ich keine Angst davor haben, erwischt zu werden – schließlich ist das hier quasi mein Zuhause. Aber auch wenn ich hier gewohnt habe, als ich klein war, ist mir im Grunde klar, dass es auch nicht mehr mein Zuhause ist als St. Edith's.

Zu meiner Linken finde ich in der Dunkelheit eine Tür. Langsam schiebe ich sie auf und taste nach dem Lichtschalter, der hier irgendwo sein muss. Ich bin mir nicht ganz sicher, was ich erwartet habe, aber als das Licht angeht, erstarre ich.

Rosa Vorhänge, ein kleines Bett mit lila Tagesdecke, auf dem mehrere Teddybären sitzen, ein Fenster, das auf den Garten hinausblickt … Ich erinnere mich nicht an dieses Zimmer, aber es muss einst mir gehört haben. An eine Wand hat meine Mutter ein pastellfarbenes Wandbild gemalt, das einen sommerlichen Garten darstellt. Als ich mich umsehe, entdecke ich Bilderbücher und gerahmte Bilder, die ich mit Fingerfarben gemalt haben muss. Vierzehn Jahre habe ich schon nicht mehr in diesem Zimmer geschlafen, aber meine Mutter scheint es genauso belassen zu haben, wie es damals war, und ich frage mich, wieso. Hat sie Angst, dass sie mich vergisst, wenn sie etwas an dem Zimmer verändert? Oder vermisst sie mich nur und fühlt sich hier der Familie nahe, die sie nicht mehr hat?

Ich sollte nostalgisch auf diese Kindheit blicken, an die ich mich kaum erinnern kann. Aber außer einem leichten Stechen bei dem Gedanken an das Leben, das ich hätte haben können, fühle ich gar nichts. Dieses Zimmer gehört einem kleinen Mädchen, das ich schon lange nicht mehr bin. Das hier sind nicht meine Erinnerungen, sondern Moms. Leise schleiche ich wieder in den Flur und schließe die Tür.

Fast wäre ich wieder nach unten gegangen. Das hier fühlt sich nach einer schlechten Idee an – als würde ich eine Messerspitze über eine alte Narbe gleiten lassen und fast darauf hoffen, dass sie sich wieder öffnet. Aber jetzt bin ich schon hier, und ich muss es einfach wissen, also öffne ich die Tür gegenüber von meinem alten Schlafzimmer und schalte das Licht an.

Sofort weiß ich, dass es dieser Raum ist. Das Bad sieht anders aus als der Rest des Hauses, als wäre es in den letzten zehn Jahren irgendwann renoviert worden, während alle anderen Räume gleich geblieben sind. Das granitfarbene Waschbecken ist unbenutzt. Der geflieste Boden ist blitzsauber, und an der Wand hängen ordentlich gefaltete hellgraue Handtücher. Und gegenüber der Toilette, wo ich eine Badewanne erwartet hatte, ist eine Duschkabine mit steinernen Wänden.

Mein gesamter Körper ist taub, als ich dastehe und das Bad in mich aufnehme – die blitzenden Armaturen, das kleine Fenster mit dem grauen Rüschenvorhang, die plüschigen Badvorleger, die so aussehen, als sei noch nie ein Tropfen Wasser auf ihnen gelandet. Erst nach einer Weile verstehe ich, warum sich dieses Bad so falsch anfühlt.

Hier gibt es keine Spuren von ihrer Anwesenheit.

Es muss noch ein drittes Bad geben, denn dieser Raum, so luxuriös und modern er auch ausgestattet ist, ist nie benutzt worden. Noch nicht einmal eine Zahnbürste steht neben dem Waschbecken, und auf dem Boden ist kein einziges langes Haar zu sehen. Alexander hat ihn zwar für sie renovieren lassen, aber genau wie mein altes Schlafzimmer ist dieser Raum unberührt geblieben.

Wieder trete ich in den Flur hinaus und schließe die Tür. Das hier ist nicht mehr mein Leben, und es fühlt sich falsch an, die innere Welt meiner Mutter so auszukundschaften. Diese Zimmer – diese Erinnerungen – gehen mich nichts an, und die einzige Version von mir, die in diesem Haus einen Platz hat, ist vier Jahre alt. Ich muss nicht nach Vergebung suchen, weil es nichts gibt, was ich ihr vergeben muss. Es war nicht ihre Schuld. Sie hat ihr Bestmögliches gegeben, und jetzt zeigt sie mir jeden Tag, dass sie mich liebt, indem sie ihre Medikamente nimmt und sich um sich selbst kümmert. Nichts mehr erwarte ich von ihr, und nichts anderes brauche ich.

Lautlos gehe ich wieder nach unten. Aus der Küche ertönen jetzt keine Stimmen mehr, und mein Herz setzt einen Schlag aus. Ist ihnen aufgefallen, dass ich so lange weg war? Wird Mom mir ansehen, wo ich gerade war?

Aber als ich um die Ecke biege, bleibe ich überrascht stehen. Aus einem CD-Spieler auf dem Regal tönt leise Musik – irgendein Song aus den Neunzigern, der mir vage bekannt vorkommt –, und Alexander hat die Arme um meine Mutter gelegt, während sie sich langsam hin- und herwiegen. Er hat die Nase in ihrem Haar vergraben, ihr Kopf liegt an seiner Schulter, und sie haben beide die Augen geschlossen, als seien sie ganz in ihrer eigenen Welt.

Die Liebe zwischen ihnen ist offensichtlich, und obwohl ich sie noch nie zusammen gesehen habe, weiß ich nicht, wie ich das übersehen konnte. Sie sind zwei Puzzlestücke, die perfekt zusammenpassen – zwei Sterne, die sich schon seit Urzeiten umkreisen, und plötzlich sehne ich mich nach etwas, von dem ich mir sicher bin, dass ich es nie finden werde. Aber ich bin froh, dass sie es gefunden haben. Auf einmal trauere ich um jeden Tag, den sie voneinander getrennt sein mussten.

Noch eine Weile sehe ich ihnen zu, bevor ich mich umdrehe. Ich bin vielleicht ein Ergebnis ihrer Liebe, aber in diesem Moment ist kein Platz für mich, also schleiche ich mich leise aus dem Zimmer und lasse sie mit ihrer Musik zurück.

30. KAPITEL

@duchessdame172: Ist Schizophrenie vererblich? LMAO
(27. Juni 2023, 12:19 MEZ – Twitter für iPhone, London, GB)

@btswhisktang: @dutchessdame172: Mach dich nicht über sie lustig, nur weil sie eine psychische Krankheit hat. Sie ist in Behandlung, und das ist alles, was zählt.
(27. Juni 2023, 12:21 MEZ – Twitter für Android, Sydney, Australien)

@dutchessdame172: @btswhisktang: Ich hab mich nicht über sie lustig gemacht, das war eine ernst gemeinte Frage. #JusticeforJasper #SHEDIDIT
(27. Juni 2023, 12:53 MEZ – Twitter für iPhone, London, GB)

— Twitter-Austausch zwischen den Usern @dutchessdame172
und @btswhisktang, 27. Juni 2023

Mit zwei Tellern in der Hand schaffe ich es eben so, die Autotür zu öffnen und mich auf den kühlen Ledersitz neben Jenkins niederzulassen. Er telefoniert gerade, aber bei meinem Anblick beendet er das Gespräch.

»Du hättest nicht auflegen müssen«, sage ich und biete ihm ein Stück Kuchen an.

»Ich habe nur Louis gute Nacht gesagt«, antwortet er und nimmt mir den Teller ab. »Auf Schloss Windsor herrscht Chaos. Offenbar hat Seine Majestät den Rest der Familie nicht davon informiert, dass ihr beide in die Staaten fliegen würdet.«

»Ich bezweifle stark, dass meine Abwesenheit sie stört«, murmele ich und wende mich meinem eigenen Stück Kuchen zu. Ich spüre Jenkins' Blick auf mir, aber er lässt mich ein paar Bissen essen, bevor er sich räuspert.

»Ich muss mich bei dir entschuldigen«, beginnt er. »Unabhängig von den Umständen, die hinter dieser Entscheidung standen, hätte ich dich nie ohne deine Zustimmung nach England bringen sollen. Das war selbstsüchtig und arrogant von mir, und egal, was meine Beweggründe waren, ich habe sowohl dir als auch Seiner Majestät erheblichen Schaden zugefügt. Dafür werde ich mir nie verzeihen.«

Mit einem lauten Klirren fällt mir die Gabel aus der Hand. »Ist das dein Ernst?« Ich funkele ihn an. »Jahrelang warst du immer für mich da, wenn ich dich brauchte. Du hast dich um mich gekümmert und hast dafür gesorgt, dass ich auch *wusste*, dass du dich um mich kümmern würdest – als es sich so anfühlte, als wäre ich niemandem sonst auf der Welt wichtig. Du hast mich nicht nach England gebracht, weil du beweisen wolltest, dass du es besser wusstest als ich oder als Alexander, sondern, weil du mich beschützen wolltest. Weil du uns beide vor unseren massiven Fehleinschätzungen beschützen wolltest. Du wusstest, wie sehr wir litten, und du warst dazu bereit, deinen Job und dein gesamtes Leben aufs Spiel zu setzen, um uns eine Chance auf eine echte Beziehung zu ermöglichen.« Ich schüttele den Kopf. »Ich will nicht so tun, als sei das alles ein Zuckerschlecken gewesen, aber du hattest recht. Ich musste diese Seite meiner Familie kennenlernen. Ich brauchte etwas Stabiles.«

Jenkins räuspert sich, und eine Sekunde lang denke ich entsetzt, dass er in Tränen ausbrechen wird. Stattdessen spielt er mit seiner Gabel herum und mustert die Zinken. »Dein Verständnis bedeutet mir mehr, als ich in Worte fassen kann«, sagt er leise. »Bitte vergib mir, falls es sich zu aufdringlich anhört, aber … über die Jahre habe ich mich immer mehr als Teil deiner Familie gefühlt, und es war ein wahres Privileg, dich aufwachsen zu sehen.«

Ein warmes Gefühl breitet sich in meinem Magen aus, und ich muss mir auf die Lippe beißen, um nicht zu grinsen. »Du bist auch nicht so schlecht, weißt du«, antworte ich. »Manchmal habe ich mich von Internaten verweisen lassen, nur, um dich wiederzusehen.«

Er gluckst und sieht mich endlich an. »Du hättest mich nur fragen müssen, dann wäre ich gekommen. Aber wo wir gerade davon reden …« Er holt einen Umschlag aus dem Aktenkoffer und reicht ihn mir. »Heute ist zwar noch nicht dein Geburtstag, aber ich habe es dir versprochen.«

Der Umschlag ist schwerer, als ich erwartet habe. Vorsichtig öffne ich ihn. »Was ist das?«

»Deine Pässe«, sagt er. »Und eine Kreditkarte zu einem Konto, das Seine Majestät für dich angelegt hat. Darauf wird immer genug Geld sein, und du kannst alles haben, was du möchtest, ohne weitere Bedingungen.«

Ich ziehe zwei dunkelblaue Pässe aus dem Umschlag – einen US-amerikanischen und einen britischen – und eine schwarze Kreditkarte, auf der mein Name steht. Eigentlich sollte ich ganz aus dem Häuschen sein. Das hier ist die Freiheit, die ich mir immer gewünscht habe. Jetzt kann ich endlich mein eigenes Leben führen und meine eigenen Entscheidungen treffen. Aber stattdessen fühle ich mich nur leer und ängstlich.

In dem Umschlag steckt noch etwas anderes, und nach kurzer Suche bringe ich ein Flugticket zum Vorschein. Das Feld für den Zielort ist leer, aber in der Ecke stehen mein Name und *ERSTE KLASSE*.

»Wie versprochen«, erklärt Jenkins, »bekommst du hiermit einen Platz auf einem Flug von Virgin Atlantic, egal, wo du hinwillst.«

Ich starre das Ticket an. Vor einem Monat hätte ich alles gegeben, um den Inhalt dieses Umschlags in den Händen zu halten. »Egal, wohin?«

»Neuseeland, Malaysien … Du kannst es dir aussuchen«, bestätigt er. Er tut sein Bestes, die Fassung zu bewahren, aber seine Stimme ist etwas belegt.

Schweigend lasse ich die Finger über das Ticket gleiten. »Was ist mit England?«

»England?«, fragt er und versucht dabei vergeblich, seine Überraschung zu verbergen.

»Das Essen ist nicht wirklich das Wahre«, bemerke ich. »Aber ansonsten habe ich nur Gutes gehört.«

»Ja«, sagt Jenkins langsam. »Das Essen kann etwas fragwürdig sein. Aber wenn du dir sicher bist, dass du dorthin möchtest, bekomme ich sicherlich etwas geregelt.«

»Ja, ich bin mir sicher«, antworte ich und stecke das Ticket zurück in den Umschlag. »Und jetzt iss deinen Kuchen. Das ist der beste Kuchen der Stadt, und wenn du ihn verschwendest, werde ich böse.«

Ein Lächeln umspielt seinen Mund. »Ja, Eure Königliche

Hoheit«, witzelt er und weicht hastig meinem Ellbogenstoß aus, bevor er sich dem Kuchen widmet.

Eigentlich habe ich Verwirrung erwartet, als ich meiner Mutter erzähle, dass ich mit Alexander zusammen wieder nach Windsor fliege, aber sie reagiert so, als wäre das von vornherein klar gewesen. Vielleicht war es das für sie auch – oder vielleicht wissen wir beide, dass es keine wirkliche Option ist, dass ich hierbleibe.

Bevor wir uns verabschieden, eilt sie in ihr Studio und kommt mit einer dick verpackten Leinwand zurück, die ungefähr so groß ist wie ein Poster. Auf dem Packpapier steht mein Name, und sie zögert kurz, bevor sie mir das Geschenk übergibt.

»Mach es erst an deinem Geburtstag auf«, bittet sie. »Es ist nichts Besonderes, aber ich habe an dich gedacht, während ich daran gearbeitet habe.« Sie hält inne. »Ich denke immer an dich, wenn ich male.«

Vorsichtig gebe ich das Geschenk an Alexander weiter, bevor ich sie abermals umarme. »Ich hab dich lieb«, murmele ich in ihren Nacken, und sie küsst mich aufs Haar.

»Ich dich auch, Evie. Und ich bin froh, dass ihr beide euch endlich richtig kennengelernt habt. Das habe ich mir schon so lange gewünscht.«

Alexander räuspert sich, und im warmen Lampenlicht glänzen Tränen in seinen Augen. »Ich kümmere mich gut um sie«, verspricht er. »Und wir kommen dich besuchen, sooft wir können.«

»Das weiß ich doch«, antwortet meine Mutter und drückt ihm sanft die Hand. »Ich freue mich schon darauf.«

Sie winkt uns nach, als wir die Auffahrt verlassen, und Alexander und ich drehen uns beide um, um sie so lange wie möglich im Sichtfeld zu behalten. Als sie hinter der Biegung verschwindet, seufzen wir gleichzeitig, und Jenkins presst die Lippen zusammen, um sein Lächeln zu verstecken.

»Bist du dir sicher, dass du wieder mit nach England kommen möchtest?«, fragt Alexander mich vom Vordersitz. »Wir können dir immer noch ein Hotel suchen, wenn du noch eine Weile darüber nachdenken möchtest.«

»Ich bin mir sicher«, antworte ich. »Und ich will, dass du ein Meeting mit Doyle und Yara und deinen restlichen königlichen Trotteln einberufst.«

»Um was genau zu besprechen?«, fragt er misstrauisch.

»Mein Fernsehinterview, in dem ich über den Abend sprechen werde, an dem Jasper starb«, sage ich. Er starrt mich an, als hätte er mich nicht verstanden, aber ich fahre trotzdem fort. »Alle denken, dass ich es war. Maisie in den ganzen Kram hineinzuziehen hilft mir auch nicht, und Jasper hat so schon genug Schaden angerichtet. Ich will das Ganze nicht noch schlimmer machen.«

»Evie …« Alexander verzieht das Gesicht. »Du musst nicht die Verantwortung auf dich nehmen. Die Anwälte und ich finden schon einen anderen Weg, mit der Situation umzugehen.«

»Ich weiß, dass du dein Bestes tust«, antworte ich, »aber ich will das Interview geben. Und ich habe gründlich darüber nachgedacht. Ich muss nur darauf hinweisen, dass das Video bearbeitet ist, und sagen, dass jemand mir geholfen hat, die Party zu verlassen. Natürlich sage ich nicht, wer, aber ich werde deutlich machen, dass ich diejenige war, die Jasper weggeschubst hat, als er mir nachkommen wollte. Schließlich ist im Video nicht zu sehen, wer es wirklich war, und so kommt die Wahrheit nie ans Licht.« Ich zucke die Schultern. »Und wenn das unbearbeitete Video doch irgendwann an die Öffentlichkeit kommt, steht Maisie wie eine Heldin dar, die ihre eigene Sicherheit riskiert hat, um ihre

Halbschwester zu beschützen, die sie kaum kannte. Und alle, die behaupten, dass ich sie decken würde, werden als Verschwörungstheoretiker abgestempelt. Problem gelöst.«

Den Rest der Fahrt zum Flughafen versucht Alexander, mich von meinem Plan abzubringen, aber nachdem wir an Bord gegangen sind, ruft er Doyle endlich höchstpersönlich an, um das Meeting für morgen einzuberufen.

Sobald Jenkins und ich uns an unserem üblichen Tisch gegenübersitzen, hole ich meinen Laptop aus der Tasche und verbinde ihn mit dem WLAN des Flugzeugs. Eigentlich habe ich vor, mich direkt zu Netflix durchzuklicken und mit einer Folge meiner Lieblingsserie im Hintergrund einzuschlafen, aber nur ein paar Sekunden, nachdem ich mich mit dem Netzwerk verbunden habe, geht ein Fenster mit einem Videoanruf auf. Kurz bin ich hoffnungsvoll, aber der Anruf kommt nicht von meiner Mutter, sondern von einer britischen Nummer, die ich nicht erkenne.

Haben die Medien meine E-Mail-Adresse gefunden? Ist das irgendein Reporter, der auf eine Schlagzeile hofft? Fast lehne ich den Anruf ab, aber irgendetwas – Neugier vielleicht oder mein Hang dazu, in jeder Situation die schlechteste Entscheidung zu treffen – hält mich davon ab. Stattdessen nehme ich ihn an.

»Evan!« Das Gesicht meiner Halbschwester nimmt den gesamten Bildschirm ein. Sie trägt kein Make-up, in ihren Haaren stecken Lockenwickler, und ihre blauen Augen sind weit aufgerissen, als sie sich näher zur Kamera lehnt. »Ich versuche schon den ganzen Tag, dich zu erreichen. Wo *bist* du?«

Bei ihrer Lautstärke sieht Jenkins mit hochgezogener Augenbraue von seinem Kreuzworträtsel auf, und ich verbinde hastig meine Kopfhörer. »Wir sind gerade aus Virginia abgeflogen«, sage ich. »Wir, äh … waren bei meiner Mom.«

»Wie geht es ihr?« Bens Gesicht erscheint neben Maisies, und ich erhasche einen Blick auf sein seidenes Schlafanzugoberteil.

»Gut«, antworte ich und wappne mich gegen die instinktive Verteidigungshaltung, die ich immer einnehme, wenn jemand mich nach meiner Mutter fragt. Aber so gesund wie jetzt habe ich sie schon lange nicht erlebt, und obwohl ihre Krankheit sie ihr ganzes Leben lang begleiten wird, kann sie sich gut um sich selbst kümmern. »Maisie, ich würde gern mit dir über etwas reden …«

Plötzlich halte ich inne, als ich hinter ihr einen dunklen Lockenschopf entdecke. Mein Magen zieht sich zusammen. Kit.

»Worüber?«, fragt meine Halbschwester. »Geht es um das Abendessen? Dafür musst du dich nicht entschuldigen. Ich habe stattdessen mit Benny gegessen und mit ihm lebhaft darüber diskutiert, wer es wohl ins Finale in Wimbledon schafft.«

»Nein, es geht nicht um das Essen, aber es tut mir trotzdem leid, dass ich dich hängen gelassen habe.« Ich zögere. »Ich habe beschlossen, das Interview zu geben – das, von dem wir geredet haben. Und ich erzähle allen, dass ich Jasper geschubst habe.«

Maisie fällt die Kinnlade herunter, und auf der anderen Seite des Anrufs herrscht auf einmal dröhnende Stille. »Aber … Evan, das musst du nicht tun«, antwortet sie und klingt dabei fast wie Alexander.

»Ich weiß«, antworte ich. »Aber ich will es tun. Wir sind doch Familie, oder?«

Maisie starrt den Bildschirm an, während sich ihre Augen mit Tränen füllen. »Wir sind Familie«, wiederholt sie leise. »Evan … Ich wollte dich gestern nicht manipulieren, wenn du das glaubst …«

»Nein, glaube ich nicht«, verspreche ich ihr. »Das hier ist ganz allein meine Entscheidung. Niemand hat mich dazu gezwungen.«

»Dann erlaub uns, dich vom Gegenteil zu überzeugen«, wirft Ben ein. »Es gibt keinen Grund, warum du das, was dir passiert ist, an die Öffentlichkeit bringen musst. Du solltest darüber mit einer Therapeutin oder einem Therapeuten reden statt mit irgendwem von der BBC.«

»Benny hat recht«, sagt Maisie, und ich kann die Bestürzung in ihrer Stimme hören, aber als sie weiterspricht, gewinnt derselbe Beschützerinstinkt, den sie gestern in meinem Wohnzimmer gezeigt hat, die Überhand. »Du bist niemandem eine Erklärung schuldig, vor allem nicht, wenn es um so etwas … *Traumatisches* geht.«

»Nein, das bin ich nicht«, stimme ich ihr zu, »aber bis ich eine Erklärung abgebe, werden mich die Medien wie die Geier umkreisen. Und wenn das unbearbeitete Video je zum Vorschein kommt …«

Eine angespannte Stille breitet sich zwischen uns aus, und Ben runzelt noch tiefer die Stirn. »Ich weiß, dass du glaubst, du tätest das Richtige, aber wenn das Video wirklich an die Öffentlichkeit kommt, kann dein Geständnis Maisie auch nicht beschützen.«

»Doch, das kann es«, sage ich bestimmt. »Ich habe darüber nachgedacht, und ich sage ihnen …«

Im Hintergrund bewegt sich auf einmal etwas. Maisie und Ben drehen sich um, was mir für einen Moment die Sicht auf Kit freigibt, der gerade aufsteht und aus dem Bild verschwindet. »Du gehst schon?«, fragt Maisie.

»Ich gehe ins Bett«, grummelt er, und ich höre, wie die Tür sich schließt. Maisie seufzt und dreht sich wieder zur Kamera um.

»Ich weiß zwar nicht, was er getan hat, aber du solltest ihm verzeihen«, sagt sie. »*So* schlimm war es bestimmt nicht, und er ist schon den ganzen Tag in furchtbarer Stimmung.«

»Gut«, murmele ich. Aber bevor ich ihr sagen kann, dass Kit sich sein Elend reichlich verdient hat, spricht Ben.

»Evan, vielleicht ist es besser, wenn du eine Weile bei deiner Mutter bleibst, statt wieder hierherzukommen«, sagt er. »Und wenn du später wiederkommst, haben die Medien sicherlich eine andere Geschichte gefunden ...«

»Alexander hat das Meeting bereits einberufen«, antworte ich. »Es ist nett von euch beiden, dass ihr euch um mich sorgt, aber ich habe meine Entscheidung getroffen, und ihr könnt mich nicht davon abbringen.«

Wir reden noch ein paar Minuten lang, bis Maisie so sehr gähnen muss, dass sie kaum sprechen kann. Nachdem wir uns verabschiedet haben, schließe ich den Laptop und mache mich in die Flugzeugküche auf, um mir etwas zu trinken zu besorgen. Jenkins hat bereits einen Kaffee, also bringe ich zwei Tassen Tee zu dem Tisch, an dem Alexander mit seinem Laptop sitzt und ebenfalls einen Videoanruf führt. Ich erwarte, Doyles rötliches Gesicht zu sehen, aber stattdessen ist am anderen Ende Nicholas, dessen Haar verstrubbelt ist und unter dessen Augen dunkle Ringe liegen.

»... schwöre dir, ich habe keine Ahnung, wie sie es herausgefunden haben«, sagt er gerade. Er ringt mit den Händen, als bettele er meinen Vater an, ihm zu glauben.

»Die Gerichtsakten wurden alle versiegelt, und ich habe Berge versetzt, um sicherzustellen, dass niemand sie finden konnte«, zischt Alexander so leise, dass ich ihn über das Getriebe kaum hören kann. »Robert Cunningham ist nicht einfach so über sie gestolpert. Jemand hat ihn mit Informationen gefüttert. Und du bist der Einzige, dem ich je von Lauras Krankheit und dem Vorfall erzählt habe.«

Mir wird auf einmal schwindelig, und ich bleibe mitten im

Gang stehen. Vage ist mir bewusst, dass ich Gefahr laufe, die Teetassen fallen zu lassen, aber das ist mir im Moment egal. Nicholas schweigt mehrere qualvolle Sekunden lang, und ein seltsamer Ausdruck flackert in seinen Augen auf, bevor er das Gesicht in den Händen vergräbt.

»Ich weiß es nicht, Alex. Ich *weiß* es nicht. Vielleicht war es einer ihrer Ärzte oder ein Pfleger, dessen Gehalt nicht hoch genug war.«

Mein Vater schüttelt den Kopf. »Niemand sonst wusste, dass sie auf irgendeine Weise mit mir in Verbindung stand. Nächster Versuch.«

Nicholas zieht sich verzweifelt an den Haaren. »Es … es ist möglich, dass es mir vor Robert herausgerutscht ist, als ich betrunken war«, gibt er zu. »Manchmal laufen unsere Pokerspiele aus dem Ruder, und …«

Alexander knallt den Laptop gewaltsam zu, und ich bin überrascht, dass der Bildschirm dabei nicht zerspringt. Er atmet tief ein, als versuche er, sich zu beruhigen. Ich weiß nicht, was ich tun soll. Aber ich kann auch nicht stumm bleiben, und bevor ich die wirren Gedanken in meinem Kopf sortieren kann, höre ich mich selbst fragen:

»Es war Nicholas?«

Meine Stimme klingt dünn und angespannt, und Alexander wirbelt herum. »Evie? Was machst du …« Dann sieht er die Tassen. »Ist eine davon für mich?«

Ich nicke und reiche ihm eine Tasse. »Nicholas hat den Medien von Mom erzählt?«, frage ich, diesmal beharrlicher. Alexander seufzt.

»Er ist der Einzige, der davon wusste, und die Details sind viel zu spezifisch, um von jemandem zu kommen, der nicht die ganze

Geschichte kennt. Es tut mir so leid, mein Schatz«, fügt er hinzu. »Ich dachte … ich dachte, ich könnte wenigstens meinem eigenen Bruder vertrauen.«

Abwesend nicke ich und murmele eine Entschuldigung, bevor ich wieder zu meinem Platz gegenüber von Jenkins zurückkehre. Jenkins wirft mir einen eigentümlichen Blick zu, aber ich kann mir kein Lächeln abringen und wende mich ab.

Wenn Nicholas der Schuldige ist, dann habe ich einen riesigen Fehler gemacht.

31. KAPITEL

Ist die Killerprinzessin in die Vereinigten Staaten geflohen?

Palast-Insider gaben an, dass Evangeline Bright sich heute Nachmittag mit ihrem Vater, dem untreuen König Alexander, in einem Privatjet über den Atlantik abgesetzt hat. Weitere Details sind noch nicht bekannt, aber wir hier von The Regal Record können bestätigen, dass niemand in der Königsfamilie von der Entscheidung wusste.

Hat sich Evangeline, nachdem erst vor ein paar Stunden die Nachrichten von Laura Brights psychischer Krankheit und Gewalttätigkeit die Öffentlichkeit erreicht haben, endlich dazu entschlossen, das Land zu verlassen? Wenn man die Beweise bedenkt, die Scotland Yard im Mordfall von Jasper Cunningham gegen die Siebzehnjährige gesammelt hat, könnte das die erste gute Entscheidung sein, die sie getroffen hat, seit sie im Vereinigten Königreich gelandet ist.

– The Regal Record, 27. Juni 2023

Als wir am nächsten Morgen auf Schloss Windsor ankommen, mache ich mich schnurstracks zu Kits Suite auf.

Obwohl ich auf dem Flug nach London kaum geschlafen habe, weil ich mich so schuldig für meinen schrecklichen Fehler gefühlt habe, bin ich nicht müde. Mein Herz hämmert in der

Brust, und jeder einzelne Muskel in meinem Körper treibt mich an, in einer übermenschlichen Geschwindigkeit durch die Privaträume der Königsfamilie zu rasen. Ich muss ihn finden. Ich muss mich entschuldigen und ihm gestehen, was für ein scheußlicher, kaputter Mensch ich bin. Alles andere kann warten.

Mit zitternden Händen klopfe ich an seine Tür. Mit jeder Sekunde, die vergeht, werde ich nervöser, aber in seinem Zimmer regt sich nichts. Nach einer Weile findet Jenkins mich und führt mich mit seiner üblichen Ruhe in Richtung meiner Suite.

»Wir finden Kit schon«, verspricht er, obwohl er gar keine Ahnung hat, warum ich so verzweifelt nach ihm suche. »Zuerst brauchst du etwas zu essen und Koffein.«

Tibby wartet in meinem Wohnzimmer auf uns, aber sie sieht kaum von ihrem Handy auf, als wir den Raum betreten. »Sie hat also doch beschlossen, zurückzukehren. Du schuldest mir zehn Pfund«, sagt sie zu Jenkins, und ohne ein Wort zieht er einen bunten Zehn-Pfund-Schein aus der Tasche. Sie schnappt ihn sich und sieht dann endlich zu mir. »Hast du überhaupt geschlafen, seit wir uns das letzte Mal gesehen haben? Du siehst absolut verwildert aus.«

»Im Flugzeug hat sie nicht viel Ruhe gefunden«, antwortet Jenkins. »In einer halben Stunde hat sie mit Seiner Majestät ein Meeting, aber versuch bis dahin bitte, ihr etwas zu essen und trinken einzuflößen. Ich habe ein englisches Frühstück bestellt.«

Tibby nickt, und nachdem Jenkins den Raum verlassen hat, mustert sie mich kritisch. »Kaffee, denke ich«, beschließt sie. »Espresso, wenn du ihn verträgst.«

»Hast du Kit gesehen?«, frage ich. Langsam klingt der Adrenalinschub ab. »Ich muss mit ihm reden.«

»Tut mir leid, ich bin erst vor zwanzig Minuten auf Schloss Windsor angekommen«, antwortet sie kurz angebunden. »Könntest du, wenn du das nächste Mal beschließt, das königliche Leben hinter dir zu lassen, vielleicht auch an dieser Entscheidung festhalten? Ich war gerade mitten in einem Vorstellungsgespräch bei Christie's.«

»Sorry«, murmele ich und fahre mir mit den Fingern durchs Haar. »Das nächste Mal, wenn die Presse es auf meine Mutter abgesehen hat und mich als Mörderin darstellt, versuche ich, ein bisschen mehr an dich zu denken.«

»Ja, bitte.« Aber um Tibbys Mund spielt ein leichtes Lächeln. »Also, was ist der Hintergrund dieses plötzlichen Stimmungswechsels gegenüber Kit …«

Ein leises Klopfen hallt durch das Zimmer und unterbricht sie. Mit rasendem Herzen setze ich mich auf. Vielleicht ist das Kit? Tibby allerdings runzelt die Stirn. »So schnell ist der Koch heute bestimmt nicht«, sagt sie und öffnet die Tür. »Kann ich Ihnen helfen …«

»Hallo, Tabitha«, antwortet eine sanfte Stimme, die meine Hoffnung so schnell wieder verfliegen lässt, wie sie gekommen ist. »Könntest du mich kurz mit Evangeline allein lassen?«

Tibby knickst wie automatisch vor ihr. »Äh … tut mir leid, Eure Majestät, aber sie hatte eine lange Nacht, und …«

»Es dauert nicht lange«, unterbricht Helene sie streng. Als die Königin das Wohnzimmer betritt, wirft Tibby mir einen Blick zu und formt mit dem Mund eine stille Entschuldigung, bevor sie in den Flur verschwindet und mich zum ersten Mal mit meiner Stiefmutter allein lässt.

»Was willst du?« Ich bin zu müde, um höflich zu ihr zu sein. Nach dem, was sie in dem Meeting gestern gesagt hat – oder eigentlich vorgestern, nach der Zeitverschiebung –, hat sie sich eh keine Höflichkeit verdient.

Helene atmet tief ein und lässt ihren kritischen Blick durch das Wohnzimmer schweifen, als hätte ich es selbst eingerichtet. »Ich möchte mich bei dir entschuldigen«, sagt sie schließlich. »Für mein Verhalten seit deiner Ankunft. Ich war … zu hart zu dir.«

»Wow, echt jetzt?«, murmele ich. Es ist mir egal, ob sie mich hören kann. »Dann hat Maisie dir wohl von dem Interview erzählt, das ich geben will.«

»Ja«, antwortet Helene und sieht mir endlich in die Augen. Sie hat ihre perfekten Augenbrauen zusammengezogen. »Und ich kann dir nicht sagen, wie dankbar ich dir bin, Evangeline.«

»Ich mache das nicht für dich«, blaffe ich, und unter meinem Blick scheint sie ein wenig zusammenzuschrumpfen.

»Das ist mir klar, aber es bedeutet mir trotzdem viel. Und ehrlich gesagt hatte ich gehofft, dass wir einen Neuanfang wagen könnten, du und ich. Dass wir alles, was passiert ist, hinter uns lassen könnten.«

Ungläubig starre ich sie an. Vielleicht komme ich vor Müdigkeit nicht mehr ganz mit. Noch vor zwei Tagen hat sie mir gedroht, mein Leben zu zerstören, wenn ich nicht genau das tat, was sie verlangte, und jetzt *entschuldigt* sie sich bei mir. Das ergibt keinen Sinn.

»Warum kommst du gerade jetzt zu mir?«, frage ich kühl, und ein schuldbewusster Ausdruck flackert in ihrem eleganten Gesicht auf, bevor sie den Blick abwendet.

»Du hast im Moment schon genug um die Ohren – die Presse lässt dir keine freie Sekunde, und alle reden über diesen … diesen schrecklichen Vorfall mit deiner Mutter. Ich wollte dir nur ein Friedensangebot aussprechen und dir damit das Leben vielleicht etwas leichter machen. Das ist alles.«

Das ist niemals alles. Ich tue genau das, was Helene von mir wollte, und sie wollte von Anfang an nur eins. Und daran hat sich auch nichts geändert, es sei denn …

Die Puzzlestücke in meinem Kopf fügen sich zusammen, und mir wird alles klar. Die Drohungen, die Verschwiegenheitserklärung, ihr Drang, Maisie zu jedem Preis zu beschützen – und Nicholas' Gesichtsausdruck, als Alexander im Flugzeug mit ihm telefonierte. Helene wollte mich von Anfang an zum Sündenbock machen, und das hat sie auch geschafft. Aber nicht, indem sie mich direkt angriff, sondern, indem sie den Medien meine Mutter auslieferte und uns beide dabei als gefährlich und instabil darstellte.

»Nicholas hat dir von meiner Mutter erzählt, oder?«, stelle ich fest. »Und warum sie das Sorgerecht für mich verloren hat. Du bist diejenige, die das an die Presse weitergegeben hat.«

Helene ist genauso klug, wie alle denken, aber ihr schockierter Gesichtsausdruck macht deutlich, dass sie nicht erwartet hat, ich könnte von diesem Puzzle wissen, geschweige denn, dass ich die Stücke zusammenfügen würde. »Was …«, flüstert sie, aber ich unterbreche sie.

»Alexander hat gesagt, dass Nicholas der Einzige war, der all die Details kannte, die in dem Artikel standen.« Mir zittern die Hände – vor Wut oder Verzweiflung oder Müdigkeit, ich weiß es nicht –, und ich gehe einen Schritt auf sie zu.

»Und warum sollte Nicholas mir davon erzählen?«, versucht sie wenig überzeugend, ihre Unschuld zu beteuern. »Er liebt seinen Bruder …«

»Weil ihr eine Affäre miteinander habt.«

Stille. Helene starrt mich ungläubig an. Sie hat die Hände so fest verschränkt, dass ihre Fingerspitzen langsam lila werden. »Das … das habe ich nicht …«

»Doch, hast du«, versichere ich ihr. Das ist schließlich nicht geraten. »Letztes Wochenende habe ich euch zusammen gesehen, in einem der Gästezimmer. Ich weiß nicht, warum Nicholas dir von meiner Mom erzählt hat, aber er war überrascht, als Alexander ihn zur Rede gestellt hat – offenbar war ihm nicht klar, dass er der Einzige war, der davon wusste. Er hat dich übrigens gedeckt. Er hat Alexander erzählt, dass es ihm vielleicht beim Pokerspielen herausgerutscht sei. Ich hoffe wirklich, dass er dich liebt«, füge ich leise hinzu. »Denn er hat deinetwegen vielleicht gerade seine Beziehung mit seinem Bruder ruiniert.«

Alle Farbe weicht ihr aus den Wangen. »Was willst du von mir?«, krächzt sie.

»Dass du meine Mutter in Ruhe lässt«, sage ich tonlos. »Wenn die Presse noch etwas über sie schreibt, ganz egal, was, dann habe ich keine andere Wahl, als ihnen eine Geschichte zu liefern, die meine Mom sofort aus den Schlagzeilen katapultiert.«

Helene erschaudert. »Damit tust du nur Alexander weh.«

Ich denke an den Anblick meiner Eltern, die im Esszimmer meiner Mutter eng umschlungen zur Musik tanzen. »Nein, das glaube ich nicht«, antworte ich. »Aber ich weiß, dass ich damit dir und deinem Ruf wehtue. Und ich habe da so ein Gefühl, dass der dir wichtiger ist als deine Ehe.«

Helene knirscht mit den Zähnen, und halb erwarte ich, dass sie auf mich losgeht. Ich könnte es ihr nicht verübeln. Sie hat die letzten zwanzig Jahre damit zugebracht, ein Image als eine bewunderns- und beneidenswerte Königin aufzubauen, und eine solche Schlagzeile – und das auch noch von einer Quelle innerhalb der Königsfamilie – würde das alles ruinieren.

Aber stattdessen atmet sie aus und scheint sich wieder zu beruhigen. Trotzdem bleibt ihre Haltung fast schon schmerzhaft steif und aufrecht. »Also kein Neuanfang«, stellt sie fest, und ich schüttele den Kopf.

»Diesmal musst du mit den Konsequenzen leben.«

Sie öffnet den Mund, als wollte sie etwas erwidern, aber nichts, was sie sagen könnte, würde mich umstimmen. Das scheint Helene auch klarzuwerden, und mit einem kurzen, kaum wahrnehmbaren Nicken dreht sie sich um und lässt mich in meinem Wohnzimmer zurück.

Sobald sie gegangen ist, sacke ich in mich zusammen, und alle Energie, die noch in meinem Körper vorhanden war, verlässt mich schlagartig. Erschöpft lasse ich mich auf einen der antiken Stühle am Esstisch sinken, stütze den Kopf in die Hände und versuche, wieder zu mir zu kommen. Ich bereue nichts von dem, was ich zu Helene gesagt habe, aber mir ist auch klar, dass ich diesmal eine Grenze überschritten habe, von der es kein Zurück gibt. Das Bewusstsein, dass ich gerade eine Drohung gegenüber meiner Stiefmutter – gegenüber der *Königin* – ausgesprochen habe, erdrückt mich fast. Das wird Helene nie vergessen, und wenn ich je ihre Affäre an die Öffentlichkeit bringen muss, habe ich danach nichts mehr gegen sie in der Hand und damit auch keinen Weg, meine Mutter vor ihr zu beschützen.

Während ich im Kopf die schier unendliche Anzahl möglicher Szenarien durchgehe, fällt mir eine kleine silberne Schachtel auf, die neben einer Vase mit frischen Lilien auf dem Tisch liegt. Die Blumen sind nicht ungewöhnlich – alle paar Tage werden sie ausgetauscht, und jeder Strauß ist schöner als der letzte. Aber die Schachtel habe ich noch nie gesehen.

Mit gerunzelter Stirn greife ich nach ihr. Sie kommt mir nicht wie etwas vor, das Tibby hier vergessen haben könnte. Ich drehe die Schachtel in den Händen und begutachte sie von allen Seiten.

Sie ist nicht besonders professionell verpackt, aber die schief sitzende lila Schleife ist irgendwie süß.

Obwohl ich mir immer noch nicht ganz sicher bin, dass sie für mich ist, ziehe ich die Schleife auf und öffne den Deckel. In der Schachtel liegt ein gefaltetes Kärtchen, und als ich lese, was darauf steht, zieht sich mein Magen vor Schuldgefühlen zusammen.

Evan,

es ist zwar nicht echt, aber für mich bist du eine Prinzessin.

In Liebe
Kit

Auf einem Bett aus Seidenpapier ruht ein winziger, silberner Anhänger in Form eines Diadems. Ich erkenne das Etikett – es ist von dem Souvenirladen am Tower of London, wo Kit mir den Teddybären in der Uniform gekauft hat –, und in meiner Kehle bildet sich ein Kloß.

Wie lange liegt die Schachtel schon hier? Seit Tagen? Einer Woche? Nein – er muss sie erst vor Kurzem hiergelassen haben, ansonsten wäre sie zumindest Tibby aufgefallen. Mit neuer Entschlossenheit, die Suche nach Kit fortzusetzen, mache ich den Anhänger an meinem Armband fest. Aber als ich gerade aufstehe, springt die Tür zu meinem Wohnzimmer auf, und Maisie kommt hereingestürmt.

»Du bist wieder da!« Mit ihrer Umarmung wirft sie mich förmlich um – ihre dünnen Arme sind viel stärker, als sie aussehen. Hinter ihr schlüpft Tibby ins Zimmer, die zwei Pappbecher in der

Hand hält und die Augen verdreht. Ich verstecke mein Lächeln an Maisies Schulter.

»Ich konnte einfach nicht wegbleiben«, witzele ich, und endlich lässt meine Halbschwester mich aus ihrem eisernen Griff los. »Hast du Kit gesehen?«

»Ja, beim Frühstück«, antwortet sie und streicht sich das gelbe Sommerkleid glatt, bevor sie mein verstrubbeltes Haar richtet. »Er wollte nach Mayfair fahren … Er meinte irgendetwas von seinem Anwalt.«

»Anwalt?«, frage ich, als Tibby mir einen der Becher reicht. Der Geruch von starkem Kaffee dringt an meine Nase. »Warum das?«

»Keinen blassen Schimmer«, antwortet Maisie. »Er ist schon seit gestern Abend ziemlich schweigsam. Ich glaube, es gefällt ihm nicht, dass du das … du weißt schon.« Sie wirft Tibby einen schnellen Blick zu. »Aber ich weiß nicht, was er tun könnte, um das zu …«

Plötzlich verstummt sie, und in genau dem Moment geht mir ein Licht auf. Unsere Blicke begegnen sich. »Bist du dir sicher, dass er zu seinem Anwalt wollte?«, frage ich mit trockenem Mund, und sie nickt.

»Ganz sicher. Glaubst du …«

Ja, das tue ich. Ich schlucke. »Er will der Polizei sagen, dass er Jasper umgebracht hat.«

32. KAPITEL

Maisie:
Kit, wo bist du?

Wag es ja nicht.

Kit, das wird nichts daran ändern, was die Medien über sie sagen, und stattdessen werden sie ihre Aufmerksamkeit nur auf Liam und deine Eltern richten.

Wenn du das tust, wird alles nur noch schlimmer. Glaubst du wirklich, dass es ihr hilft, wenn du ins Gefängnis kommst? Ist das das Ziel deiner fehlgeleiteten Ritterlichkeit?

Christopher, ich schwöre bei allem, was dir heilig ist, wenn du das tust, werde ich dir nie verzeihen.

CHRISTOPHER, ANTWORTE MIR.

– Nachrichten von Ihrer Königlichen Hoheit
Prinzessin Mary an Christopher Abbott-Montgomery,
Early of Clarence, 27. Juni 2023

Ich laufe im Wohnzimmer auf und ab, während Maisie und Ben zusammen auf dem Sofa sitzen und immer wieder erfolglos versuchen, Kit zu erreichen.

»Warum nimmt er nicht ab?«, stöhnt Maisie frustriert, als sie die gefühlt tausendste Nachricht an ihn sendet.

»Offenbar hat er sein Handy ausgeschaltet«, entgegnet Ben, der geradezu auf seinen Handybildschirm einsticht. »Jeder Anruf landet direkt auf der Mailbox.«

»Wisst ihr zufällig, wo das Büro seines Anwalts ist?«, frage ich. Die Kombination von Koffein und Angst hat meine Müdigkeit im Nu verfliegen lassen. »Können wir ihn dort abfangen?«

Die beiden tauschen einen fragenden Blick aus und schütteln dann die Köpfe. »Ich könnte meinen Onkel fragen«, schlägt Maisie zweifelnd vor. »Aber es wird ihn nicht freuen, zu hören, was Kit vorhat.«

Ich muss daran denken, wie Kit über seinen Vater gesprochen hat, und mir ist sofort klar, dass das keine Option ist. »Glaubt ihr, Kit würde mit seinem Anwalt direkt zu Scotland Yard gehen? Sollten wir versuchen, sie dort zu finden?«, frage ich.

»Du hast gleich ein Meeting mit Seiner Majestät und dem PR-Team«, bemerkt Tibby von der Ecke aus, in der sie sitzt, während sie auf ihrem Handy herumscrollt und unser Gespräch weitgehend ignoriert. »Und auf keinen Fall lasse ich dich heute auch nur in die Nähe von Scotland Yard.«

Ben versucht noch einmal, Kit anzurufen, und in der Totenstille des Wohnzimmers kann ich die automatisierte Stimme hören, die ihn bittet, eine Nachricht zu hinterlassen. Er seufzt und legt auf. »Ich verstehe einfach nicht, warum er überhaupt die Verantwortung auf sich nehmen will. Evan hat eine wasserdichte Story, ein Video, um den Angriff zu beweisen, und einen Bluttest, der besagt, dass sie betäubt wurde. Wem hilft es, wenn Kit ein falsches Geständnis ablegt?«

»Ist das nicht offensichtlich?«, fragt Maisie, während sie eine weitere Nachricht in ihr Handy tippt. »Er will Evan beschützen.«

»Vor *was*?«, entgegnet Ben. »Das Video von ihr und Jasper ist bereits veröffentlicht worden, und Millionen von Menschen haben es gesehen. Und wenn er Sorgen hat, dass das unbearbeitete Video herauskommen könnte, wird sein Geständnis kaum überzeugend wirken, und beschützen wird es auch niemanden. Kit ist in dem unbearbeiteten Video noch nicht einmal zu *sehen* …«

»Aber wenn er gesteht, muss sie nicht im Fernsehen ein Interview geben und der ganzen Welt davon erzählen, wie das Arschloch sie angegriffen hat«, wirft Maisie ein. »*Dir* ist es vielleicht egal, wie traumatisch das für Evan wäre, aber mir nicht. Und Kit offensichtlich auch nicht.«

Während die beiden sich streiten, stehe ich stocksteif da. Wenn Maisie recht hat, was wären dann die Konsequenzen von Kits Geständnis? Würde er verhaftet werden? Ins Gefängnis kommen? Oder reicht das Video aus, um zu beweisen, dass das Ganze ein Unfall war, unabhängig davon, wer genau Jasper in den Getränkewagen geschubst und damit versehentlich seinen Sturz herbeigeführt hat?

Aber etwas, das Ben gerade gesagt hat, legt sich wie eine schwere Decke auf mich und dämpft ihr Gespräch, das ohne meine Beteiligung immer hitziger wird. Ich drehe seine Worte in meinem Kopf um und betrachte sie aus allen Blickwinkeln, bis ich mich schließlich wieder auf die zwei Streithähne konzentriere.

»Wir brauchen einen Plan«, unterbreche ich ihre Debatte. »Ben, ich weiß, dass wir kaum Anhaltspunkte haben, aber könntest du versuchen, Kits Anwalt zu finden? Oder bei Scotland Yard nachsehen, ob sie schon da sind? Bitte«, füge ich hinzu, als er den Mund öffnet, um zu protestieren. »Ich muss zu diesem Meeting, und wir können nicht riskieren, dass jemand Maisie in der Öffentlichkeit sieht.«

»Aber bei mir ist das okay?«, erwidert Ben mit hochgezogenen Augenbrauen, doch mein Blick lässt ihn einlenken. »Na gut, na gut. Ich frage herum und versuche herauszufinden, wer genau sein Anwalt überhaupt ist.«

»Danke«, sage ich und kralle die Fingernägel in die Ärmel meines Pullis. »Und wenn du Kit findest, kannst du ihm sagen, dass er Maisie anrufen soll? Ich muss dringend mit ihm reden.«

Ben seufzt tief. »Ich kann immer noch nicht glauben, dass du kein eigenes Handy hast«, bemerkt er, während er aufsteht. »Warum eigentlich?«

»Weil Handys auf den meisten meiner Internate verboten waren«, antworte ich. »Außerdem mag es meine Mom nicht, am Telefon zu reden, und abgesehen von ihr habe ich niemanden, den ich anrufen könnte.«

Er zuckt vor meiner Direktheit zurück. »Ich tue mein Bestes, ihn zu finden«, verspricht er und verschwindet mit in die Hosentaschen geschobenen Händen in den Flur.

Sobald die Tür sich hinter ihm geschlossen hat, drehe ich mich zu meiner Schwester um. »Hat Kit dir jemals von dem Abend, an dem Jasper gestorben ist, erzählt?«

»Nein«, antwortet sie. »Also … wir wissen natürlich alle, dass er dich dort herausgeholt hat. Aber er würde so etwas nie herumerzählen. Alles, was ich weiß, kam von dir, dem Video und den Medien.«

Ich denke an die Artikel zurück, die ich über den Abend gelesen habe, und die Details, die darin über das Geschehen standen.

»Wusstest du, dass Kit Jaspers Schlafzimmer gar nicht betreten hat?«

Maisie legt den Kopf schief. »Hat er nicht?«

»Nein. Ich habe es allein durch die Tür geschafft. Kit hat mich im Flur gefunden, aber er ist nicht ins Zimmer gegangen«, erkläre ich. »Wenn er dir und Ben nicht erzählt hat, was genau passiert ist, woher zum Teufel weiß Ben dann, dass er nicht in dem unbearbeiteten Video auftaucht?«

Nervös fährt sie sich mit den Fingern durch das perfekt gestylte Haar. »Ich verstehe nicht, was du …«

»Gerade eben«, unterbreche ich sie. »Ben meinte, selbst wenn das unbearbeitete Video an die Öffentlichkeit komme, werde Kits Geständnis niemanden schützen, weil er darin gar nicht zu sehen sei, und …«

»*Oh.*« Nun scheint es ihr zu dämmern, und einige Sekunden lang starren wir uns gegenseitig an. »Aber das würde ja heißen …«

»Woher sollte er das sonst wissen?«, frage ich. »Es sei denn, du glaubst, dass Kit vielleicht nur Ben von dem Abend erzählt hat und nicht dir.«

Sie zögert. »Nein«, gibt sie schließlich zu. »Als sie zu dritt auf Eton waren, standen sie sich sehr nahe – Benny, Kit und Jasper –, aber nachdem Liam …« Sie verstummt und schüttelt den Kopf. »Vielleicht hat Ben das nur erraten.«

»Vielleicht«, gebe ich zu. »Aber als du gehört hast, dass Kit mir geholfen hat, Jasper zu entfliehen, bist *du* davon ausgegangen, dass er im Schlafzimmer war, oder? Und Ben weiß, dass das Video bearbeitet ist«, füge ich hinzu. »Der einzige Grund, aus dem Ben sich hundertprozentig sicher sein könnte, dass Kit nicht zu sehen ist, ist, dass er das ganze Video gesehen hat.«

Ich bin mir nicht sicher, ob das überhaupt Sinn ergibt, aber Maisie beißt sich nachdenklich auf die Unterlippe. »Selbst wenn Benny das Video *wirklich* gesehen hat, heißt das noch nicht, dass er etwas verbrochen hat.«

»Nein«, stimme ich ihr zu. »Aber zumindest heißt es, dass er uns angelogen hat. Und wenn er so etwas Wichtiges vor uns verstecken würde, was führt er dann noch im Schilde?«

Maisie beißt sich auf die Wange und wirft einen Blick auf ihr Handy. »Du glaubst nicht, dass er Jaspers Laptop hat, oder?«

Die Tatsache, dass sie auch daran gedacht hat, reicht aus, um meine Selbstzweifel verfliegen zu lassen. Sie kennt Ben besser als irgendwer sonst. Wenn sie glaubt, dass die Möglichkeit besteht, dann besteht sie ohne Zweifel.

Ich zucke die Schultern. »Es gibt nur einen Weg, das herauszufinden.«

Tibby stimmt nur unter der Bedingung zu, für uns Schmiere zu stehen, dass ich alle Schuld auf mich nehme, falls wir erwischt werden sollten.

»*Euch* würde Seine Majestät nicht bestrafen«, sagt sie, als wir den belebten Flur, wo uns jeder sehen kann, zu Bens Zimmer überqueren. »Ich dagegen würde dafür garantiert gefeuert werden.«

»Das passiert schon nicht, Tibby«, versichere ich ihr, als Maisie an die Tür klopft. »Sag einfach, dass ich dich darum gebeten habe, auf ihn zu warten, okay? Falls er Kit gefunden hat.«

Tibby sieht nicht besonders überzeugt aus, aber in dem Moment steckt Maisie den Kopf in Bens Zimmer. »Benny?«, ruft sie. Sie hat ungefähr so viel Schauspieltalent wie die Darstellerinnen in kitschigen Seifenopern. »Benny, bist du hier?«

Stille. Nach mehreren Sekunden winkt sie mich zu sich, und wir schlüpfen in Bens Wohnzimmer und schließen die Tür hinter uns. Als ich mich umsehe, klopft mein Herz so schnell, dass ich meinen eigenen Puls spüren kann.

Bens Suite ist viel größer als meine und in Blau- und Goldtönen dekoriert. Über dem Kamin hängt ein Porträt eines Mannes, und ich beäuge seine beeindruckenden Koteletten. »Ein Verwandter?«, frage ich, aber Maisie sieht kaum auf.

»Vermutlich irgendein Ururgroßonkel«, antwortet sie. »Sieh mal in dem Buffet nach, wir wollen ja gründlich sein.«

Wenn das Maisies Definition von *gründlich* ist, dann haben wir ein Problem. Während sie sich über die Bücherregale links und rechts vom Kamin hermacht, öffne ich einen antiken Schrank neben dem Esstisch, da ich davon ausgehe, dass es das besagte Buffet ist. Darin finde ich säuberlich gestapelte Teller, einen Satz Silberbesteck und daneben noch mehr Bücher, die Ben wohl hier hineingestopft hat, als seine Regale voll waren. Science-Fiction-Taschenbücher scheinen seine Lieblingsdroge zu sein, und es wundert mich, dass er das nie erwähnt hat, obwohl er so viele davon besitzt.

Das Geräusch von gedämpften Schritten im Flur bringt mich wieder in die Gegenwart zurück. Maisie und ich erstarren beide, als Tibby höflich jemanden grüßt. Derjenige geht allerdings schnell weiter, und wir konzentrieren uns wieder auf unsere Aufgabe.

Maisie steuert eher die offensichtlichen Verstecke an, und während sie die Bücherregale, ein weiteres Schränkchen und die Unterseite des Sofas absucht, räume ich einen Teppich beiseite, um nach losen Dielen zu suchen. Mit einem Sofakissen in der Hand hält Maisie inne und starrt mich an.

»Was zum Teufel machst du da?«

»Was machst *du* da?«, schieße ich zurück. »Glaubst du wirklich, Ben würde ein Beweisstück, das seine Gegenwart am Tatort bestätigt, unter einem Kissen verstecken? Wenn er den Laptop hat, dann wird er ihn nicht einfach herumliegen lassen und auch nicht an einem Ort verstecken, wo ihn die Bediensteten zufällig finden könnten.«

»Du hast recht«, gibt sie zu, legt das Kissen wieder aufs Sofa und streicht den Bezug glatt. »In dem Fall weiß ich, wo wir nachsehen sollten.«

Maisie geht schnurstracks auf eine Tür neben einem der Bücherregale zu, aber der Türknauf bewegt sich nicht.

»Abgeschlossen«, bemerkt sie überrascht, als hätte sie das noch nie erlebt. »Warum sollte er ...«

»Was glaubst du wohl?«, frage ich und lege den Teppich wieder an die richtige Stelle zurück, bevor ich zu ihr hinübergehe. »Moment, das hab ich gleich.«

Ich fische die Dietriche aus meiner Hosentasche und mache mich an die Arbeit. Mein Selbstbewusstsein ist nach dem Einbruch in Mr. Clarks Klassenzimmer auf St. Edith's und dem Einbruch in Wiggs' Büro vor ein paar Tagen auf einem Höhepunkt.

Mit offen stehendem Mund starrt Maisie mich an. »Hast du das auch mit anderen Schlössern im Palast gemacht?«, fragt sie, offenbar tief entsetzt. »Bist du damit in *meine* Suite eingebrochen?«

»Natürlich nicht«, antworte ich und ignoriere dabei gekonnt ihre erste Frage, während ich mit dem Spanner den Schließmechanismus festhalte. Das Türschloss ist alt, und kurz befürchte ich, dass mein Dietrich dafür nicht geeignet sein könnte. Aber nach dreißig unendlich scheinenden Sekunden schnappt das Schloss auf, und ich grinse Maisie an. »Aber wenn, hättest du niemals davon erfahren.«

Sie schnaubt, doch in ihrem Blick liegt widerwillige Bewunderung. »Das musst du mir beibringen«, befiehlt sie in einem Ton, der keinen Widerspruch zulässt, und ich bin ohnehin zu stolz auf mich, um mit ihr zu streiten.

Ich folge ihr in Bens blau-goldenes Schlafzimmer, in dem ein riesiges Himmelbett steht. Die Vorhänge sind zugezogen, wodurch das Zimmer in unheilvollem Schatten liegt, aber Maisie scheint das nicht zu stören. Statt nach einem Lichtschalter zu suchen, geht sie schnurstracks auf einen hohen Schrank zu und zieht die Tür auf.

»Meine Mutter mochte es nicht, wenn wir als Kinder Süßigkeiten aßen«, erklärt sie, während sie mehrere Paar Schuhe aus dem Schrank holt und auf den Boden stellt. »Aber hinter ihrem Rücken gaben unsere Kindermädchen uns trotzdem immer welche – größtenteils, weil wir damals unausstehlich waren und Süßes das einzige Mittel war, uns zum Gehorchen zu bringen. Benny und ich machten ein Spiel daraus, wer sich das kreativste Versteck für sie ausdenken konnte. Wir verstauten Süßigkeiten in unserem Schaukelpferd, in Kuscheltieren, bei denen eine Naht offen war … Das war wohl unsere Version vom Versteckspielen.«

Während sie spricht, tastet sie den Schrankboden ab, offenbar auf der Suche nach etwas. »Ich gehe davon aus, dass Ben normalerweise gewonnen hat«, bemerke ich, weil ich immer noch an das Sofakissen denken muss, aber Maisie wirft mir nur einen verwirrten Blick zu.

»Wir verstecken immer noch Süßigkeiten, obwohl wir sie mittlerweile essen dürfen – in Maßen natürlich«, sagt sie. »Ein paar

Tage, bevor du ankamst, haben Benny, Kit und ich einen Film geschaut. Ich hatte gerade meine Abschlussprüfungen hinter mir und brauchte dringend Schokolade, also plünderte Benny eins seiner Verstecke. Er hat mir nie direkt davon erzählt, aber ich habe gesehen, wie er neben dem Schrank kniete und den Arm hineinschob, und ich bin mir ziemlich sicher, dass ihm nicht aufgefallen ist ... *Aha!*«

Sie hebt den gesamten Schrankboden an und gibt damit den Blick auf ein Geheimfach darunter frei. Mir klappt die Kinnlade herunter. »Maisie, du bist ein Genie.«

»Ich weiß«, sagt sie. Selbst in dem dunklen Zimmer kann ich ihr Grinsen erkennen. »Halt das hier kurz, während ich Licht anzünde.«

»Hast du vor, ein Feuer zu machen?«, frage ich und knie mich neben sie, um den falschen Boden festzuhalten. Er ist überraschend schwer, und ich kann mir gut vorstellen, dass das Versteck über die Jahrhunderte mehreren Generationen der Königsfamilie gut gedient hat.

Maisie wirft mir einen weiteren seltsamen Blick zu, und statt nach einem Feuerzeug oder Streichhölzern zu suchen, zieht sie ihr Handy aus der Tasche. Nach ein paar Sekunden flutet helles Licht das Geheimfach im Schrank, und wir verstummen beide.

Es ist überraschend sauber, nur in den Ecken hat sich etwas Staub abgesetzt. In einer kleinen Blechbüchse befinden sich mehrere Schokoriegel, und daneben liegt ein Stapel Polaroids, von denen nur die Rückseite zu sehen ist. Im Rest des Faches liegen ein gutes Dutzend Pornomagazine verstreut. Maisie wendet den Blick ab, aber ich runzele die Stirn.

Kein Laptop in Sicht.

»Warum hat er *Zeitschriften*, wenn es das Internet gibt?«, fragt

Maisie mit einem leisen Schaudern. »Er muss wohl noch andere Verstecke haben. In seiner Matratze hatte er manchmal …«

»Moment. Du hast recht«, unterbreche ich sie plötzlich. »Die Zeitschriften finde ich auch komisch. Die sehen alle so aus, als wären sie mindestens zwanzig Jahre alt.«

Sie rümpft die Nase. »Ich habe keinen blassen Schimmer, und ehrlich gesagt bin ich auch nicht an seinen Vorlieben interessiert. Manche Geheimnisse sollten lieber geheim bleiben, weißt du … Was *machst* du da?«

Ich habe ein Hemd von seinem Bügel gezogen und es wie einen Handschuh um meine Hand gewickelt. »Guck mal, wie ordentlich gestapelt die Polaroid-Fotos sind«, erkläre ich, als ich in das Fach greife. »Glaubst du wirklich, er würde im Gegensatz dazu die Zeitschriften so unordentlich liegen lassen? Es sei denn …«

Ich schiebe den Stapel Pornomagazine beiseite. Mittlerweile bin ich sicher, dass sie mit Absicht so arrangiert wurden, damit keinem Bediensteten des königlichen Haushalts einfallen würde, an dieses Fach zu gehen. Maisie keucht auf. »Ist das …«

»Ja«, sage ich grimmig, als ich einen Laptop zum Vorschein bringe. Jede Zelle in meinem Körper ist wie elektrisch mit einer Mischung aus Entsetzen, Aufregung und Furcht aufgeladen. Immer noch mit dem Hemd als Handschuh klappe ich den Bildschirm auf.

Auf der Tastatur klebt ein grün-lilafarbener Aufkleber in Form einer Galaxie.

»Aber … aber wie?«, krächzt Maisie und steckt den Kopf in das Fach, während sie ihre Handytaschenlampe hin und her schwenkt, als suche sie nach einer Erklärung. »Das verstehe ich nicht. Warum hat er den Laptop? Warum hat er mir nicht davon erzählt?«

»Keine Ahnung.« Ich schalte den Computer an. Heimlich drücke ich die Daumen, als er hochfährt, aber natürlich fragt das System sofort nach einem Passwort. »Verdammt. Du hast nicht zufällig irgendwo einen Klebzettel mit einem Passwort gesehen, oder?«

Maisie schüttelt den Kopf und fördert aus dem Geheimfach einen Umschlag zutage, der unter dem Laptop gelegen haben muss. »Ich dachte, du kennst dich gut mit Computern aus. Bist du deswegen nicht von der Schule geflogen?«

»Sich in ein Schulnetzwerk einzuklinken dauert Wochen, manchmal sogar Monate, und ich musste mehrere Passwörter klauen, um das zu schaffen. Die Lehrkräfte an der Schule haben alle langsam getippt«, füge ich hinzu, als ich ihren ratlosen Blick bemerke. »Ich musste nur ihren Fingern folgen. Was ist in dem Umschlag?«

Langsam wickelt Maisie den roten Faden ab, der den Umschlag zusammenhält, und wirft einen Blick hinein. Sie wird kreidebleich und schließt den Umschlag mit stockendem Atem sofort wieder.

»Was? Was ist da drin?«, frage ich. Aber dann fällt mein Blick wieder auf die Zeitschriften, und ich verziehe das Gesicht. »Will ich das überhaupt wissen?«

Sie schüttelt den Kopf und knotet den roten Faden hastig wieder zu. »Noch mehr Pornobilder«, sagt sie mit zitternder Stimme. »Moment … Ich dachte, das wäre Jaspers Laptop.«

»Ist es auch«, antworte ich. »Er hat denselben Aufkleber auf der Tastatur.«

»Aber das ist Bennys Profilbild«, wirft sie ein und zeigt auf das kleine runde Bild von einer schief sitzenden Krone. »Das Foto hat er auf einem Staatsbankett letztes Jahr selbst geschossen.«

Ich klicke herum, finde jedoch keinen anderen Benutzer. Nur Ben. »Du weißt nicht zufällig sein Passwort?«

»Natürlich weiß ich das«, entgegnet sie überheblich. »Er hat noch nie etwas vor mir versteckt.«

Trotz ihres Selbstbewusstseins starrt Maisie lange den Bildschirm an, während mir langsam eine Schweißperle den Nacken hinunterläuft. Wir haben nicht unendlich viel Zeit – das Meeting mit Alexander und seinen Beratern fängt bald an, und was viel beunruhigender ist: Wir haben keine Ahnung, wann Ben wiederkommen könnte. Aber schließlich knackt Maisie auf eine seltsam bestimmte Art mit den Fingerknöcheln und fängt dann an zu tippen. Ihre Finger fliegen geradezu über die Tastatur.

Falsches Passwort.

Sie flucht so inbrünstig, dass ich zusammenzucke. »Das kleine Wiesel hat sein Passwort geändert.«

»Alles gut«, flüstere ich, weil ich auf einmal Tibbys Stimme auf dem Flur höre. »Wir haben noch zwei Versuche. Nach dem dritten bekommt er vielleicht eine Benachrichtigung.«

Maisie grummelt leise, aber nach einem Moment der Überlegung fängt sie erneut an zu tippen, diesmal langsamer. Ich folge ihren Fingern. *Dreibiszumthron.*

»Was zum Teufel soll das denn heißen?«, frage ich, und Maisie verdreht die Augen.

»Er ist Dritter in der Thronfolge«, erklärt sie. »Es müssen also noch drei Leute sterben, bevor er zum König gekrönt wird.«

»Wie charmant«, murmele ich, als sie erneut die Enter-Taste drückt.

Falsches Passwort.

Diesmal flucht Maisie so laut, dass Tibby und derjenige, mit dem sie gerade redet, es garantiert vom Flur aus hören können.

Mit wild klopfendem Herzen benutze ich wieder das Hemd, um die Zeitschriften auszubreiten, sodass sie den Boden des Geheimfachs komplett verdecken. »Wir müssen hier weg«, flüstere ich, während ich den falschen Boden wieder in den Schrank einsetze. »Da draußen ist irgendwer ...«

»Du hast gesagt, dass ich noch einen Versuch habe«, beharrt Maisie.

»Na gut«, gebe ich nach. Ich schnappe mir Bens Schuhe und bemühe mich, sie möglichst ordentlich auf dem Schrankboden zu arrangieren. Ihm wird zweifellos auffallen, dass sich jemand daran zu schaffen gemacht hat, aber wenn wir Glück haben, verdächtigt er eher die Bediensteten. Andererseits, je nachdem, wie oft er nach seinem Geheimversteck sieht, haben wir vielleicht nur Stunden, bevor er bemerkt, dass der Laptop weg ist, und ...

»*Yes!*«

Bei Maisies aufgeregtem Kreischen fällt mir der letzte Schuh aus der Hand und kommt mit einem dumpfen Schlag auf dem Teppich auf. »Was?«, keuche ich. »Hast du ...«

»Ich bin drin.« Grinsend dreht sie mir den Laptop zu. Tatsächlich ist der Desktop zu sehen; das Hintergrundbild zeigt Ben im Thronzimmer des Buckingham Palace. »Das Passwort war *königbenedictdererste*. Als ob er je gekrönt würde ...«

Plötzlich vibriert ihr Handy, und unsere Blicke fallen gleichzeitig auf das Display.

Es ist Kit.

33. KAPITEL

Wie ihr durch die endlose Werbung auf allen verfügbaren Medienkanälen sicherlich mitbekommen habt, hat Evangeline Bright heute Abend ihren ersten öffentlichen Auftritt für ein einstündiges Interview mit Katherine O'Donnell auf BBC One.

Es ist ihr erster Auftritt als ein Randmitglied der Königsfamilie, und zum ersten Mal wird die Öffentlichkeit (wenn ein Raum auf Schloss Windsor überhaupt als öffentlich gelten kann) einen Blick auf sie erhaschen, seit Buckingham Palace vor gut drei Wochen ihre Existenz bekanntgegeben hat. Wir sind alle gespannt, was für Fragen der Palast genehmigt hat – ihre Vaterschaft? Die psychische Krankheit ihrer Mutter? –, aber die große Frage ist natürlich:

Wird sie endlich den Mord an Jasper Cunningham zugeben?

Schaltet um 19 Uhr auf BBC One ein, um es herauszufinden.

— *The Regal Record,* 30. Juni 2023

Eine Viertelstunde, bevor das Interview anfangen soll, stehe ich mitten in meinem Wohnzimmer, während die Stylistin meinem Make-up den letzten Schliff verleiht.

Alles an meiner Erscheinung, von den leicht gewellten Haaren über das natürliche Make-up bis hin zu meinem hellrosa Kleid, ist absichtlich so gewählt, dass es mich so klein und unschuldig wie möglich aussehen lässt. Und obwohl niemand es mir gesagt hat, ist mir bewusst, dass dieses Interview bestimmen wird, wie die Öffentlichkeit mich für den Rest meines Lebens und darüber hinaus wahrnimmt. Das hier ist meine Feuerprobe, und ein falsches Wort – ein Blick, ein Kichern, ein Gesichtsausdruck –, und ich verbrenne bei lebendigem Leib.

»Du siehst umwerfend aus«, stellt Louis fest, während er mir die Ärmel zurechtzupft. »Fast schon engelsgleich.«

»Das ist doch der Plan, oder?«, bemerkt Tibby. Sie mustert mich kritisch, offenbar in dem Versuch, einen Fehler an mir zu finden, den die Medien gegen mich benutzen könnten. »Meinetwegen kannst du so gehen. Denk daran, nur die Füße zu verschränken, nicht die Beine.«

»Ich weiß«, verspreche ich ihr. »Ich bin schon vorsichtig.«

Die letzten Tage waren von hektischen Vorbereitungen erfüllt. Doyle scheint eine perverse Freude daran zu haben, alles an mir aufzuzeigen, was zu amerikanisch ist. Von meiner Körperhaltung über meine Sprachweise bis hin zu der Art, wie ich die Hände in den Schoß lege, hat er jeden noch so kleinen Fehler korrigiert. Und wenn ich nicht gerade an meinem Äußeren arbeitete, lernte ich die lange Liste der Fragen auswendig, die vom Palast genehmigt wurden, zusammen mit den Antworten, die ich darauf geben soll. Alles ist genau einstudiert, wie ich Katharine O'Donnell begrüße, wann und wie ich lächele, die Stirn runzele oder nachdenklich aussehe, oder – wenn ich es hinbekomme – weine. Ich bin zwar diejenige, die interviewt wird, aber nichts hiervon bin wirklich ich.

»Wer ist heute noch dabei?«, frage ich, während Louis ein letztes Mal die filigrane Silberkette zurechtrückt, die mir um den Hals liegt. Laut Maisie ist sie ein Glücksbringer aus ihrer persönlichen Schmucksammlung, aber genau wie alles andere an mir ist sie heute eine Requisite. Das Einzige, was mir gehört, ist das Platinarmband an meinem Handgelenk, aber selbst mit dem Diadem, das neben der Musiknote hängt, fühlt es sich immer noch wie Prishas an. Für mein Vorhaben brauche ich eine Erinnerung – eine Erinnerung daran, wozu ich fähig bin. Eine Erinnerung, dass nicht alle Leute außerhalb von Schloss Windsor mich hassen. Dass das Risiko es manchmal wert ist, selbst wenn ich eine Menge zu verlieren habe.

»Vermutlich einiges an Produktionspersonal, aber die BBC hat uns versichert, dass sie uns nicht weiter stören werden«, sagt Louis. »Und Jenkins und Seine Majestät sind im grünen Wohnzimmer bei dir, bevor das Interview anfängt.«

Mein Magen zieht sich zusammen, und die paar Bissen, die ich beim Frühstück heruntergewürgt habe, drohen wieder hochzukommen. »Sie gucken zu?«

»Sie wollen dich nur unterstützen«, erklärt er sanft und hält mir den Ellbogen hin. »Soll ich dich begleiten?«

Ich schüttele den Kopf. »Also, eigentlich ja«, füge ich hastig hinzu. »Aber ich habe schon jemand anderen gefragt.«

Wie gerufen klopft es an der Tür, und Tibby öffnet sie. Der Raum wird still, als ein gutaussehender Junge in gebügeltem Hemd und Anzughose ins Zimmer tritt und sich unsere Blicke treffen.

Ben.

»Wow«, flüstert er. »Du siehst unglaublich aus.«

Ich drehe mich für ihn um die eigene Achse. »Meinst du, die Leute werden mich mögen?«

»Sie werden dich lieben«, entgegnet er und hält mir seinen Arm hin. »Bist du so weit?«

»Nein.« Aber ich nehme seinen Arm trotzdem und lächele Louis und Tibby dankbar an, bevor ich mit dem Arschloch, das mir einen Mord in die Schuhe schieben wollte, auf den Flur hinaustrete.

Einige Meter gehen wir still nebeneinanderher, bis Ben sich räuspert. »Wie fühlst du dich?«

»Nervös«, gebe ich zu. »So, als wäre ich auf dem Weg zu meiner eigenen Hinrichtung.«

»Katharine O'Donnell ist der Familie gegenüber verständnisvoll, und ich vermute, dass sie ausgewählt wurde, weil sie öffentlich über ihre eigenen Erfahrungen mit sexuellen Übergriffen gesprochen hat«, sagt Ben. Das sind neue Informationen für mich, und ich denke immer noch darüber nach, als er hinzufügt: »Weißt du, was du sagen willst?«

»Doyle und Yara haben mich dazu gezwungen, ungefähr zweihundert Statements auswendig zu lernen, die sie für mich geschrieben haben«, antworte ich. »Eigentlich könnten die beiden das Interview auch selbst geben.«

Ben kichert. »Das würden sie sicherlich gern.« Er zögert, bevor er fragt: »Was haben sie gesagt, wie du mit der Situation mit Jasper umgehen sollst?«

Ich zucke mit so viel Lässigkeit, wie ich mir abringen kann, die Schultern. »Hauptsächlich soll ich die Wahrheit sagen. Das ist schließlich unsere beste Verteidigung.« Ich werfe ihm einen Blick zu und mustere sein Profil, bis er es bemerkt und den Blick erwidert. »Das Ganze muss für dich echt schwer sein.«

»Für mich?« Das scheint ihn zu überraschen, und ich nicke.

»Dass Jasper so ein enger Freund von dir war, meine ich. Ich habe noch nie einen Freund verloren. Und dann das ganze Drama mit der Ermittlung, und … ich kann mir gar nicht vorstellen, wie es dir dabei geht.«

Ben sieht seltsam unbehaglich aus und wendet den Kopf ab,

um sich auf den vor uns liegenden Flur zu konzentrieren. Ich bin langsam unterwegs, weil ich auf meinen hochhackigen Schuhen jederzeit stolpern könnte, aber er scheint es nicht eilig zu haben. »Unsere Väter sind befreundet. *Waren* befreundet«, korrigiert er. »Im Moment sind sie nicht gerade gut aufeinander zu sprechen, wie du dir vorstellen kannst. Und auf Eton waren Jasper, Kit und ich in denselben Kreisen unterwegs. Aber Jasper war schon immer ein Arsch – selbst davon abgesehen, was er dir angetan hat –, und ich würde uns nicht gerade als *Freunde* bezeichnen, besonders nicht zum Ende hin.«

Darüber denke ich kurz nach. Ich weiß nicht mehr, was ich überhaupt glauben soll, aber bei Einem bin ich mir absolut sicher: Als wir uns zum ersten Mal trafen, wusste Jasper genau, wer ich war und wo ich zu finden war. »Ich frage mich, ob das unbearbeitete Video je rauskommt«, sage ich leise. »Es macht mir Angst, dass ich mein ganzes Leben lang darauf warten muss, dass die Wunde vielleicht wieder aufgerissen wird. Und derjenige, der das Video hat, kann jederzeit versuchen, Maisie zu erpressen. Besonders, wenn sie Königin ist.«

»Ich kann mir nicht vorstellen, dass es je ans Licht kommt«, antwortet er in einem Tonfall, von dem ich glaube, dass er beruhigend sein soll. »Wenn die Person, die das Video hat, Maisie erpressen wollte, hätte sie das schon von Anfang an getan. Aber offensichtlich warst du ihr Ziel.«

»Hast du eine Ahnung, warum?«, frage ich, als wir um die letzte Ecke biegen. »Das verstehe ich nämlich immer noch nicht.«

Er legt den Kopf schief. »Keine Ahnung. Vielleicht gefiel der Person der Gedanke eines Neuankömmlings in der Königsfamilie nicht – oder einer Amerikanerin. Oder vielleicht wollte sie dich nur demütigen, aber es ist aus dem Ruder gelaufen.«

»Mich des Mordes zu bezichtigen, gilt als *aus dem Ruder gelaufen?*«, frage ich amüsiert. »Ich werde doch eh nie Königin, und ich wollte eigentlich das Land verlassen, sobald ich achtzehn werde.«

»*Wollte?*«, fragt er. »Hast du dich also anders entschieden?«

Ich nicke. »Es gefällt mir hier. Es ist schön, mit Leuten zusammen zu sein, die wenigstens so tun, als wäre ich ihnen wichtig.«

Aus dem Augenwinkel sehe ich, wie sein besorgter Gesichtsausdruck einen Moment lang verrutscht, bevor er ihn wieder in den Griff bekommt. »Und was passiert, wenn du angeklagt wirst? Würdest du eine Gefängnisstrafe riskieren?«

»Darum kümmere ich mich, wenn es so weit ist«, antworte ich. »Im Moment mache ich mir eher Sorgen um Kit. Du hast immer noch nichts von ihm gehört?«

Ben schüttelt den Kopf. »Ich wünschte, Scotland Yard würde uns wenigstens mitteilen, ob er gestanden hat. Der ganze Zirkus, den du heute über dich ergehen lässt, wäre nichtig, wenn er mit seinem Geständnis direkt widerspricht. Und die Leute haben kein Recht dazu, zu verlangen, dass du zu ihrer Belustigung dein Trauma zur Schau stellst.«

»Ich weiß. Aber wenn es die winzigste Chance gibt, dass er doch nicht zur Polizei gegangen ist …« Ich verstumme kurz. »So kann ich sie beide beschützen.«

Ben seufzt. »Es tut mir wirklich leid, Evan. Er hat noble Absichten, aber es scheint, als hätte er alles nur noch komplizierter gemacht.«

»Ja, das stimmt«, sage ich leise und konzentriere mich wieder auf meine wackligen Schritte. Wir sind mittlerweile fast am weißen Wohnzimmer angekommen. »Kann ich dich was fragen?«

»Natürlich«, antwortet er. »Alles, was du willst.«

»Woher weißt du, dass Kit nicht in dem unbearbeiteten Video zu sehen war?«

Er sieht mich an, und in seinem Blick liegt ein Funken Misstrauen. »Wie bitte?«

»Als wir herausfanden, dass Kit zu seinem Anwalt gegangen war, meintest du, dass er in dem Video gar nicht zu sehen sei. Woher weißt du das?«

»Ich … ich weiß es nicht«, stammelt Ben. »Ich bin wohl einfach davon ausgegangen. Wir können es ja schlecht genau wissen, oder?«

»Nicht wirklich«, antworte ich. »Wir wüssten es nur genau, wenn wir das Video gesehen hätten.«

»Und das habe ich definitiv nicht«, versichert er mir. »Vielleicht schafft es Scotland Yard irgendwann, es zu zurückzuverfolgen.«

»Vielleicht.« Wir betreten das opulente weiß-goldene Wohnzimmer, und ich bleibe stehen, um die Gemälde an den Wänden zu bewundern. »Kann ich dich noch was fragen?«

»Natürlich«, wiederholt er, aber diesmal fügt er nicht *alles, was du willst* hinzu.

»Habt du und Jasper das von Anfang an alles zusammen geplant?«, frage ich. »Mich zur Party einzuladen. Mir Betäubungsmittel einzuflößen. Den Angriff zu filmen und das Video zu veröffentlichen. Oder war das alles seine Idee, und du hast nur mitgemacht?«

Er starrt mich mit offenem Mund an. »Was?«

»Natürlich hattest du Glück, dass du aus Versehen seinen Tod gefilmt hast – du musst vor Freude ganz außer dir gewesen sein, vor allem, als du gemerkt hast, dass du es so aussehen lassen konntest, als wäre ich es gewesen. Aber was hattet ihr mit dem Video vor, bevor er gestorben ist? Wolltet ihr mich erpressen? Oder Alexander? Habt ihr gehofft, dass ich niemandem erzähle, was Jasper mir angetan hat, damit ihr mich mit dem Video dazu zwingen könntet, das Land zu verlassen?«

Ben lässt den Arm sinken und dreht sich zu mir um. »Evan, das habe ich nie …«

»Einige Sachen habe ich immer noch nicht verstanden«, fahre ich fort, ohne ihn zu Wort kommen zu lassen. »Und ich kann mir nicht vorstellen, was deine Beweggründe waren. Aber mir war von Anfang an klar, dass niemand es riskieren würde, Minuten nach seinem Tod in Jaspers Schlafzimmer entdeckt zu werden, nur um einen Laptop zu klauen.«

»Ich …« Bens Finger zucken, als wolle er sie nach mir ausstrecken. Oder sie mir um den Hals legen. »Evan …«

»Das Risiko musste sich wirklich lohnen«, unterbreche ich ihn. Seine Abstreitungen interessieren mich herzlich wenig. »Was bedeutet, dass auf dem Laptop irgendwelche Beweise sind, die dich zum Verdächtigen gemacht hätten, wenn sie in die Hände der Polizei geraten wären.«

»Ich habe den Laptop nicht gestohlen«, beharrt er. »Das musst du mir glauben …«

»Nein, du hast ihn nicht gestohlen«, stimme ich ihm zu. »Er hat von Anfang an dir gehört. Das Video wurde unter deinem Account aufgenommen, und wenn die Polizei es gefunden hätte … Na ja, dann hätte es für dich nicht gut ausgesehen. Maisie kennt übrigens dein Geheimversteck«, füge ich beiläufig hinzu. »Und deine Passwörter auch. König Benedict der Erste? Ernsthaft?«

Er knirscht mit den Zähnen, und sein Gesichtsausdruck wandelt sich in Sekundenschnelle von Schock zu rasender Wut. »Du hattest kein Recht dazu, in mein Schlafzimmer einzubrechen …«

»Und *du* hattest kein Recht dazu, Jaspers sexuellen Übergriff an mir zu filmen«, fauche ich. »Oder dazu, das Video öffentlich zu machen. Oder mich als Mörderin darzustellen. Ich habe das unbearbeitete Video gesehen, Ben. Die Kamera hat erst mit dem Filmen aufgehört, als *du* zwei Minuten nach Jaspers Tod aufgetaucht bist. Du siehst darin noch nicht einmal traurig aus. Du guckst nur direkt in die Kamera und …«

»Du kleine *Schlampe*.«

Er will sich auf mich stürzen, aber ich bin darauf vorbereitet, und ich bin auf meinen hochhackigen Schuhen nicht halb so unbeholfen, wie ich ihn habe glauben lassen. Ich weiche ihm aus und sprinte auf die Flügeltüren zu, die zum grünen Wohnzimmer führen, und zu meiner Erleichterung öffnen sie sich bereits.

»Lass deine dreckigen Finger von meiner Tochter.«

Alexander stürmt heraus und stellt sich neben mich und den mittlerweile fast lila angelaufenen Ben. Mein Vater ist zwar physisch nicht gerade einschüchternd, aber er ist immer noch der König, und zum ersten Mal in meinem Leben bin ich dafür dankbar.

Ben kommt stolpernd zum Stehen und reißt die Augen auf. »Eure … Eure Majestät«, stammelt er. »Ich kann das erklären …«

»Ach, wirklich?«, fragt Alexander trocken. Hinter ihm tauchen zwei Bodyguards auf, die nicht gerade freundlich aussehen. »Kommt in deiner Erklärung auch ein Grund vor, warum du im Besitz des Videos von Jasper Cunninghams Angriff auf meine Tochter warst?«

Alles Blut weicht Ben aus dem lila Gesicht, was ihm ein unattraktives, geflecktes Aussehen verleiht. »Das … das ist alles ein Missverständnis, Sir …«

»Dann geben wir dir gern die Gelegenheit, es aufzuklären«, sagt Alexander, und durch die andere Tür – die, durch die Ben und ich gerade gekommen sind – marschiert Kriminalbeamtin Farrows. Hinter ihr folgen Wiggs, der seine Aktentasche dabeihat, und ein weiterer Bodyguard in einem schwarzen Anzug. Ben blickt panisch zwischen uns allen hin und her.

»Eure Königliche Hoheit«, sagt Farrows, aber zu meiner tiefen Befriedigung würdigt sie Ben nicht mit einem Knicks. »Ich heiße Erika Farrows, und ich bin Leiterin der Ermittlung zu Jasper Cunninghams Tod. Würden Sie mich und meine Kollegen begleiten, um uns einige Fragen zu beantworten?«

Ben klappt die Kinnlade herunter. »Ich … ich habe ihn nicht umgebracht. Ich habe nichts falsch gemacht. Er war derjenige, der Evan das Betäubungsmittel verabreicht hat, und Maisie … Maisie hat ihn geschubst. Sie hat ihn umgebracht, nicht ich …«

»Maisie war bei mir im Auto«, widerspreche ich. »Sie kam mit uns zurück nach Schloss Windsor, um sicherzustellen, dass es mir gut ging.«

»Das … das ist gelogen«, krächzt er. »Maisie hat ihn geschubst – das ist in dem Video zu sehen …«

»Du kannst Kit fragen«, sage ich. »Oder unseren Fahrer. Oder so ziemlich jeden, der auf der Party war. Alle haben gesehen, wie wir zusammen gegangen sind.«

»Du Lügnerin … du lügnerische Schlampe!«, stottert er. »Ich kann es beweisen. Der Laptop – das Video ist auf dem Laptop …«

»Und genau darüber würde ich gern mit Ihnen sprechen«, unterbricht Farrows, und der Bodyguard hält Ben am Arm fest. Es ist keine Verhaftung – schließlich steht Alexander direkt vor uns –, aber danach zu schließen, wie fest der Bodyguard Ben am Oberarm packt, wird es ihm nicht gut ergehen. »Mein Team wartet auf der Station auf uns. Ich hoffe, Sie hatten für heute Abend keine Pläne, Eure Königliche Hoheit.«

»Ich war es nicht!«, jammert er. »Es war Maisie, ich schwöre es Ihnen. Eure Majestät – Onkel Alexander, *bitte*.«

Alexander blinzelt. »Du erwartest, dass ich deiner absurden Behauptung Glauben schenke, meine Tochter sei in den Tod des Jungen verwickelt?« Er schüttelt den Kopf und wendet sich an Wiggs. »Halten Sie mich bitte auf dem Laufenden. Ich werde den Duke informieren.«

Wiggs neigt den Kopf. »Natürlich, Eure Majestät. Ich melde mich vor Mitternacht, wenn ich es schaffe.«

Als er das hört, verstummt Ben auf einmal, und zuerst denke ich, dass er sich still von Farrows wegführen lassen wird. Aber nach nur ein paar Schritten wirbelt er zu mir herum, während der Bodyguard ihn immer noch am Arm festhält.

»*Du*«, faucht er, und Alexanders Bodyguards stellen sich sofort zwischen uns, aber ich kann die Wut in Bens Augen trotzdem erkennen. »Ich mache dich nieder, das verspreche ich dir. Und wenn ich damit fertig bin, weiß die ganze Welt, was für eine lügnerische, niederträchtige, verrückte kleine Schlampe du bist. Und Maisie …«

»Maisie ist deine zukünftige Königin«, entgegne ich. »Also wäre ich an deiner Stelle *ganz* vorsichtig, was ich über sie sage.«

»Maisie hat auch Geheimnisse.« Ben richtet jetzt mit einem hämischen Grinsen den Blick auf Alexander. »Und ich kenne sie *alle*.«

Während seine Stimme noch von der vergoldeten Decke widerhallt, führen Farrows und die Bodyguards ihn davon. Alexander und ich bleiben allein auf der Türschwelle zwischen dem weißen und grünen Wohnzimmer stehen. Ich halte den Atem an, bis ihre Fußschritte nicht mehr zu hören sind, erst dann atme ich langsam aus.

»Das hat ihm wohl nicht so gefallen«, bemerke ich in der Hoffnung, dass der trockene Humor von meinen zitternden Händen ablenkt. Aber Alexander lässt sich dadurch nicht beirren und legt mir die Hand auf die Schulter.

»Ist alles in Ordnung?«, fragt er mit einem sorgenvollen Stirnrunzeln, und ich nicke.

»Hätte schlimmer sein können. Aber ich bin froh, dass du direkt hinter der Tür standest«, gebe ich zu. »Hat alles geklappt?«

»Jenkins ist gerade dabei, die Tonaufnahme zu überprüfen«, sagt er. »Aber geht es dir wirklich gut?«

Darüber denke ich einige Sekunden lang nach und frage mich ernsthaft, wie es mir geht. »Ich wünschte, wir wüssten, warum er das alles getan hat«, sage ich schließlich. »Was war sein Ziel? Wenn es ihm um den Thron geht, stehe ich ihm definitiv nicht im Weg, also ist das kein Grund, mich aus dem Land zu vergraulen. Selbst wenn er mich erpresst hätte, habe ich nichts, was ich ihm geben könnte, und was könntest du ihm anbieten, das die ganzen Anstrengungen wettgemacht hätte?«

Alexanders Gesicht sieht auf einmal angespannt aus. Vielleicht bilde ich mir das kurze Aufblitzen von Unbehagen in seinen Augen nur ein, aber er wendet den Blick von mir ab. »Ich weiß es nicht«, antwortet er. »Vielleicht gibt er es während der Befragung zu, aber falls nicht, bleiben wohl einige Geheimnisse offen.« Er nimmt mich sanft in den Arm. »Danke, dass du mir vertraut hast, Evie. Und es tut mir leid, was du seinetwegen durchmachen musstest.«

Ich lege die Arme um meinen Vater und versuche dabei, nicht meine Haare oder mein Make-up zu ruinieren. »Ich bin nur froh, dass wir das Video gefunden haben, bevor er es irgendwo posten konnte«, murmele ich.

»Ein richtiger Geniestreich von dir und deiner Schwester.« Alexander lacht. »Ihr beide seid ein gutes Team. Bist du dir sicher, dass er keine Backup-Kopie davon erstellt hat?«

Ich zögere. »Möglich ist es – er hätte eine externe Festplatte oder einen USB-Stick benutzen können, aber wir haben keine Beweise entdeckt, dass er es digital gesichert oder irgendwem geschickt hat. Und sein Handy wird eh konfisziert, oder?«

Alexander nickt. »Und er bekommt es so schnell auch nicht mehr in die Finger«, versichert er mir und wirft einen Blick in das grüne Wohnzimmer. »Ich glaube, es ist so weit.«

Widerwillig lasse ich ihn los, und er bietet mir seinen Ellbogen an. Mit einem Grinsen verschränke ich den Arm mit seinem. »Ich weiß nicht, ob es an dem Kleid liegt, aber heute scheint niemand zu denken, dass ich allein gehen kann.«

»Wir Engländer sind nun einmal Gentlemen«, erklärt er, als wir den Raum betreten. »Obwohl es sicherlich nicht schaden kann, die BBC wissen zu lassen, dass du meine vollste Unterstützung hast. Sind die Fragen wirklich für dich in Ordnung?«

»Mit Doyle und Yara bin ich sie mindestens zweitausend Mal durchgegangen, ich könnte die Antworten vermutlich im Schlaf herunterleiern. Aber einige Dinge, die ich sagen soll …« Ich runzele die Stirn. »Die fühlen sich einfach nicht wie ich an.«

Alexander legt die Hand auf meine, und seine Wärme beruhigt mich. »Ich würde dir raten, dich zumindest lose an das zu halten, was sie für dich geschrieben haben«, sagt er. »Aber du solltest ebenfalls versuchen, du selbst zu sein. Das hier ist schließlich dein erster offizieller Auftritt, und wenn das, was du sagen sollst, sich nicht richtig anfühlt, dann kannst du ruhig etwas anderes sagen.«

»Das garantiert mehr oder weniger, dass ich morgen in den Schlagzeilen stehe«, bemerke ich, und er lacht.

»Du wirst den Rest deines Lebens in den Schlagzeilen stehen, Evie. Diesmal wäre es wenigstens für etwas, das du selbst entschieden hast.«

Wir kommen an der Flügeltür des purpurnen Wohnzimmers an, und zwei Bedienstete öffnen sie für uns. Die Samtvorhänge sind geschlossen, sodass das ganze Zimmer in Dunkelheit gehüllt ist. Sie wird nur von zwei Scheinwerfern durchbrochen, die auf ein Paar rot-goldene Sessel gerichtet sind. Eine schwarzhaarige Frau in einem grauen Kleid steht neben einem Mann mit dünnem roten Haar und einer rechteckigen Brille, und beide drehen sich erwartungsvoll zu uns um.

»Bereit?«, flüstert Alexander. Er drückt meine Hand, und ich nicke.

»Bereit«, antworte ich, und wir betreten gemeinsam den Raum.

34. KAPITEL

KATHARINE O'DONNELL: Evangeline, Sie hatten einen ereignisreichen Monat, oder?

EVANGELINE BRIGHT: So könnte man es nennen, ja. Es ist viel passiert.

KOD: Natürlich wissen wir alle, was in den Medien gemunkelt wird, aber wir hatten noch keine Gelegenheit, die Geschichte direkt von Ihnen zu hören. Wussten Sie schon immer, wer Ihr Vater war?

EB: Davon habe ich erst erfahren, als ich elf war, kurz vor dem Tod meiner Großmutter.

KOD: Und wie fühlte sich das an, herauszufinden, dass Sie eine Prinzessin sind?

EB: Das ist eine ziemlich romantische Formulierung. In Wirklichkeit bin ich gar keine Prinzessin. Das ist eine riesige Verantwortung, die eine lebenslange Ausbildung und Hingabe verlangt, und ich bin total beeindruckt von allem, was Mary dafür tut. Aber als ich herausfand, dass mein Vater der König von England ist … *[pfeift leise]* Das fühlte sich

an, als sei ich mitten in einer romantischen
Komödie gelandet, in der ich ein Makeover,
einen süßen Freund und ein Diadem bekomme und
dabei irgendetwas über mich selbst lerne, das
anderen schon lange klar war.

KOD: *[lacht]* Und wie war Ihre Beziehung zu
Seiner Majestät, bevor Sie nach England kamen?

EB: Distanziert. Das will ich gar nicht schön-
reden. Als ich noch klein war, hat er mich
besucht, aber daran erinnere ich mich nicht
mehr. Und obwohl er dafür sorgte, dass ich auf
die besten Schulen des Landes gehen durfte,
hatten wir noch nie miteinander geredet, bevor
ich nach Großbritannien kam.

KOD: Noch nie? Das muss sicher schwierig für
Sie gewesen sein.

EB: Das war es, für uns beide.

KOD: Und inwiefern hat sich Ihr Leben verändert, seit Sie hier angekommen sind?

EB: Es hat sich so ziemlich alles verändert.
Aber nichts ist damit vergleichbar, meinen
Vater und seine Familie kennenzulernen.

KOD: Verstehen Sie sich gut mit Prinzessin
Mary?

EB: *[lacht]* Am Anfang war die Lage zwischen
uns brenzlig, aber das war zu erwarten. Nachdem die Informationen über meine Existenz an
die Presse gelangt waren, war sie für mich da,

377

und sie hat mich während dieser ganzen Erfahrung immer unterstützt. Man könnte fast sagen, dass sie die Schwester ist, die ich nie hatte, aber … na ja, sie ist die Schwester, die ich immer hatte, aber bis jetzt nicht kannte.

KOD: War sie auch an dem Abend bei Ihnen, an dem Jasper Cunningham starb?

EB: *[Pause]* Ja. Wir waren beide auf der Party.

KOD: In den Medien wurde dieser Abend immer wieder unter die Lupe genommen, und trotzdem kursieren viele Falschinformationen. Für Sie muss das eine sehr schmerzhafte Erinnerung sein, aber wäre es trotzdem in Ordnung, wenn Sie mir erzählen, was wirklich passiert ist?

EB: *[längere Pause]* Ich will nicht unhöflich klingen, weil es wirklich nicht Ihre Schuld ist, aber … eigentlich ist das für mich nicht in Ordnung. Was mir passiert ist, war … ein sexueller Übergriff, und wenn ich jemand anderes wäre, wäre mir die Zeit und Privatsphäre zugestanden worden, mich davon zu erholen und es zu verarbeiten. Aber die Medien haben wochenlang Gerüchte über mich verbreitet und sie als Tatsachen dargestellt, und ihretwegen habe ich keine andere Wahl, als eine der schlimmsten Nächte meines Lebens in aller Öffentlichkeit noch einmal zu durchleben.

KOD: Das tut mir wirklich leid, Evangeline. Wenn Sie lieber nicht darüber reden möchten, müssen Sie es nicht.

EB: Doch, das möchte ich. Das ist es ja gerade – hat Winston Churchill nicht einmal gesagt, dass eine Lüge schon um die halbe Welt gereist ist, bevor die Wahrheit sich überhaupt die Hose angezogen hat?

KOD: Ja, das stimmt.

EB: Ich weiß, dass manche Leute sich schon entschieden haben, was sie von mir denken und was sie über die Ereignisse an dem Abend glauben. Aber das hier ist meine Chance, die Wahrheit zu erzählen.

KOD: Okay, lassen Sie sich Zeit. Und natürlich können Sie jederzeit aufhören, wenn es Ihnen zu viel wird.

EB: Danke. *[Pause]* Die Party fand ungefähr eine Woche statt, nachdem die Presse herausgefunden hatte, dass ich die Tochter Seiner Majestät bin, und zuerst wollte ich gar nicht mitkommen. Aber ich hatte Jasper schon einige Male getroffen, und er war … sehr nett zu mir. Oder zumindest kam es mir so vor.

KOD: Waren Sie vielleicht ein bisschen in ihn verliebt?

EB: Ich … ja, vielleicht ein bisschen. Seit ich elf war, habe ich nur Mädchenschulen besucht, also hatte ich keine wirklichen Erfahrungen mit Jungen. Oder … Männern. Und Jasper hat ziemlich viel mit mir geflirtet. Als er mich also persönlich einlud, dachte ich … Na ja, wie schlimm kann es schon sein? Besonders, weil meine Schwester und ihre Cousins auch da waren.

KOD: Prinz Benedict und der Neffe der Königin, Christopher Abbott-Montgomery, der Earl of Clarence, richtig?

EB: Genau. Ich dachte, ich wäre in Sicherheit.

KOD: Hat Jasper Sie empfangen, als Sie auf der Party ankamen?

EB: Ja. Er hatte auf mich gewartet und stellte mich lauter Leuten vor. Es war voll und heiß, und er bot mir an, mir etwas zu trinken zu holen. Ich sagte ihm, ich wolle ein Wasser.

KOD: Heute Morgen veröffentlichte Scotland Yard die Ergebnisse eines Bluttests, die bestätigen, dass in Ihrem Blut GHB gefunden wurde – auch bekannt als eine Vergewaltigungsdroge. Glauben Sie, Jasper war derjenige, der Ihr Wasser damit versetzt hat?

EB: Ja, da bin ich mir sicher. Scotland Yard hat ebenfalls bestätigt, dass sich an dem Glas nur meine und seine Fingerabdrücke befanden, und Jasper wusste genau, was er tat. Nachdem einige Partygäste aufdringlich wurden, mir Fragen stellten und mich beleidigten, sagte er mir, ich solle oben in seinem Zimmer auf ihn warten, während er sie aus dem Haus schmiss.

KOD: In seinem Schlafzimmer?

EB: Ich wusste nicht, dass es sein Schlafzimmer war, als ich nach oben ging. Eigentlich
wollte ich nur von den Fragen und Anspielungen
weg. Und als ich dort ankam … Wie gesagt, ich
hatte keine Erfahrung mit Jungen. Ich fand es
ein bisschen seltsam, aber … Niemand hat mir
je beigebracht, wie man sich in solchen Situa-
tionen schützt oder worauf man achtgeben muss.

KOD: Und was ist passiert, als er auch nach
oben kam?

EB: Wir unterhielten uns eine Weile, und dann
sagte er, ich solle mich zu ihm aufs Bett
setzen. Mir war bereits schwindelig, also …
setzte ich mich.

KOD: Den Rest müssen Sie nicht beschreiben,
wenn Sie nicht möchten.

EB: Ich weiß, aber … Millionen Leute haben
das Video gesehen, das im Internet veröffentlicht wurde, also ist es nicht wirklich ein
Geheimnis. Und ich will, dass alle wissen, was
wirklich passiert ist, und nicht nur … was sie
meinen gesehen zu haben. *[lange Pause]* Das
Video kam von einem Laptop, den er auf seinem
Schreibtisch so hingestellt hatte, dass die
Kamera auf uns gerichtet war. Um zu filmen,
wie er mich vergewaltigte. Das hatte er von
Anfang an geplant. Mir war nicht klar, dass
ich gefilmt wurde, und ich habe nichts von dem
zugestimmt, was Jasper tat. Den Großteil der
Zeit war ich so benommen, dass ich mich kaum
bewegen konnte. Ich schaffte es gerade so, bei
Bewusstsein zu bleiben, und als ich bemerkte,

was er … was er mit mir machen wollte, sagte ich Nein und versuchte, ihn von mir zu schieben. Ich wollte ihn nicht küssen, oder – oder mit ihm schlafen, aber … er hörte mir nicht zu.

KOD: Es tut mir so leid, dass Ihnen das passiert ist, Evangeline.

EB: Mir auch.

KOD: Warum hat Jasper den Übergriff wohl filmen wollen?

EB: Das weiß ich nicht. Um mich zu erpressen, vermutlich. Oder vielleicht wollte er selbst berühmt werden, egal wie. Er hatte garantiert irgendeinen Plan, von dem ich nichts weiß.

KOD: Ist es in Ordnung, wenn ich Sie frage, wie Sie es geschafft haben, zu fliehen? Natürlich nur, wenn Sie es erzählen möchten.

EB: Daran erinnere ich mich kaum. Ich weiß noch, dass ich ihm das Knie in den Schritt gerammt habe. Dann versuchte ich zu fliehen, wie man in dem Video sieht. Aber das ist alles verschwommen. Ich erinnere mich nur noch, wie … wie viel Angst ich vor dem hatte, was er mir antun würde. Natürlich habe ich so was schon in Filmen gesehen oder in den Nachrichten gehört, aber ich habe nie geglaubt, dass es eines Tages mir passieren könnte. Ich … ich wusste einfach nur, dass ich fliehen musste, während ich es noch konnte.

KOD: Und das sind Sie. Dafür kann ich Sie nur bewundern.

EB: Ich hatte vor allem Glück. Das haben nicht alle, und dafür kann man niemanden verurteilen.

KOD: Da haben Sie natürlich recht. In dem Video sieht man, wie er Ihnen folgt, ich nehme an, bis zur Tür, die nicht mehr im Bild ist.

EB: Ich hatte furchtbare Angst. Jasper war so viel größer und stärker als ich, und ich wusste, dass es ihm nicht schwerfallen würde, mich wieder ins Zimmer zu zerren. Ich war nur noch halb bei Bewusstsein, und wenn er mich erwischt hätte …

KOD: Er hat Sie festgehalten, stimmt's?

EB: *[lange Pause]* Ja. Daran erinnere ich mich noch. Und … ich habe ihn von mir weggeschubst. Er stolperte – er hatte Alkohol getrunken, vermutlich bereits, bevor ich auf der Party ankam. Aber ich weiß nicht, was dann passiert ist. Ich hörte ein Klirren, aber ich drehte mich nicht um.

KOD: Laut der Polizei hat Lord Clarence Sie gefunden, richtig?

EB: Ja, am Treppenabsatz. Er hat mich nach unten gebracht, und Maisie, meine Schwester, kam mit uns nach Schloss Windsor. Ich weiß nicht, was ohne die beiden mit mir passiert wäre.

KOD: Ich glaube, ich kann für das ganze Land sprechen, wenn ich sage, wie erleichtert ich bin, dass es Ihnen gut geht.

EB: *[Pause]* Danke. Gut geht es mir im Moment noch nicht, aber … irgendwann wird es das wieder.

– Ausschnitt des Transkripts von Katharine O'Donnells Interview
mit Evangeline Bright, 30. Juni 2023

Am Morgen meines achtzehnten Geburtstags wache ich davon auf, dass auf meinem Laptop ein Videoanruf eingeht.

Zuerst denke ich, es sei nur ein Traum, aber das Klingeln wird immer lauter, also taste ich irgendwann blind nach meinem Laptop. Die Vorhänge sind noch zu, doch ein paar dünne Lichtstrahlen bahnen sich ihren Weg an dem schweren Stoff vorbei ins Zimmer und helfen mir dabei, meinen Laptop unter einem Kissen zu finden.

»Evie!« Moms Gesicht füllt den gesamten Bildschirm aus, als ich den Anruf endlich annehme. »Habe ich dich aufgeweckt?«

»Mom?« Ich reibe mir den Schlaf aus den Augen und versuche, mein Haar zu zähmen. »Was machst du? In Virginia ist es mitten in der Nacht.«

Sie wedelt nur mit der Hand. »Ich wollte die Erste sein, die dir zum Geburtstag gratuliert. Hast du dein Geschenk schon aufgemacht?«

Ich setze mich auf. Nach allem, was die letzten Tage passiert ist, habe ich die eingepackte Leinwand komplett vergessen. »Noch nicht«, gebe ich zu. »Ich glaube, Alexander hat es noch.«

»Oh. Na ja, dafür ist ja später noch Zeit«, sagt sie. Ich habe erwartet, dass sie enttäuscht ist, aber stattdessen grinst sie breit. »Warum gehst du nicht ins Wohnzimmer, Schatz? Ich kann dich in der Dunkelheit kaum sehen.«

Der Hinweis ist nicht besonders subtil, aber ich bin noch zu schläfrig, um ihn zu hinterfragen, also nehme ich den Laptop in die Hand und tapse ins Wohnzimmer. »Hast du überhaupt geschlafen?«, frage ich. »Du weißt doch, wie wichtig es ist, einen regelmäßigen Schlafrhythmus zu …«

Mitten im Satz bleibe ich stehen, und mir klappt die Kinnlade herunter. In meinem Wohnzimmer stehen immer noch dieselben vergoldeten Möbel wie vorher, aber statt der Porträts von Menschen, die ich nicht kenne, und Gemälden von Landschaften, die ich noch nie gesehen habe, hängen an den Wänden jetzt bunte, abstrakte Bilder.

Die bunten, abstrakten Bilder meiner Mutter.

»Mom …« Wie in einem Traum wandele ich in die Mitte des Zimmers und drehe mich langsam im Kreis, um jedes Gemälde einzeln zu bewundern. Einige erkenne ich von unseren VidChat-Anrufen, und andere kommen mir bekannt vor, weil ich den Ort kenne, der auf ihnen dargestellt ist. Ein paar der Bilder sind mir unbekannt, aber ich begreife, dass sie sie vor Kurzem gemalt haben muss. Beim Gedanken, wie lange sie daran für mich gearbeitet hat, wird meine Brust ganz eng.

Und da, am Ehrenplatz über dem Kamin, hängt das Gemälde, das sie mir an dem Tag gezeigt hat, an dem ich in England ankam. Blau und grün, mit kleinen rosa und lila Punkten – der Garten meiner Großmutter.

»Gefallen sie dir?«, fragt meine Mutter erwartungsvoll und lehnt sich so nah an die Kamera, dass ich ihre Stirn gar nicht mehr sehen kann. »Ich wünschte, ich könnte bei dir sein, aber Alexander und ich dachten, das hier wäre vielleicht das, was meiner Gegenwart am nächsten kommt.«

»Ich wünschte auch, dass du hier wärst«, krächze ich. Ich bin den Tränen nahe, und das ist mir kein Stück peinlich. »Und ich liebe jedes einzelne deiner Bilder.«

»Ich habe an dich gedacht, als ich sie gemalt habe«, sagt sie und wiederholt damit das, was sie mir in Virginia erzählt hat. »Ich denke immer an dich.«

»Danke, Mom.« Ich wische mir die Tränen vom Gesicht. »Das ist das beste Geschenk, das ich je bekommen habe.«

Ihr Gesicht hellt sich vor Entzücken auf. »Und *du* bist das beste Geschenk, das *ich* je bekommen habe«, antwortet sie. »Alles Gute zum Geburtstag, Evie. Ich bin so stolz auf dich.«

Wir reden über eine Stunde lang miteinander, und ich frage sie nach jedem einzelnen der Bilder. Sie erzählt mir, was sie inspiriert hat, und zu meiner Überraschung sind es alles Erinnerungen an mich. Der Baum in ihrem Garten, den Alexander und sie zusammen gepflanzt haben, als ich geboren wurde. Der Park, in dem sie mit mir gespielt hat, als ich noch klein war. Die Blumen ihrer Nachbarin, die ich als Kind immer gepflückt und in meinen geflochtenen Zopf gesteckt habe. Ich erinnere mich an nichts davon, aber ihre Worte zeichnen ein so lebendiges Bild, dass sie sich am Ende wie echte Erinnerungen anfühlen.

Irgendwann kann sie die Augen nicht mehr offen halten, also verabschieden wir uns. Ich fühle mich so leicht wie schon lange nicht mehr und mache mich für eine lange, heiße Dusche ins Badezimmer auf. Tibby will erst nach dem Mittagessen kommen, also habe ich mehrere glorreiche Stunden ganz für mich allein, und ich will das Beste daraus machen.

Aber als ich eine halbe Stunde später mit einem Buch in der Hand erneut ins Wohnzimmer komme, sitzt Maisie mit dem Handy vor der Nase auf meinem Sofa. Obwohl es noch früh am Morgen ist, trägt sie ein rosa Sommerkleid und einen glitzernden Haarreifen, der verdächtig wie ein Diadem aussieht. Ihre Haare und ihr Make-up sitzen wie immer perfekt.

»Guten Morgen«, flötet sie, ohne von ihrem Handy aufzusehen. »Alles Gute zu *unserem* Geburtstag.«

»Alles Gute zu unserem Geburtstag«, wiederhole ich verblüfft. »Wie lange bist du schon hier?«

»Lange genug, um bemerkt zu haben, wie unglaublich unbequem dieses Sofa ist«, antwortet sie und steht mit einem vorwurfsvollen Blick zu besagtem Möbelstück auf. »Wir sollten schon vor zehn Minuten im Frühstückszimmer sein, und Mummy hasst es, wenn ich zu spät bin.«

»Wir sollen mit Helene frühstücken?«, frage ich, aber Maisie scheint mein Entsetzen gar nicht aufzufallen. Sie hakt sich bei mir unter, und ich habe gerade noch genug Zeit, mein Buch zur Seite zu legen, bevor sie mich in den Flur zerrt.

Das Frühstückszimmer liegt in einer scharfen Biegung des Hauptflurs, gegenüber von den Privatgemächern der Königsfamilie. Es ist viel gemütlicher als das glitzernde, offizielle Esszimmer, und Alexander und Helene sitzen an gegenüberliegenden Enden eines Tisches, an dem gut zehn Personen Platz hätten. Er hat einen Anzug an, und sie trägt ein hellblaues Kleid, das dem von Maisie ähnelt. Mir ist auf einmal schmerzlich bewusst, dass ich barfuß bin und nur ein viel zu großes Reignwolf-T-Shirt und zerlöcherte Leggings anhabe. Nicht gerade das Outfit, das ich für ein Frühstück mit der Königsfamilie ausgewählt hätte.

»Alles Gute zum Geburtstag, Evan«, sagt Alexander. Er steht

auf, umarmt mich sanft und küsst mich auf den Kopf. Aus dem Augenwinkel sehe ich, wie Helene die Lippen schürzt, als hätte sie etwas Saures geschmeckt, aber sie bleibt stumm. »Hast du mit deiner Mutter gesprochen?«

Ich nicke. »Danke. Die Gemälde sind perfekt.«

»Dafür musst du ihr danken. Das Ganze war ihre Idee«, sagt er grinsend, als er mich loslässt. »Und, ihr beiden, wie fühlt es sich an, achtzehn zu sein?«

»Genauso, wie es sich anfühlt, siebzehn zu sein«, antwortet Maisie. »Aber jetzt hast du mir nicht mehr zu sagen, wann ich nach Hause kommen muss.«

»Solange du in meinem Schloss wohnst, hältst du dich auch an meine Regeln«, droht Alexander, aber er strahlt dabei auf eine Art, die ich bei ihm noch nie zuvor gesehen habe. Vielleicht, weil es das erste Mal ist, dass er, Maisie und ich im selben Raum sind, ohne übereinander herzufallen. Oder vielleicht ist er immer so, wenn er bei seiner Familie ist.

Das Frühstücksbüfett scheint aus Speisen zu bestehen, die sich Maisie gewünscht hat, aber als ich einen Teller voller Pfannkuchen mit Schokoladenstücken entdecke, gekrönt von Schlagsahne und Erdbeeren, stutze ich. »Moment … Genau solche Pfannkuchen hat meine Großmutter mir immer gemacht, als ich noch klein war.«

»Deine Mutter hat sie auch immer für dich gemacht«, sagt Alexander. »Und für mich, wenn ich zu Besuch war.«

»Sie sind nicht schlecht«, bemerkt Maisie. Von ihren Pfannkuchen fehlen bereits ein paar Bissen. »Ein bisschen amerikanisch für meinen Geschmack, aber sie könnten schlimmer sein.«

Ich bin seltsam gerührt, und obwohl ich mir von allem etwas nehme, fülle ich einen zweiten Teller nur mit den Pfannkuchen und ignoriere dabei gekonnt Helenes missbilligenden Blick. Jederzeit erwarte ich gehässige Kommentare von ihr, aber sie bleibt höflich, was ich zu schätzen weiß.

»Wir haben gestern Abend dein Interview gesehen«, sagt sie, während sie zierlich ein pochiertes Ei zerteilt. »Das hast du wirklich gut gemacht, Evangeline.«

»Ich kann nicht glauben, dass sie dir so schreckliche Fragen gestellt hat«, wirft Maisie ein und schüttelt angewidert die rotblonden Locken. »Von Katharine O'Donnell hatte ich eigentlich erwartet, dass sie ein wenig Mitgefühl zeigt, statt dich dazu zu zwingen, das alles erneut zu durchleben. Du warst ihr keine Antwort schuldig. Du warst ihr gar nichts schuldig.«

»Ich weiß«, antworte ich. Meine Gabel hängt über den Pfannkuchen in der Luft. »Das habe ich freiwillig gemacht.«

Maisie zieht die Augenbrauen zusammen und spießt ein Stück Wurst mit der Gabel auf. »Trotzdem ist es nicht fair«, grummelt sie. »Aber zumindest kann Benedict in nächster Zeit keinen Schaden mehr anrichten. Das Reservat in Kenia hat kein WLAN, oder, Daddy?«

»Nein, hat es nicht«, sagt Alexander vorsichtig. »Und Nicholas und ich haben den Plan gefasst, ihn zunächst dortzubehalten.«

»Gut«, sagt Maisie zufrieden. »Ich hoffe, er wird von einem Löwen gefressen.«

Ich schnaube belustigt in meinen Tee. Vielleicht bilde ich es mir nur ein, aber ich meine, Alexander grinsen zu sehen, bevor er sich einem Scone zuwendet.

»Die Schlagzeilen sind heute sehr wohlwollend«, wirft Helene mit fast schon aggressiver Höflichkeit ein. »Nun müssen wir abwarten, ob die Bevölkerung sich von Evangelines Interview überzeugen lässt, aber im Moment haben wir wenigstens die Presse auf unserer Seite.«

»Was ist mit der *Daily Sun*?« Eigentlich will ich es gar nicht wissen. »Ist Robert Cunningham immer noch auf dem Kriegspfad?«

Alexander räuspert sich. »Ich gehe davon aus, dass er den Vorfall nie völlig ruhen lassen wird«, sagt er. »Aber fürs Erste hat ihn die wahre Geschichte dessen, was sein Sohn getan hat, ein wenig … verhalten werden lassen.«

Ich weiß nicht, was *ein wenig verhalten* heißen soll, und es ist mir auch egal. Statt nachzufragen, nehme ich einen Bissen von meinem Pfannkuchen, voller Erleichterung, dass doch nicht alles umsonst war. Selbst wenn Ben eine Kopie von dem unbearbeiteten Video angelegt hat, und selbst wenn er es irgendwann veröffentlicht, ist Maisie jetzt, da ich ein Geständnis abgelegt habe – zumindest teilweise –, sicher.

Der Rest des Frühstücks verläuft überraschenderweise angenehm. Alexander, Maisie und ich unterhalten uns zu dritt, und Helene steuert ab und zu höfliche Bemerkungen bei. Maisie, die vor ihrem Geburtstagsball noch bei einigen Wohltätigkeitsorganisationen auftreten soll, entschuldigt sich irgendwann, und Helene folgt ihr eilig, sodass nur Alexander und ich zurückbleiben. Er lässt den Blick aus den Fenstern in den Innenhof schweifen, und ich spiele mit einer Serviette herum und versuche, nicht daran zu denken, wie viele Pfannkuchen ich gerade in mich hineingestopft habe.

»Freust du dich schon auf heute Abend?«, fragt er, und ich ziehe eine Augenbraue hoch.

»Heißt das, dass ich offiziell eingeladen bin? Tibby verdreht nur jedes Mal die Augen, wenn ich sie frage.«

»Natürlich bist du eingeladen«, sagt er überrascht. »Es ist schließlich auch dein Geburtstagsball.«

Jetzt ziehe ich auch die andere Augenbraue hoch. »Weiß Maisie davon?«

»Sie war diejenige, die ein gemeinsames Event vorgeschlagen hat«, erklärt er und mustert mich einen Moment lang. Ich weiß nicht, was er so Interessantes an mir sieht – vielleicht sind es die Augenringe von meiner schlaflosen Nacht oder mein jetzt trockenes Haar, das ich noch nicht einmal ordentlich bürsten konnte, bevor Maisie mich aus meinem Zimmer gezerrt hat. Oder vielleicht meine ungezähmten Augenbrauen oder der Pickel, der auf meinem Kinn auszubrechen droht.

Ich rutsche auf meinem Stuhl hin und her und versuche, nicht zu zeigen, wie unwohl ich mich fühle. Er lächelt entschuldigend und nimmt meine Hand.

»Tut mir leid. Du siehst deiner Mutter so ähnlich, ich kann mich einfach nicht daran gewöhnen. Ich habe ein Geschenk für dich.«

»Ein Geschenk?«, frage ich. Insgeheim freue ich mich, dass er mich mit meiner Mutter verglichen hat. Ich weiß, dass wir uns ähnlich sehen, aber es fühlt sich irgendwie besonders an, ihn das sagen zu hören. »Was für ein Geschenk?«

»Eins, von dem ich hoffe, dass es dir hilft, dich hier mit mir und dem Rest unserer Familie mehr zu Hause zu fühlen.«

In dem Moment kommt Jenkins mit einer Samtschatulle ins Frühstückszimmer. Sie ist viel zu groß, um eine Halskette oder ein Armband zu enthalten, und so, wie er sie auf dem Tisch abstellt, scheint sie auch ziemlich schwer zu sein.

»Ich hoffe, du kannst mir verzeihen, dass ich sie nicht verpackt habe«, fährt Alexander fort. »So ein Geschenk braucht kein Geschenkpapier.«

»Ach ja?«, frage ich argwöhnisch und beäuge die Schatulle. »Was ist da drin?«

Ohne ein Wort hebt Alexander den goldenen Riegel an und öffnet langsam den Deckel. Zum Vorschein kommt ein glitzerndes, diamantbesetztes Diadem.

Zum zweiten Mal an diesem Morgen klappt mir die Kinnlade herunter. »Du machst *Witze*.«

»Königin Florence, meine Großmutter, hat es in den Siebzigerjahren anfertigen lassen«, erklärt er. »Es war jahrelang ihr Lieblingsdiadem. Sie wusste von dir«, fügt er mit einem leisen Lächeln hinzu. »Und während meine Mutter einen halben Herzinfarkt hatte, wollte Florence dich gern kennenlernen. Leider ist sie gestorben, bevor sie das tun konnte, aber in ihrem Testament steht eindeutig, dass sie dir dieses Diadem hinterlässt.«

»Sie hat es mir hinterlassen?« Aus irgendeinem Grund schockiert mich das mehr als der Anblick des Diadems mit seinen eleganten Spitzen und Kurven und den glänzenden Perlen, die inmitten der Diamanten eingesetzt sind. Es ist wunderschön, und ich kann kaum den Blick davon lassen. »Hat es einen Namen?«

»Die Queen-Florence-Tiara«, sagt er. »Recht schlicht, aber nun gehört sie dir.«

Er holt das Diadem vorsichtig aus der Samtschatulle, aber ich lehne mich schnell zurück. »Moment – mein Benimmregellehrer hat mir gesagt, dass man vor seiner Hochzeit kein Diadem tragen darf«, werfe ich ein. »Ich weiß, dass Maisie trotzdem manchmal welche trägt, aber sie ist schließlich auch die Thronerbin.«

Jenkins gluckst leise. »Ich habe Ihnen gesagt, dass sie gut darin ist, Regeln zu lernen, Sir. Selbst wenn sie das nur tut, um herauszufinden, wie man sie am besten bricht.«

Alexander grinst breit und sieht auf einmal zehn Jahre jünger aus. »Stimmt, du hast mich gewarnt.« Er schüttelt amüsiert den Kopf. »Und ja, Evan, in den meisten Fällen ist das richtig. Aber die Familie hat für die Töchter des regierenden Königs immer eine Ausnahme gemacht. Maisie trägt heute Abend die ›Girls of Great Britain and Ireland‹-Tiara, und wenn dein Kopf nicht geschmückt ist, werden sich die Leute die Mäuler zerreißen. Ich möchte nicht, dass irgendwer denkt, du seist in meinen Augen nicht genauso viel wert wie Maisie, denn das bist du. Das warst du schon immer.«

Diesmal halte ich still, als er mir vorsichtig das Diadem aufsetzt. Es ist schwerer, als ich erwartet habe, aber nicht so schwer, dass ich davon Kopfschmerzen bekommen könnte. Jenkins zaubert aus dem Nichts einen Handspiegel hervor, und ich fühle mich zugegebenermaßen ziemlich beklommen, als ich endlich mein Spiegelbild betrachte.

Meine Augenringe, mein unordentliches Haar, der sprießende Pickel – das alles verblasst vor der Pracht des Diadems. Ich bewundere mich selbst länger, als ich es vermutlich sollte, und bewege langsam den Kopf, um das Gewicht zu spüren. »Ich kann mir nicht vorstellen, dass das Helene freuen wird«, murmele ich.

»Helenes Meinung ist jetzt unwichtig«, entgegnet Alexander. »Morgen werden wir uns im Stillen trennen.«

Ich wirbele so schnell herum, dass mir fast das Diadem vom Kopf fällt. »*Was?*«

»Ich werde weiterhin zwischen Buckingham Palace und Schloss Windsor hin- und herreisen«, erklärt Alexander und rückt vorsichtig meinen Kopfschmuck zurecht. »Helene wird währenddessen in eine der Wohnungen im Kensigton Palace ziehen. Vermutlich mit Nicholas.«

Entsetzt starre ich ihn an. »Du *weißt* davon?«

»Ich weiß schon lange davon«, antwortet er. »Natürlich hatte ich kein Recht, deswegen wütend oder traurig zu sein, wenn man meine Beziehung mit deiner Mutter bedenkt, und ich nehme es

Helene nicht übel. Unsere Ehe wurde nie zu der Liebesgeschichte, die wir uns beide erhofft hatten, und wir beschlossen schon vor Jahren, uns nach Maisies achtzehntem Geburtstag zu trennen. Was mich eher überrascht«, fügt er hinzu, »ist, dass *du* in weniger als einem Monat von Helenes und Nicholas' Affäre erfahren hast.«

»Das war ein Versehen.« Ich laufe rot an. »Ich wollte es nicht vor dir geheim halten, wirklich nicht, aber … ich wusste einfach nicht, wie ich es dir sagen sollte.«

»Das ist verständlich«, versichert er mir. »Helene ist dankbar, dass du dazu bereit bist, ihr Geheimnis zu bewahren, auch wenn es sie nicht begeistert hat, dass du es dazu benutzt hast, deine Mutter zu beschützen.«

Bei seinen Worten rutscht mir das Herz in die Hose. »Davon hat sie dir also auch erzählt?«

»Ich glaube, sie hatte Sorge, dass du es zuerst tun würdest.« Er legt mir die Hand an die Wange. »Es tut mir so, so leid, wie viele Schwierigkeiten diese Familie dir eingebracht hat. Aber heute Abend ist ein Neuanfang, und ich hoffe, dass du daraus das Beste machst, Evie.«

Ich werfe einen letzten Blick in den Spiegel, und als ich die Person sehe, von der ich nie dachte, dass ich sie sein könnte – nicht einmal im *Traum* –, weiß ich, dass ich diesen Neuanfang nicht verschwenden werde.

35. KAPITEL

Prinzessin Mary feiert ihren achtzehnten Geburtstag heute mit einem Ball im Buckingham Palace.

Laut mehreren Quellen innerhalb des Palasts erwartet die Prinzessin nicht weniger als zweihundert ihrer engsten Freundinnen und Freunde sowie Mitglieder der entfernteren Königsfamilie. Bis jetzt ist noch nicht bekannt, ob die Halbschwester der Prinzessin, Evangeline Bright, deren Geburtstag ebenfalls heute ist, zu dem glamourösen Anlass erscheinen wird.

Nach ihrem Interview mit Katharine O'Donnell gestern Abend haben sich verschiedene Mitglieder der Bevölkerung für Ms. Bright ausgesprochen. In dem Interview sprach sie über ihre Kindheit und den verhängnisvollen Abend, an dem Jasper Cunningham in den Tod stürzte. Der Hashtag #VengeanceforEvangeline trendet weltweit auf Twitter und anderen Social-Media-Plattformen, und aufmerksame Zuschauer haben bereits Anhaltspunkte in dem berüchtigten Video gefunden, die Ms. Brights Aussage zu Cunnighams Tod und seinem mutmaßlichen sexuellen Übergriff auf sie unterstützen.

Während Prinzessin Marys jährlichen Geburtstagsauftritts im Kinderkrankenhaus der Great Ormond Street in London erzählte sie Angaben zufolge mehreren Patientinnen und Patienten, wie sehr sie sich freue, nun eine Schwester zu haben.

»Sie konnte gar nicht aufhören, darüber zu reden, wie stolz sie auf Evangeline ist«, sagt Kelly Altman, Mutter der sechzehnjährigen Jana Altman, die derzeit wegen Leukämie behandelt wird. »Den meisten jüngeren Kindern ist natürlich nicht klar, was passiert ist, aber die älteren waren ganz wild darauf, zu hören, wie es Evangeline geht. Und Prinzessin Mary freute sich über die Gelegenheit, von ihrer Beziehung zu erzählen.«

Auf der Geburstagsgala heute Abend herrscht ein Presseverbot, aber Bilder des Events werden im Laufe des Abends auf den offiziellen Kanälen der Königsfamilie hochgeladen.

– *The Daily Sun*, 1. Juli 2023

Um halb acht ist Maisie immer noch nirgendwo zu finden.

»Wo zum Teufel ist sie?«, frage ich mit einem nervösen Blick zur Tür, während ich an den winzigen Kristallen, die an mein mitternachtsblaues Kleid genäht sind, herumspiele. Am liebsten wäre ich in dem unvertrauten Wohnzimmer im Buckingham Palace auf und ab gelaufen, aber die Hacken meiner Schuhe sind so hoch, dass ich es lieber bleiben lasse. Außerdem habe ich Angst, dass mir das Diadem, das auf meinem hochgesteckten Haar thront, vor all den Gästen meiner Halbschwester vom Kopf rutschen könnte.

»Ihr Privatsekretär hat mir vor fünf Minuten geschrieben«, sagt Tibby vom anderen Ende des antiken Sofas, auf dem wir beide sitzen. »Sie sind auf dem Weg. *Wow* – guck dir das mal an.«

Tibby hält mir ihr Handy vor die Nase, und erst nach ein paar Sekunden erkenne ich mich selbst auf dem unscharfen Foto. Nach stundenlangem Styling sehe ich gar nicht aus wie ich selbst, aber durch das regennasse Fenster des Range Rovers kann man die Ärmel meines Kleids erkennen, und mein Diamantdiadem glitzert im Licht.

»Ich wusste nicht, dass die Paparazzi uns im Auto sehen konnten«, gebe ich zu, und eine weitere Welle der Angst durchflutet mich. »Ich hätte lächeln sollen.«

»Nein, die Bilder sind super«, entgegnet Tibby. Sie zieht den Arm zurück und scrollt weiter über den Bildschirm. »Die Leute lieben sie. Bis jetzt hat noch niemand das Diadem erkannt, aber alle sind begeistert, dass du es trägst.«

»Alle?«, frage ich ungläubig, und sie rümpft die Nase.

»Alle, die wichtig sind.«

Geistesabwesend kratze ich eine Stelle an meiner Kopfhaut, in die eine Haarklammer piekst, aber lasse dann schnell die Hand wieder sinken, um die Steckfrisur nicht durcheinanderzubringen. »Ich sollte wirklich nicht hier sein«, sage ich zum hundertsten Mal. »Das hier ist Maisies Party, nicht meine, und ich kenne eh niemanden …«

Auf einmal schwingt ein bodenlanger Spiegel ein paar Meter vom Sofa entfernt auf, und Maisie eilt in den Raum. Sie trägt das lange goldene Kleid, das sie vor zwei Wochen anprobiert hat, und irgendwie schafft sie es, es sogar noch glamouröser aussehen zu lassen.

»Was für ein Tag.« Sie seufzt und berührt vorsichtig das Diadem auf ihrem Kopf. Es ist etwas größer als meins – es würde mich nicht überraschen, wenn das der Grund wäre, aus dem Maisie es ausgewählt hat – und sieht bemerkenswert königlich aus. Perfekt für die zukünftige Königin. »Ich bin länger im Krankenhaus geblieben als geplant, und das hat alles andere durcheinandergebracht. Oh, Evan, du siehst *umwerfend* aus.«

Auf einmal bin ich gar nicht mehr genervt, dass sie zu spät ist.

Verlegen verschränke ich die Arme. »Danke. Du auch. Gold ist echt deine Farbe.«

»Eure Königliche Hoheit.« Tibby steht auf, sodass ihr eigenes silbernes Kleid zu sehen ist, und macht vor meiner Halbschwester einen tiefen Knicks. Theoretisch sollte ich es ihr gleichtun, aber meine rebellische amerikanische Seite sträubt sich strikt dagegen. »Evangeline war gerade dabei, mir zu erklären, dass sie nicht hier sein sollte, weil die Party für dich ist und nicht für sie.«

»Sei nicht albern.« Maisie schreitet auf mich zu und ignoriert meinen bösen Blick, als sie meinen Arm nimmt. »Heute ist schließlich auch dein Geburtstag, und ich lasse nicht zu, dass du ihn allein zu Hause mit einer dieser scheußlichen Vampirserien auf Netflix verbringst.«

»Aber was, wenn ich so nun mal meinen Geburtstag verbringen will?«, frage ich, aber ich meine es nur halb ernst. »Ich brauche keine Party, und ich kenne eh niemanden außerhalb der Familie.«

»Du kommst mit mir mit, und das ist ein königlicher Befehl«, sagt Maisie hochmütig. »Für das, was du für mich getan hast, stehe ich für immer in deiner Schuld, aber es wäre nett, wenn du zumindest zulassen würdest, dass ich versuche, es wiedergutzumachen.«

Ich öffne gerade den Mund, um zu protestieren, als ein großer, dünner Mann mit flammend rotem Haar durch die Tür geeilt kommt. »Da sind Sie ja, Eure Königliche Hoheit«, tadelt er Maisie, während er sich gleichzeitig vor ihr verbeugt. »Wir sind bereits zu spät.«

»Evan, das ist Fitz, mein Privatsekretär«, erklärt Maisie, ohne auf ihn einzugehen. »Fitz, kennen Sie meine Schwester?«

»Äh … ich hatte noch nicht das Vergnügen«, sagt er und verbeugt sich ebenfalls vor mir. Sofort läuft mein Gesicht rot an.

»Sie müssen wirklich nicht …«, fange ich an, aber Maisie zerrt mich bereits hinaus und auf die andere Seite des Flügels zu, wo die Gäste auf uns warten.

Die Flügeltüren des Ballsaals stehen offen, und als wir auf sie zugehen, springt mir fast das Herz in die Kehle. Die meisten Leute, die am Eingang stehen, sind um die vierzig, und ich erkenne keinen einzigen von ihnen.

»Entspann dich«, murmelt Maisie und drückt meinen Arm. »Sie werden dich lieben.«

Das ist definitiv übertrieben. Als wir über die Türschwelle treten, kündigt ein Mann in einer geschmückten Uniform uns an. Na ja, er kündigt Maisie an. Mein Name ist eher ein Anhängsel.

Trotzdem wird die ganze Gesellschaft auf einmal still und dreht sich zu uns um. Maisies fast schon schmerzhafter Griff an meinem Oberarm beruhigt mich irgendwie, und als wir den Raum betreten, verbeugen und knicksen alle um uns herum, sodass eine Welle durch die Menge zu laufen scheint. Natürlich hat das rein gar nichts mit mir zu tun – die Leute begrüßen ihre zukünftige Herrscherin –, aber trotzdem zieht sich mein Magen eng zusammen. Ich habe mich noch nie so fehl am Platz gefühlt.

»Eure Königliche Hoheit«, sagt ein Mann in einem Frack mit weißer Fliege und verbeugt sich tief vor meiner Schwester. »Miss Bright. Erlauben Sie mir, Ihnen beiden alles erdenklich Gute zum Geburtstag zu wünschen.«

»Vielen Dank, Premierminister«, antwortet Maisie anmutig, ganz die geborene Diplomatin. »Ich habe mich sehr über Ihren Strauß gefreut. Und einen nachträglichen Glückwunsch an Sie und Priscilla. Es war eine Freude, dabei zuzusehen, wie Galavant's Grit den Gold Cup gewann.«

»Ah, ja, Sie waren natürlich anwesend«, antwortet der Premierminister, ganz offensichtlich hoch zufrieden mit sich selbst und, ich nehme an, mit seinem Pferd. »Priscilla spricht gerade mit Ihren Majestäten. Sie kann gar nicht aufhören, über Galavants Sieg zu reden.«

»Dabei höre ich ihr gern zu«, erwidert Maisie. Der Premierminister tritt zur Seite, und ein weiterer Mann, den ich noch nie gesehen habe, kommt auf uns zu. Ohne eine Sekunde zu zögern, begrüßt meine Halbschwester ihn und fragt nach seinem Sohn.

Obwohl ich spüren kann, wie die Leute mich anstarren, sagt niemand mehr zu mir als »Alles Gute zum Geburtstag«. Das ist vermutlich auch besser so, wenn man bedenkt, wohin die unweigerlichen Fragen führen würden. Wenn ich heute Abend auch nur einmal den Namen *Jasper Cunningham* höre, fange ich vermutlich an zu schreien. Stattdessen sehe ich Maisie bewundernd zu, wie sie jeden einzelnen Gast mit Namen anspricht und spezifische Fragen stellt. Ich weiß nicht, ob sie die Namen auswendig gelernt hat oder ob sie diese Leute wirklich alle kennt, aber so oder so ist es eins der beeindruckendsten Dinge, die ich gesehen habe, seit ich in London angekommen bin.

Nach mindestens vierzig Minuten betritt endlich Alexander den Saal. Die Menge scheint sich an ihm zu orientieren, als sei er die Sonne – sie lassen ihm genug Platz, um Respekt zu zeigen, aber entfernen sich auch nicht zu weit aus seiner Umlaufbahn. Und obwohl er immer noch wie mein dünner, unscheinbarer, kahl werdender Vater aussieht, strahlt er eine unsichtbare Macht aus, die keinen Zweifel daran lässt, dass er der wichtigste Mensch im Raum ist.

»Alles Gute, ihr beiden«, sagt er und küsst erst mich und dann Maisie auf beide Wangen. »Habt ihr Spaß?«

»Und wie«, antwortet Maisie fröhlich. »Aber ich glaube, Evangeline könnte eine Pause von ihren Schuhen gebrauchen. Wäre es sehr unhöflich, wenn ich dich darum bitten würde, uns zu entschuldigen?«

»Meinen Füßen geht es gut«, beharre ich, obwohl das definitiv gelogen ist. Alexander ignoriert meinen Protest.

»Natürlich«, sagt er zu Maisie, und in seinen Augen funkelt es eigentümlich. »Nehmt euch so viel Zeit, wie ihr braucht. Wir wollen ja nicht, dass eure armen Füße wehtun.«

Damit nimmt Maisie mich wieder am Arm, als würde ich sonst vielleicht davonlaufen, und macht sich schnurstracks zur nächsten Tür auf. Sie ist so schnell, dass ich beim Versuch, mit ihr Schritt zu halten, über meine eigenen Füße stolpere, aber sobald wir die prachtvolle Empore erreichen, die den Ballsaal mit dem restlichen zweiten Stock verbindet, wird sie langsamer.

»Puh«, macht sie und wischt sich einen imaginären Schweißtropfen von der Stirn. »Ich dachte schon, wir kommen da niemals weg.«

»Was war das?«, frage ich und werfe einen Blick über die Schulter. Die Tür steht immer noch offen, und mehrere anzug- und kleidertragende Gäste sehen zu uns herüber, aber wir biegen um eine Ecke und entfliehen so ihren Blicken. »Ich habe morgen wahrscheinlich ein paar Blasen, aber ansonsten ist wirklich alles in …«

»Du«, unterbricht mich Maisie, »bist *so was von* ahnungslos.«

Ich weiß nicht, ob das ein Kompliment, eine Beleidigung oder beides sein soll, und ich bin ohnehin zu verwirrt, um mir eine schlagfertige Antwort auszudenken. Statt, wie ich erwartet hatte, auf eins der opulenten Wohnzimmer zuzusteuern, führt Maisie mich die gesamte Empore entlang. In der Ferne höre ich das leise

Wummern von Musik, die den Politikern, die wir gerade verlassen haben, allesamt die Toupets zu Berge stehen lassen würde. Ich runzele die Stirn. »Wohin gehen wir?«

»Auf die echte Party natürlich«, antwortet Maisie und grinst mich verschmitzt an. »Du dachtest doch nicht ernsthaft, dass ich mich den ganzen Abend lang solcher Langeweile aussetzen würde, oder?«

Ein weiteres Paar Bediensteter öffnet die Flügeltür, auf die wir zukommen. Wir werden von einem Kesha-Song und flackernden, regenbogenfarbenen Lichtern begrüßt, und bevor ich mich orientieren kann, höre ich lauter Stimmen rufen:

»*Überraschung!*«

Maisie beweist mal wieder, dass sie eine grottenschlechte Schauspielerin ist, als sie sich die Hand in gefälschter Überwältigung an die Brust legt, aber obwohl sie ganz offenbar von der Überraschung wusste, bin ich total überrumpelt. Mehr als hundert Leute in unserem Alter sind im Thronzimmer versammelt, das in einen Nachtclub umfunktioniert wurde – mit Discoball und DJ mit Astronautenhelm und allem Drum und Dran. Während Gia und Rosie herbeirennen, um Maisie zu umarmen, bewundere ich die befrackten Kellnerinnen und Kellner, die neonfarbene Getränke auf Tabletten tragen, die goldenen Brunnen, in denen Schokolade zu sprudeln scheint, eine lange Wand, die aus nichts als rosa und weißen Rosen besteht, und die riesige fünfstöckige Torte, die direkt vor dem Thron steht. Ich habe schon viele extravagante Partys gesehen – die meisten davon zugegebenermaßen in Netflix-Serien –, aber keine davon war so glamourös.

»Das ist *unglaublich*!«, rufe ich und drehe mich wieder zu meiner Schwester um, aber Rosie zieht sie bereits mit sich in die Menge angetrunkener Adelskinder und Berühmtheiten. Gia bleibt allerdings hinter den beiden zurück, und als sich unsere Blicke begegnen, mustert sie mich kritisch.

»Du hast nicht genug Selbstvertrauen, um so ein Kleid zu tragen, und dein Makeup hilft auch nicht gerade«, sagt sie. »Aber … das Diadem steht dir.«

»Danke«, bringe ich hervor. Ich bin mir nicht ganz sicher, was ich antworten soll. »Du siehst auch gut aus. Und, äh … danke, dass du mit Maisie geredet hast, über … na ja, du weißt schon. Ich weiß nicht, was du zu ihr gesagt hast, aber es hat geholfen.«

Gia zuckt die Schultern. »Irgendwer muss ihr ja sagen, wenn sie sich arschig benimmt.« Trotz ihres trockenen Tonfalls erkenne ich ein leichtes Lächeln auf ihrem Gesicht. »Bis später. Versuch, heute Abend keine internationalen Skandale loszutreten, okay?«

»Aber das macht so viel Spaß«, witzele ich. Gia folgt Maisie ohne ein weiteres Wort auf den Tanzboden, aber ich hätte schwören können, dass sie ein Grinsen unterdrücken musste.

Hoffentlich sieht man mir nicht an, wie unbehaglich ich mich fühle, als ich allein neben der Tür stehe. Ich richte mich ein bisschen gerader auf und streiche mein Kleid glatt, als könnte es bewirken, dass ich auf einmal so aussehe, als würde ich hierhergehören – aber natürlich funktioniert das nicht. Genau wie im Ballsaal erkenne ich in der Menge niemanden, und außer ein paar Gästen, die mich offen angaffen, scheint auch niemand daran interessiert zu sein, das zu ändern.

Aber dann, als wäre er aus dem Nichts erschienen, sehe ich das Gesicht, nach dem ich unterbewusst gesucht habe, seit ich im Buckingham Palace angekommen bin. Mein Herz setzt einen Schlag aus. Sein Frack ist perfekt geschnitten, seine dunklen Locken sind perfekt verwuschelt, und der Blick aus seinen schokoladenbraunen Augen zielt perfekt auf mich.

Kit.

»Alles Gute zum Geburtstag, Evan!«, ruft er über die Musik hinweg, und obwohl ich nicht offiziell zur Königsfamilie gehöre, verbeugt er sich trotzdem leicht vor mir. »Du siehst atemberaubend aus.«

»Danke«, krächze ich. Ich habe Kit nicht mehr gesehen, seit ich ihn beschuldigt habe, meine Geheimnisse an die Presse verkauft zu haben, und seine Gegenwart lässt meine Brust schmerzen. »Wo … wie geht es dir?«

»Nicht schlecht«, antwortet er mit einem leisen Lächeln und einem vertrauten Anflug von Humor. »Und wenn du wissen willst, wo ich war: Ich habe überlegt, Maisies Rat zu folgen und ein paar Tage lang in einem Hotel unterzutauchen, aber stattdessen habe ich meine Mutter besucht. Es geht ihr besser, als ich dachte«, fügt er hinzu. »Noch nicht wieder gut, aber sie ist auf dem Weg.«

»Gut – das freut mich wirklich zu hören.« Mir ist schmerzlich bewusst, wie abgedroschen das klingt. Zwischen uns sind nur ein paar Meter, aber sie fühlen sich an wie eine Schlucht, die immer breiter wird. »Wir haben dich vermisst. Ich habe dich vermisst.«

»Ich habe dich auch vermisst«, sagt er mit unverkennbarer Aufrichtigkeit, und ich kann einfach nicht verstehen, warum ich je dachte, er sei derjenige, der den Medien von meinen Geheimnissen erzählt hat. Sein Blick wandert zu meinem diamantenen Kopfschmuck, und er zieht die Augenbrauen hoch. »Ist das die Queen-Florence-Tiara?«

Ich nicke und berühre sie vorsichtig, um sicherzustellen, dass sie dabei nicht verrutscht ist. »Alexander hat gesagt, dass sie mir hinterlassen wurde. Was überhaupt keinen Sinn ergibt, aber …«

»Doch, für mich ergibt das Sinn«, unterbricht er mich und

lässt dabei meine Nervosität mit seiner ruhigen Art sofort verfliegen. »Sie ist umwerfend. Aber nicht so umwerfend wie du.«

Mein Gesicht wird heiß, und ich bin mir ziemlich sicher, dass ich mal wieder rot angelaufen bin. Mittlerweile sind die meisten anderen Gäste auf dem Tanzboden in der Mitte des Thronzimmers unterwegs, was mir und Kit ein wenig Privatsphäre verschafft, aber trotzdem trete ich einen Schritt von der Flügeltür weg. »Es ist schön«, stimme ich ihm zu. »Aber es ist nicht mein Lieblingsdiadem.«

Ich halte ihm mein Handgelenk hin, um ihm den neuen Anhänger an meinem Armband zu zeigen. Als Kit ihn sieht, fängt er an zu lachen. »Dein Geschmack ist entsetzlich.«

»Vermutlich, aber das ist ja nichts Neues.« Ich werfe einen Blick auf die winzigen Kristalle, die im Regenbogenlicht glitzern. »Sie ist mein Glücksbringer.«

»Ach, wirklich?«, fragt er neugierig. »Auf was für ein Glück hoffst du denn heute Abend?«

Ich rolle das Mini-Diadem zwischen den Fingern hin und her, atme tief ein und nehme all meinen Mut zusammen. »Ich muss mich bei jemandem entschuldigen«, gebe ich zu. »Bei jemandem, der mir sehr wichtig ist. Ich habe ihm für etwas Schreckliches die Schuld gegeben, und das war falsch von mir – *absolut* falsch von mir –, und ich weiß nicht, ob zwischen uns alles wieder so werden kann wie vorher. Was mir wirklich Angst macht, denn …« Ich zögere. »Er ist das Beste, was mir seit Langem, seit wirklich Langem passiert ist, und der Gedanke, dass ich ihn verlieren könnte, ist kaum auszuhalten.«

Mit einem leichten Stirnrunzeln sieht Kit auf mich hinab. »Du hast mir nicht geglaubt, oder?«

»Dir geglaubt? Was …«

»Dass ich immer noch für dich da sein würde, wenn alles vorbei ist«, sagt er, und mir läuft ein Schauer den Rücken hinab. »Solange du willst, dass ich bei dir bleibe, gehe ich nirgendwohin.«

Verwirrt starre ich ihn an. »Ich habe dir ziemlich schlimme Dinge an den Kopf geworfen.«

»Du musstest eine Menge ertragen«, entgegnet er. »Wir sagen alle Sachen, die wir nicht so meinen, wenn uns etwas wehtut.«

»Aber … ich habe dich beschuldigt …«

»Evan.« Er streckt die Hände aus, und ich zögere nur eine Sekunde, bevor ich sie nehme. »Wenn es hilft, akzeptiere ich hiermit ohne weitere Bedingungen deine Entschuldigung. Aber von meiner Perspektive aus musst du dich überhaupt nicht entschuldigen. Es tut mir so leid, dass du das alles durchmachen musstest. Ich weiß, dass du dich auch selbst verteidigen kannst, aber ich möchte an deiner Seite sein. Als Freund, als Unterstützer, als … Begleiter. Alles, was du willst. Obwohl …« Jetzt zögert er, und ich könnte schwören, dass mein Herz mehrere Schläge lang aussetzt. »Ich gebe zu, dass ich auf die Gelegenheit gehofft habe, etwas mehr als ein Freund zu sein, wenn du willst. Und wenn du Zeit hattest, dich zu erholen.«

Plötzlich fühle ich mich in meinen Schuhen viel wackliger als noch vor zwei Minuten, und ich klammere mich noch fester an seine Hände. Verschwommen ist mir bewusst, dass sich immer mehr Blicke in unsere Richtung wenden. Aber ich lasse ihn nicht los, und Kit hält mich weiter fest. »Meinst du das ernst?«, frage ich leise.

»Ja«, antwortet er im selben Tonfall. »Ja, ohne jeden Zweifel. Aber nur, wenn du es auch willst.«

Ich will es. Mehr als alles andere auf der Welt. Aber als ich den Mund öffne, um das zu sagen, hält mich etwas zurück. »Mein

Leben hier wird nie einfach sein«, sage ich schließlich. »Es ist jetzt schon chaotisch und überwältigend und … und ein totales Durcheinander, und die Chancen stehen gut, dass es auch so bleibt. Ich weiß, dass du glaubst, ich sei das wert, aber das bin ich nicht. Wirklich, *wirklich* nicht. Wenn die Medien herausfinden, dass wir … was auch immer wir genau sind, dann werden sie sich auf dich stürzen, und …«

»Dann lass sie doch«, unterbricht er mich. »Meine Eltern können sich selbst beschützen. Sie haben vielleicht zugelassen, dass der Tod meines Bruders ihre Zukunft bestimmt, aber ich weigere mich, dasselbe zu tun.«

Ich weiß nicht, was ich dazu sagen soll. Nach allem, was die Presse mir angetan hat, kann ich nicht guten Gewissens jemand anderen dazu verdammen, schon gar nicht jemanden wie Kit. Jemanden, der ein guter, netter, rücksichtsvoller Mensch ist und der es nicht verdient, von den Medien durch den Dreck gezogen zu werden, nur weil er es wagt, öffentlich mit mir gesehen zu werden.

Aber gleichzeitig kann ich die Augen nicht von ihm lassen.

Ohne darüber nachzudenken, lehne ich mich vor und presse meine Lippen auf seine. Mir ist egal, wer uns vielleicht dabei zusieht. Ein Teil von mir erwartet, dass er vor mir zurückweicht. Ich könnte es ihm nicht verübeln, und egal, wie sicher er sich ist, werde ich mich vermutlich bis ans Ende der Zeit mit nagenden Zweifeln herumschlagen müssen.

Aber Kit weiß genau, was er will – das wusste er die ganze Zeit schon. Und als er meinen Kuss erwidert, genauso sanft, wie er immer zu mir ist, glaube ich ihm endlich.

36. KAPITEL

Evangeline Bright, die uneheliche Tochter des Königs, hat ihre erste Schirmherrschaft bekanntgegeben.

Dieses Privileg ist normalerweise echten Mitgliedern der Königsfamilie vorbehalten, aber Evangeline scheint eine perverse Freude daran zu finden, ihren neu gefundenen Reichtum zur Schau zu stellen. Nachdem sie auf Prinzessin Marys Geburtstagsball die Queen-Florence-Tiara trug, was sowohl bei Fans als auch Kritikern gemischte Reaktionen hervorrief, bestätigte der Buckingham Palace gestern, dass ihr ein Platz an der University of Oxford gegeben wurde, der ohne Zweifel einem anderen, weitaus würdigeren Studenten weggenommen wurde. Evangeline, die bereits neunmal von verschiedenen Schulen verwiesen wurde, wird sich, bevor sie ihr Studium beginnt, ein Jahr lang auf das konzentrieren, was ein Palast-Insider eine »dringend notwendige Sozialausbildung« nannte.

Für die Wenigen von euch, die es interessiert: Evangelines unglaublich vorhersehbare Schirmherrschaft unterstützt die Open Arms Foundation, die sich für Kinder engagiert, deren Eltern an psychischen Krankheiten leiden. Nachdem Evangeline sich während ihres Interviews mit Katharine O'Donnell angeblich weigerte, Fragen zu ihrer verrückten Mutter, Laura Bright, zu beantworten, ist diese Wahl als »geschmacklos« und »aufmerksamkeitsheischend« bezeichnet worden. Wir können nur hoffen, dass sie den Kindern, die sich auf die Organisation verlassen, nicht noch mehr schadet.

Evangeline soll heute in Wimbledon gemeinsam mit der lebenslangen Tennisfanatikerin Prinzessin Mary ihren ersten öffentlichen

Auftritt haben, und wir können es kaum erwarten herauszufinden, welchen Patzer sie sich als Nächstes leistet.

— *The Regal Record*, 6. Juli 2023

Als der Range Rover vor dem Seiteneingang des All England Clubs zum Stehen kommt, schwirrt mir der Kopf, und meine Gliedmaßen fühlen sich taub an. Durch die getönten Fensterscheiben sehe ich Hunderte von Menschen, die sich hinter den Absperrungen vor dem Weg ins Stadion versammelt haben, und ich kann ihre Rufe hören, als der Fahrer aussteigt.

»Denk dran, Selfies sind strengstens verboten«, erinnert mich Tibby vom Beifahrersitz. In der Hand hält sie ihr allgegenwärtiges Tablet und eine Designer-Sonnenbrille. »Sie werden dich darum anbetteln, aber die Antwort lautet immer Nein. Von Umarmungen rate ich dir ebenfalls ab, und ihr beiden lasst bitte die Finger voneinander«, fügt sie hinzu und wirft Kit, der neben mir auf der Lederbank sitzt, einen finsteren Blick zu. »Und um Gottes willen, behalte deine Knie zusammen, wenn du aussteigst, Evan. Wenn du den Paparazzi Gelegenheit gibst, unter deinen Rock zu fotografieren, dann kündige ich auf der Stelle.«

»Okay«, antworte ich mit trockenem Mund, während der Fahrer mir die Tür öffnet. »Knie zusammen, keine Selfies und Finger weg von Kit.«

Den ersten Teil davon schaffe ich ganz gut. Als ich aus dem Auto klettere, werde ich von einem Blitzlichtgewitter aus Richtung des Pressepools geblendet, aber ich setze ein Lächeln auf und tue so, als bemerke ich das gar nicht. Vor uns steigt Maisie in ihrem mintgrünen Sommerkleid gerade ebenfalls aus ihrem Range

Rover aus, und sie hüpft förmlich vor Aufregung, ihre Fans zu begrüßen. Fitz und Gia folgen ihr, aber sie halten Abstand von Ihrer Majestät, während sie ihren Zauber wirken lässt.

Die Menge ist hauptsächlich auf meine Schwester konzentriert, aber trotzdem spüre ich einige Blicke auf mir. Ich balle die zitternden Hände zu Fäusten und stehe wie angewurzelt da. Diese Leute sind mir vollkommen fremd. Vielleicht hassen sie mich oder denken, ich sei eine Verbrecherin oder Mörderin oder irgendetwas anderes, was anonyme Menschen noch immer über mich im Internet munkeln. Aber egal, welche Beleidigungen sie mir entgegenschleudern, ich soll ihnen nur mit einem Lächeln begegnen.

»Du schaffst das«, flüstert Kit mir ins Ohr. »Guck mal – sie freuen sich, dich zu sehen.«

»Sie freuen sich, Maisie zu sehen«, entgegne ich leise. »Mich müssen sie nur aushalten.«

»Sie sollten sich glücklich schätzen«, raunt er, und obwohl er hinter mir steht, kann ich hören, dass er lächelt.

Ich atme tief ein und zwinge mich dazu, einen Schritt nach vorne zu gehen. Eigentlich muss ich mit niemandem reden, wenn ich es nicht will, obwohl Tibby meint, dass ich dann als überheblich und unfreundlich rüberkomme. Solange ich lächle und winke, kann ich so schnell wie möglich an der Menge vorbeihasten und sie ganz meiner Schwester überlassen. Den unvermeidbaren bösen Blicken und Zurufen kann ich so zwar nicht entgehen, aber wenigstens müsste ich sie dann nicht lange aushalten.

Schon nach drei Schritten hallt mein Name in der Menge wider. »Evangeline!«, ruft eine weibliche Stimme, und dann eine jüngere: *»Evangeline!«*

Wider besseres Wissen drehe ich mich zur Absperrung um

und wappne mich für das, was als Nächstes kommt. Aber statt spöttischen Gesichtern sehe ich nur ein erwartungsvolles Grinsen.

»Evangeline!«, sagt eine Frau mit einem starken schottischen Akzent. »Wir sind von Edinburgh hierhergefahren, nur um dich zu sehen, Darling.«

»Wirklich?«, frage ich verblüfft. »Danke.«

»Wir sind aus Cornwall«, meldet sich ein Mann zu Wort, der den Arm um eine grauhaarige Frau gelegt hat. »Meine Mum und ich haben dein ganzes Interview gesehen, wir konnten uns kaum losreißen!«

»Du warst so tapfer«, sagt die Frau mit zitternder Stimme. »So unglaublich tapfer. Du erinnerst mich an meine jüngste Tochter, Angelica. Sie musste dasselbe durchmachen wie du, aber niemand hat ihr geglaubt.«

Ich erstarre. All die endlosen Stunden des Pressetrainings konnten mich nicht auf etwas so Persönliches vorbereiten. Aber ich weiß genau, was ich an ihrer Stelle hören wollen würde, also strecke ich den Arm aus und nehme ihre Hand. »Ich hoffe, Angelica geht es jetzt besser«, antworte ich. »Und sagen Sie ihr, dass ich ihr glaube.«

Der Weg ist nur etwa zehn Meter lang, aber er kommt mir unendlich vor. Zentimeter für Zentimeter schiebe ich mich auf das Stadion zu, begrüße Menschen, schüttele ihnen die Hand und lächele für Selfies, die eigentlich verboten sind. Maisie tut auf der gegenüberliegenden Seite dasselbe. Ein paarmal tauschen wir die Seiten, und ich versuche, mir die Enttäuschung auf manchen Gesichtern, wenn sie mich statt Maisie sehen, nicht zu Herzen zu nehmen. Doch obwohl ich mehrere kleine Blumensträuße für Maisie in Empfang nehmen muss, sind alle schockierend freundlich zu mir. Als ich schließlich fast am Stadioneingang angekommen bin, duckt sich ein kleines Mädchen mit zwei schwarzen Zöpfen und einem Strauß voller scharlachroter Chrysanthemen unter der Absperrung hindurch.

»Hi«, sage ich herzlich und gehe in die Hocke, um mit ihr auf Augenhöhe zu sein. »Die sind ja schön. Sind die für Mary?«

Das Mädchen schüttelt schüchtern den Kopf, und als sie die Blumen stattdessen mir hinhält, platze ich fast vor Freude.

»Vielen Dank«, hauche ich und nehme ihr vorsichtig die Blumen ab. Sie sind wunderschön, und ich kann kaum den Blick abwenden. Das ist das erste Mal, dass jemand mir Blumen geschenkt hat. »Wie heißt d…«

Ich halte inne. Das kleine Mädchen ist weg. Schnell richte ich mich wieder auf, in der Hoffnung, sie in der Menge zu entdecken, aber sie ist spurlos verschwunden.

Verwirrt sehe ich mir den Strauß genauer an. Zwischen den Blüten steckt eine Karte, auf der in blutroter Schrift, die sich von dem cremefarbenen Papier abhebt, *Evan* steht. Nicht Evangeline – nicht der Name, den die Presse für mich benutzt, sondern der Spitzname, unter dem mich nur meine Freunde und Familie kennen. Der Spitzname, auf dem ich immer bestehe.

Obwohl hinter der Absperrung immer noch Leute darauf warten, dass ich sie begrüße, trete ich einen Schritt zurück und öffne vorsichtig die Karte. Als ich die in krakeliger Handschrift verfasste Inschrift lese, gefriert mir das Blut in den Adern.

Egal, wo ich bin, ich kenne immer noch all deine Geheimnisse. Genieß die Ruhe, solange du kannst.

Auf der Karte steht kein Absender, aber ich weiß trotzdem genau, von wem sie ist. Ich habe seine Handschrift zwar noch nie gesehen, aber es gibt nur einen Menschen auf der Welt, der mir so etwas schicken würde.

Ben.

Mein Lächeln ist wie weggewischt, als ich die Menge nach Ben oder dem kleinen Mädchen absuche. Aber alles, was ich sehe, ist ein Ozean von fremden Gesichtern, die mich erwartungsvoll anblicken, und ein Kloß bildet sich in meinem Hals.

»Oh, Chrysanthemen … wie süß«, sagt Tibby direkt neben mir, und ich hätte den Strauß fast fallen gelassen. »Darf ich sie Ihnen abnehmen, Miss Bright?«

Ihr Tonfall stellt klar, dass es sich dabei nicht um eine Frage handelt, und nachdem ich die Karte sicher verstaut habe, reiche ich ihr den Strauß. »Ist es Zeit, reinzugehen?«

»Wenn du dich losreißen kannst.«

Mit gespieltem Widerwillen winke ich der Menge entschuldigend zu und folge Tibby zum Eingang, während ich die Karte still zerknülle. Kit wartet neben der Tür auf mich, und ihm muss auffallen, dass etwas nicht stimmt, denn er lehnt sich zu mir herüber, bis seine Lippen fast mein Ohr berühren.

»Alles klar?«, flüstert er. Ich nicke, aber er wirkt nicht besonders überzeugt. Er sieht mir lange in die Augen, und als Maisie und Gia zu uns kommen, streckt er mir stumm die Hand hin.

Ich kann das Klicken von dutzenden Kameras hören, und Tibby wirft uns einen warnenden Blick zu, aber wenn wir die Regeln schon brechen, dann können wir es wenigstens auf eine spektakuläre Art tun. Also verschränke ich die Finger mit ihm, unendlich dankbar, dass er bei mir ist, und wir treten gemeinsam durch die Tür.

DANKSAGUNG

Zuallererst ein riesiger Dank an meine Agentinnen, Rosemary Stimola und Allison Remcheck, für alles, was ihr getan habt, um dieses Buch – und mich – sicher ans Ziel zu bringen. Ohne euch wäre das alles nie passiert.

Danke an das gesamte Team des Stimola Literary Studio, besonders an Alli Hellegers und Stephen Moore, die so hart daran gearbeitet haben, dieses Buch an ein neues Publikum zu bringen. Ihr seid alle Rockstars.

Danke an meine Lektorin, Kelsey Horton, die das Potenzial dieser Trilogie erkannt hat und immer unendlichen Enthusiasmus an den Tag legte. Du erleuchtest mir wie immer den Weg.

Danke an das Team von Delacorte Press, darunter Beverly Horowitz, Colleen Fellingham, Joey Ho, Jenn Inzetta, Kate Keating, Ray Shappell und Dr. Tasha M. Brown, die mir und diesem Buch eine Chance gegeben haben. Euch gebührt mein ewiger Dank dafür, dass ihr an dieses Buch geglaubt habt, und für eure harte Arbeit, durch die die Worte zu etwas Realem wurden.

Danke an meine Freundinnen und Freunde, die nicht nur ausgehalten haben, dass ich drei Jahre lang ununterbrochen über dieses Buch geredet habe, sondern die sich auch Zeit genommen haben, Entwürfe zu lesen und dabei zu helfen, es besser zu machen, als ich es je allein geschafft hätte. Malcolm Freberg, Andrea

Hannah, Sara Hodgkinson, Becca Mix, Karla Olson-Bellfi, Carli Segal, Caitlin Straw – dieses Buch existiert dank eurer Unterstützung, eurer Beratung und eurer Fähigkeit, wach zu bleiben, während ich über Tatorte und Diademe und darüber, wie viele Gabeln die Königsfamilie beim Abendessen benutzt, schwafele.

Danke an Lauren DeStefano, Ryan Hutchinson, Rosalina Joy, Kristin Lord, Veronica O'Neil, Meryl Wilsner, Diana Urban und Ashley Zajac für das Anfeuern und die Unterstützung auf diesem Weg – ihr ahnt gar nicht, wie sehr ich euch zu schätzen weiß.

Danke an Jordan Cook, dass ich seine echte (und fantastische!) Band Reignwolf im Buch unterbringen durfte, und danke an all die Musikerinnen und Musikerinnen, die im Buch erwähnt sind und die die Musik produziert haben, die ich beim Schreiben gehört habe.

Natürlich muss ich ebenfalls erwähnen, dass meine Katzen und mein Hund sich ab und zu so lange von meiner Tastatur ferngehalten haben, dass ich arbeiten konnte. Fred, Murphy, Beau und Pippa – vielleicht behalte ich nächstes Mal eure »Korrekturen«. Aber vermutlich nicht.

Und wie immer danke ich meinem wundervollen Dad, der mich dazu ermutigt hat zu schreiben, sobald ich Interesse daran zeigte, und der mich nicht ein einziges Mal gefragt hat, ob man davon auch leben kann. Dein Glaube an mich ist der Grund, dass ich heute Autorin bin.

Du willst immer auf dem neuesten Stand bleiben?

Dann folge **one** auf Instagram

 @one_verlag
#oneverlag

AUF DICH WARTEN:

- ⇝♡→ Live-Events und Q&As mit unseren Autor:innen
- ★ News zu unseren Büchern
- ✳ Tolle Gewinnspiele
- ♥ Und vieles mehr!